Dédicace

WILD RUSH

HEAVENLY ILLUSION

MYCHELE S.

Copyright © 2019 Sorel, Mychele
Tous droits réservés, y compris le droit de reproduction de ce livre ou de quelque citation que ce soit, sous n'importe quelle forme.

Dépôt légal – Bibliothèque et Archives nationales du Québec, 2019
Dépôt légal – Bibliothèque et Archives Canada, 2019

ISBN version imprimé : 978-2-9816889-8-9
ISBN version numérique : 978-2-9816889-6

Certificat inscription des droits d'auteur de l'OPIC numéro 1157646
Émission : 11 mars 2019

Correction : MA Porte-Plume
Conception graphique : M.A. Vision
Mise en pages et illustrations intérieures : Eva de Kerlan
Illustration : Nicolas Jamonneau

Le plus lourd fardeau,
c'est d'exister sans vivre.

Victor Hugo

Première Partie

Playlist

Chapitre 1 – Not Easy – X Ambassadors

Chapitre 2 – Slide – The Goo Goo Dolls

Chapitre 3 – The One – Kodaline

Chapitre 4 – Disaster (Acoustic) – Gavin Mikhail

Chapitre 5 – Swimming in Stars – Wayfarers

Chapitre 6 – Love and Memories – O.A.R.

Chapitre 7 – Sympathy – The Goo Goo Dolls

Chapitre 8 – Put Your Money On Me – The Struts

Chapitre 9 – Under Pressure – Queen

Chapitre 10 – Life Starts Now – Three Days Grace

Chapitre 11 – A Different Side Of Me – Allstar Weekend

Chapitre 12 – Monster – Paramore

Chapitre 1

Lara

—Au revoir, Madame Moore! Je vous souhaite une agréable lecture! lancé-je à ma cliente au moment où elle quitte la librairie.

Elle m'adresse un sourire bienveillant avant de disparaître dans le flot des passants. Il pleut sur Seattle aujourd'hui et les citadins se pressent pour se mettre à l'abri. Seuls quelques étudiants, qui viennent sans doute de sortir de l'université, flânent en groupes dissipés sous le ciel de plomb. Fin mai signifie la fin des cours, et pour la plupart, le soulagement des longues vacances d'été qui se profilent.

J'ai quant à moi abandonné, il y a plusieurs années de cela, des études prometteuses en littérature. Je ne regrette pas du tout le temps passé sur les bancs d'école, mais, avant même d'avoir fêté mes vingt ans, j'ai décidé que l'existence était beaucoup trop courte pour que je consacre autant d'heures et de journées à écouter quelqu'un parler.

J'ai donc pris la résolution de tout plaquer… et de vivre!

Mes parents ont piqué une colère de tous les diables lorsque je leur ai annoncé la nouvelle et que j'ai fait mes bagages pour aller m'installer avec ma cousine Josie, dans un petit appartement en plein centre de Seattle, proche du quartier de South Lake Union. Je peux les comprendre, ils venaient de consacrer ces vingt dernières années à veiller sur moi… et à ne rien faire d'autre! Pourtant j'allais bien devoir, à un moment donné, prendre mon envol, non?

Eh bien, d'après moi, c'était le moment ! Et puis, Seattle ne se trouvait qu'à une trentaine de kilomètres de Tacoma. Je ne partais quand même pas à l'autre bout du monde...

J'ai rapidement trouvé un job dans une grande librairie près de notre nouveau foyer, et depuis, je n'ai pas cessé d'y travailler. J'adore cet endroit ! Il y a quelque chose de fascinant à regarder les gens errer entre les rayons en quête de leur prochaine aventure livresque. À les aider à trouver leur bonheur, à se réjouir de voir les habitués revenir inlassablement. Ces dernières années, je me suis épanouie ici comme je ne l'aurais jamais pu à l'université, grâce à l'ambiance conviviale et familiale que m'offrent mes collègues de travail dans cet environnement merveilleux.

Bien sûr, je n'ai rien d'une Anastasia Steele qui aurait dégotté un millionnaire perdu entre *Mark Twain* et *Michael Connelly* plutôt que dans les rayons d'une quincaillerie ! Je ne suis qu'une fille très ordinaire de vingt-six ans – *maintenant vingt-sept*, songé-je en me rappelant la date du jour – grande amatrice de littérature, qui a tout laissé tomber pour vivre sa passion en toute liberté. Ou plutôt, pour vivre... tout simplement.

Car à l'aube de mes dix-neuf ans, si quelqu'un m'avait dit que je serais encore ici aujourd'hui, prête à souffler mes vingt-sept bougies, je lui aurais ri au nez !

À présent, tout me semble presque possible...

J'esquisse un sourire en faisant rouler devant moi le chariot des nouveautés. Je dois les installer sur les présentoirs avant la fermeture dans une petite heure. Je suis un peu à la traîne ce soir, c'est sans doute pour cette raison que mon nouveau collègue, Kyle, vient me donner un coup de main. Avec son athlétique mètre quatre-vingt, son look punk toujours parfaitement étudié et ses avant-bras couverts de tatouages, il est loin d'avoir la tête de l'emploi ! Pourtant ce type connaît les grands classiques sur le bout des doigts. Il m'ébouriffe gentiment les cheveux au passage et se dresse sur la pointe des pieds quand je tente de lui rendre la pareille, fier de se trouver dès lors hors de ma portée.

Je m'insurge d'un ton délibérément enfantin :

— C'est mon anniversaire aujourd'hui, et tu ne me laisses même pas le plaisir de détruire ta coiffure !

— Tu sais très bien, ma chère Lara, que je ne permettrai jamais à personne de toucher à un seul cheveu de ma royale crinière. Et tes magnifiques yeux de biche n'y changeront rien... Je discipline savamment chacune de ces mèches tous les matins. Alors pas touche ! ricane Kyle en me repoussant d'une main ferme.

J'esquisse une moue faussement boudeuse. Si je n'aimais pas autant les bouquins, je lui en balancerais volontiers un à la figure ! En riant, nous nous attelons à la tâche.

— Tu fais quelque chose de spécial pour souligner ton vieillissement ? me questionne enfin mon collègue, tandis que nous nous apprêtons à quitter les lieux une fois notre tâche accomplie.

Je passe mon sac en bandoulière par-dessus mon épaule et acquiesce en me tournant vers lui afin de laisser deux autres employés nous précéder dans le sas d'entrée.

— Je vais rejoindre Josie au *Olie's*, dis-je avec un sourire. Tu veux m'accompagner ?

Une pointe de stress me serre la gorge. Je dois bien reconnaître que Kyle me plaît beaucoup, pourtant je ne sais toujours pas comment m'y prendre pour le lui faire comprendre. Il semble plus enclin à me considérer comme une sœur cadette un peu maladroite. Une fois dans la rue, grouillante de monde à cette heure, il m'observe quelques secondes d'un air absent et passe ses doigts dans ses cheveux, histoire de remettre en place une mèche indisciplinée.

— Une autre fois peut-être, Lara. Ce soir, je dois aller rejoindre des potes.

Puis il m'adresse un petit signe de la main en reculant, comme pour s'excuser, avant de tourner complètement les talons et de disparaître dans la masse dense des passants. Un long soupir m'échappe.

— Il est soit aveugle, soit très con, assène une voix claire derrière moi.

— Un peu des deux, j'imagine…

Mon ton désespéré arrache une moue rieuse à ma patronne. Shirley me tend un sachet cadeau, après avoir verrouillé la porte de la boutique.

— Joyeux anniversaire, ma chérie.

Je m'empare du paquet tandis qu'elle m'attire contre elle. Je la laisse m'enlacer et lui rends son geste d'affection avec plaisir.

— Ce n'était pas nécessaire, Shirley, soufflé-je d'une voix éraillée par l'émotion.

— Bien sûr que si ! Tu es plus qu'une simple collègue de travail pour la majorité d'entre nous, tu le sais très bien. Et Kyle, tout nouvel arrivant soit-il, se comporte comme un parfait idiot, à prendre ainsi le risque de passer à côté de tout ce que tu as à lui offrir. Par contre, ça craint la pluie, me prévient-elle en désignant le paquet puis le ciel menaçant, alors je préférerais que tu attendes d'être à l'abri pour l'ouvrir.

Touchée par son adorable attention, je jette un coup d'œil discret sur ma montre et écarquille les yeux avant de prendre congé à la hâte.

— D'accord, encore mille mercis ! On se voit lundi, Shirley, je dois filer, je suis déjà en retard, et tu sais comment est ma cousine ! m'exclamé-je en me mettant en route sous les fines gouttelettes qui se sont remises à tomber.

— Amuse-toi bien !

D'un geste, je lui désigne le sachet cadeau, avant de le serrer contre moi pour le protéger de la pluie.

— Merci encore !

C'est à mon tour de me mêler aux passants. Je marche d'un pas guilleret malgré la bruine qui chatouille mon visage. Mon paquet bien plaqué contre moi, je souris bêtement. Avant de partir travailler, ce matin, j'ai eu un appel sur Skype de mes parents, qui me souhaitaient de passer une merveilleuse journée. Jusqu'ici, leur vœu est en passe de se réaliser.

Ils ont finalement assez vite accepté l'idée que je ne retournerais pas habiter avec eux, que j'avais trouvé ma place ici et m'y sentais bien. En six ans, la vie a eu le temps de leur prouver que je ne m'étais pas trompée !

La haute devanture du *Olie's Bar* m'apparaît au loin et je presse davantage le pas, heureuse d'être bientôt arrivée. En habituée des lieux, j'entre par l'arrière, car il n'est pas encore tout à fait l'heure de l'ouverture. Au passage, je lance un regard distrait à un homme à la stature imposante qui grimace en tentant d'accorder sa basse ou sa guitare, qu'est-ce que j'en sais ?! Il ne semble même pas me remarquer.

Je me faufile ensuite dans les loges puis gagne la scène. Le bar est beaucoup plus grand qu'il n'y paraît depuis l'extérieur et accueille chaque soir toutes sortes de musiciens, qu'ils soient en herbe ou très en vue, mais également des agents, des chercheurs de talents… *Tout ça, c'est bon pour le business,* selon Clayton. Mon ami adore son établissement, et d'autant plus quand une longue file d'attente se forme devant ses portes !

En descendant vers la salle, je manque pour la centième fois au moins de me casser la figure en me prenant les pieds dans des fils électriques. Il s'en serait fallu de peu, sans une main puissante qui me retient par le coude à la dernière seconde.

— Oh là ! s'exclame au même instant une voix gentiment moqueuse dans mon dos.

En retrouvant mon équilibre, je pivote vers le propriétaire

des doigts qui sont toujours refermés sur mon bras. Gênée, je rencontre les prunelles noisette d'un type d'origine hispanique qui doit avoir à peu près mon âge. Sa carrure athlétique, large d'épaules, me surprend et son sourire vaguement ironique me fait me sentir plus maladroite encore. Il me ramène sur la scène, histoire que mes deux pieds reposent à nouveau bien à plat sur une surface stable, avant de consentir à me lâcher.

— Ça va ? me questionne-t-il.

— Sans toi, ça aurait pu être la cata. Merci !

Je parcours la scène des yeux et y découvre un autre musicien qui n'a bien entendu rien perdu du spectacle. Quelques notes s'échappent de sa guitare électrique tandis qu'il me lance un regard sans équivoque. Il doit avoir l'habitude que les filles lui lancent leur soutien-gorge au visage… Dommage pour lui, sa démonstration de charme ne fonctionne pas sur moi. Sa pitoyable tentative sonne même plutôt à mes oreilles comme une technique de drague d'un autre âge ; lourde à souhait ! Je remercie une dernière fois mon sauveur du jour et descends rejoindre mes amis au bar sans un nouveau regard pour son camarade.

— Lara ! Mais qu'est-ce que tu fabriquais, on t'attend depuis un quart d'heure ?!

Je m'approche de Josie et la rassure d'un sourire, juste avant qu'elle me serre chaleureusement dans ses bras. Avec ses longs cheveux bruns remontés en une haute queue-de-cheval, dégageant ainsi son visage aux traits juvéniles, rehaussé de grands yeux noisette, aux lèvres rosées et aux courbes délicates, ma cousine fait chavirer bien des cœurs. Sous son allure sportive, elle est bien loin de paraître ses trente ans, et elle passe d'ailleurs très souvent pour ma jeune sœur.

À moins que ce ne soit moi qui fasse vieille !

— Quoi ?! J'ai un truc coincé entre les dents ? murmuré-je en me cachant la bouche d'une main.

— Non, mais tu as l'air d'un épouvantail tout droit sorti des bois.

Elle désigne d'un geste désespéré mon tee-shirt et mon jean noirs rendus humides par la pluie, et mes cheveux en désordre.

— Tu es au courant qu'il pleut dehors, Josie ? m'insurgé-je en riant, sans me priver de secouer ma chevelure folle tel un vieux chien mouillé.

Je dépose mon sachet cadeau sur le zinc et salue Clayton par de grands gestes. Le propriétaire des lieux est comme un tonton gâteau pour Josie et moi. Avec sa carrure d'ours et toujours les mêmes manières un peu bourrues, il se faufile en vitesse derrière le comptoir afin de nous rejoindre, alors que ma cousine tente en vain de discipliner mes boucles rebelles. Je n'ai jamais eu les cheveux aussi longs, brillants et épais qu'aujourd'hui. Ils dépassent désormais largement mes épaules !

— Josie, laisse-la un peu respirer, la gronde Clay en déboulant près de nous.

Elle a à peine le temps de s'écarter qu'il me soulève dans ses bras puissants et m'embrasse bruyamment sur la joue.

— Joyeux anniversaire, Lara !

Je le remercie de bon cœur quand il me repose au sol, à l'instant où une note de guitare plus aiguë que les autres résonne dans les enceintes et nous perce les tympans.

— Tu es certain que ces types savent jouer ? murmuré-je à l'oreille du barman en lançant un rapide coup d'œil réprobateur au guitariste.

Le géant s'esclaffe en me tapotant gentiment la tête, puis me confie :

— Grâce à votre serviteur, ils ont été remarqués sur cette même scène, il y a quelque temps, et viennent de signer avec une sacrée boîte de prod pour leur premier album. Alors oui, ils savent jouer, petite peste.

Je rigole avec lui jusqu'à ce que la voix de Josie qui entonne *Happy Birthday* s'élève derrière le comptoir. Clayton m'encourage alors à prendre place sur l'un des tabourets qui font face au bar.

— C'est qu'un gâteau de supermarché, OK... marmonne-t-il comme pour s'excuser, les joues rosées, alors que moi, je suis profondément touchée.

Les yeux brillants d'émotion, j'observe les vingt-sept bougies maladroitement entassées sur l'étroit dessert couvert de crème au beurre, qui approchent depuis l'office. Josie poursuit son chant d'anniversaire et Clay se joint à elle avec sa voix de baryton. Au moment où s'élève la dernière note, un puissant tintement de cymbales retentit dans la salle. Je tourne la tête vers la scène, et le batteur du groupe, qui m'a empêché de me casser le nez en bas des marches un peu plus tôt, m'offre un clin d'œil malicieux de derrière son instrument.

— Allez, Lara, éteins-moi toutes ces bougies maintenant ! m'encourage Clay.

Je prends une grande inspiration et souffle un grand coup sur les petites flammes. Une seule d'entre elles reste allumée... que Josie s'empresse d'éteindre avec moi. Malgré ses quarante-neuf ans bien tassés et sa personnalité haute en couleur, l'employeur de ma cousine me semble gêné lorsqu'il fait glisser dans ma direction un paquet visiblement emballé à la va-vite.

— C'est elle qui m'a conseillé, alors si ça ne te plaît pas, tu sauras à qui t'en prendre, me prévient-il en désignant Josie.

Alors que cette dernière commence à découper mon gâteau d'anniversaire, je décide d'ouvrir d'abord le sachet de Shirley. Je ne suis pas surprise d'y découvrir le dernier ouvrage de *Stephen King*. Ma patronne connaît bien mes goûts littéraires, même si je ne me suis jamais arrêtée à un seul style. Un coup d'œil à Clay me confirme que le barman est impatient et anxieux de savoir si son cadeau va me plaire ou non.

Pour le faire mariner encore, je détache minutieusement chaque petit bout de scotch de l'emballage. Je prends tout mon temps et souris en l'entendant grommeler de dépit non loin de mon oreille. Toutefois, quand la couverture du dernier roman de *Jennifer L. Armentrout* m'apparaît, je ne peux retenir une exclamation ravie, et j'offre mon plus beau sourire au barman, brusquement ravi et soulagé. Josie connaît bien mon côté fleur bleue et mon attirance prononcée pour la romance contemporaine !

Je range le second bouquin avec celui que m'a offert Shirley, et Clay demande à Jo de les glisser pour la soirée sous le comptoir avec mon sac. Au moment où Josie place l'assiette contenant mon dessert devant moi, je réprime difficilement un haut-le-cœur à l'idée de devoir avaler quoi que ce soit.

— Dites-moi, charmantes demoiselles…

Le musicien que j'ai croisé dans les coulisses en arrivant, un bonnet de laine rivé sur la tête et ses cheveux bruns mi-longs qui en dépassent, nous aborde, un sourire en coin scotché aux lèvres. Ses yeux verts pétillants sont fixés sur ma cousine qui lui adresse un timide *bonsoir* en retour. Elle paraît gênée, ce qui n'est guère dans ses habitudes.

— On passe par moi, jeune homme, pour parler aux *charmantes demoiselles*, ronchonne la voix grave de Clayton.

— Je venais juste quémander un morceau de gâteau, Clay. Pas lui demander sa main.

Un éclat de rire m'échappe lorsque ce type, qui doit mesurer au bas mot un mètre quatre-vingt-quinze, pose nonchalamment son bras par-dessus mes épaules. Il sent bon l'après-rasage et une mèche de ses cheveux vient chatouiller ma joue. Bien que ce soit moi qu'il tienne contre lui, c'est Josie qu'il dévisage sans aucune retenue, comme hypnotisé.

— Tiens, prends ma part. J'ai mangé tard aujourd'hui, proposé-je aussitôt, soulagée de cette échappatoire inespérée.

L'expression de Clayton vaut largement le détour quand le gaillard lui sourit de toutes ses dents d'un air triomphant.

— Tu vois, Clay, il existe encore en ce bas monde de belles personnes désintéressées et capables de courtoisie ! Logan… se présente-t-il à moi en me tendant la main.

— Lara, enchantée.

— Prends ton gâteau et retourne te préparer avec ton groupe au lieu de faire ton numéro de charme, Logan, bougonne notre ami, absolument pas dupe.

— Joyeux anniversaire, Lara, me lance le guitariste avant de tourner les talons et de s'enfuir avec mon assiette.

Josie et moi rions de bon cœur, couvrant la voix rugissante de Clayton, jusqu'à ce que je découvre le diamant qui brille avec ostentation à l'annulaire de ma cousine. Bouche bée, j'attrape vivement sa main en me couchant à demi sur le comptoir.

— Non ?!

Josie acquiesce, rayonnante.

— Il m'a fait sa demande à midi, m'annonce-t-elle.

— Et tu as accepté ?

Josie me dévisage un instant, stupéfaite.

— Oui. Pourquoi aurais-je refusé ?

Parce qu'il ne passe pas plus de trois jours consécutifs en ville, qu'il ne t'a jamais vraiment dévoilé ses sentiments, qu'il n'a jamais été là pour toi quand tu as vraiment eu besoin de lui… Bref, parce que c'est un pauvre con ! pensé-je sans pourtant le lui dire.

— Pour rien ! Tu as eu raison d'accepter, bien sûr !

J'ai au moins une corde à mon arc que Josie n'a jamais possédée : je sais très bien mentir ! Car contrairement à elle, j'ai dû apprendre très tôt…

— Allez maintenant ! Toi, descends tout de suite de mon bar et va plutôt nous mettre de l'ambiance, m'ordonne Clayton, et toi, Josie, dépêche-toi d'aller ouvrir.

Une boule au creux de l'estomac, j'observe ma cousine qui se hâte d'aller déverrouiller les portes. Une foule de clients s'est déjà amassée devant l'entrée et afflue aussitôt dans la grande salle. Je marche jusqu'au vieux juke-box installé dans un coin de la pièce, et après avoir inséré une pièce de monnaie, tapote de mon index ma lèvre inférieure, indécise quant à mon choix de musique.

— Un coup de main ?

Alors que les habitués commencent à s'installer au comptoir ou sur les banquettes, je découvre le guitariste au regard baladeur de tout à l'heure qui me dévisage, adossé au mur près de l'antique machine. Du coin de l'œil, je le détaille plus attentivement et songe qu'en effet, il ne manque pas de charme. Secouant la tête, je reporte mon attention sur les titres devant moi.

— Non.

Ma réponse sèche ne laisse place à aucun sous-entendu.

— *The Boys Are Back In Town* de *Thin Lizzy* est pas mal, me lance-t-il néanmoins.

Je ris sous cape… avant d'enfoncer une touche durement, et *I Love Rock and Roll* de *AC/DC* résonne dans les haut-parleurs du juke-box. Mes yeux croisent ceux d'un bleu profond de mon conseiller inopportun, au moment où Josie avance vers moi, deux pichets de bière dans chaque main.

— Tout va bien ? s'inquiète-t-elle.

J'acquiesce et hausse le ton pour être bien entendue par-dessus la musique.

— Je vais rentrer !

— Déjà ?!

— Oui ! L'atmosphère est un peu lourde tout à coup, m'écrié-je en coulant un regard entendu en direction du guitariste qui sourit en secouant la tête. Et puis, je suis crevée, la semaine a été longue.

Je me dirige vers le bar et demande mes affaires à Clay. Avant de sortir, je m'arrête devant le musicien et m'autorise un instant de pause face à lui.

— Ta méthode de drague est un peu lourdingue, mon grand, tu devrais peut-être demander conseil à tes potes, la prochaine fois… l'informé-je haut et fort, sans toutefois me départir de mon plus beau sourire.

Malgré la chanson qui résonne dans la salle, je peux entendre le rire de Josie s'élever derrière moi quand je quitte les lieux.

Chapitre 2

Lara

Tandis que je joue des coudes pour sortir du *Olie's*, je sens le regard stupéfait du musicien que je viens de remettre en place peser dans mon dos. *Le pauvre garçon ne doit pas avoir l'habitude de s'entendre dire non*, songé-je avec une certaine satisfaction. Beaucoup de clients traînent encore à l'extérieur en attendant le début du concert, j'en reste surprise un instant. *Ce groupe attire vraiment un public aussi nombreux ?*

Les lampadaires éclairent largement les rues animées de la ville, et c'est sans la moindre inquiétude pour ma sécurité que je prends la direction de l'appartement. Et puis il est encore tôt pour un vendredi soir, mais je suis sincèrement crevée.

J'ai menti effrontément devant Josie tout à l'heure, en disant que j'avais mangé tard. En fait, je n'ai presque rien avalé de la journée, un petit-déjeuner léger ce matin en sa compagnie, et à peine quelques bouchées picorées durant mon repas de midi. Cela m'apprendra à passer deux nuits blanches à regarder des séries télévisées ! Résultat des courses : je suis sur les rotules et me retrouve avec l'estomac tout retourné !

La pensée d'une douche bien chaude et du confort de mon lit me revigore dès que j'aperçois mon immeuble au coin de la rue. Ce vieux bâtiment de cinq étages en briques rouges abrite le logement que Josie et moi nous sommes choisi et que nous avons peu à peu transformé en petit nid douillet. Ici, je suis chez moi, plus que je ne l'ai jamais été chez mes parents… sans parler des autres lieux où j'ai dû séjourner par la force des choses.

Je déverrouille la lourde porte de la résidence et emprunte les escaliers d'un pas fatigué. Pas d'ascenseur pour le troisième étage ! Il y a bien un monte-charge désuet, mais jusqu'ici, j'ai toujours préféré m'abstenir d'emprunter ce vieux machin.

Après avoir enfoncé la clé dans la serrure et enfin ouvert le battant, je pousse un cri, autant de surprise que de déception, en laissant tomber mon trousseau à mes pieds.

— Mais qu'est-ce qui se passe à la fin ?! marmonne une voix masculine dans l'obscurité.

J'étouffe mon mécontentement entre mes dents serrées, aussi rageuse de le trouver là que frustrée de voir ma soirée de détente partir en fumée, et me penche pour ramasser mon porte-clés.

— Depuis quand tu t'immisces comme ça chez les gens, toi ?! Et puis, t'es obligé de rester dans le noir ?

Assis dans mon canapé devant son ordinateur portable, ses lunettes reflétant à peine la lumière de l'écran, se profile Sam Cooper, le petit ami de Josie. *Son fiancé*, souligné-je avec amertume en levant les yeux au ciel après avoir allumé. J'ignore totalement ce qu'elle peut bien trouver à ce type. Il n'est qu'arrogance et banalité ! Rien qui fasse un tant soit peu rêver.

— Josie m'a filé ses clés pour que je puisse bosser tranquille, parce que tu devais rentrer tard justement, s'explique-t-il sans même me jeter un regard. T'avais pas un anniversaire quelconque à fêter ?

Mon rêve le plus secret est de lui fracasser la tête sur la table basse du salon. Là, tout de suite. Depuis le jour de notre première rencontre, j'ai exécré cet homme. Dès sa sortie de la faculté de Droit, il s'est fait engager dans un prestigieux cabinet d'avocats – grâce à un gros coup de piston de son père, pas pour ses brillantes plaidoiries devant la Cour… –, et maintenant, il tente à tout prix d'y obtenir sa place d'associé. Mais sans le moindre talent… C'est à cause de ses ambitions personnelles qu'il n'est jamais là pour ma cousine. Toujours en déplacement à droite et à gauche pour essayer de prouver qu'il peut être à la hauteur des attentes de ses employeurs qui, eux, l'exploitent sans vergogne.

Ce type est tellement pathétique.

— Elle t'a montré sa bague ?

Les cheveux de ma nuque se hérissent tant son ton condescendant m'insupporte. Je balance mon sac et mes autres affaires sur le comptoir de la cuisine et pivote brutalement pour lui faire face.

Et ce sale crétin qui m'ignore toujours superbement !

— Ça m'étonne que tu te sois donné la peine de venir faire ta demande en personne. Je t'aurais plutôt imaginé la lui faisant par *Face Time*, avec un simple coursier pour lui remettre la bague, lâché-je, cinglante.

Il souffle et se détourne enfin de son ordinateur.

— Tu sais bien que ma carrière doit passer avant tout, Lara. Pour le bien de Josie aussi ! Cesse donc de faire l'enfant.

Je manque de m'étouffer.

— Moi ?! Je fais l'enfant ?! Parce que je refuse de te laisser te servir de Josie comme d'une jolie potiche que tu pourras traîner dans tes événements mondains à la con pour qu'elle te serve de faire-valoir !

Après s'être levé d'un bond, il me toise, le regard furieux, et ouvre la bouche pour riposter, mais je l'empêche de parler.

— Ma cousine est une femme extraordinaire qui mérite mieux qu'un... *je cherche un instant le bon mot,* trou du cul dans ton genre ! hurlé-je en me moquant bien des voisins et de ce qu'ils pourront en penser. Tu n'es jamais là pour la soutenir ! Elle étudie comme une malade pour devenir infirmière en chef, travaille un nombre d'heures incalculables à l'hôpital, sans compter celles qu'elle cumule au *Olie's* tous ses soirs de repos afin de payer les factures, pendant que Monsieur va faire mumuse et épater la galerie à défendre la veuve et l'orphelin. Oh pardon, je me trompe… tes patrons font plutôt dans les clients douteux et sans aucun sens moral !

Sam esquisse un pas dans ma direction. J'aimerais tant être l'une de ces femmes championnes en arts martiaux et être capable de lui balancer mon pied dans la mâchoire ! Cela me ferait un bien fou ! Une main sur la hanche, je lui désigne néanmoins la porte du doigt.

— Dégage de chez moi !

— Qu… quoi ?!

— Tu m'as très bien entendu, Sam. Sors d'ici ! m'exclamé-je. Tu as un très bel appartement, il me semble, non ? Alors, va donc bosser « au calme » chez toi !

Il remet ses lunettes bien en place avant de me lancer :

— Sinon quoi ?

Excédée par sa présence dans mon havre de paix – et sans Josie pour contenir son caractère insupportable, cela semble en plus lui donner des ailes –, je me saisis de mon portable et l'en menace.

— Sinon, j'appelle les flics.

— Tu n'oserais pas.

— Tu veux parier ? Prendras-tu le risque de voir inscrire une entrée par effraction ou une tentative de cambriolage dans ton joli casier judiciaire blanc comme neige ? le questionné-je avec un petit sourire.

Il soupire en me fixant comme si j'étais une idiote née de la dernière pluie.

— Lara, j'avais les clés pour entrer dans l'appartement.

— Ce sont celles de Jo, nuance. Tu aurais très bien pu les lui voler, non ? Qu'en sais-je, moi ?! Je ne te connais pas…

S'il compte jouer à ce petit jeu avec moi, ce soir, il va perdre ! Je veux qu'il déguerpisse d'ici maintenant, puis prendre une bonne douche et me vautrer dans mon lit.

Alors que je pianote sur l'écran de mon téléphone, je le vois se raidir.

— T'es complètement cinglée !

Et je l'assume, mon vieux !

Il range rapidement ses affaires dans sa ridicule mallette en cuir et s'avance vers la sortie.

— Plus vite Josie emménagera avec moi, mieux ce sera, crache-t-il avant de quitter les lieux en claquant la porte derrière lui.

Sa dernière remarque résonne longtemps dans notre logement en un sinistre écho. Pas un seul instant encore, je n'avais songé qu'un jour, je me retrouverais seule.

Seule à vivre ici…

Même après une longue douche brûlante, le froid glacial qui m'a gagnée à la suite des dernières paroles de Sam ne s'est pas atténué. Bien au contraire. Pelotonnée sous ma couette, je suis toujours incapable de trouver le sommeil, submergée par l'angoisse. Comment pourrais-je m'en sortir toute seule dans cet appartement ? Le loyer est bien au-dessus de mes moyens, et l'idée de prendre un colocataire que je ne connais ni d'Ève ni d'Adam me répugne !

Quand j'entends la porte d'entrée s'ouvrir et se refermer doucement, je soupire en comprenant que Josie est enfin de retour. Il est donc plus de deux heures du matin ! Je sais déjà que Sam lui a forcément téléphoné à peine le pas de l'immeuble franchi pour la mettre au courant de mon coup d'éclat. Il ne prendrait pas le risque de me laisser informer ma cousine de la situation sans avoir pu auparavant la déformer à souhait, et surtout, à son avantage…

Mais qu'est-ce que j'y peux si je hais ce sale arriviste ?! Il n'apporte absolument rien de bon dans la vie de Josie, et pour moi, Josie est comme une sœur. Elle ne m'a jamais quittée, même dans les moments les plus terribles de ma vie.

La lumière fuse brutalement dans ma chambre, et je me couvre les yeux de ma couette en jurant.

— Jo, mais qu'est-ce qui te prend?!

— Au moins, je suis certaine que tu ne dors pas, m'offre-t-elle, acide, pour toute réponse.

Je m'assois en rabaissant la housse et, à travers mes paupières plissées, l'observe qui me détaille également, accoudée au cadre de la porte. *Merde!*

— Je peux savoir ce qui t'est passé par la tête lorsque tu as menacé Sam d'appeler la police, tout à l'heure?

Dans un soupir exagéré, je me laisse choir en arrière au milieu de mes coussins. Mes cheveux retombent sur mon visage, et je souffle pour le dégager.

— Tu ne m'as jamais dit que tu comptais aller t'installer avec lui, grogné-je en retour, amère.

Le son feutré de ses pas me signale qu'elle se rapproche, mais je m'obstine à ne fixer que le plafond.

— Je ne pourrai pas me permettre de garder cet endroit toute seule, Jo.

— Avant de partir, je vais t'aider à trouver un colocataire que tu n'auras pas envie d'envoyer chez les flics, argumente-t-elle.

Le matelas s'affaisse à mes côtés quand elle vient s'asseoir sur mon lit.

— On va se marier, Lara. Je ne peux pas rester vivre ici, alors que mon fiancé possède lui aussi un appartement…

— Beaucoup plus luxueux, la coupé-je d'un ton sec.

— Cela n'a rien à voir et tu le sais très bien.

Je me redresse pour la fixer.

— Il n'est jamais là! Pourquoi est-ce que tu irais t'installer chez lui? Et puis, tu mérites tellement mieux que ce type, Jo, chuchoté-je. Tu mérites le grand amour. Celui avec un grand A…

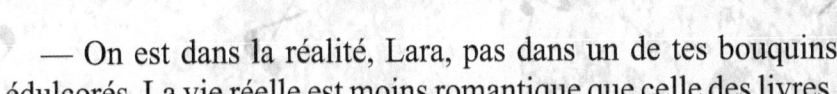

— On est dans la réalité, Lara, pas dans un de tes bouquins édulcorés. La vie réelle est moins romantique que celle des livres.

— Il n'en reste pas moins que je le déteste.

Ma cousine rit et m'étreint longuement.

— J'en prends bonne note.

Josie se lève et s'apprête à franchir la porte quand je lui prédis :

— Compte sur moi pour te claironner haut et fort *je t'avais prévenue,* le jour où tu viendras m'annoncer votre divorce.

Elle pouffe en secouant la tête et coupe la lumière lorsqu'elle quitte la pièce. Je m'enveloppe frileusement dans ma couette, une fois encore bien trop consciente que je n'ai qu'elle dans cette grande ville...

J'ignore totalement à quelle heure j'ai fini par m'endormir. Avec les premières lueurs du jour, aucun doute là-dessus, mais je suis surprise de n'ouvrir les yeux qu'aux alentours de quinze heures ! Ce n'est pas dans mes habitudes de me lever si tard, et si mon portable ne m'avait pas réveillée avec le *ding* criard m'indiquant l'arrivée d'un texto, je dormirais sans doute encore comme un bébé.

En débardeur et culotte, je gagne la cuisine d'un pas traînant. Je meurs de soif ! Un verre d'eau en main, face à la table à manger, je jette un coup d'œil distrait à mon téléphone. *Josie doit être partie à la bibliothèque ou chez Sam*, songé-je en balayant l'écran du doigt.

Quand j'aperçois le numéro et le prénom qui accompagnent le SMS responsable de mon réveil, je m'étouffe avec ma gorgée d'eau. Manquant de tout recracher sur le sol, je me précipite vers l'évier et tousse un long moment, même après avoir expulsé ma boisson.

Kyle.

Kyle !

Kyle m'a envoyé un texto.

Je fixe bêtement mon smartphone sans arriver à produire la moindre pensée cohérente. C'est la première fois que Kyle m'envoie un message, et moi, comme une idiote, je reste là immobile, comme si mon portable allait me mordre.

Debout devant la table, les yeux dans le vague, je ne remarque même pas le retour de ma cousine. Ce n'est que lorsqu'elle pose une main sur mon épaule, que je me reconnecte à la réalité.

— Hein, quoi ?!

— Je te demandais pour quelle obscure raison tu scrutes ton téléphone de la sorte.

Je sens mes joues s'empourprer. Josie sait très bien que j'ai un léger béguin pour mon collègue de travail.

— Kyle m'a envoyé un texto, avoué-je en me faisant l'effet d'une adolescente.

Les yeux pétillants, elle me sourit.

— Et ?

— Et, quoi ?

— Qu'est-ce qu'il te veut ?!

Je pose une main sur mon visage et reconnais, plus honteuse que jamais :

— Je ne l'ai pas ouvert…

Ma cousine éclate de rire, s'empare d'un geste vif de mon portable et s'enfuit dans le salon. Je tente de l'intercepter, mais peine perdue ! Et m'élance donc derrière elle, furieuse…

— Donne-le-moi, Josie ! Ça n'a rien de drôle !

—Oh que si ! Moi, je m'amuse énormément, s'esclaffe la jeune femme en tournant autour de la table basse pour m'échapper.

Abandonnant très vite une course poursuite qui me semble soudain totalement stupide, je la laisse savourer sa victoire et m'affale dans les coussins moelleux du canapé, les bras croisés sur la poitrine, anxieuse d'apprendre ce que me veut le beau punk.

— Allez, dis-moi, Jo, c'est de la torture, là! la supplié-je d'une voix misérable.

Pour toute réponse, ma cousine me lance mon portable avec un sourire en coin. Les doigts un peu tremblants, je déverrouille l'écran et parcours le nouveau message.

> Salut Lara! J'espère que tu as passé une bonne soirée pour ton anniversaire. Je me demandais si tu voulais qu'on sorte ensemble ce soir.

D'accord... je suis encore dans mon lit, plongée dans un profond sommeil. Seule raison pouvant justifier qu'un tel message me soit destiné.

— Réponds-lui, Lara! Ne laisse pas passer cette chance! s'exclame Josie en venant s'asseoir près de moi.

— Je... je lui réponds quoi?

— Ma parole, ils te servent à quoi tous ces bouquins que tu dévores?!

— Tu m'as dit toi-même pas plus tard que la nuit dernière que ce n'était pas la réalité!

Je tente de remettre en place mes cheveux, mais me prends les doigts dans tout un tas de nœuds. Avec une grimace de douleur, j'abandonne pour le moment toute velléité d'ordonner mes boucles folles.

— Ça fait plus de trois ans que je ne suis pas sortie avec un mec, Jo.

— Tu lui réponds juste que tu es d'accord! s'exaspère ma cousine.

J'acquiesce sans un mot tout en rouvrant ma messagerie.

> Pourquoi pas?

Alors que je presse sur *envoyer*, la nervosité me gagne. *Pourquoi maintenant?* me demandé-je.

— Tu as mangé? me questionne Josie en se levant.

— Pas encore, je viens à peine de me réveiller, en fait.

Elle fronce les sourcils en m'observant tout à coup avec la plus grande attention.

— Je t'apporte un yaourt?

— Non, je vais me servir, c'est bon, dis-je en la suivant dans notre petite cuisine.

D'un coup d'œil, je remarque que Josie n'était finalement pas chez Sam ou à la bibliothèque, mais partie faire les courses. Dans l'un des sacs réutilisables, je me déniche un yaourt nature et m'arme d'une cuillère. Mon estomac crie famine, et pour cause... depuis hier matin, je n'ai presque rien avalé!

Quand mon portable bipe sur le comptoir, m'annonçant l'arrivée d'un nouveau texto, je manque de laisser tomber mon piètre en-cas sur le sol.

> Y a un groupe d'enfer, Wild Rush, qui joue au Olie's, ce soir. Je me disais qu'on pourrait y aller ensemble. Pour vingt heures, si tu es partante?

— Sérieusement?! m'exclamé-je.

— Quoi? m'interroge Josie, curieuse.

— Il m'invite au *Olie's* pour voir le concert des *Wild Machin*, là! m'irrité-je. Bon sang, je l'ai invité hier et il a refusé de venir!

— Il est lent à la détente, c'est tout. C'est un trait typiquement masculin, Lara. Et puis... ce nouveau groupe, il déchire. C'était la folie, hier soir, il y avait des gens jusque dans la rue!

Je lui coule un regard sceptique, puis lui adresse un sourire en coin.

— Tu as revu ce musicien? Logan...

Josie marmonne quelque chose en rangeant la salade dans le réfrigérateur.

— Ouais. Disons qu'il m'a fait du charme après le concert. Laisse tomber, Lara ! Il est lourd, ce type, finit-elle par admettre, les joues rougissantes, face à mon air insistant.

Du bout des ongles, je marque le tempo sur l'écran de mon téléphone, à nouveau concentrée sur mon problème.

— Je n'ai aucune envie d'aller perdre ma soirée à écouter ce groupe de dragueurs pourris, râlé-je.

— Allez, tu seras avec Kyle, ce n'est pas ce que tu souhaites depuis des semaines ?!

Elle a raison… Un peu maussade, je consens donc à lui répondre.

> Vingt heures, chez Olie's, c'est parfait ! À ce soir.

Un nouveau message arrive, aussitôt le mien envoyé.

> À ce soir, Lara.

— Voilà ! Mais je n'arrive pas à croire que je vais devoir me farcir ce groupe à la con et ce guitariste à la noix, juste pour passer un peu de temps avec Kyle en dehors du boulot, ronchonné-je en m'éloignant vers ma chambre, toujours armée de mon yaourt.

En retard, pour ne rien changer à mes habitudes, j'avance d'un pas rapide en direction du bar de Clayton. Lorsque j'aperçois l'enseigne lumineuse, je suis stoppée net dans mon élan. Une file d'attente monstre est amassée devant les portes ! Hissée sur la pointe des pieds, je tente de discerner la crête noire de Kyle au-dessus de la foule dense. Avec son blouson en cuir et sa coupe impeccable, je le repère rapidement, le fait qu'il soit presque en fin de file aide aussi !

— Salut, lancé-je en arrivant à sa hauteur.

— Je ne t'attendais plus…

Son sourire charmeur me fait instantanément oublier que je vais devoir à nouveau croiser le guitariste lourdingue d'hier. Je suis vraiment prête à tous les sacrifices pour passer ne serait-ce qu'une soirée avec ce type !

— Suis-moi.

J'empoigne la manche de son blouson et l'attire hors de la file d'attente.

— Arrête, on va perdre nos places ! s'insurge-t-il en m'emboîtant le pas malgré tout.

Sans un regard en arrière, je l'entraîne dans la ruelle qui longe le bar. La lumière vacillante d'un réverbère projette nos ombres dansantes sur le mur de briques et donne à la scène une ambiance un peu sinistre. Nous passons sans ralentir près d'une grosse fourgonnette avant de grimper trois marches bétonnées. Je tape rapidement un code sur la serrure électronique à l'arrière du bar puis ouvre le lourd battant et invite Kyle à entrer d'un signe de la main.

— L'un des avantages à être une VIP, expliqué-je alors en souriant.

— Tu es surprenante, Lara.

Sa main effleure ma chute de reins, un court instant, et je perds brièvement le fil de mes pensées en l'accompagnant à l'intérieur. J'adore le décor *back-stage* qu'a mis en place Clay. Les murs sont tapissés de disques vinyle, de photos de groupes célèbres et d'autographes encadrés.

Josie a dû ouvrir les portes, car les gens commencent à affluer alors que nous gagnons la grande salle après être passés devant les loges et par les coulisses. Nous nous faufilons sur la scène pour rejoindre le bar. Le batteur du groupe m'adresse un discret signe de la main, que je lui rends volontiers. C'est tout de même grâce à lui que je n'ai pas le nez cassé, aujourd'hui !

De la musique résonne en fond sonore, et les clients continuent de se masser autour des tables basses et du comptoir. Je fais les présentations entre Clayton et Kyle, mais le patron est déjà très occupé derrière le zinc. Il nous offre deux bières, cadeaux de la maison, et se remet aussitôt à la tâche. Assise sur l'un des hauts tabourets comme la veille, j'avale une gorgée de ma boisson avant de me tortiller dans l'espoir vain de retirer ma veste. Kyle semble bien trop concentré sur tout ce qui se passe autour de lui pour me donner un coup de main, et je constate avec déplaisir qu'il déshabille des yeux la plupart des femmes qui se trouvent non loin de nous. Dois-je vraiment lui rappeler que c'est avec moi qu'il est venu ce soir ?

Des mains agiles me viennent finalement en aide, et je soupire d'aise quand je parviens enfin à me débarrasser de ma veste. Il n'y a que Josie pour comprendre que je suis capable de m'empêtrer dans mes propres vêtements !

Mais quand je la vois apparaître en face de moi, derrière le bar, je me fige.

— Content de te revoir, murmure une voix à la fois grave et suave à mon oreille.

Merde !

Je peux sentir son souffle sur ma nuque, et un frisson incoercible me parcourt. D'un mouvement nonchalant, il place mon vêtement sur le zinc et s'accoude près de moi, sourire aux lèvres. Des mèches de cheveux brun clair lui retombent devant les yeux et encadrent son visage. Il me détaille un instant avant de s'emparer de ma bière.

— Je...

— Hé, mais tu es le guitariste du groupe ! s'exclame Kyle qui daigne miraculeusement prendre conscience d'une présence à ses côtés.

Mon invité alors me dévisage un instant, comme s'il venait soudain de me découvrir un quelconque intérêt.

— Tu ne m'avais pas dit que tu connaissais un des membres de *Wild Rush* !

— Euh…

Le musicien lui tend la main, un sourire charmeur toujours parfaitement dessiné sur les lèvres. Ce type est un excellent acteur, je dois bien le reconnaître.

— Baxter, se présente-t-il.

— Kyle.

Le dénommé Baxter place alors sa main dans le creux de mon dos sans lâcher mon collègue de travail des yeux.

— Et bien sûr qu'on se connaît, lance-t-il en me décochant un clin d'œil complice.

Mais qu'est-ce qu'il fout ?

— C'était son anniversaire, hier, et on était tous réunis ici pour l'occasion, poursuit-il en caressant ostensiblement mon échine de son pouce, ce que ne manque pas de remarquer Kyle. On ne nous enlèvera pas *I Love Rock and Roll*, n'est-ce pas ?

Ses iris bleus comme un ciel d'été se plantent dans les miens, et j'en oublierais presque de respirer tant son regard est intense. La chanson *So Alive* de *The Goo Goo Dolls* résonne à nos oreilles. Je peux voir du coin de l'œil Josie qui esquisse un sourire discret.

— Tu ne m'en voudras pas de te l'emprunter le temps d'une danse ? demande le musicien à Kyle. Ça porte bonheur avant un concert.

Il ajoute ces mots pour la forme, tandis qu'il m'entraîne déjà dans la marée de danseurs qui se déhanchent sur la piste.

— Mais qu'est-ce que tu fais ?!

Enfin, ma langue se délie !

— Tu veux que ce crétin s'intéresse à toi ? Eh bien, ce n'est pas en le laissant mater sans rien faire tout ce qui possède une paire de nichons et qui passe à sa portée que ça arrivera.

Une main sur ma hanche, il colle mon corps contre le sien. De mon côté, je plaque mes paumes sur son torse pour garder un semblant de distance entre cet homme – bien trop attirant, mais que je ne connais pas – et moi.

— C'est qu'une danse, relax ! me rassure-t-il d'un souffle près de mon oreille.

— Je ne te connais même pas !

— Baxter Grady, enchanté !

Il me sourit effrontément. Au moment où le bout de ses doigts entre en contact avec la peau de mes reins que le bas de mon débardeur blanc dévoile légèrement, je ne peux réprimer le nouveau frisson qui me parcourt de la tête aux pieds.

— Normalement, on donne son prénom en retour à la personne qui vient de se présenter, ajoute-t-il.

— Et si je n'en ai pas envie ?

Deux fossettes apparaissent aux coins de ses lèvres.

— Je finirai bien par obtenir l'information. Ce n'est qu'une question de temps.

Il me fait lentement tourner sur moi-même et je découvre alors Kyle qui s'avance vers nous, le visage fermé.

— Je viendrai chercher une autre danse après le concert, murmure Baxter dans mon cou avant de me libérer.

Avec une aisance surprenante, il se glisse parmi la foule et disparaît de ma vue. Je sursaute quand d'autres mains viennent se placer sur mes hanches.

— Tu aurais dû me dire que tu aimais danser, me chuchote Kyle à l'oreille.

Il me serre plus fort contre son torse et je me laisse aller avec un petit rire. Cet idiot de musicien avait raison.

Quelques minutes plus tard, les lumières de la salle s'éteignent d'un coup et une note de guitare électrique résonne. Je peux sentir le regard de Baxter Grady se poser sur moi dès que le premier morceau commence sous les hurlements de la foule rassemblée ce soir juste pour eux. Tous ces gens sont venus pour les voir jouer… et pourtant, ce type ne me quitte pas des yeux !

Sa musique m'enivre au point que j'en oublie très vite où je suis, et avec qui…

Et je me laisse emporter par ses yeux azur, bien loin du monde réel.

Chapitre 3

Baxter

Avec un regret que je n'avais encore jamais expérimenté auparavant, je la laisse s'éloigner de mon corps sur les dernières notes de la chanson. Par-dessus son épaule, j'aperçois le type avec qui elle est arrivée tout à l'heure, par les coulisses comme hier. Je ne peux m'empêcher de lui glisser à l'oreille que je viendrai quémander une seconde danse à la fin du concert, récompense largement méritée pour l'avoir aidée à attirer l'attention de son guignol. Alors que je lui jette un dernier regard avant de m'éloigner dans la masse de spectateurs, je déplore déjà de ne pas l'avoir tenue serrée plus longtemps contre moi.

D'un pas décidé, je gagne les loges où je retrouve Logan et Chris. Ce dernier sautille sur place en jouant de ses baguettes dans un rythme effréné, il est gonflé à bloc !

— Tu lui as fait ton grand numéro de charme ? me questionne Logan en passant la sangle d'une basse par-dessus son visage.

— Tu t'obstines toujours à ne pas vouloir me donner son prénom ?

Il me sourit, narquois, en pinçant l'une des cordes de l'instrument.

— C'est la première fois qu'une nana le rembarre comme elle l'a fait, hier. Laisse-lui une chance de remettre son ego sur les rails, Logan, se moque gentiment notre batteur.

Je manque de leur renvoyer une remarque bien sentie, quand mes yeux balayent les coulisses. *Putain ! Elle est où encore ?!*

— Maisie n'est toujours pas arrivée ?!

— Tu crois que je me trimballe avec cette basse pour le plaisir ?! grogne Logan.

— Bordel, elle ne peut pas continuer à nous planter sur les concerts comme ça ! On a besoin d'elle.

Ma bonne humeur vient de retomber comme un soufflé.

— Relax, mon vieux, elle vient de terminer les cours. Aux dernières nouvelles, elle est en route, mais il y a trop d'embouteillages pour qu'elle soit là à temps. Ce soir, Logan va se débrouiller comme hier. Pas de quoi paniquer.

Mes doigts restent accrochés dans mes mèches lorsque je tente de dégager mon visage, me faisant grimacer.

— On commence à enregistrer l'album lundi, j'aimerais juste que tout se passe pour le mieux, leur rappelé-je simplement.

— On veut tous que ça se passe bien, Bax, et ce sera le cas ! Maisie sera là dans la nuit.

En plus de tout le boulot qu'il fait sur scène, car c'est lui qui mène les mélodies, qui nous empêche de déraper hors du tempo et de partir en plein délire musical, Chris est la voix de la sagesse du groupe, ce type a toujours les bons mots au bon moment !

— OK, les gars ! Allons faire hurler cette foule, s'exclame notre batteur en nous précédant sur la scène pour aller s'installer derrière sa batterie.

Des applaudissements retentissent sur son passage, et tandis que je m'empare de ma guitare électrique, mon ami me sourit. Nos poings se rencontrent, puis nous pénétrons à notre tour sur la scène du *Olie's* en brandissant nos instruments. Les acclamations du public qui nous salue me propulsent en un clin d'œil dans un état second, je suis devenu accro à cette ambiance euphorique. Il faut dire que nous avons parcouru un sacré bout de chemin durant cette dernière année et notre première rencontre avec Clayton.

Les lumières balayent un moment la grande salle plongée dans l'ombre, avant de s'arrêter sur nous. Je fais jaillir le premier accord à l'instant où mon regard accroche un irrésistible éclat vert jade dans les yeux de ma mystérieuse rencontre. Ayant trouvé mon point d'ancrage, je sais que je ne le quitterai plus.

La voix grave de Logan vient se poser sur mes notes puis la batterie de Chris démarre, imposant son rythme à tous les spectateurs. Je souris légèrement en me laissant happer par la chanson, je m'engouffre totalement dans notre musique, mes iris ne se décrochent plus de celle qui m'a mouché comme un adolescent, hier soir. Au moment du refrain, j'avance d'un pas vers mon micro et viens joindre mon chant à celui de Logan. Les cris redoublent dans le bar, et mon cœur s'emballe en écho à notre tempo.

À la fin du concert, je suis en sueur, et sous les applaudissements et les hurlements de l'assistance qui en veut encore malgré trois rappels, nous regagnons enfin les coulisses, puis la loge. Une fois ma guitare posée sur son socle, je m'empare d'une bouteille d'eau et la vide d'un trait.

— On a mis le feu à la place ! scande Chris avec enthousiasme en faisant tournoyer ses baguettes en tous sens.

Logan se laisse tomber sur le vieux canapé en cuir et acquiesce en ronchonnant.

— C'est la dernière fois que je joue les bassistes. Je suis loin d'être aussi doué que Maisie.

— T'inquiète, Bax a très bien couvert tes deux fausses notes, tempère Chris, tout sourire. Et puis, ta diablesse de sœur ne devrait pas tarder à faire son apparition, comme toujours ! Elle ménage juste son entrée…

Tout en les écoutant parler, je retire mon tee-shirt détrempé et en enfile un autre, blanc et propre celui-là. Logan a raison, Maisie est inégalable à la basse, et j'espère qu'elle arrivera bel et bien de Portland ce soir, ou au moins, à temps pour débuter l'enregistrement de notre album lundi. Signer son premier contrat avec un tel producteur, c'est le rêve de tout musicien ! Et c'est à nous que cela arrive. Alors pas question que cette peste vienne tout gâcher !

— Je vous laisse, j'ai une dernière danse à aller réclamer, lancé-je en quittant la pièce.

Le juke-box diffuse une chanson des années 90 lorsque je me faufile jusqu'au bar, rendant sans trop y faire attention les sourires que la foule m'adresse. Cette contrainte imposée par la nouvelle notoriété du groupe me plaît un peu moins que l'adrénaline ressentie quand je suis sur scène, mais cela fait partie du jeu. Je peine à me frayer un chemin jusqu'au comptoir afin de commander une bière à la serveuse. Celle-là même qui semble très proche de mon inconnue.

— Le concert était génial ! s'exclame-t-elle en me tendant ma bouteille.

— Merci !

La musique est plus forte qu'en début de soirée, aussi devons-nous élever la voix pour nous entendre.

— Dis, la fille avec qui j'ai dansé tout à l'heure…

Elle fait mine de ne pas savoir de qui je parle et attend que je poursuive avec un petit sourire en coin.

— Celle dont vous avez fêté l'anniversaire hier soir…

Elle acquiesce en silence tout en servant un client. Une jeune femme s'approche de moi et me tend un feutre avec la coque de son portable. Je la signe et lui accorde un selfie, avant de reporter mon attention sur la barmaid.

— C'est quoi, son prénom ?! finis-je par m'impatienter

quand je vois qu'elle me dévisage toujours sans un mot et avec suspicion.

— Lara ! Elle s'appelle Lara ! Et c'est ma cousine, alors fais gaffe, ajoute-t-elle, sévère.

Son regard noisette s'est fait plus dur sur ses dernières paroles. *Elle ferait mieux d'adresser ce genre d'avertissement au crétin qui accompagne sa cousine ce soir*, ne puis-je m'empêcher de penser.

— Tu sais… *j'hésite un instant avant de poursuivre :* tu sais si elle est encore là ? Elle me doit une autre danse.

D'un signe du menton, la barmaid me désigne Lara, immobile au milieu de la foule. Elle semble chercher quelqu'un des yeux. Durant tout le concert, je ne l'ai pas lâchée une seule fois du regard, hypnotisé. Comme si ce moment n'avait appartenu qu'à nous. Chris a raison pourtant, il est rare qu'une fille me rembarre comme elle l'a fait près du juke-box, et je n'arrive pas à m'expliquer pourquoi je suis encore aussi irrésistiblement attiré vers elle. Mais il n'empêche que cette jeune personne exerce sur tout mon être une incroyable fascination depuis que je l'ai aperçue hier, manquant de se casser la figure en quittant la scène !

Or dans la vie, je suis un type qui fonctionne à l'instinct et laisse libre cours à ses émotions. Et pour le moment, mon instinct me dicte d'aller vers Lara.

Je m'éloigne du comptoir et joue des coudes entre les corps qui se déhanchent et les clients qui bavardent entre eux, un verre à la main. J'évite soigneusement tout contact visuel pour ne pas être stoppé dans mon avancée. Mon esprit est focalisé sur la jeune femme qui se tient de dos à quelques pas de moi. Quand je pose une main sur son épaule à moitié dénudée par son débardeur, elle pivote dans ma direction, tout sourire.

— Kyle, enfin !

J'esquisse une moue désolée sans l'être vraiment. Son expression, par contre, passe de l'enthousiasme au désarroi le plus total.

— Non, c'est toujours Baxter aux dernières nouvelles. Ou Bax, à la limite, si tu préfères, concédé-je, goguenard.

Je ne l'entends pas, mais je sais qu'elle soupire lorsqu'elle se détourne.

— Tu n'aurais pas croisé le type que tu as voulu rendre jaloux avant le concert? me questionne-t-elle en reprenant ses recherches.

Étant plus grand qu'elle, j'ai déjà aperçu le mec en question, toutefois je crains que ma réponse ne lui plaise pas vraiment…

— Tu veux dire le connard qui se fait lécher les amygdales par la jolie blonde, là-bas?

De mes paumes plaquées sur ses épaules, je la fais pivoter dans la bonne direction pour qu'elle assiste par elle-même au désolant spectacle. Son *copain* est confortablement installé sur l'une des banquettes non loin du bar, une blonde sculpturale assise en travers des genoux. Lara se dégage brusquement de mes mains. Une puissante colère, mêlée de tristesse, semble irradier dans son corps tout entier. Trop enragée pour se rendre compte qu'elle va se couvrir de ridicule, elle s'apprête à fendre la foule, sans doute pour aller tuer le pauvre abruti qui, depuis leur arrivée, fait très peu cas de sa présence. *In extremis*, je lui attrape le poignet et l'attire contre moi. Au comble de la fureur, elle commence par lutter un court instant.

— Tu me dois toujours une autre danse, Lara, murmuré-je tout près de son oreille, ce qui la fige instantanément.

— Oh, le petit génie a découvert mon prénom à ce que je vois.

Elle a grondé sa réponse, vindicative, et je souris avec malice.

— Je suis débrouillard quand j'en ai vraiment envie. Tu n'as pas idée…

— Tu m'excuseras, mais moi, je n'ai aucune envie de danser, là ! rage-t-elle en reculant d'un pas.

Plaquant mon bras dans son dos, je la ramène à moi.

— J'ai fait ma part du boulot en rendant ce type jaloux pour qu'il s'intéresse à toi. Si tu n'as pas su conserver son attention, je n'y suis pour rien, m'offusqué-je. Et pour être tout à fait sincère, ce Kyle ne vaut clairement pas la peine que tu te donnes autant de mal pour lui. Il est complètement aveugle…

Une nouvelle chanson débute, plus lente que la précédente. Mes doigts descendent le long de sa colonne vertébrale, jusqu'à sa chute de reins. Dans un petit grognement agacé, elle fait remonter ma main plus haut.

— Tu n'as pas saisi le message, hier soir, n'est-ce pas ?

Ses boucles brunes chatouillent un instant ma joue.

— Je m'y suis mal pris, hier, c'est tout. Je n'aurais jamais dû douter du fait qu'une si jolie femme est aussi capable de choisir de la bonne musique.

Quand elle secoue la tête, excédée, un parfum fruité me parvient et je l'inspire à pleins poumons sans pouvoir m'en empêcher.

— Tu n'as donc rien d'autre à faire que de me harceler ? Quelque groupie à aller sauter dans les coulisses ou un truc du genre !

Je recule mon visage et la fixe.

— Tu veux aller dans les coulisses ?

Ses joues virent au rouge cramoisi, et de justesse, je me retiens de rire.

— Mais t'es complètement con, ma parole !

— Tu es ici, et tu danses avec moi, après un concert. Cela fait de toi une groupie, non ?

Oh, je sais très bien que je fais tout pour m'attirer ses foudres, seulement c'est plus fort que moi, hier soir, elle a titillé mon côté un peu macho.

— Je serai la dernière des filles sur cette planète à devenir ta groupie, Baxter !

Elle crache presque mon prénom, ce qui m'amuse énormément. Je fais semblant de ne pas prendre ses paroles en compte et la fais tourner sur elle-même avant de la ramener à moi.

— *Oh baby I love your way, I wanna tell you I love your way, I wanna be with you night and day*[1] … fredonné-je. J'adore cette chanson.

— Moi, cette chanson me rappelle juste la scène où Ruby Roundhouse[2] botte le cul des deux gardiens du hangar dans la nouvelle version de *Jumanji*[3].

Je ris.

— Et cinéphile en plus, vraiment tout pour plaire, chuchoté-je dans son cou.

Le silence tombe entre nous, et dès l'instant où la chanson prend fin, elle se dégage d'un geste sec afin de gagner les coulisses. Je la suis à la hâte alors qu'elle dépasse Logan et Chris sans leur accorder le plus petit regard.

— Lara ! l'interpellé-je.

Elle ne se retourne pas et fonce droit vers la sortie de secours, dont elle pousse la lourde porte avec violence.

— Lara !

Comme un con, je la poursuis dans la ruelle, puis dans la rue où se sont amassés quelques spectateurs.

— Lara ! Je suis désolé, d'accord. Je ne voulais pas agir comme un idiot, mais…

Et tout à coup, elle stoppe net son avancée au beau milieu du trottoir. *Est-ce qu'elle m'attend ?* songé-je en m'approchant d'elle d'un pas plus posé, de peur de la voir s'enfuir à nouveau.

1- Paroles de la chanson, *Baby, I Love Your Way* de *Peter Frampton*.
2- Personnage de fiction dans le film *Jumanji : Welcome to the jungle* de 2017.
3- Film des années 1990, repris en 2017.

Cependant, quand elle se met à chanceler dangereusement, je me précipite sans plus réfléchir. Comme dans un cauchemar, je vois son corps chuter lentement à la renverse, tandis que les gens massés autour d'elle s'écartent en vitesse plutôt que d'essayer de lui venir en aide. Je la rattrape de justesse, évitant ainsi que son crâne ne heurte le bitume avec violence.

— Hey, Lara ?! l'appelé-je d'abord doucement en dégageant ses cheveux de son visage devenu très pâle.

Mais rien, elle reste inconsciente. Et les badauds commencent à s'attrouper autour de nous.

— Dégagez, bordel de merde ! crié-je en apercevant le flash d'un appareil photo.

Une voix m'interpelle depuis la ruelle, puis se rapproche.

— Qu'est-ce qui lui arrive, Bax ? me questionne Logan quand il me rejoint avec Chris.

— Va chercher la barmaid à l'intérieur… c'est sa cousine. Vite !

Chris s'agenouille près de moi et me jette un coup d'œil interrogateur.

— Fais reculer ces gens, Chris.

Il opine et se relève. La jeune femme étendue sur le sol ne donne toujours aucun signe de conscience, je sens à peine quelques faibles pulsations sous ma main posée dans son cou.

— Poussez-vous ! ordonne bientôt la voix puissante de Clayton.

La cousine de Lara me bouscule alors sans ménagement et examine la jeune femme.

— Appelle une ambulance, me lance-t-elle après un court instant. Dépêche-toi !

C'est Logan qui passe l'appel au 911, et l'attente commence, interminable. Je tente de questionner Clayton, mais ce dernier fait barrage entre les deux femmes et moi. Dans cette grande ville, il ne faut heureusement que quelques minutes aux secours pour arriver. Sirènes hurlantes, l'ambulance s'arrête devant l'attroupement de badauds et les secouristes dispersent enfin les curieux. Puis ils installent Lara sur une civière et la hissent à toute vitesse à l'arrière de leur véhicule, tandis que j'entends Josie les informer que sa cousine doit impérativement être transférée au *Virginia Mason Hospital*, sans parvenir à saisir la fin de sa phrase.

Pendant une fraction de seconde, il me semble apercevoir la jeune femme qui tente de relever péniblement la tête.

— File avec elle et donne-moi des nouvelles, Josie, ordonne Clay à sa barmaid.

Elle acquiesce avant de monter dans l'ambulance à son tour. Impuissant, je ne peux que regarder les secours s'éloigner en trombe.

— Mais qu'est-ce qui se passe ici ? Quelqu'un est mort ou quoi ? s'enquiert au même instant une voix féminine que je ne connais que trop bien.

Son énorme valise posée à ses pieds, une jeune beauté aux longs cheveux d'un rouge flamboyant nous observe avec un mélange d'impatience et de curiosité.

— Bax a encore fait des ravages ? ironise la sœur de Logan.

Maisie vient à peine de débarquer, et moi, j'ai déjà envie de l'étrangler ! Mes poings se serrent quand je passe près d'elle sans un mot pour regagner la ruelle déserte où est garée notre fourgonnette. Je grimpe au volant et démarre en trombe après avoir enclenché la marche arrière.

Un besoin presque vital s'est emparé de moi.

Virginia Mason Hospital, noté-je à la hâte sur mon GPS. Je dois savoir…

Chapitre 4

Lara

Tout se met brusquement à tourner autour de moi dans la salle, la musique me vrille les tympans, c'est insupportable. *Je dois sortir*, pensé-je en me dégageant sèchement de Baxter. La foule va m'empêcher de progresser vers la porte, alors je gagne les coulisses. Les murs tanguent sur mon passage et je bouscule deux ou trois personnes sans même les voir. La voix étouffée du guitariste retentit derrière moi, m'interpellant à plusieurs reprises, toutefois mon besoin d'air est de plus en plus vital, je suffoque.

— Lara !

Une fois à l'extérieur, le souffle me revient peu à peu, néanmoins ma respiration reste erratique. J'ai pu quitter la ruelle, et j'avance sur quelques mètres encore devant le *Olie's*, slalomant entre les clients du bar qui sont sortis se rafraîchir, puis je m'arrête net. Plus aucun son ne me parvient, des points noirs dansent devant mes yeux… et soudain, c'est le vide.

Des bruits, le visage de Josie, des voix, des sirènes, des flashs m'atteignent par bribes de temps à autre, mais je replonge toujours, incapable de rester consciente plus de quelques poignées de secondes. J'entends de nouvelles personnes parler près de moi, puis je sens qu'on me déplace.

Le cœur au bord des lèvres, la tête en vrac, je tente d'émerger dans l'espoir de rassurer tout le monde, seulement l'exercice s'avère plus compliqué que prévu. Aussi, je laisse mes pensées partir à la dérive un instant… juste un tout petit instant.

Je revois le regard du guitariste, je ressens de nouveau cette connexion entre nous qui m'a empêchée de détacher mes yeux des siens tant qu'il était sur scène, tant que sa musique envahissait mon corps. Ensuite me revient le souvenir de Kyle embrassant cette autre femme, vite chassé par les bras de Baxter qui m'entourent, sa voix fredonnant les paroles d'une chanson près de mon oreille. Ses propos condescendants résonnent alors durement sous mon crâne, et finalement, mon sentiment de mal-être me ramène à la réalité.

C'est la lumière d'un néon qui me salue lorsque j'ouvre les paupières pour de bon. Avec un long soupir, je tente de me redresser sur le brancard qui me sert de lit, mais une paume ferme se pose sur mon épaule pour m'en empêcher.

— Tu es à l'hôpital, m'annonce la voix paisible de Josie.

— Merci, j'avais saisi.

Ma tonalité est rauque, je grogne et pose une main sur ma gorge. Ma cousine s'empresse de m'apporter un verre d'eau. Doucement, j'en bois quelques gorgées et le lui rends bien vite, car ma main tremble. *Bon sang que j'ai cet endroit en horreur*, pensé-je en observant les lieux.

— Qu'est-ce qui s'est passé ? m'informé-je.

Le regard sans équivoque de Josie se pose un instant sur mon corps allongé sous la chaude couverture blanche, tandis que moi, je fixe l'aiguille, puis la perfusion reliée à celle-ci qui s'écoule au compte-gouttes dans mon bras. Déconfite, je laisse ma tête se renfoncer dans l'oreiller et me plains mentalement de l'inconfort du matelas.

— Tu as perdu connaissance sur le trottoir devant le *Olie's*, finit pourtant par m'expliquer Jo sans se départir de son calme apparent.

— Rien de grave ! Je reconnais n'avoir pas assez mangé ces derniers jours…

Sans faire le moindre commentaire, Josie retourne s'asseoir dans le fauteuil réservé aux accompagnants, bien décidée à rester avec moi et surtout à m'empêcher de mettre les voiles alors que le temps s'écoule.

Une infirmière m'a déjà interdit à deux reprises de quitter le petit espace que j'occupe aux urgences depuis trop longtemps à mon goût. Peut-être qu'ils m'ont oublié ! me dis-je avec espoir chaque fois que personne ne donne plus signe de vie.

Mais non, on finit toujours par revenir me faire de nouveaux tests… et j'en reconnais certains. Plus j'y réfléchis, et plus je me sens dépassée par les événements.

J'entends des voix étouffées, des bruits de pas derrière la cloison, et je perds finalement toute notion du temps après que plus d'une heure et demie se soit écoulée. Je déteste que les minutes s'égrènent si lentement. C'est une torture de les voir défiler une à une sur la petite horloge accrochée au mur près de la porte. Josie et moi ne parlons pas, je n'en ai pas particulièrement envie. Elle non plus, je pense…

Le battant du box des urgences coulisse, et ma respiration se coupe quand je vois apparaître le docteur Holliday. Mon médecin porte toujours la même blouse blanche, avec la même barbe de trois jours et les même courts cheveux poivre et sel. Il me sourit gentiment et approche du brancard sur lequel je viens de me pétrifier, mon épais dossier médical en main. Des larmes commencent à me monter aux yeux, pourtant je les retiens en serrant les poings.

Quelqu'un osera-t-il dire un jour à ce type qu'il porte vraiment très mal son nom ?!

— Bonjour, Lara, me salue-t-il. Comment te sens-tu ?

Sans répondre, je tourne la tête et lance un regard chargé d'incompréhension à ma cousine.

— Josie, Docteur, combien de temps suis-je restée inconsciente ?

Aucune réponse des deux personnes présentes dans la pièce, toutefois je sais bien que le docteur Holliday n'est pas passé là pour un simple bonjour.

— Répondez-moi !

Ma voix est maintenant suraiguë.

— Pas très longtemps, quelques minutes tout au plus, mais tu étais confuse dans l'ambulance et tu te rendormais sans cesse, m'informe finalement ma cousine.

Je serre les dents et daigne enfin m'adresser à mon médecin tout en le fixant durement.

— Il est revenu ?! C'est ça ? Répondez-moi sans fioritures, Docteur Holliday !

Le médecin tire l'une des deux seules chaises de la salle près de mon lit de fortune et s'y installe.

— Nous n'avons pas encore tous les résultats du labo, mais aux vues des premiers bilans, de vos pertes de connaissance et des éléments rapportés par votre cousine, je suis en droit de supposer…

Il s'interrompt un instant, avant de reprendre avec hésitation :

— Mais ce n'est que mon opinion, les tests confirmeront ou non mon hypothèse, que c'est revenu, oui. Reste à savoir maintenant si c'est une récidive ou… une évolution…

— Vous m'aviez dit que j'étais tirée d'affaire, la dernière fois ! Que cette fichue leucémie était partie ! hurlé-je malgré moi.

Mon hématologue baisse les yeux vers le sol, il semble désolé.

— Les rémissions complètes sont nombreuses, Lara, mais…

— Mais pas dans mon cas, terminé-je pour lui.

Il ouvre puis referme mon dossier plusieurs fois pour se donner une contenance. Je sens le regard douloureux de Josie peser sur moi, et une main sur mon front, je balance ma tête vers l'arrière et scrute le plafond blanc en silence.

Jamais ! Je ne revivrai pas cela une troisième fois. Plus maintenant, plus alors que j'ai désormais le choix.

— Lara, tu es avec nous ? s'inquiète Jo.

J'acquiesce en silence, même si c'est un mensonge. Je ne veux plus qu'une seule chose à présent : quitter cet endroit au plus vite.

— À la suite de ton admission, nous avons évidemment fait tous les examens sanguins nécessaires. Les premiers résultats du labo… Enfin, ce que je veux dire, c'est que c'est un joli bordel là-dedans. Nous allons donc tout d'abord procéder à une transfusion de plaquettes et de globules rouges après t'avoir montée en service d'oncologie. Ensuite, d'ici une semaine ou deux, nous pourrons commencer la chimio, m'explique le médecin d'une voix douce. Nous nous adapterons en fonction des informations que nous fera parvenir le labo au fur et à mesure.

Les souvenirs affluent et me rattrapent comme dans un mauvais film de série B. Tous ces tests, ces horribles traitements, ces journées passées à l'hôpital à souffrir, et non à jouer à la maternelle ou plus tard, à étudier dans les salles de cours. Les innombrables effets indésirables que les chimiothérapies avaient sur moi. Non ! Il n'est pas question que je revive tout cela…

— Non.

Le docteur Holliday et ma cousine me dévisagent un instant, comme s'ils pensaient avoir mal entendu.

— Lara, murmure Josie.

— Je refuse la chimio.

La tête haute, je scande ces paroles avec toute ma force de conviction.

— Mais…

Je coupe l'hématologue en le questionnant :

— Combien de temps ?

Surpris, le pauvre semble chercher ses mots pour me répondre.

— Difficile à dire, très peu si on ne fait rien du tout, tu t'en doutes.

— Et si j'accepte de faire régulièrement des transfusions de plaquettes et de globules rouges pour me maintenir ?

— Sans aucun autre traitement ?

J'acquiesce.

— Sincèrement, je l'ignore. Selon le type de leucémie, ton état peut rester stable un long moment, mais il peut aussi se dégrader très rapidement, m'explique-t-il. Pourquoi refuser la chimio ?

— Parce que je sais ce qui m'attend et je ne tiens pas à subir tout ça une troisième fois. Et puis sincèrement, Docteur, ai-je aujourd'hui une seule chance de rémission, alors qu'elles étaient déjà presque nulles lors de la deuxième rechute ? J'en doute. À présent, je ne suis plus une gamine de cinq ans ni même une ado de quinze ans à qui on ne laisse pas le choix. Vous avez affaire à une femme de vingt-sept ans qui prend ses propres décisions, et *ma* décision désormais, c'est de vivre pleinement le temps qu'il va me rester ! Je refuse de passer les prochains mois à être malade comme un chien et cloîtrée entre ces murs, tout en sachant qu'il n'y a qu'un pourcentage inexistant de chances que je survive. Il n'en est pas question.

— Lara, tu ne l'envisages pas sérieusement, n'est-ce pas ?

La voix de Josie tremble lorsque ma cousine m'interpelle depuis son siège.

— Cette satanée maladie semble beaucoup trop aimer mon corps pour que je puisse m'en débarrasser une bonne fois pour toutes, Jo. Je ne veux plus lutter en vain, je veux vivre comme je l'entends à partir de cette seconde, même si ce n'est plus que pour quelques mois. Tu ne comprends donc pas que c'est un combat perdu d'avance ?!

54

La pauvre me fixe comme si elle me voyait pour la première fois, ses yeux sont remplis de larmes, et sur le coup, je m'en veux de lui faire endurer une telle épreuve, mais plus rien ne me fera changer d'idée.

— C'est parti! Allons faire ces transfusions, que je puisse rentrer chez moi! m'exclamé-je en me redressant.

Mon médecin acquiesce d'un air sinistre et débranche ma perfusion avant de m'aider à me mettre sur pied. J'oscille quelques secondes, le temps de trouver mon équilibre, puis avance vaillamment à sa suite vers le couloir. Quand nous sortons du box et traversons la salle d'attente pour gagner l'ascenseur, je me fige quelques secondes, stupéfaite. Parmi les personnes qui patientent afin d'être vues par un docteur se trouve Baxter. Dès qu'il m'aperçoit, il se lève comme un diable sort de sa boîte et nous rejoint.

— Est-ce que ça va? Tu t'es évanouie... Je...

Il paraît complètement affolé, ce qui le rend d'autant plus drôle.

— Ça va, le rassuré-je d'un ton détaché. Ça va aller, je dois seulement passer encore un peu de temps ici. En observation...

Je le dévisage un moment, puis lui demande :

— Mais qu'est-ce que tu fais là, au juste?

L'air gêné, il passe une main dans ses cheveux et hausse les épaules.

— Je m'inquiétais, avoue-t-il à contrecœur.

— Eh bien, tu peux rentrer, Baxter, je vais bien.

Cette situation ne regarde que moi, même s'il faut bien reconnaître que je trouve son geste très mignon. Les portes de l'ascenseur s'ouvrent, et mon docteur, Josie et moi nous y engouffrons. Le guitariste pose alors une main entre les battants pour les empêcher de se refermer.

— Je vais t'attendre ici, Lara, si ça ne te dérange pas, bien sûr, m'annonce-t-il d'une voix déterminée.

Je jette un coup d'œil ébahi à ma cousine, qui en reste également muette.

— Elle ne sortira pas avant vingt-quatre heures, jeune homme, le prévient mon médecin. Je vous conseille de rentrer chez vous et de revenir plus tard.

Mes yeux croisent une dernière fois ceux de Baxter, au moment où les portes se referment sur nous et que l'ascenseur nous conduit au troisième étage.

Pendant que mon hématologue commande la livraison des nombreuses poches de sang qui me seront nécessaires, on m'installe dans l'une des multiples petites alcôves du service, où je m'assois en grimaçant sur un gros rocking-chair. Une infirmière s'affaire autour de moi, effectuant les derniers examens exigés par mon médecin. Josie, quant à elle, prend ses aises sur la chaise réservée à l'accompagnateur. Lorsque l'infirmière nous quitte, ma cousine abandonne enfin le mutisme dans lequel elle s'est enfermée depuis ma déclaration.

— Tu veux que j'appelle ta mère ?

— Non. C'est ma décision, Josie, et je l'assume pleinement, mais je ne tiens pas à endurer ses remontrances ou ses pleurs. Pas maintenant. Ne t'inquiète pas, je me chargerai de cet appel.

Josie acquiesce, et je la vois essuyer en vitesse une larme sur sa joue. Je lui tends la main et lui souris quand elle s'en empare.

— Tu es certaine de ne p…

— Jo… oui, j'en suis certaine. Quelque part, j'étais préparée à cette éventualité, lui avoué-je alors. Et ne me dis pas que tu n'y as pas réfléchi, toi aussi ! Même avec un traitement, tu sais également que, cette fois, je n'ai aucune chance de vaincre cette saleté. Je ne veux plus me battre… je veux juste vivre à fond, même pour un court instant.

Elle opine de la tête en laissant libre cours à ses larmes.

— C'est injuste, parvient-elle juste à articuler entre deux sanglots.

— C'est juste la vie…

Un peu perdue dans mes pensées, je ne vois plus les minutes s'écouler désormais, et je sursaute quand l'infirmière revient avec la première poche à transfuser.

— Prête ? me demande-t-elle.

— Oui.

— On en a pour un bon moment…

— Je sais, alors ne perdons pas de temps.

— Mais je me tue à vous dire que je me sens parfaitement bien ! m'exclamé-je, exaspérée. Je veux juste rentrer chez moi maintenant !

— Et moi, je ne peux pas vous laisser partir, insiste la nouvelle infirmière.

Je grogne de mécontentement. Cela fait des heures que mes transfusions sont terminées, et cette idiote ne veut pas me laisser sortir sous prétexte qu'elle doit me garder à l'œil jusqu'au lendemain de la fin de la dernière poche. C'est hors de question ! Je vais très bien et j'en ai plus que marre d'être enfermée entre ces quatre murs.

— Allez me chercher le docteur Holliday.

La pauvre fille me dévisage, interloquée.

— Je veux voir mon médecin !

Déstabilisée par mon ton péremptoire, la jeune femme excédée déguerpit sans un mot. Et c'est mon médecin qui réapparaît à sa place une dizaine d'interminables minutes plus tard.

— Ça fait plus de douze heures maintenant que je suis dans cet hôpital. Je n'en peux plus, je veux partir ! m'écrié-je de but en blanc.

— Lara, tu dois rester pour…

— Pour surveiller mes constantes, ma tension, ma température… Merci, je connais la chanson ! Sauf que maintenant, ce ne sont plus mes parents qui décident, mais moi, alors donnez-moi une décharge et je vous la signe. Je sors contre avis médical, annoncé-je.

Mon hématologue soupire, résigné, et repart chercher les papiers que je réclame. Quand il revient, il me tend la décharge que je paraphe en vitesse. Puis il m'annonce que de nouveaux rapports du laboratoire sont arrivés.

— Et vous aviez tout bon, n'est-ce pas ? le questionné-je.

— J'ai bien peur que oui, en effet. Toutefois, d'autres tests, qui nécessitent plus de temps encore, sont en cours afin de nous apporter davantage de précisions.

Josie est partie sur mes ordres prendre un peu de repos chez Sam qui habite juste à côté de l'hôpital, aussi dois-je encaisser le coup toute seule. Mais j'ai connu bien pire, et de toute façon, à quoi est-ce que je m'attendais, hein ?! À un miracle ?!

— On se revoit quand ?

— Dans une semaine, et nous verrons alors comment adapter ta prise en charge en fonction des résultats. Je vais également discuter de ton cas avec mes confrères pour avoir leur avis, m'informe-t-il.

— Très bien.

Je lui rends son papier de sortie et prends la direction des ascenseurs. Au rez-de-chaussée, les urgences sont toujours bondées. En traversant la salle d'attente pour gagner la sortie, j'avise une tignasse devenue presque familière à présent. *Il est encore là !* Sur son banc, Baxter s'est endormi, la tête appuyée contre un montant du mur. *Comment fait-il pour roupiller dans un tel boucan ?!* Après m'être approchée de lui, je pose un doigt sur le torse du guitariste. Il n'en faut pas plus pour le réveiller en sursaut. Je recule vivement afin de ne pas être renversée quand il se lève d'un bond. Son regard inquiet se pose aussitôt sur moi.

— Tu vas bien?! Il est quelle heure?

Il semble complètement perdu.

— Je vais bien, oui. Il est plus de treize heures.

C'est mon tour de le dévisager avec perplexité.

— Je peux savoir ce que tu fais encore là, Bax?

— Si je te disais que je passe le temps, tu me croirais?

Malgré moi, j'éclate d'un rire libérateur, et cela me fait un bien fou.

— Il existe une foule d'endroits bien plus exaltants où passer le temps que la salle d'attente des urgences d'un hôpital, si tu veux mon humble avis, lui confié-je.

— Je ne suis pas un mec comme les autres.

J'avais remarqué, pensé-je en me mordillant la lèvre supérieure.

Il hausse négligemment une épaule et me sourit, faisant apparaître à nouveau ses deux fossettes. Je secoue la tête avant de me diriger vers la sortie; évidemment, le musicien m'emboîte le pas. Dans la rue devant l'hôpital, je m'immobilise quelques secondes pour regarder défiler voitures et taxis. Dommage, je n'ai sur moi que mon portable déchargé et mes clés! Toutes mes affaires sont restées au *Olie's*. C'est bien ma veine…

— Bon, alors, au revoir, lancé-je à Baxter qui se tient dans mon dos, prête à affronter la longue marche jusqu'à mon appartement.

— Attends! Je passe près de douze heures dans cette salle d'attente bondée à t'attendre, et je n'ai même pas droit à une seconde chance?!

Stupéfaite, je me retourne et me campe face à lui.

— Pour avoir une seconde chance, il aurait déjà fallu que tu en aies eu une première, non?

— Tu réponds toujours aux questions qu'on te pose par une autre ? s'enquiert-il.

— Souvent !

Il marque un temps d'arrêt et se passe une main sur son menton couvert d'une fine barbe.

— Très bien. Que dois-je faire pour obtenir cette première chance ?

Je me mords les lèvres pour m'empêcher de rire. Ce type est tenace ! Et ça me plaît !

— Si tu trouves un moyen de me raccompagner chez moi, tu auras ta première chance, décrété-je.

Son petit sourire narquois me fait froncer les sourcils – je me sens comme la souris qui vient de faire un pas dans la gueule grande ouverte d'un chat ! –, alors qu'il brandit un trousseau de clés de voiture sous mon nez.

— Votre carrosse est avancé, princesse !

Baxter me guide en silence jusqu'au parking derrière le bâtiment. Là, je découvre la grosse fourgonnette qui était garée hier soir dans la ruelle attenante au bar de Clayton. Il m'ouvre galamment – un peu trop galamment, d'ailleurs – la portière côté passager et m'invite à monter à bord. Malgré l'immense bordel – aucun autre mot ne me vient au premier regard – ambiant, je suis surprise en découvrant l'aménagement du véhicule. On dirait une mini caravane avec ses deux banquettes à l'arrière, et un espace dissimulé derrière un affreux rideau tout au fond !

— C'est clairement un véhicule de mec, constaté-je toutefois après lui avoir donné mon adresse, en repoussant ostensiblement du pied un vieux sachet de chips.

En riant, il met de la musique en fond sonore, et je reconnais tout de suite l'une des chansons que son groupe a jouées la veille. Je ferme les yeux et me laisse emporter par la mélodie. Heureusement, Baxter conduit avec agilité à travers les rues de Seattle, car je n'ai plus qu'une hâte, me retrouver chez moi. Ses doigts tapent le volant en rythme avec les notes de musique, tandis qu'il fredonne par-dessus sa propre voix qui sort des haut-parleurs. Je dois bien l'avouer, leur style rock métal me plaît beaucoup.

Je reste enfermée dans mon mutisme durant tout le trajet, et au moment où mon chauffeur gare sa camionnette devant mon immeuble, j'ouvre la porte et quitte l'habitacle comme si j'avais le diable aux trousses. Néanmoins, Baxter ne semble pas décidé à en rester là pour aujourd'hui. Il descend lui aussi et me rejoint quand j'atteins l'entrée de mon bâtiment. Lorsque je fais volte-face, il me sourit. À croire que ce type a toujours le sourire aux lèvres !

— Bien… au revoir, Bax.

— Tu as oublié quelque chose, m'annonce-t-il.

Je soupire en levant les yeux au ciel.

— Près de chez *Olie's*, il y a une librairie. J'y travaille, alors tu n'as qu'à passer le jour où tu voudras tenter cette fameuse première chance.

— Ça me va ! s'enthousiasme-t-il.

Je déverrouille le lourd battant et m'apprête à m'engouffrer dans mon hall, lorsque sa main vient se poser sur mon coude.

— Tu as besoin d'aide pour monter ?

Il est vrai que je dois avoir une mine épouvantable, avec tout ce qui m'est arrivé depuis hier soir, je ne peux pas vraiment lui en vouloir de s'inquiéter.

— Non, ça ira. Je t'assure, ajouté-je devant sa mine sceptique.

— Il y a un ascenseur ?

— Bien sûr !

Vilain mensonge, me dis-je en prenant du coup tout mon temps pour pénétrer dans l'immeuble. Et j'attends de l'apercevoir qui remonte dans son véhicule et l'engage de nouveau sur la route avant de laisser le battant se refermer sur moi.

Face à la cage d'escalier, je souffle quelques secondes. Trois étages ! L'enfer sur Terre à mes yeux en cet instant !

Mais je veux retrouver mon lit, alors aucun effort n'est trop grand à mes yeux pour y parvenir.

Chapitre 5

Lara

L'ascension de l'Everest, voilà ce qu'ont représenté pour mon corps à l'agonie les dizaines de marches que je viens de gravir ! Une main posée sur la porte de mon appartement, j'essaie de reprendre mon souffle. La fatigue n'aidant pas, je reste là un long moment. Un voisin croise mon regard en descendant et me dévisage bizarrement. J'ai très envie de lui demander s'il veut ma photo, toutefois j'ai d'autres chats à fouetter, je suis maintenant en train de me battre avec ma clé qui refuse d'entrer dans la serrure !

Quand le battant s'ouvre, je manque de laisser un cri de joie franchir mes lèvres. *Enfin chez moi !* pensé-je en m'avançant vers la cuisine.

Je reste un instant figée en découvrant que toutes mes affaires ont été déposées sur le petit îlot central. Je réfléchis quelques secondes. Il est impossible que ce soit l'œuvre de Josie, elle est restée à l'hôpital jusqu'au lever du jour pour ensuite partir chez Sam. Unique explication : Clayton. Il est le seul à posséder un double de notre logement.

Sur la table du salon, j'aperçois alors de superbes fleurs dans un énorme vase. Je suis tellement touchée par l'attention de cet homme, que je considère depuis des années comme un membre de ma famille, que les larmes me montent aux yeux.

Réprimant un énorme bâillement, j'ouvre le réfrigérateur et en sors de quoi me préparer un gigantesque sandwich. Je meurs de faim ! Ces dernières vingt-quatre heures m'ont épuisée, mais mes crampes d'estomac l'emportent pour l'instant sur tout le reste. C'est au moins la preuve que je me sens un peu mieux, car j'avale mon en-cas avec appétit. Avant de filer sous la douche pour me débarrasser de l'insupportable odeur de l'hôpital, je range mes affaires et mets mon portable à charger à côté de mon lit.

Je m'octroie un long moment de détente sous l'eau chaude, malgré ma fatigue. Mon savon fruité chasse une bonne fois pour toutes les effluves aseptisés du service d'oncologie. Vêtue d'un ample tee-shirt et d'un short, je regagne ma chambre d'un pas traînant, et les cheveux encore trempés, je me laisse choir sur mon matelas moelleux. Sa douceur m'accueille tel un amant bienveillant. Avec un soupir de pur bonheur, je m'enroule dans ma couette, mon téléphone à la main, et découvre un message de Jo quand je déverrouille l'écran.

Je suis de garde ce soir. Fais attention à toi, je te rejoins demain matin en oncologie. Repose-toi. Je m'occuperai des papiers de sortie.

Je lui réponds vite fait que je vais bien et suis rentrée me reposer à l'appartement, puis j'éteins mon portable, car je suis certaine qu'à l'instant où elle lira mon message, Josie piquera une colère noire et m'appellera sur-le-champ. Or il n'est pas question de me faire gronder comme une gamine de cinq ans, alors que je ne désire qu'une chose, rester au chaud ici et dormir jusqu'à demain !

Je suis en totale admiration devant ma cousine. En plus de travailler trois soirs par semaine au *Olie's*, Josie est infirmière et suit un cours privé pour passer infirmière en chef. Elle mène tout de front avec une parfaite maîtrise, alors que moi, je peine à faire deux choses à la fois ! Je sais que c'est ma maladie qui l'a poussée vers la voie professionnelle qu'elle s'est choisie. Elle m'a vue hanter les couloirs des hôpitaux quand j'étais toute petite, puis à l'adolescence. Mais je sais aussi qu'elle adore son job, malgré les coups durs que lui impose sa profession.

Après tout, j'en suis la preuve, pensé-je en fermant les yeux.

J'ai conscience qu'elle va avoir besoin d'un peu de recul pour analyser sereinement la situation. L'annonce a été un peu brutale… je peux la comprendre. Elle devait s'attendre à ce que je me batte une fois encore, envers et contre tout, pour… pourquoi au juste?! Survivre dans la douleur quelques mois de plus, au lieu de vivre enfin pleinement le temps qu'il me reste?

Eh bien, Josie devra l'accepter, elle n'aura pas d'autre choix, car je ne changerai pas d'avis. J'ai tranché sur la question, il y a des années de cela déjà.

Comme je le pensais, je n'échappe pas à la crise de nerfs de Josie quand elle rentre de l'hôpital, lundi matin. Je préfère d'abord ne pas prononcer le moindre mot tandis qu'elle déverse toute sa colère sur moi, me contentant d'avaler sagement mon bol de céréales. Tenter d'en placer une serait, et d'une, inutile, et de deux, mission impossible! Chaque fois qu'elle pose les yeux sur moi, je peux voir les larmes poindre sous ses prunelles, et cela me chagrine.

Heureusement pour moi, son monologue se tarit de lui-même lorsqu'elle s'aperçoit que, malgré tous ses efforts, elle ne parvient pas à m'atteindre. Après un long soupir excédé, la pauvre m'annonce qu'elle a besoin de repos, car elle enchaîne sur une autre garde en fin de journée, et ce, pour toute la nuit. Manque d'effectif dans les hôpitaux oblige. J'en profite moi aussi pour retourner m'allonger et sombre bientôt dans un sommeil sans rêves.

Lorsque j'ouvre à nouveau les yeux, nous sommes déjà au cœur de l'après-midi. Une note m'attend sur l'îlot de la cuisine. Josie est partie rejoindre Sam qui quitte encore la ville ce soir pour aller plaider à New York. Bon débarras, sale rat ! J'attrape mon ordinateur portable sur la table basse du salon et regagne le confort de ma couette. Ce matin, j'ai envoyé un courriel à Shirley afin de la prévenir de mon absence au boulot aujourd'hui, j'ai donc tout le temps devant moi. Enfin... façon de parler !

Je décide de profiter de la rare tranquillité de l'appartement pour rattraper mon retard sur quelques séries télé. Alors comment me suis-je retrouvée à surfer sur Internet et à taper le nom *Wild Rush* dans la barre de recherche... ? Mystère et boule de gomme ! Des photos, des noms, des vidéos de concerts... c'est dingue, ces types sont sur tous les réseaux sociaux ! Un lien m'entraîne vers YouTube, et je me surprends à écouter avec passion l'une de leurs prestations, filmée en Live. Derrière la musique, on perçoit très clairement le chœur de centaines de groupies qui chantent pour accompagner le groupe.

Un sourire étire mes lèvres quand je vois le batteur s'emballer dans un solo du tonnerre sous les hurlements délirants de la foule. J'ignore où les musiciens se produisaient ce jour-là, mais c'est ahurissant de découvrir le nombre de personnes qui s'étaient déplacées pour venir les voir !

La voix – beaucoup trop sensuelle – de Baxter résonne dans ma chambre, parfaitement accordée avec celle de Logan. C'est alors seulement que je remarque la présence sur scène d'une magnifique jeune femme aux cheveux rouges. Elle semble complètement perdue dans sa bulle, tandis qu'elle gratte les cordes de son instrument. Mais comme moi, assise en tailleur au milieu de mon lit, son regard ne quitte pas le guitariste. Je me demande pourquoi elle n'était pas avec eux samedi soir, lors du concert au *Olie's*.

Puis, songeant qu'il est aussi inutile qu'absurde de me questionner là-dessus plus que de raison, je ferme les paupières et laisse peu à peu la mélodie m'envelopper. Ces types sont vraiment doués, je ne pourrais le nier, ils ont tout ce qu'il faut pour déchaîner le public !

Combien de temps ai-je passé ainsi, à laisser la musique me transporter ? Je ne sais pas, toutefois, lorsque la sonnerie virulente de Skype interrompt ma rêverie, elle me fait brusquement sursauter.

Un appel de ma mère !

Eh merde ! Josie n'a pas pu s'empêcher de prévenir mes parents.

La chanson interrompue, et la magie brisée, j'accepte l'invitation de Moira Spencer après m'être calée dans mes oreillers. Le visage soucieux de ma mère et celui de mon père derrière elle apparaissent sur mon écran.

— Salut Maman, la salué-je simplement.

Et elle démarre en trombe !

— Comment se fait-il que ce soit Josie qui nous ait informés de la situation ?!

Sa voix est déjà hystérique, et je sens une migraine intergalactique poindre à des kilomètres. Comme si j'avais besoin de me taper en plus la névrose maternelle en ce moment !

— Moi aussi, je vais bien, Maman, c'est gentil de t'en inquiéter, soupiré-je.

— Ne prends pas ce ton condescendant avec nous, Lara.

La voix grave et autoritaire de mon père me parvient avec un temps de retard. Il y a un léger décalage entre le mouvement de leurs bouches et le son dans les haut-parleurs de mon ordinateur. C'en serait presque drôle ! Ma mère semble être folle de rage… ou de peur, je n'arrive pas vraiment à déceler la différence sur ses traits déformés.

— Josie nous a expliqué que tu refusais la chimiothérapie, reprend-elle. Mais qu'est-ce qui t'arrive, ma chérie ?! Tu ne peux pas faire ça ! Au contraire, tu dois démarrer le traitement le plus rapidement possible pour avoir une chance…

— Une chance de quoi ?!

Je lui coupe sèchement la parole.

— Il n'y a plus de chance, Maman. Aucune ! Tu dois te faire à l'idée qu'il n'y a plus rien à faire ! C'est terminé, je ne veux plus me battre en vain et passer les quelques mois qu'il me reste à être encore plus malade que je ne le suis déjà.

— Mais…

Derrière elle, je vois mon père qui pose tendrement une main sur son épaule. Lui paraît avoir compris.

— Mais rien, soufflé-je. Je prends seule mes décisions maintenant, Maman. L'époque où vous décidiez pour moi est révolue. C'est mon choix de ne pas suivre ce énième traitement.

Je peux apercevoir les larmes qui commencent à envahir ses yeux alors qu'elle secoue la tête de droite à gauche. Sa paume plaquée en travers des lèvres, elle renifle bruyamment. Elle doit comprendre, même si c'est dur, je dois lui faire comprendre…

— Je vais bientôt mourir…

Incapable de faire face à la cruelle vérité de mes dernières paroles, elle éclate en sanglots pour de bon. J'aurais pu y mettre plus de subtilité, c'est vrai, toutefois cela n'a jamais été mon genre. Ma mère quitte sa place devant l'écran, me laissant seule avec mon père. Edward Spencer me regarde lui aussi tristement. J'imagine très bien le choc, je suis leur unique enfant après tout…

— Lara…

— S'il te plaît, Papa, n'en rajoute pas. J'ai eu le temps d'y réfléchir depuis la dernière récidive. Et puis… je n'ai plus la force de combattre mon propre corps, avoué-je, espérant qu'il accepte enfin mon point de vue.

Il acquiesce en silence.

— C'est donc une autre récidive alors ? me questionne-t-il. Josie n'a pas su nous dire.

— En fait, je l'ignore toujours moi aussi. Tous les résultats ne sont pas encore arrivés du labo. Tu sais ce que c'est... J'ai rendez-vous la semaine prochaine avec le docteur Holliday.

L'accablement se lit sur son visage.

— Ne t'en fais pas pour moi, Papa. Je vais bien.

— Je sais, Lara... je sais.

Sans avoir revu Moira, je dis au revoir à mon père et lui promets de leur donner des nouvelles dès que j'en aurai moi-même. Je ferme mon ordinateur et le pose sur ma table de nuit avant de m'enrouler dans la douceur bienveillante de ma couette.

Je sombre de nouveau peu à peu, étonnée de découvrir que cet appel m'a finalement retiré un sacré poids des épaules.

Au cœur de la soirée, peu après mon réveil, je me rends compte que je meurs de faim. Mais une fois devant la porte ouverte du réfrigérateur, je ne me sens pas d'humeur à cuisiner et opte pour un lâche demi-tour. Après une douche rapide, je m'habille d'un jean noir et d'un tee-shirt corail, avant d'enfiler ma veste en cuir noir et une petite paire de baskets pour sortir de l'appartement. Tout en profitant de l'air frais de cette agréable soirée de juin, je marche d'un pas tranquille jusqu'au camion restaurant tout proche que j'affectionne particulièrement.

Un sachet de nourriture bien garni dans une main et mon sac en bandoulière sur l'épaule, je gagne ensuite le *Olie's*. Pour un lundi soir, je suis surprise d'y trouver pas mal de monde. Dès que je repère une place libre au bar, je fonce m'y installer. Presque aussitôt, Clayton s'arrête devant moi, l'air inquiet.

— Bon sang, Lara, mais qu'est-ce que tu fais ici ?! Tu devrais être en train de te reposer ! me gronde-t-il.

Sans lui répondre, je retire mon taco encore chaud du grand sachet en papier que je pousse ensuite dans sa direction. Surpris, il regarde à l'intérieur et en sort de quoi se restaurer. Je lui souris, avant de prendre la parole :

— Merci d'avoir rapporté mes affaires à l'appartement, c'était très gentil. Et merci pour les fleurs. Maintenant, cesse un peu de t'inquiéter pour moi et savoure !

Il m'apporte une bière afin d'accompagner mon repas et nous trinquons. Malgré son regard suspicieux, il n'insiste pas et me laisse manger en paix. Quand une nouvelle vague de clients débarque, le propriétaire des lieux m'abandonne pour aller s'en occuper.

Je sais très bien que je ne devrais pas, surtout après mon hospitalisation, mais j'ai besoin d'un remontant après ce que je viens de traverser. Alors je passe discrètement de l'autre côté du comptoir et récupère un verre à shooter et une bouteille de vodka. J'ai déjà eu de meilleures idées, je l'avoue, seulement j'ai envie d'oublier un peu le cauchemar qui est en train de me rattraper.

Après quelques verres cul sec, accompagnés d'une autre bière, Kyle revient hanter mes pensées. J'ai vraiment été trop conne de croire que cet enfoiré s'intéressait réellement à moi ! Je le soupçonne même de ne m'avoir invitée que pour entrer plus facilement dans le bâtiment afin de voir le concert de *Wild Rush*. Son petit numéro de jalousie avec Baxter n'était sans doute qu'une tactique de plus visant à prouver au guitariste que j'étais là avec lui ! Comme si j'étais une petite chose sans importance sur laquelle il pouvait se permettre de marquer son territoire.

— Ce crétin s'est juste servi de toi, ma pauvre Lara. Tu as été stupide ! Voilà tout ! m'exclamé-je dans le vide en avalant un nouveau shooter.

Je soupire d'aise sous la brûlure désormais familière de l'alcool.

Les clients affluent de plus en plus nombreux dans la grande salle, à croire que ce lundi a été pénible pour tout le monde. Une nouvelle chanson s'élève depuis le juke-box, et la voix chaude qui me salue me fait me tourner vivement. Beaucoup trop vivement !

— Oh là ! intervient Baxter en me rattrapant de justesse afin que je ne m'étale pas misérablement au bas de mon tabouret.

Dès que je relève la tête, mon regard s'ancre au sien. Sa main autour de ma taille me procure un agréable frisson et je lui souris.

— Tu es là !

Je passe mes bras derrière son cou et l'étreins de toutes mes forces, manquant de peu de me casser à nouveau la figure.

— Dis donc, toi, tu n'aurais pas un peu abusé des bonnes choses ?

Sa phrase m'arrache un gloussement idiot. La bouteille de vodka et les trois bières vides devant moi sont en effet des preuves accablantes.

— Oups ! pouffé-je.

Chapitre 6

Baxter

— C'est dans la boîte ! nous lance une voix dans un micro.

Vanné !

Ce mot qualifie à lui seul mon état actuel. Assis derrière sa batterie, Chris m'observe avec attention. Il a conscience que je suis plus sous pression qu'une cocotte-minute en surchauffe !

Notre première journée en studio se termine enfin. Un véritable calvaire ! Aucun de nous n'a échappé aux inévitables fausses notes engendrées par le stress. L'équipe qui se trouve de l'autre côté de la vitre pour les manœuvres techniques a fait preuve d'une incroyable patience, que je suis loin de partager… j'ai bien failli envoyer valser ma guitare un nombre incalculable de fois !

— On a réussi, marmonne Logan.

— Une chanson dans la journée, ce n'est pas vraiment ce que j'appelle un succès ! On n'aura pas trop de ces deux prochaines semaines pour boucler l'album entier.

Je suis d'une humeur de chien, et bien sûr, cela transparaît malgré moi dans ma voix. Maisie me fusille de son regard ambré. La concernant, il vaut mieux que je me taise, car je sens que je vais l'écharper ! Cette enquiquineuse est arrivée avec une bonne heure de retard ce matin ! Si ce n'était par respect pour Logan – vu qu'on a fondé ce groupe ensemble et que Maisie est sa petite sœur –, j'aurais déjà dit à cette fille de foutre le camp depuis belle lurette !

Quand ce ne sont pas ses cours à l'université qui la

retiennent, elle disparaît Dieu sait où durant des jours pour réapparaître comme une fleur sans jamais nous fournir la moindre explication! Cette garce me fait vraiment perdre tout self-control! Elle ne sait pas se tenir et ses frasques débiles commencent à royalement me taper sur le système... sans parler de son affection particulière pour la drogue qui n'arrange rien.

— Il va falloir qu'on cause, Logan, lancé-je à mon ami avant de franchir les portes du studio.

Il sait très bien quel sujet nous allons devoir aborder, il y a des limites à tout, et les miennes viennent justement d'être atteintes!

Les laissant derrière moi, je prends l'ascenseur et quitte le bâtiment comme une furie pour me perdre dans la rue animée. Je n'ai pas envie de rentrer. Notre producteur nous a loué un vaste appartement non loin d'ici le temps de notre séjour, mais je ne veux en aucun cas aller m'y enfermer avec les autres. Sous la lueur d'un lampadaire, je hèle un taxi. Une bonne bière, voilà ce dont j'ai le plus besoin. À l'instant où j'ouvre la portière du véhicule, une main attrape mon poignet. Je soupire en sentant les ongles de Maisie s'enfoncer dans ma peau et me dégage sèchement.

— Bax, s'il te plaît...

— Quoi?! Qu'est-ce que tu veux tenter de foutre en l'air encore?!

Elle me dévisage une seconde, surprise par la rudesse de mon ton. Pourtant cela ne la démonte pas, elle s'approche un peu plus de moi et vient coller son corps menu au mien. Je tente de la repousser, mais elle agrippe mon sweat-shirt de toutes ses forces. C'est une jeune femme sublime, je ne peux le nier. À vingt-cinq ans, Maisie est magnifique à l'extérieur, seulement quand on la connaît un tant soit peu, il n'est pas difficile de découvrir combien elle est délabrée à l'intérieur. Il est là, son véritable problème.

— Ça suffit!

Je la fais brutalement reculer d'un pas.

74

— Arrête ce petit manège avec moi ! Ce que tu cherches, tu ne l'auras jamais ! m'exclamé-je sans parvenir à dominer ma colère. Alors, oublie-moi et concentre-toi sur le groupe, sinon je ferai en sorte que ton frère comprenne à quel point il serait judicieux de te remplacer !

— Bax, non !

Ses yeux se font suppliants quand elle pose à nouveau une main sur mon avant-bras qui retient toujours la porte du taxi.

— J'en ai marre, Maisie ! Vraiment marre, là ! assené-je durement. Cette fixette que tu fais sur moi, c'est insupportable ! Je ne peux pas, et surtout, je ne veux pas te donner ce que tu désires, alors passe à autre chose, c'est mieux pour nous deux !

Complètement à cran, je m'engouffre dans le taxi, et sans même réfléchir, je balance au chauffeur l'adresse du *Olie's*. Là-bas, au moins, je parviendrai à me détendre un peu ! Je me suis habitué à ce bar avec le temps, on s'y sent bien.

Je suis très vite pris de remords d'avoir été aussi dur avec Maisie, mais son béguin inassouvi d'adolescente bornée perturbe le groupe. Et aucun de nous n'a besoin de ça, surtout en ce moment ! Combien de fois lui ai-je répété qu'il n'y aura jamais rien entre nous ?! Bordel, c'est la petite sœur de mon meilleur pote ! Elle est comme ma propre sœur, une gamine chiante à souhait et pour qui je ne ressens aucun désir physique. Seulement rien de ce que je dis ne paraît vouloir entrer dans son crâne tant elle est butée.

Devant le néon annonçant l'entrée du *Olie's*, je règle ma course et m'avance d'un pas tranquille vers le bar en soupirant d'aise. Avant de franchir les portes de l'établissement, je laisse mon regard s'arrêter un instant sur l'endroit où Lara s'est évanouie samedi soir. Les images de son corps inerte me reviennent en force, et je dois faire un effort pour m'en arracher. Une épaule me bouscule lorsque j'entre. Il semble y avoir foule pour un lundi soir !

La première chose que je fais en arrivant est de m'approcher du juke-box silencieux et d'y insérer une pièce. Mon choix s'arrête sur une chanson d'Eagles, un classique. Ce n'est qu'en me tournant vers le comptoir que je la vois, assise tout au bout du zinc rutilant, seule. Lara trinque devant elle avec un ami invisible et avale le contenu de son verre, cul sec. Heureux au-delà des mots de la trouver ici, je me hâte de la rejoindre en me glissant à travers la masse de clients. Surprise, elle manque de dégringoler de son tabouret quand je l'interpelle.

— Oh là ! m'exclamé-je en la rattrapant juste à temps.

Son regard me fixe une fraction de seconde avec intensité.

— Tu es là !

Elle m'attire contre elle, et je laisse échapper un éclat de rire libérateur. Elle est totalement déchirée ! Comme une enfant prise en flagrant délit de grosse bêtise, elle me sourit en haussant les épaules.

— Dis donc, toi, tu n'aurais pas un peu abusé des bonnes choses ?

— Oups ! glousse-t-elle en retour.

Ses yeux de jade pétillent avec malice et j'adore ça. Elle me sert un shot, malhabile, et le fait glisser vers moi sur le zinc. J'avale ma boisson d'un coup sans cesser de l'observer. Comme la première fois, je ne peux détourner mon regard d'elle. Cette fille m'hypnotise.

— Je suis content de te voir, Lara.

— Viens danser, Bax !

Elle manque à nouveau de tomber de son tabouret en voulant se remettre sur pieds. D'un geste vif, je l'attrape par la taille. Je n'ai pas le temps de la faire se rasseoir qu'elle m'a déjà saisi la main et m'entraîne au milieu de la piste tandis que la chanson *I Will Survive* de *Gloria Gaynor* résonne dans les haut-parleurs du bar. C'est bien l'impression que j'ai, moi aussi, d'avoir survécu à ma première journée en studio.

Par-dessus l'épaule de Lara, je découvre tout à coup Logan, Chris et Maisie qui pénètrent dans le pub. C'est bien ma veine, moi qui venais ici pour ne pas les voir ! Forcément, Maisie me remarque tout de suite et son regard devient de glace. Décidément, elle ne comprend rien !

Toutefois, Lara et son incroyable bonne humeur se chargent bien vite de détourner mon attention. Elle chante les paroles à tue-tête et se trémousse dans tous les sens, ce qui me fait très vite oublier mes tracas et rire aux larmes. Cette jeune femme a visiblement l'alcool joyeux. Elle tourne sur elle-même, reprend mes mains et les agite entre nous, balançant la tête au rythme de la musique. Je l'attire alors contre moi et son gloussement qui reprend de plus belle me fait sourire.

— Je suis vraiment super contente que tu sois venu, murmure-t-elle soudain en laissant sa tête reposer un instant sur mon torse.

Et moi donc, songé-je.

Nous enchaînons les danses les unes après les autres et rions de bon cœur entre deux musiques. Les clients se font de plus en plus nombreux, pourtant je ne vois que Lara, et sa présence me fait oublier la journée de merde que j'ai passée. Elle est comme une étoile filante dans la nuit, on ne peut que la remarquer tant elle brille !

Quand je la sens qui fatigue brusquement, je l'entraîne vers le bar. Elle semble soudain à peine capable de tenir sur ses jambes. Chris m'adresse un sourire lorsque je lui demande de la surveiller un instant.

— Clay !

Le barman me repère tout de suite et ne manque pas d'apercevoir également Lara, assise auprès de Chris... il ne lui faut que quelques secondes pour se rendre compte de l'état dans lequel elle se trouve. Le colosse fronce les sourcils en me dévisageant avec sévérité. Pour ma défense, je lève les mains en l'air.

— Elle était comme ça à mon arrivée, alors ne me blâme pas ! m'exclamé-je.

Je lui désigne les bouteilles vides et celle de vodka bien entamée qui trônent près de ses affaires à l'autre bout du bar.

— Tu sais pourquoi elle a bu autant, à peine sortie de l'hôpital ?

Ma question semble le surprendre. Il ne doit pas être au courant que j'ai passé plus de douze heures à l'attendre aux urgences, du coup je décide de garder l'information pour moi.

— J'ai bien ma petite idée…

Mais il n'en dit pas plus, se contentant de nous observer tour à tour d'un air ennuyé.

— Josie est de garde, cette nuit. Si je te donne son adresse, tu veux bien la raccompagner ? me demande-t-il finalement. Je ne ferme pas avant deux heures du matin, et je ne voudrais pas que quelqu'un profite de la… situation.

Son ton ne laisse guère de place au doute, il a l'habitude de veiller sur la jeune femme, et comme il se retrouve bloqué pour le moment, il compte sur moi pour prendre le relais ! Il gribouille l'adresse de Lara sur un morceau de papier, et là aussi, je me garde bien de l'informer que je la connais déjà.

— Bien sûr. Je vais la ramener et m'assurer que rien de fâcheux ne lui arrive ce soir, tu peux compter sur moi, acquiescé-je en prenant son papier.

— Merci, je te revaudrai ça, Bax.

Clayton se comporte comme s'il m'avait confié un trésor d'une valeur inestimable quand je repars vers Lara. La jeune femme est en train de rire aux éclats, sans doute à une blague de Chris, tandis que les yeux de Maisie font la navette entre elle et moi, on dirait un GIF animé. C'en est presque risible. Elle semble prête à exploser.

Dans un soupir, je me rapproche de ma charmante compagne de danse. Les prunelles de Lara se mettent à briller d'un mélange de joie et d'ivresse dès qu'elle me voit.

— Allez ! C'est l'heure de rentrer, lui ordonné-je d'une voix douce en passant mon bras derrière son dos, après avoir récupéré son sac.

— Tu fais dans les alcooliques, maintenant, lâche sans surprise une voix acerbe sur ma gauche.

— Ta gueule, Maisie ! Tu n'es clairement pas la personne la mieux placée pour aborder ce sujet, vu tes vices et le nombre de fois où on a dû aller te récupérer Dieu sait où, complètement défoncée ! Je rends service à un ami, tu devrais essayer un jour, ça te rendrait peut-être plus humaine !

Chris et Logan assistent à notre échange sans intervenir. Mon ami sait pourtant très bien ce que sa cadette ressent pour moi, qu'attend-il pour lui faire comprendre que cette obsession débile doit cesser ?

Lorsque j'entraîne Lara vers la sortie, la jeune femme titube contre mon flanc. Même si elle ne vit pas très loin, je sens que la route va être longue et chaotique !

L'air frais de la nuit, agréable contraste après la chaleur presque étouffante qui régnait à l'intérieur du bar, me revigore. Lara bouscule une personne sur son passage et s'excuse en riant. Au moins l'alcool ne la fait pas déprimer, elle est tout mon contraire de ce point de vue-là !

Quelques secondes plus tard, elle trébuche. Nous n'avons pas fait trois pas en direction de son appartement…

— Tu sais quoi, Lara ?

— Non, Bax, dis-moi, m'interroge-t-elle en se rapprochant de ma bouche, tout sourire, comme si elle allait apprendre l'un de mes plus grands secrets.

J'adore quand elle prononce mon surnom, il semble différent dès qu'il passe la barrière de ses lèvres.

— Nous n'atteindrons jamais ton immeuble avant le lever du jour, si tu t'emmêles les pieds à chaque pas de cette façon.

— Ce n'est pas ma faute si le sol n'est pas droit, réplique-t-elle en pouffant de plus belle.

Et cette fois, je ris avec elle, c'est plus fort que moi, puis je lui tourne le dos et m'abaisse vers le trottoir.

— Allez, monte sur mon dos, lui ordonné-je.

— Comme un macaque?

— Exactement! Je vais te porter, nous irons plus vite.

Suspicieuse, elle me dévisage en penchant la tête sur le côté.

— Allez, petit singe, grimpe!

Elle pouffe encore derrière sa main avant de me rejoindre en titubant. Maladroitement, elle enroule ses bras autour de mon cou, et c'est moi qui la hisse sur mon dos, mes mains la soutenant au niveau des cuisses. Je peux sentir son souffle tout près de mon oreille. J'ai sans doute l'air d'un parfait idiot à déambuler ainsi dans les rues de Seattle en pleine nuit, avec cette jolie jeune femme agrippée à moi et son sac qui repose au creux de mon coude, mais peu m'importe. Je crois avoir rarement été aussi serein qu'en cet instant.

— Je suis certaine d'être trop lourde, Bax. Repose-moi, marmonne-t-elle dans mon cou après quelques minutes de silence.

— Tu es plus légère qu'un papillon, Lara! Cesse donc de geindre.

Ses bras se resserrent autour de moi, et son menton vient se nicher au creux de mon épaule, puis elle murmure :

— C'est parce que je suis enfin un papillon, me confie-t-elle. Libre comme l'air… et éphémère.

— Alors tu es le plus magnifique des papillons, lui affirmé-je.

Le silence s'installe à nouveau entre nous, tandis que je poursuis mon avancée. Devant la porte de son immeuble, je la laisse glisser en douceur le long de mon dos. Elle vacille un instant, mais je fais rapidement volte-face pour la retenir jusqu'à ce qu'elle trouve un semblant d'équilibre. Elle farfouille une bonne dizaine de minutes dans son immense sac, en quête de ses clés.

— Les voilà ! s'esclaffe-t-elle, toujours aussi joyeuse, en les brandissant finalement sous mon nez.

Je m'en empare et déverrouille le lourd battant. Une fois dans le grand hall, je cherche l'ascenseur des yeux. Rien.

— Tu m'as menti, petit singe. Il n'y a pas la moindre trace d'ascenseur ici.

Une main sur la bouche, elle hausse les épaules et se dirige vaillamment vers les escaliers, dont elle tente de gravir la première marche. Je lève les yeux au ciel en la rattrapant de justesse. Il ne manquerait plus que Clayton la récupère en morceaux ! Derechef, je lui intime de remonter sur mon dos et soupire quand elle m'indique le troisième étage.

Bordel, je dois arrêter de bouffer n'importe comment ! pensé-je, à bout de souffle, en atteignant enfin le seuil de son appartement.

— C'est vachement plus marrant de rentrer comme ça qu'en taxi, claironne ma cavalière en essayant d'introduire la clé dans sa serrure.

Je lui vole son trousseau afin de déverrouiller la porte à sa place avant qu'elle n'ait réveillé tout l'immeuble. Lara pénètre chez elle d'un pas incertain, balance son sac sur le comptoir de la cuisine puis se dirige vers son canapé. Au moment où je m'aperçois qu'elle veut s'y laisser tomber, je la retiens.

— Non, non ! Toi, c'est direction le lit ! Pas question que je te trimballe en plus jusqu'à ta chambre.

Sa moue boudeuse m'arrache un sourire, néanmoins elle obtempère et je la suis à travers l'appartement. Elle pousse une porte derrière laquelle je découvre sa chambre. Une immense bibliothèque pleine à craquer et impeccablement rangée occupe tout un pan de mur. J'aurais dû m'en douter, tant cette fille ne ressemble à aucune autre.

Lara s'écroule d'un bloc sur le matelas en désordre avec un grognement de satisfaction avant de se rouler dans sa couette comme dans un cocon, ne laissant dépasser que ses pieds. Je lui retire ses baskets, et quand je les dépose près du sommier, sa respiration régulière emplit déjà l'espace.

Rassuré, je retourne me battre avec son porte-clés dans la pièce principale pour en retirer celle de l'appartement. Une fois sur le palier faiblement éclairé, je claque la porte derrière moi et la verrouille, avant de faire glisser difficilement la clé sous le battant. Au moins, je sais la jeune amie de Clayton en sécurité maintenant, et plongée dans un profond sommeil.

Après avoir dévalé les escaliers, un sourire attendri sur les lèvres, je hèle un taxi tout en songeant que cette journée n'a pas été si mal après tout. Pourtant, une chose me perturbe…

Pas une chose, non… Bax ! Une personne.

Lara exerce une évidente fascination sur moi et j'avoue ne pas savoir comment la gérer. Alors que je regarde les rues de Seattle défiler à travers la vitre du taxi, son visage me revient sans cesse, peu importe où je pose les yeux.

J'ai deux semaines pour découvrir ce que je ressens réellement pour cette femme envoûtante…

Chapitre 7

Lara

Quand mon réveil se met à sonner dans la chambre silencieuse, je sursaute. Mais quel son agressif! En battant des pieds sous la couette, je me couvre les oreilles et grogne haut et fort mon mécontentement, avant d'éteindre du poing cet objet créé par le diable en personne, j'en suis sûre!

Je porte toujours mes vêtements d'hier soir et mes cheveux sont emmêlés, à croire que je sors tout droit d'une bagarre de rue!

Assise sur mon lit, la bouche pâteuse et un mal de crâne en sourdine, je saisis ma tête entre mes mains. Je ne suis qu'une idiote! Je finis par me lever en vacillant légèrement, tout en contenant à grand-peine une plainte douloureuse, et gagne la salle de bains d'un pas traînant. La porte de la chambre de Josie est fermée, et j'essaie d'être aussi discrète que possible afin de ne pas la réveiller. Une douche rapide me permet de sortir de ma torpeur matinale.

Vêtue pour le travail, j'avale mon petit-déjeuner en fixant sans le voir l'objet métallique qui trône sur l'îlot. Une nouvelle bouchée de céréales, puis je me bagarre pour remettre la clé de mon appartement dans mon trousseau. Et c'est là que ma soirée de la veille me revient en mémoire dans ses moindres détails.

Merde! J'ai laissé Baxter me porter sur son dos jusque dans mon appartement, tel un macaque bourré!

Devrais-je me considérer chanceuse de ne pas lui avoir vomi dessus?! Sans doute... me dis-je.

Une chose est certaine, adieu première ou seconde chance… le guitariste de *Wild Rush* ne voudra plus jamais me revoir après une telle débâcle. Je me suis tout simplement ridiculisée ! Ce qui est une bonne chose en soi quand j'y pense. N'est-ce pas ce que je souhaite depuis que je l'ai remis en place près du juke-box ?!

Je secoue la tête, agacée, ce qui réveille mon mal de crâne et provoque un nouvel élan de mauvaise humeur. Bien sûr que si, c'est ce que je souhaite ! Mais peut-être plus pour les mêmes raisons… Visiblement, ce type exerce à présent sur moi une attirance à laquelle je ne peux plus me permettre de céder. Vu mon état, ce serait me faire du mal que de laisser mes sentiments prendre le dessus.

Voyant l'heure défiler, j'engouffre ce qui reste de mon en-cas, avant de saisir mes affaires et de sortir en trombe de l'appartement. Je vais encore être en retard au boulot ! À la vitesse grand V, je dévale les escaliers de l'immeuble, et mon sac sur l'épaule, slalome à travers la foule sur le trottoir. Je manque de peu de percuter les autres passants, mais qu'importe !

Essoufflée, pliée en deux par un point de côté, je tente de reprendre mon souffle devant la vitrine de la librairie. *Mon Dieu, je suis une vraie loque humaine ce matin*, pensé-je en croisant mon reflet débraillé dans la grande fenêtre. Toutefois, j'entre dans l'échoppe pile à l'heure ! Shirley m'offre un clin d'œil en souriant, elle sait que je suis une véritable catastrophe niveau timing, et chacune de mes tentatives pour ne plus être en retard semble beaucoup l'amuser. La nervosité me gagne quand je me retrouve face à ma patronne. Aujourd'hui, je vais devoir lui annoncer que je quitte mon emploi. Cela ne m'enchante guère, mais même si j'adore mon poste, je refuse de travailler pendant le peu de temps qu'il me reste à vivre, voilà tout. Je crois que n'importe qui comprendrait cette situation. Maintenant, il ne me reste qu'à trouver comment aborder le sujet avec elle…

Le problème se résout de lui-même lorsque plus tard, tandis que je m'applique à faire du tri dans les rayonnages, Shirley vient me trouver. Contrairement au moment de mon arrivée, ma patronne me paraît tracassée, et je me demande si Josie ne lui a pas téléphoné avant que je puisse lui parler. Elle m'adresse un sourire contrit et me demande :

— Je peux te voir dans mon bureau, Lara ?

Merde, à tous les coups, Jo l'a déjà appelée !

Comme si je ne pouvais pas gérer cette situation toute seule ! Intérieurement, je suis furieuse. Elle ne peut pas s'empêcher de venir se mêler de mes affaires ! Je suis une adulte capable de prendre ses propres décisions, nom de Dieu, et j'aimerais bien que ma cousine respecte cet état de fait ! C'est rageant à la fin de toujours être considérée comme une pauvre adolescente malade.

Néanmoins, en bonne employée, j'acquiesce sans un mot et suis Shirley jusque dans l'arrière-boutique, là où se trouvent l'espace de stockage et son bureau. Ma patronne referme la porte derrière moi et m'invite à prendre place dans l'étroite pièce où règne un désordre ahurissant. Non que je sois une maniaque du rangement, mis à part lorsqu'il s'agit de ma bibliothèque qui est ordonnée de manière totalement obsessionnelle, mais là, on parle d'un véritable capharnaüm !

Après avoir dégagé d'une pile de papiers la chaise installée devant sa table de travail, je prends place en silence.

— Est-ce que tout va bien, Lara ? m'interroge alors Shirley.

— Pourquoi est-ce que ça n'irait pas ?

Cette manie que je possède de répondre à une question par une autre agace souvent les gens, toutefois je n'y peux rien, c'est un réflexe nerveux.

— Tu as manqué une journée de travail, ce qui est plutôt… anormal, quand je considère que tu ne m'as jamais demandé le moindre jour de congé en dehors de tes vacances, que je dois d'ailleurs te forcer à prendre habituellement.

Elle a raison. J'aime tellement ce boulot que je ne loupe jamais une seule journée. Mais Shirley ignore tout des problèmes de santé que j'ai pu rencontrer avant de venir m'installer à Seattle. Comment lui annoncer sans la choquer que je vais devoir quitter cette chaleureuse petite famille qui m'a accueillie à bras ouverts, il y a maintenant six ans ?

« *Tu vois, Shirley, je vais mourir. J'ignore dans combien de temps, peut-être demain, dans une semaine, un mois, une année... Alors je préfère ne pas passer ce qu'il me reste de vie à bosser !* »

Je ne crois pas que ce soit une excellente approche. Je ne veux en aucun cas l'inquiéter avec ma santé. Comment faire, alors ?

— Je...

Les mots me manquent, ils tournoient dans mon esprit sans que je sois capable d'attraper les bons au vol.

— Tu sais que tu peux tout me dire, Lara.

Ma patronne m'invite prudemment à me confier, cependant je m'y refuse.

— Je dois... Je dois te donner mon préavis de départ, Shirley.

Ma phrase résonne dans le bureau, tel un écho dans les montagnes. Shirley m'observe comme si elle tentait de décrypter si je lui fais une mauvaise blague, ou si je suis bien sérieuse. Mon air dépité doit lui mettre la puce à l'oreille, car elle souffle comme si elle venait d'être percutée par un coup de poing.

— Ton travail serait-il subitement devenu déplaisant pour une raison ou pour une autre ? Ou bien il s'est passé quelque chose récemment ? On peut en parler et tenter d'améliorer la situation avant d'en arriver à de telles extrémités, Lara...

Ses interrogations me prennent un peu au dépourvu. Que dois-je lui dire ? La vérité, pour ensuite voir la pitié gagner son regard quand elle le posera de nouveau sur moi ? Ou n'en révéler qu'une partie… et omettre que je suis malade? En y songeant bien, la question ne se pose même pas finalement.

— J'ai décidé de prendre une année de congés sans solde, décidé-je de mentir avec aplomb.

Shirley garde le silence et tapote distraitement son bureau de son index.

— Est-ce que Kyle a…

Tiens, je n'y pensais plus à celui-là! Mais je vois clairement où ma supérieure veut en venir, alors je la coupe avant qu'elle puisse terminer sa phrase.

— Je peux t'assurer que Kyle n'est pour rien dans cette décision. En fait…

Je cherche mes mots pendant un court instant.

— Je souhaite me recentrer sur moi-même, prendre du temps pour moi…

Et vivre un peu…

Je ne prononce pas ces dernières paroles à haute voix, bien qu'elles résonnent avec une criante vérité dans ma tête.

— Je suis navrée de perdre une employée telle que toi, Lara, mais je comprends ton besoin. Sache que tu auras toujours une place ici à ton retour, si tu le désires, m'informe Shirley.

— C'est très gentil.

Je déteste mentir à cette femme qui m'a offert une seconde famille au sein de sa librairie dès mon arrivée à Seattle, pourtant c'est mieux ainsi. Elle me fait alors remplir quelques papiers, qui officialisent ma démission et m'engagent tout de même à me présenter à mon poste durant les deux prochaines semaines, comme temps de préavis.

Voilà, j'appose ma signature sur la fin d'une époque, pensé-je en quittant son bureau pour regagner la surface de vente et reprendre ma tâche.

Le reste de la journée se déroule comme si rien ne s'était passé. À croire que je ne viens pas de sauter le pas et tourner la page sur ces six dernières années. Les clients ont afflué et je n'ai pas eu le temps de manger ni de voir les heures défiler.

Mon estomac crie famine pendant que je range des guides de voyage. Un livre sur le Pérou entre les mains, je me surprends à rêver d'escapades et d'aventures. J'ai toujours eu envie de partir à la rencontre d'autres cultures, et je regrette à présent amèrement de ne l'avoir jamais fait, parce qu'il est sans doute trop tard maintenant. Après avoir feuilleté le lourd bouquin avec curiosité, je le range et soupire en me massant les tempes. La migraine me menace tant la faim me harcèle. Heureusement, la librairie ferme bientôt.

À l'instant où je me détourne de l'étagère, mon corps percute celui de Kyle, qui passe un bras derrière ma taille pour me stabiliser. Avant samedi soir, j'aurais rougi et bafouillé une bêtise quelconque au contact de sa main dans le creux de mes reins. Aujourd'hui… je rêve d'avoir des griffes et de m'en servir pour balafrer son joli visage d'hypocrite !

— Je peux savoir pourquoi tu m'as laissé en plan, samedi soir ? me souffle-t-il à voix basse d'une voix aigre, comme s'il voulait que personne ne l'entende me parler de notre rendez-vous.

Je me recule d'un pas et relève le menton, histoire de le regarder droit dans les yeux. Mais qu'est-ce que j'ai bien pu lui trouver à ce mec, sérieusement ?!

— Tu veux vraiment le savoir ?!

Malgré un effort surhumain pour contenir ma rage, mon ton siffle légèrement.

— Oui ! répond Kyle, toujours très sûr de lui, en tentant de poser ses mains tatouées sur mes épaules.

Je le repousse d'un geste empreint de dédain.

— Peut-être parce que tu m'as fait croire que nous avions rendez-vous et que tu t'intéressais à moi, alors qu'en fait, tu t'es juste servi de moi pour assister à ce concert à la con ?!

J'évite de mentionner que c'est seulement grâce à l'intervention de Baxter que je ne suis pas venue lui casser son coup avec la blondasse peroxydée qui chevauchait ses genoux, sans parler du fait bien sûr, mais c'est un détail… qu'il m'a laissée seule alors que je perdais connaissance sur le trottoir, avec une foule de badauds qui observaient la scène ! Bon sang, j'aimerais lui balancer un dictionnaire à la figure !

— Je… se reprend-il, légèrement déstabilisé, je ne me suis pas servi de toi, Lara.

— À d'autres, Kyle, je t'en prie ! Je ne suis pas aussi idiote que tu voudrais le croire.

Je soupire en massant mes tempes.

— Je me trompe peut-être, ajoute alors une voix grave que je reconnais bien maintenant, juste dans le dos de Kyle, mais je suis presque certain que le fait que tu es joyeusement allé lécher les amygdales d'une autre fille durant votre rencard fait aussi partie des raisons pour lesquelles Lara t'a laissé en plan samedi.

Une vague de chaleur me submerge d'un coup. Ce type a un véritable don pour arriver au moment opportun !

— Salut, Lara ! me lance Baxter en souriant, tandis que mon collègue de travail se tourne brusquement vers lui. Kyle…

Son ton s'est fait beaucoup moins cordial sur la fin. Les yeux du guitariste se posent sur moi et je lui rends son sourire, un peu gênée. La soirée d'hier ne manque pas de me revenir en mémoire. Moi qui croyais qu'il ne voudrait plus jamais me revoir après la honte que je dois lui avoir causée, je me suis une fois de plus trompée à son sujet ! Je n'oublie pas que c'est lui qui est resté près de moi pour éloigner les curieux lors de mon malaise, lui qui a passé plus de douze heures dans la salle d'attente des urgences juste pour savoir si j'allais bien. Lui encore qui m'a raccompagnée chez moi, perchée sur son dos, alors que je peinais à mettre un pied devant l'autre et qui m'a bordée comme un bébé. Alors, après tout cela, le découvrir ici, à la fin d'une journée de travail malgré tout pénible, avec à la main un porte-gobelet contenant trois boissons de chez *Starbucks* ne devrait même pas me surprendre !

— Baxter… le salue Kyle en retour d'une voix incertaine.

Pour un peu, je l'aurais presque oublié celui-là !

— Café ou thé ? me demande le musicien, sans plus porter la moindre attention à mon collègue.

— Selon toi ?

Je me demande s'il saura deviner. Peut-être a-t-il profité de son incursion dans mon appartement pour fouiller dans mes armoires ?! Il regarde un instant les gobelets, puis en saisit un et me le tend.

— Café noir, affirme-t-il.

Je ris en prenant la boisson.

— Bien joué.

La première gorgée de nectar brûlant calme instantanément la migraine qui s'annonçait. Un soupir de bien-être franchit mes lèvres.

— Merci.

— On a terminé d'enregistrer un peu plus tôt aujourd'hui, donc je viens chercher ce que tu m'as promis dimanche. Tu veux bien dîner avec moi ?

Je sais parfaitement qu'il fait mention de cette fameuse seconde première chance, mais comment peut-il avoir oublié si vite la fille totalement ivre qu'il a portée jusqu'à son lit hier soir ? Moi, je suis toujours honteuse de mon comportement, ce qui me met mal à l'aise.

— Euh… je…

— Lara et moi étions en pleine conversation, tente d'intervenir Kyle.

Baxter lui jette un coup d'œil indifférent avant de reporter son attention sur moi, dans l'attente de ma réponse. Oh, et pourquoi est-ce que je refuserais après tout ?! Cet homme s'est toujours montré gentil et prévenant depuis que je l'ai rencontré, et puis je meurs de faim !

— Kyle, cette *conversation* s'est terminée à l'instant où tu as fourré ta langue dans la bouche de cette blondasse, craché-je en m'avançant vers Baxter.

Les laissant derrière moi quelques secondes, je pars chercher mon sac dans l'arrière-boutique. Je passe la bandoulière sur mon épaule et m'aperçois à mon retour que les deux hommes n'ont pas bougé d'un poil. Ils ressemblent à deux statues d'albâtre s'affrontant du regard.

— On y va ? invité-je le guitariste en lui désignant la sortie.

Il acquiesce en faisant un pas dans ma direction, puis se ravise et retourne vers Kyle pour lui coller le porte-gobelet entre les mains.

— Tiens, le thé, c'est parfait pour les mecs comme toi. J'espère que tu n'as rien choppé d'embarrassant durant cette soirée, ce serait dommage, lui dit Baxter avant de revenir auprès de moi.

J'avale une grande gorgée de mon café afin de masquer mon éclat de rire et le guitariste m'imite après que nous ayons trinqué.

— Allons-y ! s'exclame-t-il, sourire aux lèvres, en passant son bras par-dessus mes épaules.

Je sens les regards de mes collègues se poser sur moi, alors qu'il me guide vers la sortie de la librairie. Il m'ouvre galamment la porte et nous nous retrouvons sur le trottoir.

— Tu as une préférence ?

— Je connais un endroit sympa, pas très loin.

— Génial, je meurs de faim ! s'exclame-t-il avec enthousiasme.

Puis il repose son bras sur mes épaules d'un geste nonchalant. Je m'empare de sa main et me dégage en commençant à marcher en direction du restaurant.

— C'est un peu trop pour une première sortie amicale, lancé-je avec un sourire en coin.

— Tu oublies que je t'ai portée sur mon dos jusque chez toi et bordée. Je crois que nous avons largement dépassé le stade de la première sortie amicale.

Il arbore un petit sourire moqueur.

J'accélère le pas.

— C'est toi qui paies ! l'informé-je.

Il ne va quand même pas se payer ma tête toute la soirée gratuitement !

Chapitre 8

Lara

Après avoir marché en silence, nous nous sommes retrouvés installés au comptoir qui donne sur la rue d'un petit restaurant que j'affectionne particulièrement. L'ambiance y est conviviale et familiale, un peu comme au *Olie's*. Baxter a commandé des plats gargantuesques, à croire qu'il a deviné à quel point je mourrais de faim en sortant de la librairie. Ou peut-être est-il lui aussi en manque cruel de nourriture ?!

— On a bossé toute la journée en continu, alors crois-moi, ce repas est juste divin, m'annonce-t-il en engloutissant son énorme portion de pâtes en un clin d'œil, répondant ainsi à mon interrogation.

Je l'imite en riant, mais prends le temps pour ma part de savourer le goût un peu épicé de la nourriture. *Que du bonheur*, songé-je en me délectant. Durant un long moment, aucun de nous ne dit mot, tant nous sommes concentrés à rassasier nos estomacs qui criaient famine.

— Alors, parle-moi de toi. Du vrai toi, je veux dire ! Celui qui affiche un sourire de façade pour ses fans ne m'intéresse pas.

Baxter semble surpris de m'entendre brusquement sortir de mon mutisme, pour un peu, il en avalerait de travers.

— Euh... Qu'est-ce que tu veux savoir ?

— Tout ce que tu voudras bien me dire, à partir du moment où tu es sincère. N'est-ce pas à ça qu'est censée servir cette première chance ?

— *Seconde* première chance, me reprend-il avec un sourire en coin.

— Tu n'as jamais eu de première chance, Bax. Je t'ai seulement rembarré près du juke-box.

— D'accord, et si on laissait derrière nous cet épisode désastreux pour mon ego, une bonne fois pour toutes… ?

C'est plus fort que moi, je ris en le voyant poser une main sur son cœur dans un geste exagéré. Quel comédien !

— D'accord, laissons derrière nous cette première impression machiste, une bonne fois pour toutes ! concédé-je à mon tour en avalant une gorgée de soda.

— Moi ?! Machiste ?! Je te rappelle que j'ai réussi à attirer l'attention d'un connard prétentieux sur ta jolie personne, juste pour que tu ne passes pas ta soirée toute seule, alors que…

Il s'interrompt brusquement, comme s'il regrettait ses paroles.

— Alors que quoi… ? le questionné-je.

— Rien. Alors que rien.

Son regard vague se pose sur les passants qui défilent en continu devant la vitrine du restaurant, m'intriguant un peu plus.

— Bax, tu en as trop dit, ou pas assez, alors crache le morceau.

Il passe une main dans sa fine barbe, et ses yeux azur plongent dans les miens. Ils brillent d'une lueur indéfinissable qui me déstabilise un court instant.

— Alors que j'aurais aimé passer cette soirée avec toi. Ne pas avoir à t'observer depuis la scène, lovée entre les bras de ce crétin qui ne sait visiblement pas ce qu'il rate, m'avoue-t-il.

À quel genre d'homme ai-je donc à faire ?

C'est la seule chose qui traverse mon esprit, tandis que je le fixe bouche bée.

— Tu me connais à peine, Bax, comment pourrais-tu savoir si Kyle est passé à côté d'un cygne ou d'un vilain petit canard ?

— J'ai les yeux en face des trous, Lara. Tu es bien loin de l'image stéréotypée du vilain petit canard et du cygne, affirme-t-il, sibyllin.

Je fronce les sourcils, cherchant à comprendre s'il tente de m'insulter avec des sous-entendus.

— Tu es loin d'être comme les autres, je l'ai vu tout de suite et tu me l'as confirmé hier. Tu es un papillon, libre et éphémère…

Son petit sourire en coin fait apparaître l'une de ses fossettes, de celles qui doivent faire craquer toutes les femmes sur son passage. Le papillon… cela me revient à présent. Sauf que je ne parlais pas de ce que je suis… mais de ce que je deviens. De ma durée de vie limitée, tellement éphémère quand j'y pense… Il me manque encore la liberté, toutefois j'y travaille.

Mais je ne vais certainement pas lui avouer ce que je voulais vraiment dire quand je lui ai chuchoté cette phrase à l'oreille, complètement imbibée par l'alcool. Que je ne suis qu'un cadavre en sursis…

Nous restons silencieux durant quelques poignées de secondes, l'un et l'autre perdus dans nos propres pensées. Mon esprit est en pleine divagation, si proche et pourtant si lointain de mon compagnon de table que je sursaute quand sa voix retentit :

— Cinq sujets.

— Quoi ?! m'étonné-je, un peu à l'Ouest.

— Tu voudrais que je te parle de moi, je te donne donc le droit de me questionner sur cinq sujets et tu en fais de même, m'explique-t-il. C'est équitable.

J'acquiesce et commande un bol de crème glacée au serveur qui passe à proximité.

— Ça me va.

— Honneur aux dames, m'incite-t-il.

Dès qu'une gigantesque glace saveur chocolat apparaît comme par magie devant moi, je déguste une première bouchée et pointe ma cuillère sur lui.

— Ta famille.

Il repousse une mèche de cheveux vers l'arrière et rit.

— Merde! Tu attaques avec un sujet qui mérite de longs discours!

Je hausse une épaule désinvolte.

— J'ai tout mon temps ce soir, et cette glace est absolument délicieuse. Je pense d'ailleurs en commander une autre. Autant commencer tout de suite, l'encouragé-je en souriant.

Baxter semble chercher par où débuter.

— Mes parents vivent à Beaverton, dans l'Oregon. Ils s'y sont rencontrés au lycée et y ont toujours vécu. J'ai eu une enfance heureuse; fils unique, j'avais toute leur attention. Ma mère, Patricia Grady, est une femme d'une grande force physique, et son caractère l'est plus encore! termine-t-il en riant.

Je l'écoute attentivement, captivée par les mots qui s'écoulent désormais librement de sa bouche et la lueur qui fait briller son regard.

— Elle était femme au foyer jusqu'à ce que mon père décide de la quitter pour une fille de la moitié de son âge. J'adore mon père, pourtant il a fait beaucoup de mal à ma mère à cette époque-là...

— Mais tu ne viens pas de dire que tes parents vivaient toujours à Beaverton?! le coupé-je.

— Tu vas me laisser poursuivre, oui?! Mange ta glace et écoute.

Il rit de mon air boudeur, avant de continuer :

— Quand j'ai eu environ douze treize ans, Wyatt a donc disparu des radars avec cette fille, Heather, rencontrée sur l'un de ses dépannages. Mon père est plombier. Ça a failli anéantir ma mère, mais comme je te l'ai dit, c'est une femme forte! En peu de temps, elle s'est reprise en main et a trouvé du travail. Elle est désormais correctrice pour plusieurs auteurs et une maison d'édition, m'avoue-t-il, captant encore plus mon attention.

— Mais...

— Chut !

Je plaque ma main sur ma bouche en souriant. C'est plus fort que moi !

— Un an et demi après son départ, voilà notre Wyatt qui sonne à la porte de la maison, un bambin dans les bras, complètement démunis. À quarante-huit ans, il se retrouvait tout seul avec une gamine d'à peine quelques mois à élever ! Tu imagines ! La fille pour laquelle il avait quitté ma mère était tombée enceinte puis s'était volatilisée après la naissance de leur fille.

— Donc, tu n'es pas vraiment fils unique !

— Non, mais tu veux bien cesser de m'interrompre à tout moment, oui ?! s'esclaffe Baxter. Je t'ai dit que c'était une longue histoire !

Pour toute réponse, j'engouffre une grosse cuillérée de glace.

— J'ai donc une demi-sœur, en effet, qui a eu seize ans en février. Elle s'appelle Sasha, et c'est une vraie casse-pieds.

Il sort son portable et me montre une photo. Une belle adolescente aux longs cheveux châtain clair et aux yeux aussi verts que des émeraudes y apparaît en sa compagnie. Je peux clairement discerner la ressemblance entre les deux enfants Grady.

— Ma mère a eu pitié de son ex-mari et les a accueillis tous les deux dans sa maison. Ils ont élevé Sasha comme si elle était leur fille et ils se sont remariés. J'adore ma sœur, c'est un vrai rayon de soleil. Elle est, comme ma mère et toi, une grande amatrice de littérature en tout genre, tu l'aimerais beaucoup, j'en suis certain !

— Comment tu sais que je suis une amatrice de littérature ? le questionné-je.

— Dois-je te rappeler que tu travailles dans une librairie ?! Ce serait un comble que tu n'aimes pas les livres... Et puis j'ai vu ta chambre, petit singe. Que des bouquins parfaitement rangés.

97

Oups ! J'avais oublié ces menus détails !

— J'ai vraiment honte de moi, maintenant.

Mes mains viennent se poser sur mon visage rougissant, mais il les intercepte pour m'empêcher de me cacher.

— Ne t'en fais pas pour ça. J'ai été honoré de te porter à la vue de tous dans la rue et jusqu'au troisième étage de ton immeuble.

— Arrête, j'aimerais que le sol s'ouvre sous mes pieds ! grogné-je.

Nous rions de bon cœur pendant de longues minutes. C'est agréable de passer un si bon moment avec lui dans cet endroit sans prétention.

Les clients défilent alors que nous restons là à bavarder. Il m'a aussi questionné sur ma famille, bien entendu, mais il n'y a rien de très intéressant à raconter sur le sujet. Je suis également fille unique, toutefois Josie et moi avons été élevées comme des sœurs. Ma mère est comptable et mon père est un ancien directeur de lycée désormais à la retraite. J'ai habité à Tacoma toute ma vie, avant de venir m'installer à Seattle.

Par contre, j'ai volontairement omis de lui parler de ma leucémie et de tout ce temps passé dans les hôpitaux, cela aurait gâché l'ambiance !

Baxter a payé l'addition comme convenu, et pendant que nous marchons en direction de mon appartement, il me pose une question qui me fait sourire.

— Ni toi ni moi n'en avons terminé avec nos cinq sujets, que dois-je en déduire ?

Sous la lumière vive des lampadaires, je le dévisage en m'arrêtant un instant.

— Que toi et moi allons sans doute être amenés à nous revoir, concédé-je en reprenant ma progression.

— Je savais bien que tu n'étais pas banale.

— Je te pensais plus idiot, je me suis trompée !

Il éclate de rire alors que nous arrivons en bas de mon immeuble.

— Tu dois toujours avoir le dernier mot, n'est-ce pas ?!

— Exactement. Merci pour ce dîner, Bax.

Je sais que je ne devrais pas chercher à établir autre chose qu'une relation amicale entre nous, qu'il faudrait que je sois bien claire là-dessus avec lui dès le départ, car en plus de ma maladie, il y a le fait qu'il va repartir dans deux semaines et que je ne le reverrai sans doute jamais.

Pourtant je n'en dis pas plus pour l'instant, car je suis consciente que j'ai déjà envie d'aller plus loin avec lui. Beaucoup plus !

— C'était une soirée agréable, murmure-t-il en se penchant pour déposer un baiser sur ma joue.

— Bonsoir.

J'esquisse un sourire avant de pénétrer dans le hall. Face aux escaliers, je prends une seconde pour jeter un dernier regard par-dessus mon épaule, il est toujours là, sur le seuil, à m'observer. Je lui fais un signe de la main auquel il répond, avant de finalement le laisser derrière moi.

Comme prévu, le lundi suivant, je me retrouve dans le service d'oncologie, attendant gentiment que le docteur Holliday me rejoigne dans son bureau, après m'avoir fait subir toute une nouvelle batterie d'examens. Je reste très calme lorsqu'il pousse la porte, son habituel sourire réconfortant aux lèvres.

— Bonjour, Lara. Tu m'as l'air en forme, me salue-t-il en prenant place devant moi.

— Pour quelqu'un qui va mourir, je me porte comme un charme.

Je m'adosse plus confortablement à ma chaise et l'observe tandis qu'il feuillette mon dossier. La déception se lit clairement dans son regard, il ne semble pas apprécier mon humour.

— Tu n'as donc toujours pas changé d'avis concernant la chimio.

— Non. Et ne vous attendez pas à ce que ça arrive. J'ai déjà informé mes proches de ma décision, ajouté-je.

Ils doivent comprendre que ce n'est pas un refus de vivre, mais bel et bien le contraire ! Je veux vivre à fond ce qu'il me reste de temps.

— Alors quelles sont les nouvelles, Docteur ? Soyez direct.

Il inspire profondément avant de me regarder droit dans les yeux.

— Très bien, ce n'est pas une récidive, mais une évolution de la maladie, vers ce qu'on appelle la leucémie myéloïde chronique[4], m'annonce-t-il donc sans prendre de gants. Les symptômes et les résultats des différents examens concordent et… nous ont amenés à poser le diagnostic.

J'acquiesce en silence. *Rien de nouveau sous le soleil*, songé-je.

— Combien de temps ? le questionné-je.

— Lara, je ne peux p…

— Une simple fenêtre de temps, Doc. Si vous vous plantez, je ne vous en tiendrai pas rigueur.

C'est ce qu'il me reste à vivre et j'ai besoin de le définir. Je sens bien que ma question l'exaspère et qu'il est réticent à mettre un chiffre, une date, sur mon cas.

— Dans l'état actuel des choses, sans aucun traitement,

4- La leucémie myéloïde chronique se développe au fil des mois ou même des années. Elle prend naissance dans les cellules souches myéloïdes anormales et évolue lentement.

six mois. Peut-être moins… Ce type de leucémie peut se développer très lentement, Lara, mais comme toute maladie…

— Elle peut aussi dégénérer, le coupé-je.

— Exactement.

Un silence pesant règne dans la pièce, et j'en profite pour réfléchir à tous ces guides de voyage que je feuillette depuis quelque temps.

— Est-ce que les voyages sont à bannir de mes dernières volontés ?

— Il n'est pas conseillé de voyager à l'étranger avec une telle maladie, m'affirme-t-il.

— Et si je reste en Amérique ?

— Lara, commençons par établir un plan de match, d'accord ?! Toutes les trois semaines, pour le moment, tu vas subir un bilan sanguin afin que nous puissions voir ce qu'il en est. S'il te faut ou non des transfusions…

Dans un soupir, je repose ma question.

— Je veux savoir si je peux partir dans d'autres États ou non ! Ce n'est quand même pas une question qui demande des heures de réflexion.

Mon médecin se pince l'arête du nez, je dois vraiment lui taper sur les nerfs.

— En fonction des endroits où tu souhaites te rendre, je pourrai transmettre ton dossier et tes ordonnances à des confrères de confiance qui travaillent dans les hôpitaux situés sur ton passage. Toutefois, il ne faudra pas t'éloigner trop des zones urbaines ni négliger les soins de base, si tu veux pouvoir profiter un peu, Lara. Je ne fais pas ça avec tous mes patients, tu sais… premièrement, parce que la plupart désirent vivre, contrairement à toi. Et enfin, je l'accepte dans ton cas, parce qu'on se connaît depuis de nombreuses années maintenant.

Il m'observe longuement.

— Si tu décides de partir, fournis-moi un itinéraire détaillé et je m'arrangerai pour que ce soit réalisable.

Je me lève et lui tends la main, il s'en saisit et la serre avec affection.

— Merci pour cette exception, Docteur. Je ne manquerai pas de vous tenir au courant de mes projets.

— Tu trouveras mon courriel sur cette carte, m'informe-t-il en conclusion avant de me remettre sa carte de visite.

Je la glisse dans mon sac. Au moment de quitter son bureau, je m'autorise tout de même une courte halte près de la porte.

— Vous voyez, lancé-je dans un souffle sans me retourner, je sais être raisonnable quand je veux, et qui sait… mon dossier médical se rendra peut-être plus loin que moi.

Sur ces mots, je quitte son service et l'hôpital pour me rendre à la librairie. Je dois encore une semaine de travail à Shirley, ensuite… je n'ai pas encore décidé ce que j'allais faire des quelques mois qu'il me reste. Bouger me semble être ce qui me plairait le plus. Découvrir un peu de mon pays avant de m'éteindre. Après tout, je n'ai jamais quitté l'état de Washington, il serait peut-être temps d'y remédier.

Après le boulot, je dois retrouver Baxter chez *Online Records* Inc., là où se trouve leur studio d'enregistrement. Durant toute la semaine, nous nous sommes vus chaque jour. Que ce soit pour un simple café, une sortie au *Olie's* ou un dîner. J'ai assisté à leurs concerts du week-end et j'ai pu constater qu'ici aussi, ils avaient énormément de fans !

Au cours des soirées qui viennent de s'écouler, j'ai remarqué que Baxter tentait toujours de me garder à l'écart du reste de son groupe. J'ignore pourquoi, néanmoins aujourd'hui, il m'a invitée à les rejoindre, et maintenant, j'ai presque peur d'aller me jeter dans la gueule du loup !

J'aimerais demander à Josie de venir avec moi, mais ma cousine m'évite depuis que je lui ai annoncé ma décision de refuser la chimiothérapie, ce que je peux comprendre. Comment être certaine que je n'agirais pas comme elle, si les rôles étaient inversés…

Chapitre 9

Lara

Après mon rendez-vous avec le docteur Holliday, ma journée de travail est passée à toute vitesse. À tel point que, malgré moi, lorsque je m'empare de mon sac pour gagner la sortie, je me demande si le temps qu'il me reste à vivre va s'envoler de la même façon. Je dois bien m'avouer que cette idée me fait peur, même si c'est moi qui ai choisi de me placer dans cette situation.

Distraite par mes pensées macabres, je traverse l'arrière-boutique sans porter attention à ce qui m'entoure quand une main m'attrape durement le bras et me fait me retourner. Le corps athlétique de Kyle vient se plaquer contre le mien avec une telle violence que je percute le mur derrière moi. Ses avant-bras posés de chaque côté de ma tête, il m'empêche de me dérober, je suis obligée de lever le menton et croise son regard assombri.

— Kyle, qu'est-ce que…

— Tu aimes jouer les allumeuses avec les mecs pour les laisser tomber ensuite, c'est ça ?

Je fronce les sourcils, qu'est-ce qui lui prend encore ?! Je n'y comprends strictement rien.

— Laisse-moi passer, Kyle !

Son visage devient sévère, un air que je ne lui avais jamais vu jusqu'ici, et un frisson d'angoisse me parcourt l'échine, pourtant je ne me laisse pas intimider.

— Tu m'allumes toute une soirée en tentant de me rendre jaloux avec ton musicien, et ensuite, tu n'as d'yeux que pour lui. Tu disparais sans un mot, et maintenant, tu sors tous les soirs avec ce mec qui passe te chercher ici comme si le monde lui appartenait, me crache-t-il au visage, son front presque collé au mien. Une vraie chatte en chaleur avec qui j'ai visiblement gaspillé toute une soirée de ma vie !

J'ai envie de lui exploser de rire au nez, il se fout de moi, ma parole ?! C'est lui, le faux jeton qui m'a planté un couteau dans le dos – ou une blondasse plantureuse, pour être plus claire –, et c'est moi, la fautive ?! Jamais je n'ai joué les allumeuses, ni avec lui ni avec Baxter d'ailleurs ! Décidément, j'aurai vraiment tout vu et tout entendu de la part de ce crétin ! On a pourtant déjà eu cette discussion… c'est à croire qu'il n'a rien percuté !

Et puis, sans que je l'aie vu venir, sa bouche vient se plaquer sur la mienne, et ma tête heurte violemment le mur.

La rage monte en moi d'un seul coup, et je le mords de toutes mes forces avant de plaquer mes mains sur ses épaules et de remonter brutalement mon genou direct dans son entrejambe. Sous l'impact de la douleur, Kyle se plie en deux et jure en tenant sa lèvre couverte de sang. J'essuie ma bouche avec la manche de mon pull.

— Ne t'approche plus jamais de moi, Kyle, et surtout, ne m'adresse plus la parole !

Mon sac toujours ancré sur l'épaule, je quitte l'arrière-boutique à la hâte, puis la librairie d'un pas plus posé, furieuse et totalement écœurée. Comment ai-je pu flasher sur ce sale type ?! Je n'ai qu'une envie désormais : lui arracher les yeux à grands coups d'ongles !

Je hèle un taxi et, une fois installée sur sa banquette arrière, prends une lente inspiration afin de retrouver une voix normale pour donner l'adresse du studio d'enregistrement au chauffeur. Durant le trajet, je tente d'apaiser ma colère en observant la ville qui défile derrière la vitre.

Quand le taxi me dépose, j'ai retrouvé mon calme et reste un instant immobile sur le trottoir après avoir réglé ma course, à fixer l'immeuble de plus de quinze étages qui s'élève devant moi. Nul besoin de jeter un œil aux messages échangés depuis hier avec le guitariste de *Wild Rush* pour confirmer l'adresse, l'immense enseigne *Online Records Inc.*, tout en haut du bâtiment, m'indique que je suis au bon endroit. Mon portable dans une main et mon sac sur l'épaule, j'entre dans le grand hall lumineux. Une hôtesse des plus élégante, les cheveux tirés vers l'arrière, m'adresse son beau sourire *UltraBright* dès que je m'approche du poste d'accueil.

— Bienvenue chez *Online Records*, en quoi puis-je vous aider ?

D'accord… je ne m'attendais certes pas à un truc d'une telle envergure. *Et à quoi est-ce que je m'attendais au juste ?* Du matos hors d'âge dans un sous-sol moisi et un vieux producteur qui enfume la pièce avec de mauvais cigares ? Peut-être. Mais certainement pas à ça !

— Euh… Je dois voir Baxter Grady, annoncé-je finalement, peu sûre de moi.

Elle tape rapidement sur le clavier de son ordinateur sans plus lever les yeux vers moi.

— Il m'a donné rendez-vous en studio, précisé-je.

— Mademoiselle Spencer, je présume ?

J'acquiesce en silence et elle me tend un bout de plastique accroché à un ruban coloré.

— Voici votre badge visiteur, Mademoiselle Spencer, ainsi les agents de sécurité ne vous importuneront pas. Le studio se trouve au seizième étage, m'annonce-t-elle toujours aussi souriante.

Je glisse le laissez-passer autour de mon cou et la remercie gentiment avant de gagner les ascenseurs. Les portes de l'un d'eux s'ouvrent aussitôt et je m'apprête à m'y engouffrer sans regarder quand plusieurs personnes en sortent, me forçant à reculer.

Je suis seule dans la cabine lorsque les battants se referment. J'appuie sur l'étage désiré et patiente en écoutant la mélodie qui se déverse des haut-parleurs. Rien à voir avec la musique classique et barbante que l'on doit habituellement supporter en ces lieux. *Online Records* diffuse probablement ses propres titres dans son immeuble.

Une fois le bon niveau atteint, j'émerge dans un long corridor où des centaines de cadres sont accrochés. Je déchiffre certains noms célèbres, d'autres qui me sont inconnus. Je longe le couloir jusqu'à une grande salle vitrée. Baxter s'y trouve avec le reste du groupe. La voix de Logan est comme emprisonnée derrière le mur de verre. Je sursaute violemment quand une porte s'ouvre près de moi. Une main sur le cœur, je pivote vers l'inconnu qui vient d'apparaître.

Dans un costume italien parfaitement taillé, un homme d'une trentaine d'années me surplombe. Avec ses cheveux blonds décolorés trop bien coiffés et ses yeux marron inquisiteurs, il tente visiblement de m'impressionner et me fixe pendant d'interminables secondes. À moins qu'il attende juste que j'ouvre la bouche pour me présenter…

— Vous devez être Lara, Bax m'a prévenu que vous passeriez aujourd'hui, me salue-t-il enfin. Entrez !

Il me désigne la pièce d'où il vient de sortir. Les doigts serrés autour de la bandoulière de mon sac, j'avance à sa suite. La lourde porte capitonnée se referme sans bruit derrière moi. Toute une équipe de travail est rassemblée dans l'espace technique et ne semble même pas remarquer mon arrivée. Devant d'immenses consoles couvertes de manettes et de multiples boutons, ils s'affairent à l'enregistrement du titre en cours. La musique envahit les lieux et j'ai une vue imprenable sur les musiciens.

À travers la vitre, j'adresse un petit signe de la main à Baxter qui me sourit en retour sans cesser de jouer. Une longue fausse note s'élève au même instant de la basse et Logan interrompt sa chanson pour fixer avec colère la jeune femme aux cheveux rouges postée à ses côtés. Guitariste et batteur s'arrêtent eux aussi. Un lourd silence plane dans le studio.

— Maisie, bordel, concentre-toi un peu ! rugit la voix de Logan.

Indifférent à toute remarque, le regard d'ambre de la bassiste me foudroie littéralement à travers la vitre. J'en reste un instant soufflée et esquisse un pas en arrière.

— C'est bon, marmonne-t-elle en faisant rouler ses épaules comme pour se détendre.

Le batteur frappe ses baguettes l'une contre l'autre et s'exclame :

— Un, deux, trois !

…avant de recommencer à taper sur ses caisses, pour donner le rythme à Baxter et la dénommée Maisie.

— Pas toujours facile de bosser en famille, assène la voix de l'homme qui m'a accueillie.

— Pardon ?

Il désigne du doigt Logan et Maisie.

— Ces deux-là sont frère et sœur.

Oh ! Je ne l'avais pas vue venir, celle-là ! Maisie semble si hargneuse contrairement à Logan, c'en est bluffant !

— Quel piètre hôte je fais, je ne me suis même pas présenté, s'excuse-t-il alors en me tendant la main. Dorian Armstrong, copropriétaire d'*Online Records Inc.*, et producteur de *Wild Rush*.

Je serre sa paume tendue en me disant qu'il est sûrement associé avec son père. C'est le genre de boîte qui a tout de la grosse entreprise familiale.

— Lara, comme vous le saviez déjà.

Il me sourit, *UltraBright* le retour, et je trouve à nouveau qu'il semble beaucoup trop sûr de lui. Dorian a l'allure typique du coureur de jupons qui croit qu'aucune fille ne lui résistera jamais.

— Vous travaillez aussi dans le domaine de la musique ?

— Non. Je suis libraire pour quelques jours encore, dis-je en fixant mon regard sur Baxter.

— Vous êtes une admiratrice du groupe alors ?

C'est le comble, cet idiot me prend pour une groupie du guitariste !

— Non plus. Je suis une amie de Bax, en fait. Rien de plus, rétorqué-je d'un ton légèrement plus acide.

Ma réponse semble le décontenancer. Dorian croise les bras sur son torse et m'observe d'un air distrait. Je souffle un grand coup, excédée, et l'un des membres de l'équipe technique me désigne en souriant une chaise libre. Je m'y installe dans l'espoir que le producteur cessera enfin de vouloir taper la conversation. Dans le genre gros lourd, j'ai donné pour la journée ! Et dire que je pensais que Baxter était comme lui quand je l'ai vu la première fois…

Reconnais que tu t'es mis le doigt dans l'œil, Lara, songé-je en reportant mon attention sur les musiciens.

Je me suis à nouveau perdue dans l'envolée des notes de leurs instruments, les voix mélodieuses de Logan et Baxter, et la rythmique de leur musique. Quand les derniers accords se dissolvent dans l'espace que le groupe occupe, ils m'ont définitivement conquise, je l'avoue. À travers la façade vitrée, mon ami me sourit en posant sa guitare sur son socle. Dorian a fini par quitter la pièce peu après mon arrivée, peut-être a-t-il compris que je n'avais aucune envie de lui faire la causette. L'un des techniciens ouvre la porte qui donne directement dans le studio et m'invite à y pénétrer, si je le désire.

— Je suis content que tu sois venue, me salue Baxter en me serrant dans ses bras.

Repoussant mon sac sur ma hanche, je lui rends son étreinte. Au cours de la dernière semaine, j'ai pu constater à maintes reprises qu'il était de ces gens particulièrement tactiles, ce qui, soyons franche, n'est pas pour me déplaire. Un bras en travers de mes épaules, il me fait pivoter pour me présenter aux autres.

— Alors, tu connais déjà Logan et ses manières de lourdaud pour venir quémander du gâteau, commence-t-il, et le chanteur lui marmonne une insulte colorée.

Il me désigne ensuite le batteur, mon sauveur, l'homme qui m'a évité une belle fracture du nez.

— Voilà Christopher…

— Enchanté de faire enfin officiellement ta connaissance, Lara, me lance ce dernier avec un sourire, en me tendant une main que je serre. Tout le monde m'appelle Chris.

Il m'adresse un clin d'œil malicieux et je lui rends son sourire contagieux.

— Et tu n'as encore jamais croisé Maisie, je pense.

Baxter semble tout à coup se crisper à mes côtés, tandis que la sœur de Logan me foudroie de nouveau du regard.

— Je t'ai déjà vue sur scène, tu es vraiment très douée, avancé-je pour tenter d'alléger la tension qui vient de s'installer.

— Je sais.

Ce ton est sec, aussi coupant qu'une lame de rasoir. Maisie me détaille de haut en bas, comme si j'étais une merde qui venait de se coller à sa chaussure. Elle dépose brusquement sa basse sur son support et tourne les talons.

— Je me casse. Vivement qu'on se tire de cette ville pourrie, crache-t-elle avant de disparaître du studio.

Mes yeux se posent tour à tour sur les trois garçons qui sont dans la pièce. Baxter finit par hausser les épaules.

— Finalement, ça s'est mieux passé que ce qu'on craignait, non?! lâche Logan avec un rire nerveux.

Le guitariste acquiesce sans un mot et part chercher une bouteille d'eau qu'il avale quasiment d'un trait.

— Et si on allait manger un morceau quelque part avant de passer voir Clay au *Olie's*? nous propose joyeusement Chris. Je meurs de faim!

111

Ce type lit dans mes pensées !

— Je connais un excellent camion restaurant pas loin du bar, si ça vous dit, suggéré-je aussitôt.

Les garçons approuvent bruyamment et nous marchons de concert vers les ascenseurs. Dans la cabine exiguë, entourée de ces trois hommes, j'ai soudain l'impression d'être toute petite. Je manque même d'éclater de rire tellement l'image que me renvoient les portes closes me paraît comique. Une fois à l'accueil, je rends mon laissez-passer à l'hôtesse et nous filons en direction du parking extérieur. Le soleil a disparu et seule la lueur vive des lampadaires éclaire notre progression vers la fourgonnette des garçons. Baxter fait coulisser l'une des portières arrière et m'invite à grimper à bord. Logan et Chris s'installent à l'avant, et ce dernier démarre après avoir programmé son GPS sur l'adresse du camion restaurant.

— Qu'est-ce que vous cachez derrière cette horreur, chuchoté-je à l'oreille de Baxter qui a pris place sur la même banquette que moi, en désignant le rideau immonde à l'arrière.

— C'est une chambre !

C'est Chris qui a répondu en me souriant dans le rétroviseur.

— On fait pas mal de festivals et de petites tournées, alors on a aménagé la fourgonnette pour pouvoir dormir dedans et voyager avec un minimum de confort, m'éclaire Baxter.

— Et vous dormez tous en cuillère dans le même lit ?

Ma question leur cloue le bec un instant, avant que Logan n'éclate de rire.

— Mais c'est qu'elle a le sens de l'humour en plus !

De son siège, il se tourne vers moi et m'adresse un clin d'œil. Le dragueur aperçu chez *Olie's* le premier soir est de retour dans toute sa splendeur.

— C'est ma sœur qui occupe la chambre la plupart du temps. Nous, on dort sous la tente, m'informe-t-il.

— Chris et moi sommes mécaniciens pour son père, on a aménagé ce bébé petit à petit afin de répondre aux besoins du groupe.

Je suis surprise par la révélation de Baxter, et mon visage doit le laisser paraître, car il se met à rire.

— Quoi ?! Tu croyais qu'on vivait de notre musique et d'eau fraîche ? se moque-t-il. Logan est courtier en immobilier pour la firme de son père.

Le concerné lève la main à mon intention, puis Chris enclenche la musique qui résonne en fond sonore dans les haut-parleurs. Décidément, je n'ai pas encore posé assez de questions à mon nouvel ami sur sa vie !

— Mais ce contrat avec *Online Records* va tout changer ! s'exclame Chris en battant la mesure sur le volant.

Pendant que nous attendons nos commandes, je raconte à Baxter ma mésaventure avec Kyle. Je peux voir ses yeux changer de couleur et passer du bleu éclatant au noir le plus sombre. Les gars aussi sont consternés par le comportement de ce lâche comme ils le disent si bien, ce qui semble quelque peu calmer leur camarade. Après avoir récupéré nos plats à emporter, nous allons retrouver Clay au *Olie's*. Il n'y a pas beaucoup de monde ce soir, ce que j'apprécie. Logan lance le juke-box et nous nous installons au bar pour manger. J'ai bien entendu pensé à prendre quelque chose pour Clayton.

— Tu es mon rayon de soleil, ma petite Lara, me remercie mon ami en me dévisageant avec un peu trop d'attention à mon goût.

Je sais que Josie l'a informé pour la reprise de la leucémie et mon refus de me faire soigner. Je le lis dans ses yeux emplis de doute et de chagrin chaque fois qu'ils les posent sur moi. En cet instant, pourtant, je ne peux lui offrir que mon sourire pour le réconforter.

Les discussions vont bon train durant toute la soirée et je m'amuse beaucoup en présence de Baxter et ses camarades. Ils sont si différents dans la réalité de ce qu'ils affichent sur scène ou encore derrière leur instrument. Leur arrivée inattendue est comme une bouffée d'air frais dans mon univers chargé de noirceur.

Plus tard, comme Baxter attend patiemment depuis près de dix minutes que je retrouve mes clés au fin fond de mon immense sac pour me raccompagner, je finis par en vider le contenu sur le bar.

— Les voilà! Je t'avais bien dit que je ne les avais pas perdues ou oubliées au studio. Je ne suis pas si tête en l'air, lui lancé-je en riant.

Je jette à nouveau mes effets pêle-mêle dans la besace quand mon nouvel ami se saisit d'une serviette de table en papier où sont griffonnées quelques lignes.

— Qu'est-ce que c'est? me questionne-t-il en tentant de déchiffrer mes pattes de mouche.

Je m'en empare, puis la réduis en une boulette que j'abandonne sur le zinc.

— Rien. On y va?

Il acquiesce en silence et me fait signe de passer devant. Je salue les garçons et Clayton avant de quitter les lieux.

Quelle belle soirée!

Chapitre 10

Baxter

Au moment où Lara passe devant moi, je m'empare prestement de la serviette de table froissée qu'elle vient d'abandonner sur le bar et la glisse dans ma poche. Puis j'informe Chris et Logan que je reviens plus tard et quitte le *Olie's* en compagnie de la jeune femme.

En ce début du mois de juin, les journées commencent à être étouffantes en ville, et je dois bien reconnaître que j'accueille la fraîcheur nocturne avec soulagement dès que nous passons le seuil du bar surchauffé.

Nous avançons un moment en silence, jusqu'à ce que Lara tourne la tête vers moi, sourire aux lèvres :

— C'était une fin de journée incroyable ! Merci de m'avoir invitée. Ce studio est vraiment très impressionnant ! s'exclame-t-elle en me donnant un coup d'épaule.

— En effet. *Online Records* est une grosse boîte, on a tellement de chance d'avoir signé avec eux !

C'est un énorme accomplissement pour le groupe, une sorte de miracle que nous n'espérions pas et qui nous est tombé dessus comme une bénédiction. Un rêve complètement fou devenu réalité grâce à Clayton !

— Ils gèrent vraiment beaucoup de choses là-bas. Les enregistrements en studio, mais aussi la communication, l'événementiel, la compta… expliqué-je encore à la jeune femme. Je crois même qu'ils ont prévu de développer une branche dans le cinéma.

— Vous allez devenir riches et célèbres !

Son enthousiasme est communicatif.

— Je veux seulement qu'on reconnaisse notre talent, être riche et célèbre n'est qu'un bonus, fanfaronné-je, juste pour le plaisir de l'entendre rire encore.

— Sans compter toutes ces filles qui vont tomber à tes pieds. Tu vas pouvoir te constituer un harem et te vautrer dans le luxe, poursuit-elle sur sa lancée.

Lara remue ses sourcils de façon suggestive, et je manque de trébucher sur le trottoir tant je suis hilare.

— Ce n'est pas de cette façon que j'envisage mon avenir, Lara, l'informé-je cependant, plus sérieux, quand notre fou rire se calme enfin. Un jour, j'aimerais me marier, avoir des gosses, leur apprendre la musique et qu'ils sachent que tous les rêves sont réalisables.

Elle me fixe un instant alors que nous arrivons devant la porte de son immeuble, elle paraît surprise, et il me semble tout à coup voir une pointe de tristesse traverser ses iris. C'est si fugace que je me demande pourtant si je ne l'ai pas imaginé. Debout devant elle, j'avance ma main vers son visage et replace une mèche de cheveux derrière son oreille. Lara me sourit presque timidement avant de franchir la porte qui la mène dans le hall. Je la regarde prendre son courrier, me faire un signe puis monter les escaliers.

Je suis complètement foutu !

Je n'ai jamais été du genre à refouler mes sentiments et ce que j'éprouve pour Lara va bien au-delà de tout ce que j'ai déjà ressenti. Je suis mal, vraiment très mal ! Je ne suis pas débile, j'ai bien compris qu'elle ne souhaite rien de plus qu'une relation amicale entre nous, mais moi… je la veux d'une tout autre façon. Ce n'est pas une simple question de désir refoulé ou un caprice de ma part, je ressens ce besoin d'elle au plus profond de mes tripes.

Et chaque fois que je la vois, ce sentiment se fortifie…

Une semaine, que dis-je, une soirée, et j'étais conquis, fichu, inexorablement subjugué par cette fille !

Je soupire en balançant ma tête vers l'arrière, les mains crispées dans mes cheveux en désordre. *Quelle galère !* songé-je en reprenant le chemin du *Olie's*. Les mecs m'attendent déjà à l'extérieur, appuyés contre la fourgonnette. Le trajet jusqu'à l'appartement que nous loue Dorian se fait dans un silence de mort, je crois que nous sommes tous crevés par cette nouvelle journée en studio.

Aucun signe de Maisie dans le vaste duplex. Sa valise semble avoir implosé dans le salon, une lampe est fracassée sur le plancher. Ses vêtements sont épars dans tous les coins. Logan jure entre ses dents serrées.

— Putain, elle me fait chier quand elle s'y met !

La rage qui gronde dans sa voix me confirme ce que je pensais déjà : sa sœur a encore pété un câble. Mon ami envoie un violent coup de pied dans le bagage abandonné et se laisse tomber lourdement sur le canapé. Après avoir retiré son bonnet, il se masse les tempes.

— Donne-moi ton portable, lui intime Chris.

Notre ami s'exécute aussitôt. Chris manipule l'écran un instant puis me le montre avec un petit sourire triomphant. Un point vert clignote sur une carte de la ville.

— Tu l'as localisée ?

— Ouais ! Finalement, c'était une bonne idée de me faire installer cette appli de géolocalisation sur vos deux téléphones, le mois dernier, Logan, reconnaît notre batteur.

Ce mec est un pur génie, même si son geste me semble légèrement flippant.

— Allons la chercher alors, déclare Logan en se levant.

Il bout de colère, je peux le sentir et le voir dans ses yeux. Il attache ses cheveux avec le lien qu'il porte toujours au poignet et nous devance dans le couloir. Le GPS de Chris nous conduit devant l'entrée d'un hôtel miteux. Une fois le moteur coupé, nous gagnons l'accueil et Logan montre une photo de sa sœur au réceptionniste. Le jeune homme est quelque peu réticent à nous donner le numéro de chambre dans laquelle Maisie est montée, mais finit malgré tout par nous le dévoiler quand nous le menaçons d'appeler les flics. Il tend même un double de la carte magnétique à Logan, car selon lui, le type qui loue cette suite est plutôt louche.

— Sans doute encore un connard de dealer, crache notre ami dans l'ascenseur. Tu avais raison depuis le début, Bax ! Dès que l'enregistrement de l'album est terminé, on cherche un nouveau bassiste, j'en ai marre de ses conneries.

Je suis surpris, car depuis son arrivée à Seattle, Logan a toujours refusé que nous discutions du comportement de sa sœur, que ce soit vis-à-vis de moi ou par rapport à ses problèmes de drogue. Maisie vient visiblement de pousser le bouchon trop loin.

La musique hurlante d'un groupe de métal nous parvient jusque dans le couloir. Je n'ose imaginer ce que nous allons découvrir derrière la porte que Logan s'empresse d'ouvrir. Un homme d'âge mûr est allongé sur un immense lit, tandis que Maisie, ne portant plus que sa culotte, danse au son des guitares électriques en riant. Elle est totalement défoncée.

Chris abat son poing sur la chaîne hi-fi et le silence tombe dans la grande pièce. L'homme pose sur nous un regard vide sans piper mot, ne reste que le rire de Maisie qui lézarde les murs.

La jeune bassiste commet alors l'irréparable en s'approchant de la table basse sans quitter Logan des yeux pour y sniffer une nouvelle ligne de cocaïne.

— Attrapez ses affaires, je m'occupe d'elle.

Son ton est tranchant et sa démarche menaçante quand il s'approche de sa sœur. Je repère son sac sur le matelas où le vendeur de drogue s'est endormi. M'assurant surtout que tous les papiers d'identité de la jeune femme sont encore là, j'aide Chris à ramasser ses vêtements éparpillés dans la chambre. Lui aussi a la mâchoire crispée et les poings serrés lorsqu'il se retrouve avec son soutien-gorge entre les mains. Nous jetons le tout dans la grande besace de Maisie, tentant de rester indifférents à ses hurlements tandis que son frère la transporte à bras-le-corps hors de la pièce. Prise de fureur, elle le roue de coups de pied dans les jambes et lui griffe les avant-bras.

En un instant, Chris a retiré sa veste en cuir, et Logan en couvre la poitrine de la bassiste, offerte à la vue de tous. Puis nous quittons les lieux sans tenir compte des hurlements de la jeune femme qui ne cesse de nous vomir des insultes.

Heureusement, à cette heure tardive, nous ne croisons personne dans les couloirs, car nous aurions sans doute l'air de kidnappeurs. Dans l'ascenseur désert, le regard aux pupilles dilatées de Maisie s'accroche au mien, déchaînant sa colère contre moi.

— Tout ça, c'est de ta faute !

Logan et Chris ne relèvent pas. Nous sommes tous les trois conscients que c'est en partie la vérité.

— Qu'est-ce que cette pute peut bien avoir à t'offrir que je ne suis pas capable de te donner, moi ?!

Sa voix résonne entre les parois étroites de la cabine. Je me pince l'arête du nez et soupire malgré moi en gardant le silence. Cela ne sert à rien que je lui réponde dans l'état où elle se trouve.

— Stop, Maisie, arrête ton cirque maintenant, lui intime son frère. Tu te ridiculises une fois de plus.

— Dis-moi ce qui ne va pas chez moi, Bax ?! Pourquoi tu ne veux pas de moi ?!

À la seconde où les portes s'ouvrent, je me faufile à l'extérieur et me précipite vers la sortie de l'hôtel, ne m'arrêtant que lorsque j'arrive près de la fourgonnette, où je prends place à l'avant. Chris vient s'installer sur le siège conducteur et Logan pousse sa sœur au fond, là où se trouve la chambre improvisée. Seules ses vociférations nous accompagnent durant tout le trajet jusqu'à l'appartement. Dans le hall, je les laisse prendre l'ascenseur et préfère regagner notre étage en empruntant la cage d'escalier.

Je suis complètement épuisé quand je pénètre dans le logement. Je voudrais seulement dormir, mais les cris de Maisie retentissent encore entre nos murs tandis que Logan s'enferme avec elle dans la salle de bains. Et ils redoublent dès que la douche se met à couler. Je m'écroule sur le canapé auprès du batteur.

— Tu sais que ce n'est pas ta faute, n'est-ce pas ?!

Je tourne la tête vers lui.

— Tu en es vraiment certain ? Tu ne penses pas que la venue de Lara au studio l'a poussée à agir ainsi ? marmonné-je.

— Ce n'était qu'un prétexte, Bax. Tu as le droit de mener ta vie comme bon te semble, sans devoir te soucier en permanence de la façon dont elle va réagir. Un jour ou l'autre, elle va devoir se prendre en main.

Nos regards se croisent.

— Ou elle mourra d'une overdose sans qu'on le sache. Tu sais tout comme moi que ça risque d'arriver si on la vire du groupe. Et malgré tout ce que j'ai pu dire sur elle, je ne suis pas prêt à la perdre, Chris. Maisie est autant ma sœur que celle de Logan, même si ce n'est pas par le sang, lui confié-je. Elle doit juste le comprendre.

Ma dernière phrase se perd dans un soupir.

— Je tiens énormément à elle, moi aussi, et je suis d'accord avec toi, on ne peut pas la virer sans devoir craindre le pire pour la suite. Je suis certain que Logan parlait juste sous le coup de la colère tout à l'heure, tempère Chris.

Nous entendons une porte s'ouvrir, puis notre ami jurer quelques secondes plus tard. La voix de Maisie retentit dans le couloir :

— Vous ne pouviez pas simplement faire comme si je n'existais pas ?! nous hurle-t-elle avant d'aller s'enfermer dans sa chambre.

Logan nous rejoint, et debout au centre du salon, il retire son tee-shirt détrempé et le balance avec hargne jusque dans la salle de bains. Ses cheveux se sont détachés et lui couvrent le visage pendant qu'il s'efforce de ranger l'immense désordre que sa sœur a provoqué dans le loft.

— On ne peut pas la virer du groupe, Logan, commencé-je après un temps de silence.

— Merde, Bax !

Il jette les vêtements de Maisie dans la valise avec toute la puissance de sa colère, puis me regarde.

— Je le sais bien, bordel ! Mais j'en ai marre de devoir m'occuper d'elle quand elle se fout dans des situations pareilles, siffle-t-il.

Logan se laisse tomber dans le fauteuil le plus proche et rejette ses cheveux en arrière.

— Tu n'as rien à te reprocher, Bax, tu sais… Elle est juste…

Maisie, pensé-je.

— T'inquiète, on sait tous qu'il ne lui faut pas grand-chose pour partir en live.

— Allez, je vais me coucher. La journée de demain risque d'être très chiante, nous annonce notre ami en se relevant.

Chris et moi acquiesçons en silence avant de l'imiter. Dans la faible lueur de ma lampe de chevet, je retire mes vêtements, mais avant de laisser mon jean s'échouer sur le plancher, je m'empare de la serviette chiffonnée que j'ai récupérée sur le bar du Olie's. Je suis surpris quand je parviens à déchiffrer les mots qui y sont inscrits.

Cela ressemble beaucoup à une liste.

Le jeudi après-midi suivant, le groupe au grand complet est réuni dans le bureau de Dorian, et c'est avec une immense fierté que nous écoutons les dernières notes de notre tout premier album s'égrener dans la pièce.

L'enregistrement s'est terminé mardi soir et le résultat est magistral !

Hier, nous avons eu droit à une fastidieuse séance photo afin que l'équipe de Dorian puisse créer la jaquette de l'album et lance ensuite les publicités.

— C'est génial ! s'enthousiasme Chris, tout sourire, en venant frapper son poing contre le mien.

— Vous allez faire un malheur avec cet album. Votre première chanson cartonne déjà dans les ventes en ligne et les gens attendent la suite avec impatience !

Dorian semble très confiant du produit que nous lui avons rendu, ce qui est plus que bon signe selon moi.

— C'est pour cette raison que j'ai décidé de vous organiser une tournée de lancement ! nous annonce alors fièrement notre producteur. Mon équipe événementielle a déjà lancé la vente des billets, et je peux vous dire qu'ils partent comme des petits pains ! Vous commencez dès le week-end prochain, en donnant quatre concerts à Sacramento sur quatre jours, et ensuite, voici la liste des villes…

Quand il nous tend les feuillets, qui représentent en réalité le planning de nos concerts, je reste un instant bouche bée.

— Mais on est attendus mercredi dans un festival de musique à Folsom ! laisse échapper Logan.

— Vous faites votre festival, et ensuite, vous filez jusqu'à Sacramento, c'est aussi simple que ça. En plus, c'est tout près !

Dorian paraît extrêmement fier de lui.

— Jouer devant un large public, signer des autographes, rencontrer vos fans… et bien sûr, tous frais payés par la boîte ! Qu'est-ce qu'il peut y avoir de plus beau ?! s'exclame-t-il.

Il nous sourit comme s'il nous offrait le Monde. *Ce qui est presque le cas*, songé-je, toujours pas remis de ma surprise.

— Un hôtel est déjà réservé pour Sacramento, et un bus de tournée vous attendra à Long Beach pour la suite, nous explique-t-il alors que nous nous levons. Profitez de vos derniers jours à Seattle pour faire fumer la scène du *Olie's*, car ensuite, vous montez vraiment sur les planches. Quand je vois le talent, je ne le laisse pas traîner dans l'ombre, conclut Dorian, comme toujours un peu trop théâtral à mon goût.

Sur le parking d'*Online Records*, l'idée de devoir quitter Seattle aussi abruptement me donne soudain envie de vomir. Ne pas revenir voir Lara après Folsom comme je l'avais prévu, ne plus côtoyer l'établissement de Clayton… Je pensais avoir encore quelques jours devant moi, avant de devoir reprendre définitivement la route pour Beaverton. Pendant un instant, je fixe sans le voir le planning que Dorian nous a remis.

Voilà !

Puis je saisis mon portable et envoie un texto à Lara pour lui demander que nous nous voyions ce soir. Je sais exactement ce qu'il me reste à faire !

Chapitre 11

Lara

J'ai reçu un texto de Baxter en plein cœur de l'après-midi, et j'avoue avoir été intriguée.

Normalement, quand nous avons rendez-vous, il m'attend devant la librairie ou chez *Olie's*. Mais aujourd'hui, je n'ai pas très envie de sortir, alors je lui propose de me rejoindre chez moi.

— Au revoir, Shirley, à demain, lancé-je en quittant la boutique juste avant la fermeture.

Pour une fois, j'ai laissé Kyle se débrouiller seul avec les nouveautés à mettre en rayon pour le lendemain. Depuis que ses bijoux de famille ont fait connaissance avec mon genou, il ne m'adresse plus la parole, comme je le lui ai suggéré. Je ne lui ai même pas laissé l'occasion de me présenter des excuses quand il me l'a demandé.

Sur le chemin du retour, je m'arrête dans un petit restaurant de sushis et commande pour deux à emporter. J'ignore si mon invité aime le poisson, mais moi, j'adore, il devra donc s'en contenter. J'interromps aussi ma route afin d'acheter un nouveau pot de glace à la pistache. Avoir refusé de suivre la chimiothérapie me permet également de manger à profusion tout ce que je désire… pour le temps qu'il me reste à vivre !

La mort a certains avantages, en fait !

Devant mon immeuble, je trouve Baxter déjà assis sur les marches en béton du perron. Il semble concentré sur son téléphone, pourtant, j'ignore comment, il repère ma présence et lève les yeux vers moi pour me sourire dès que j'approche.

— Salut, me lance-t-il en me délestant de mes sacs pour que j'ouvre la porte.

— Tu ne peux plus te passer de moi, dis donc !

Je ris en montant les escaliers, mon ami sur mes talons, m'interdisant de penser que pour ma part, j'arrive difficilement à me priver de sa compagnie plus d'une journée. Je l'invite à pénétrer dans l'appartement et il file déposer mes sacs sur l'îlot. Aucune note de Josie, qui brille toujours par son absence. Je ne sais plus sur quel pied danser avec elle, nous nous adressons à peine la parole depuis mon refus de reprendre les traitements.

— Ça va ? Tu as l'air inquiète ?

— Inquiète ? Non, j'ai simplement très faim.

Son regard se fait suspicieux, comme s'il se doutait que je lui cache quelque chose. Je lui adresse un sourire rassurant tout en déballant le sac de sushis, après avoir rangé mon pot de glace dans le freezer. Une bière à la main, le repas déposé sur la table basse, nous nous installons dans le canapé du salon. Enfin un peu de calme !

— L'album est bouclé, prêt à être mis en vente, m'annonce alors Baxter.

— C'est génial ! Félicitations !

Le tintement de nos bouteilles de bière résonne dans la pièce alors que nous trinquons au succès de *Wild Rush*.

— Qu'est-ce qui se passe, maintenant ?

Il m'est désormais impossible de nier que je me suis – un peu trop – attachée au guitariste. C'est un tel boute-en-train et un ami si fidèle, tombé par hasard dans ma vie au pire moment, mais aussi au moment où j'en avais le plus besoin, que j'ignore ce que je vais ressentir quand il en sortira. Je n'ai même pas envie d'y songer, c'est pourquoi je fixe mon attention sur le plateau de sushis devant moi.

— En fait, je suis justement là pour t'en parler...

Son ton est hésitant, ce qui me fait tourner la tête vers lui et me pousse à l'observer avec attention. Sa posture n'est pas aussi détendue que celle qu'il affiche d'habitude et il triture ses doigts avec nervosité, le regard posé sur ses mains. Cette attitude ne colle pas avec le Baxter que je connais. Je pose ma paume sur son avant-bras pour qu'il me regarde. Ses yeux viennent trouver les miens, pourtant il reste toujours silencieux.

— Tu peux me parler, Bax, soufflé-je.

Il acquiesce en silence et inspire.

— Comme tu le sais, nous quittons Seattle dimanche après-midi pour aller nous produire dans un festival de musique. J'avais prévu de revenir passer quelque temps ici, après cet événement, mais... *il s'interrompt un instant avant de reprendre,* Dorian nous a organisé une tournée de lancement sur la côte ouest qui démarre dans la foulée.

J'encaisse le coup, ce n'est pas comme si j'ignorais qu'ils allaient repartir, une fois leur boulot en studio terminé et leur dernier concert donné au *Olie's*. Pourtant, j'aurais aimé passer encore un peu de temps avec cet homme... cet homme que je considère maintenant comme un ami précieux, car il serait injuste de ma part de désirer plus, n'est-ce pas ?

Même si tout au fond de moi, je veux plus... beaucoup plus !

— Oh... murmuré-je pour toute réponse, étonnée d'apprendre qu'il avait prévu de revenir ici par la suite.

Il se redresse d'un coup et me fait face sur le canapé.

— Je voudrais que tu viennes avec moi.

Il lâche d'une traite ces quelques mots qui me percutent comme un boulet de canon.

— Je ne peux pas t'emmener faire le tour du monde dont tu rêves, mais je peux t'offrir une tournée de folie avec moi sur la côte ouest-américaine, poursuit-il d'une voix blanche.

— Quoi ?! Mais de quoi parles-tu ?! C'est quoi, cette histoire de tour du monde ?

L'air un peu penaud, il sort de sa poche la serviette toute froissée que j'avais laissée sur le bar de Clayton. *Merde !* Je tente de m'en emparer, mais il la maintient hors de ma portée.

— Bax, enfin…

Je sais parfaitement tout ce qui est noté sur cette liste stupide. Tout un tas de trucs que j'aimerais faire avant de disparaître, seulement je ne peux pas le dire à Baxter, impossible ! Qu'est-ce qui m'a pris de rédiger cette liste ?! Ce n'est pas comme si j'avais encore une chance de pouvoir réaliser tout ce qui y est inscrit, de toute façon, on n'est pas dans un putain de film !

— On part pour Folsom où se tient le festival de musique, on y donne un concert mercredi, et ensuite, on prend la direction de Sacramento pour quatre soirs de concerts consécutifs. Trois jours de pause, et on refait la même chose à Long Beach, et ainsi de suite dans quatre autres villes. Qu'est-ce que tu en dis ? Tu serais partante ?

Son enthousiasme est palpable, il a hâte de monter sur toutes ces scènes qui l'attendent.

— Je…

Que puis-je lui répondre ?! Tant que je reste aux États-Unis, mon médecin est d'accord pour que je voyage, et il veillera à faire transférer mon dossier à ses confrères que je rencontrerai sur ma route. Mais de là à partir avec un groupe de rock que je ne connais que depuis deux semaines ? J'ai confiance en Baxter, aussi illogique que cela puisse paraître après si peu de temps. Logan et Chris sont aussi super sympas… et pourtant :

— Ce n'est pas une bonne idée, Bax.

— Pourquoi ? Donne-moi une seule bonne raison pour que tu ne partes pas avec nous.

— Maisie me déteste. Ça se voit comme le nez au milieu du visage, assené-je.

J'aurais pu faire un effort pour trouver quelque chose de moins méchant, mais franchement, mis à part cette mésentente, je ne vois pas ce qui pourrait m'empêcher de me joindre à eux.

128

— Je me charge de Maisie, elle traverse juste une mauvaise passe, réfute aussitôt Baxter.

Merde !

L'excuse du travail est à exclure, le guitariste sait déjà que j'ai donné ma démission. Parfois, je parle trop et cela me joue des tours !

— Ce n'est que pour six petites semaines, Lara, et je suis certain que le temps va passer à une vitesse folle ! Allez... insiste-t-il, sourire aux lèvres.

— Rends-moi d'abord cette liste.

Elle est tellement ridicule que j'ai honte qu'il l'ait lue !

— Certainement pas ! Car je te promets que durant les six semaines à venir, nous allons biffer chacune des choses inscrites sur cette serviette de papier, clame le musicien.

— Tu es complètement fou, Baxter Grady !

Son sourire s'élargit quand il remet la liste dans la poche arrière de son jean.

— Ça fait partie de mon charme ! Allez, Lara, on n'a qu'une vie !

Déconcertée, je repousse mes cheveux vers l'arrière et fixe le sol à mes pieds. Ses derniers mots m'ont percutée de plein fouet, s'il savait combien il a raison. Seulement, je dois mettre une chose au clair avant de m'embarquer avec lui dans une telle aventure.

— J'accepte à une seule condition, soufflé-je en relevant la tête pour le détailler avec le plus grand sérieux.

Toute son attention est désormais rivée sur moi. Je n'arrive pas à croire ce que je m'apprête à lui imposer, toutefois, même si ce n'est pas la vérité, même si ce n'est pas ce que je souhaite, je dois tenter de placer cette barrière entre nous.

— On est amis, n'est-ce pas, Bax ?

— Évidemment.

Je hoche la tête en silence.

— Alors je veux que ça reste comme ça. C'est ma seule condition, lancé-je.

— Je ne suis pas certain de te comprendre.

Baxter ne semble pas capter encore la portée de mes paroles.

— Je ne veux, et ne peux, pas avoir plus… Je… Je n'ai pas besoin de plus, rectifié-je. Voilà ! Tout ce que je veux, c'est ton amitié, d'accord ?

Si *plus de sentiments* devaient s'installer entre nous deux, je m'en voudrais toute ma – courte – vie. Je ne peux pas me résoudre à lui imposer ma maladie, et ma disparition ensuite, même si une grande partie de mon être voudrait avoir cet homme de façon plus intense. Avoir tout de lui…

— Bien sûr que je suis d'accord. Surtout si cela signifie avoir ma pote avec moi durant toute la tournée ! s'enthousiasme le guitariste.

— Tu me le promets ?

Il me sourit, révélant ses irrésistibles fossettes au passage.

— Promis.

J'ai réussi à obtenir un rendez-vous dès le vendredi matin avec le docteur Holliday, à qui j'ai remis l'itinéraire de la tournée de *Wild Rush*. Il n'a pas paru surpris de me revoir si vite dans son bureau et encore moins de me découvrir si emballée à l'idée de mon voyage.

Depuis que Baxter a quitté mon appartement, jeudi soir, je suis sur un nuage. Je pars en tournée avec un groupe de rock ! Et puis, il a raison : on n'a qu'une vie, et pour ma part, il est d'autant plus important que j'en profite à fond, maintenant qu'elle est sur le point de prendre fin.

Les résultats des examens que j'ai subis en début de semaine indiquent que tout est stable et rien ne révèle une prise de pouvoir quelconque de la maladie sur mon corps pour le moment. Ce qui semble mettre mon médecin en confiance, car il n'a émis aucune objection à transmettre mon dossier à ses confrères, dans les hôpitaux qui se trouveront sur ma route.

Nous sommes déjà samedi après-midi, et je commence tout juste à préparer mes bagages pour notre départ qui aura lieu dans vingt-quatre heures. Je suis fébrile en rangeant mes vêtements dans la valise posée sur mon lit. Le beau temps est arrivé, et est désormais bien installé, ce qui me permet de choisir mes tenues plus facilement. J'essaie de garder autant de place possible pour des bouquins. Pas simple !

Je laisse ma malle en plan dans ma chambre et gagne le salon, où se trouvent mon ordinateur et ma liseuse. Je connecte cette dernière à mon portable et décide de me servir de ma nouvelle carte de crédit, reçue hier, pour télécharger un surplus de livres numériques.

Effectuer une demande en ligne pour une carte de crédit a été ridiculement simple, et mieux encore, je n'aurai sans doute jamais à la rembourser ! J'ai aussi transféré mes placements bancaires sur mon compte courant. J'ai toujours été une fille très économe, sauf quand il s'agissait de bouquins, cela va de soi ! Je pars donc avec beaucoup d'argent en poche, ce qui n'est pas pour me déplaire.

Concentrée sur l'écran de mon ordinateur, je sursaute lorsque la porte de l'appartement se referme en claquant derrière ma cousine.

— Nom de Dieu, Josie ! Tu m'as fait une de ces peurs, m'exclamé-je en riant, une main sur le cœur, avant de terminer mes achats en ligne.

Son mutisme et son expression fermée attirent très vite mon attention.

— Quelque chose ne va pas ?

Elle va déposer son sac à main sur l'îlot et se tourne enfin vers moi.

— J'ai eu une petite discussion avec le docteur Holliday en passant prendre mon nouveau planning, tout à l'heure.

Je peux voir ses poings se serrer contre ses hanches, je sens que ça va être ma fête.

— Quand comptais-tu me prévenir que tu t'en allais pour près de deux mois !? hurle-t-elle d'un coup.

Un soupir m'échappe, et je ferme mon portable avant de me lever pour l'affronter.

— Jo, je ne vais pas rester assise dans cet appartement à attendre que la mort vienne cogner à la porte ! Il n'en est pas question ! Je n'ai pas refusé la chimio pour rester cloîtrée ici !

— Et ton travail ?!

Oups, j'ai aussi oublié de lui dire que j'avais démissionné.

— Je n'ai plus de travail, Josie.

— Mais qu'est-ce qui te passe par la tête en ce moment, Lara ?! Tu ne peux pas partir comme ça, toute seule. C'est complètement ridicule !

Ah oui, ça aussi ! Pour me donner un minimum de contenance, j'attache mes cheveux en queue-de-cheval, avant de lui expliquer la suite de mes plans :

— En fait, je ne pars pas toute seule. Je vais suivre la tournée du groupe de Baxter.

Je crois que, si c'était humainement possible, de la fumée lui sortirait par les oreilles, tant elle est à présent clairement furieuse.

— Je t'en aurais volontiers informée plus tôt, seulement, depuis que j'ai pris mon diagnostic en pleine tête, tu ne m'adresses presque plus la parole, Jo ! Tu m'évites même comme la peste.

— Tu vas partir avec de parfaits inconnus ?! Mais tu es totalement cinglée ! s'époumone-t-elle.

Refusant de me laisser dicter ma conduite par qui que ce soit, surtout quand je sais que le temps m'est compté, je m'oppose farouchement à elle.

— Ça suffit ! Cela fait déjà un bon moment que je prends mes propres décisions toute seule, Jo, et si elles ne te conviennent pas, tant pis ! Je les assume très bien ! Personne n'a le droit de décider à ma place comment je dois vivre ! C'est ma vie ! Et il ne me reste plus que quelques mois pour en profiter désormais, alors merde ! m'exclamé-je, les larmes aux yeux.

Savoir que la mort va venir nous chercher un jour est une chose, avoir dû prendre la décision qu'elle vienne cueillir ma vie plus tôt que prévu en était une autre. Pourtant c'est quelque chose que j'assume, même si je suis consciente de blesser des gens autour de moi, comme Josie et mes parents, en agissant ainsi.

— Maintenant, tu m'excuseras, mais je dois terminer mes bagages ! lancé-je en repartant vers ma chambre.

Il ne faut pas plus d'une minute pour que la porte de l'appartement claque comme un coup de fouet dans le silence, m'annonçant une nouvelle désertion de ma cousine.

Tôt ou tard, elle finira par accepter la situation, tenté-je de me réconforter sans pour autant arriver à stopper les larmes qui dévalent le long de mon visage.

Elle n'aura pas d'autre choix de toute façon…

Il fait une chaleur infernale au sein de la foule réunie au *Olie's* pour le dernier concert de *Wild Rush* à Seattle. Je peine à me frayer un chemin jusqu'aux coulisses à la fin de leur dernière chanson. Je les atteins en même temps que Maisie qui me bouscule durement en passant près de moi.

J'entrevois la tignasse ébouriffée de Baxter et me dirige vers lui à la hâte. Il me sourit, dépose sa guitare sur son socle, vole ma bouteille de bière et m'entraîne à l'extérieur par la porte qui donne sur la ruelle.

— J'avais besoin d'air, on étouffe là-dedans, m'explique-t-il une fois dehors.

Il prend quelques gorgées de ma boisson, puis me la rend pour avoir les mains libres quand un petit attroupement arrive près de nous. Chris nous rejoint au même instant, et ensemble, ils signent quelques autographes et discutent avec les fans. Ils paraissent tellement à l'aise, tellement dans leur élément !

Beaucoup plus tard, nous regagnons le bar par la porte principale, et je suis surprise de ne pas trouver Josie derrière le zinc. *Elle était pourtant de service jusqu'à deux heures*, m'étonné-je. Je m'approche de Clayton qui semble ne pas savoir où donner de la tête et l'interroge par-dessus le brouhaha ambiant :

— Tu as vu, Jo ?!

— Pas depuis un bon moment, et j'aurais bien besoin d'un coup de main, me répond-il entre deux commandes.

Chris, qui se tenait près de moi et a tout entendu, passe sans un mot derrière le comptoir et commence à aider mon ami comme si de rien n'était. Le barman lui adresse un signe de remerciement, tandis que Baxter pose une main sur mon épaule.

— Elle est peut-être en coulisses ? Il doit bien y avoir une réserve ici, non ?

— Allons voir, ça ne coûte rien, acquiescé-je, quelque peu inquiète.

Le guitariste salue quelques personnes puis m'entraîne avec lui dans l'arrière-scène. La réserve est bel et bien allumée, toutefois Josie ne s'y trouve pas. Mais quand nous passons devant la porte close de la loge, un bruit sourd attire mon attention. J'entrouvre le battant et reste figée sur place.

Josie est vautrée sur le vieux canapé en cuir, complètement nue, et Logan, la tête enfouie dans son cou, pantalon aux chevilles et torse nu, est allongé sur elle. Un gémissement de plaisir retentit dans la pièce, qui me pousse à vite refermer la porte en silence.

Déroutée, je regarde Baxter qui n'a rien perdu de la scène.

— Nom de Dieu ! soufflé-je en retenant un fou rire.

Chapitre 12

Josie

— *Maintenant tu m'excuseras, mais je dois terminer mes bagages !* crache Lara avant de disparaître dans sa chambre.

Sous le choc, furieuse et submergée par mes émotions, je récupère mon sac et sors de l'appartement. Une fois la porte fermée, je m'adosse à celle-ci et me laisse glisser jusqu'au sol, à bout de forces. Les larmes tentent d'envahir mes yeux, mais je les chasse violemment du revers de la main. *Ce n'est ni l'endroit ni le moment,* songé-je. Un de nos voisins passe devant moi et ses baskets s'arrêtent à mon niveau.

— Tout va bien ?

Il semble inquiet de me découvrir assise ainsi, en plein milieu du corridor. Rien de plus normal, quoi ?! J'ai pourtant envie de lui hurler de dégager de mon palier, de se mêler de ses affaires et passer son chemin ! Comme il voit que je ne prends pas la peine de lui répondre, l'homme poursuit sa route sans commentaires.

Je bascule ma tête en arrière et la colle contre la porte, de la musique résonne en sourdine derrière le battant. Les yeux fermés, je songe que j'ai totalement perdu la tête après avoir parlé au docteur Holliday, et plus encore quand j'ai aperçu du coin de l'œil la valise ouverte sur le lit de Lara. Son médecin avait raison, elle part vraiment !

Savoir qu'elle va mourir me détruit chaque jour un peu plus de l'intérieur, d'autant que c'est un choix qu'elle fait en connaissance de cause. Il n'y aura aucun retour en arrière, et même si Lara en a conscience, moi, je ne l'accepte pas. Je ne peux m'y résoudre !

Et maintenant qu'elle a décidé de partir Dieu sait où avec des gens qu'elle connaît à peine, je suis terrorisée. Comment pourrai-je m'assurer que tout va bien pour elle dans ces conditions ?! Je ne peux même pas discuter de Lara avec Sam, mon fiancé me répète inlassablement que ma cousine est adulte et responsable de ses actes. Il n'y a que Clayton qui accepte de m'écouter, et lui aussi est empli de chagrin.

Je connais Lara mieux que quiconque, et je sais que rien ni personne ne la fera plus changer d'avis. Nous avons été élevées comme des sœurs. Nos parents étaient voisins, alors nous avons passé tout notre temps ensemble, malgré presque trois années de différence d'âge. Je suis restée auprès d'elle durant ses hospitalisations et quand elle ne pouvait pas aller en cours en raison de sa maladie.

Nous avons traversé ces épreuves main dans la main, et aujourd'hui… elle me met volontairement à l'écart.

C'est cette idée qui me hante et m'a fait prendre mes distances. Elle n'a pas cherché à connaître mon avis, à discuter de la question avec moi. Non, elle avait déjà pensé à tout, et cela, bien avant que la leucémie ne revienne à l'assaut une troisième fois.

La voilà donc qui fait ses bagages, persuadée que je l'évite, alors que je ne sais simplement pas de quelle manière gérer la situation. Comment doit-on réagir quand un être cher décide sans même vous en parler qu'il est temps que la mort vienne le chercher ?

Moi, je l'ignore !

En début de soirée, je me rends jusqu'au *Olie's* en taxi. J'ai passé le reste de la journée chez Sam qui est encore en déplacement. Lorsque je règle ma course, je croise mon regard rougi d'avoir trop pleuré, dans le rétroviseur. C'est avec un intense mal de tête et les idées sombres que je sors du véhicule. Dans la ruelle derrière le bar, j'avance tel un automate quand un raclement de gorge me fait sursauter au moment où je pose la main sur la porte de service. Mon sac serré contre moi, je fais volte-face. Logan est là, adossé au mur de brique, un genou remonté derrière lui, la cigarette au bec.

— T'as pas l'air bien, laisse-t-il tomber d'un ton nonchalant.

Ce n'est même pas une question de sa part, juste une simple affirmation. Soufflant un grand coup, je m'assois sur la marche où je me trouve et l'observe en biais.

— Cette merde te tuera.

Il hausse les épaules, puis termine sa clope dans le silence apaisant de la ruelle, comme si elle était extérieure au reste du monde et à la tempête qui se déchaîne sous mon crâne et dans mon cœur.

— Tu veux discuter de ce qui te donne cet air si tourmenté ? me questionne le chanteur.

Je secoue la tête de droite à gauche. Je sais que Lara ne leur a pas parlé de sa maladie. Elle n'en parlera pas, elle gardera le secret jusqu'à son retour de tournée, puis ils disparaîtront de sa vie… et la vie la quittera à son tour à un moment qui nous est encore inconnu. Une larme glisse le long de ma joue et termine sa course sur le béton à mes pieds.

Les bottes en cuir noir de Logan apparaissent dans mon champ de vision. L'odeur de cigarette a imprégné ses vêtements. Il pose un doigt sous mon menton et me relève doucement le visage. Son regard si percutant me transperce et nous restons un instant à nous fixer sans un mot.

— Il ne devrait pas y avoir de larmes dans des yeux si magnifiques, souffle-t-il en caressant distraitement ma joue.

Silencieuse, je repousse sa main et me lève. Même lorsque je me trouve juchée sur la marche de béton, Logan est plus grand que moi, je me sens si petite face à lui.

— Je dois y aller, Clay m'attend sûrement pour la mise en place, marmonné-je avant d'entrer dans les coulisses, bien trop troublée, le cœur battant à toute vitesse dans ma poitrine.

La lourde porte de service se referme derrière moi dans un bruit sourd.

Depuis mon arrivée au bar, j'ai l'impression qu'une tonne de pierres comprime ma poitrine et m'empêchent de respirer. Le concert n'est pas encore terminé quand je lance à Clayton que je dois retourner faire le plein dans la réserve près des loges. C'est un mensonge, et je déteste mentir, mais j'ai besoin de retrouver ma sérénité, et ce n'est pas avec cette foule et une chaleur pareille que j'y parviendrai.

Assise sur une caisse en bois, une bouteille de scotch bien entamée à la main, je laisse l'alcool faire écho à la douleur de mon cœur, au chagrin de mon âme. D'ici, je peux entendre le dernier morceau du groupe, et je laisse enfin les larmes dévaler le long de mes joues. Deux semaines que je les retiens, toutefois ce soir, la peine est plus forte que ma volonté.

Quand la porte grince sur ses gonds, je sursaute et la bouteille en verre m'échappe pour aller se fracasser sur le sol.

— Merde !

— Désolé, je ne voulais pas te faire peur… encore. Mais la porte était entrouverte.

La silhouette de Logan se détache dans l'embrasure, des mèches de cheveux humides s'échappent de son bonnet et

collent à ses joues. Pourtant il est toujours à couper le souffle. Le chanteur s'est accoudé au montant de la réserve et m'observe avec attention. Il semble se demander à quel genre de crise il a affaire. En silence, il avance vers moi et me tend la main.

— Vaut mieux pas se noyer dans l'alcool, rien de bon n'en ressort jamais, tu sais…

J'accepte sa paume offerte, et il m'aide à me remettre sur pied, puis me conduit jusque dans la loge. J'aperçois Bax, Lara et Chris qui quittent les coulisses pour aller prendre l'air dans la ruelle, à l'instant où Logan referme la porte de la pièce dans mon dos. En silence, il me tend une bouteille d'eau, histoire que je me désaltère et reprenne un peu mes esprits. J'ai la gorge complètement nouée. Adossée au mur, je laisse ma tête partir en arrière, mes jambes menacent de céder sous mon poids, tandis que le flot de larmes trop longtemps endigué reprend sans que je puisse l'arrêter. La chaleur du chanteur qui se poste à quelques centimètres devant moi irradie sur tout mon corps. Il me reprend ma boisson et la dépose sur une coiffeuse plus loin sans me quitter un instant des yeux.

Redressant un peu le menton, je me perds quelques secondes dans son regard brillant et inquisiteur, avant de détailler chaque trait de son visage à travers mes larmes. La souffrance, la douleur, la tristesse, tout s'emmêle pour ne laisser qu'un vide profond dans ma poitrine.

Lara va mourir.

Elle va me laisser seule pendant des semaines, j'ignore même si je la reverrai en vie.

Sam n'est pas là.

L'homme avec lequel je vais bientôt me marier et passer le reste de mon existence ne m'offre jamais aucun soutien.

— Tu veux parler de ce qui te met dans un tel état? me propose à nouveau Logan, son visage tout près du mien.

— Non…

Et c'est là que toutes mes émotions partent en vrille, ne me laissant qu'une porte de sortie envisageable… *Logan*.

Je lève doucement les bras et pose mes mains sur ses joues. Caressant sa fine barbe de mes doigts, je l'attire à moi.

— Je veux seulement oublier pour un instant, soufflé-je contre ses lèvres, juste avant qu'il ne m'embrasse violemment en me plaquant plus encore contre le mur de la pièce.

Son baiser est sauvage, presque autant que cette aura qu'il dégage. Je suis en train de commettre une erreur monumentale, j'en suis consciente, pourtant je me laisse happer par le désir qui monte en moi et chasse tout autre sentiment. Un râle d'excitation échappe au chanteur. Je me soulève sur la pointe des pieds, faisant tomber son bonnet à nos pieds quand mes doigts s'enfoncent dans ses cheveux pour s'y agripper. Fougueux, Logan m'empoigne sous les fesses et me soulève comme si je ne pesais rien. Mes jambes s'enroulent autour de lui et nos corps viennent se percuter avec toute la force de mon désespoir.

Le souffle me manque, mais je ne délaisse pas sa bouche pour autant. L'atmosphère de la pièce se charge en électricité, on dirait un orage qui gronde entre nous, annonçant la tempête à venir. En une enjambée, le chanteur gagne le canapé et m'y dépose sans ménagement. Ses mains passent sous mon tee-shirt, glissent le long de mes flancs, me faisant frissonner à leur contact, puis il me retire mon vêtement avant de se débarrasser du sien.

Sa peau collée à la mienne, Logan ne perd plus une seconde, et d'une main habile, il fait sauter l'agrafe de mon soutien-gorge que je m'empresse d'envoyer valser sur le sol. Sa barbe naissante râpe mon épiderme tandis qu'il descend lentement vers ma poitrine offerte. Ses doigts enserrent mes hanches et je me cambre contre lui dans un mouvement hors de tout contrôle. Et quand il s'aventure jusqu'au bouton de mon jean, sous les assauts de sa bouche sur mon corps, je perds totalement pied dans un soupir empli de désir. Même le temps n'a plus d'emprise sur mon esprit enivré par le plaisir qu'il me donne.

Lorsqu'il se redresse et plonge son regard en moi, je détache rapidement son jean qu'il abaisse jusqu'à ses chevilles. L'envie est palpable entre nous quand Logan me déleste de mes derniers atours avant de s'allonger sur moi. Nos peaux brûlent de désir contenu, et à l'instant où il me pénètre enfin, mon esprit noyé de désespoir et d'alcool a perdu contact avec la réalité depuis bien longtemps. Un gémissement franchit mes lèvres alors que mes ongles se plantent dans les dorsaux du chanteur, aussi durs que du roc. Mes jambes s'enroulent autour de sa taille pour approfondir les sensations qui m'envahissent et Logan enfouit sa tête dans mon cou en laissant échapper un grognement bestial. À chacun de ses puissants coups de reins, mon dos heurte l'accoudoir du canapé, mais je n'en ai cure. Seul l'oubli de ma peine compte désormais, et mon esprit s'évade complètement comme si, à lui seul, le chanteur pouvait me délester de mes noirs sentiments. Le temps s'est suspendu…

Logan accélère peu à peu ses va-et-vient à m'en faire perdre le souffle. Je sens bientôt l'extase se former au creux de mon ventre, et quand il glisse sa main entre nous pour atteindre mon sexe, mon plaisir augmente brusquement. La vague nous atteint tous les deux au même instant, telle une déferlante en plein cœur de l'ouragan, pour nous emporter sur son passage. Un râle franchit les lèvres du chanteur qui m'embrasse sauvagement, étouffant mon cri de jouissance dans sa bouche. Puis il caresse ma joue du bout des doigts et son regard profond cherche le mien.

C'est à ce moment-là que tout bascule, que la réalité reprend sa place dans ma conscience déboussolée. Mes paumes contre son torse, je le repousse avec toute l'horreur que m'inspire ma propre trahison, pour qu'il se retire de moi et me laisse me dégager. Il obéit sans un mot, la plus totale perplexité se reflétant dans ses yeux.

— Oh mon Dieu! Mais qu'est-ce que j'ai fait?! articulé-je avec difficulté.

— Qu'est-ce qui se passe, Josie?

Épouvantée, je me lève rapidement et renfile mon jean en lui tournant le dos.

— Ce qui se passe?! Il se passe que je suis fiancée, Logan! Je vais me marier, bordel, et je viens de coucher avec toi sur ce vieux canapé immonde!

J'attrape mon tee-shirt, après avoir remis mon soutien-gorge, et l'enfile. J'attache mes cheveux en bataille avant de lui faire face. La panique et la honte me gagnent.

— Et alors? lâche le chanteur avec une désinvolture écœurante. Tu crois que je ne le savais pas? Le caillou à ton doigt est assez criard.

Sa réponse me désarçonne.

— Je viens de tromper l'homme à qui je vais jurer fidélité!

— Et où est-il donc cet homme parfait? Un type qui laisse sa fiancée seule pour Dieu sait quelle raison afin qu'un autre homme la retrouve en pleurs et en train de s'enivrer dans la réserve d'un bar n'est qu'un sombre crétin, assène-t-il durement.

— Tu ne connais pas Sam. Il…

— Il n'est pas là, alors que tu as visiblement besoin de lui! Voilà ce que je sais.

Il se lève du canapé, le pantalon toujours autour des chevilles, et je prends alors conscience d'une autre terrible erreur!

— Tu… tu n'as pas mis de préservatif?! m'exclamé-je, horrifiée.

Un coup à la porte me fait sursauter. J'ajuste mes vêtements en m'apprêtant à ouvrir.

— Dans le feu de l'action, ça n'a pas vraiment été ma priorité, ni la tienne d'ailleurs à ce que j'ai cru comprendre, balance-t-il avec nonchalance en remontant d'un coup boxer et jean avant de me permettre d'un signe de la tête de laisser entrer notre visiteur.

Quand Lara apparaît dans l'ouverture, mon sang ne fait qu'un tour et se glace dans mes veines.

La scène est plus que parlante. Logan qui finit de rajuster son pantalon, mon trouble et l'odeur de débauche qui règne dans la pièce. Ma cousine sait, cela se voit dans son regard lorsqu'elle me détaille avec un petit sourire narquois.

— On peut se parler ?

— Je…

J'ignore quoi répondre.

— Josie, on doit parler, insiste Lara d'une voix rassurante en posant sa main sur mon avant-bras.

Sans un mot, mortifiée par ce qu'elle vient de découvrir, je la suis. Elle m'entraîne jusqu'au bureau de Clayton et referme derrière nous. C'est à ce moment-là que je m'effondre pour de bon et me laisse glisser sur le sol en pleurant tout mon soûl.

— Mais qu'est-ce que j'ai fait ? sangloté-je.

Lara s'agenouille près de moi sur le plancher glacé et passe son bras par-dessus mes épaules pour m'attirer à elle.

— Je suis un monstre, Lara. J'ai trahi Sam…

— Chut…

Elle me berce en me caressant le dos jusqu'à ce que le flot de mes larmes se tarisse, sans cesser de me réconforter de sa voix douce et de son étreinte.

— Tu n'es pas un monstre, Jo. Tu es humaine et tu as été blessée. *Je* t'ai blessée, ajoute-t-elle en posant son menton sur le sommet de ma tête.

L'une de mes mains s'agrippe à son tee-shirt et je me colle un peu plus contre elle.

— Je ne cherchais pas à t'éviter, c'est juste que j'ignorais… comment accepter ta décision. Je ne peux tout simplement pas l'accepter, avoué-je en reniflant.

— On meurt tous un jour ou l'autre, Josie. J'ai seulement choisi de laisser arriver maintenant ce qui aurait dû se passer quand j'avais cinq ans. Avec toutes ces hospitalisations et ces traitements, mes parents et les médecins n'ont fait que retarder l'inévitable.

Un sanglot m'échappe une fois encore et Lara resserre son emprise autour de moi.

— Comment je vais y arriver sans toi ? Et puis comment je saurai si tu vas bien pendant les six prochaines semaines ?

— Jo, tu crois réellement que je vais te laisser sans nouvelles pendant un mois et demi ? Jamais ! Je te téléphonerai tous les jours si cela peut te rassurer, et je te promets de rentrer en pleine forme !

Je relève la tête et nos regards se croisent.

— Tu me le promets ?

— Bien sûr ! Et puis… je dois assister à ton mariage, tu te souviens ? Même si je parie sur un divorce dans la première année, me rappelle ma cousine dans un rire.

Je soupire, et je sais qu'elle comprend à quoi je pense.

— Ce qui s'est passé ce soir restera entre nous, Jo. Je t'en fais le serment, chuchote-t-elle. Tout le monde a droit à des erreurs de parcours, tu ne fais pas exception à la règle, même si tu es une femme extraordinaire.

Ma main part à la rencontre de la sienne et je la serre.

— Sinon… c'était comment avec Logan ?

C'est plus fort que moi, j'éclate de rire avec elle. Et c'est alors qu'enfin, la douleur s'envole.

Nous sommes rentrées à l'appartement après la fermeture du bar. Je n'ai pas revu Logan de la soirée, mais Baxter a insisté pour nous escorter jusqu'à notre immeuble. J'ignore ce qui se passe entre Lara et lui, j'espère juste qu'ils profiteront du temps qu'il leur reste à passer ensemble.

Après un réveil tardif, je nous ai préparé un copieux petit-déjeuner et j'ai aidé Lara à boucler sa valise. En tout début d'après-midi, le buzz de l'interphone nous annonce l'arrivée du guitariste et du reste du groupe. C'est l'heure du départ.

En bas de l'immeuble, je me fige devant la haute silhouette de Logan. Mon égarement d'hier me revient de plein fouet en mémoire. Le chanteur me salue distraitement, avant de saisir le bagage de ma cousine pour aller le ranger dans la fourgonnette, à laquelle est attachée une petite remorque portant le nom de *Wild Rush*. Baxter doit voir que je m'interroge sur son utilité, car il m'explique aussitôt :

— C'est le seul moyen que nous avons trouvé pour transporter tous nos instruments sans encombrer la camionnette.

Chris, installé à la place du conducteur, tape sur la portière et annonce :

— Il est l'heure de partir, les enfants ! On a douze heures de route jusqu'à Folsom, et un arrêt dans un hôtel du genre sordide en chemin !

Lara éclate de rire tandis qu'elle se précipite pour venir me serrer dans ses bras. Je lui rends son étreinte avec force.

— Amuse-toi surtout, lui chuchoté-je d'une voix étranglée par l'émotion.

— J'y compte bien !

Un immense sourire illumine son visage et une bouffée de tristesse m'envahit alors qu'elle part s'installer dans la fourgonnette. J'attrape le bras de Baxter avant qu'il ne la rejoigne.

— Prends bien soin d'elle, d'accord ?

— C'est promis, m'assure-t-il.

Avant de monter lui aussi en voiture, Logan m'observe une dernière fois. *Plus jamais je ne reverrai ce beau visage, et c'est une bonne chose*, songé-je en regardant la camionnette s'éloigner dans la rue passante.

Seconde Partie

Playlist

Chapitre 13

Lara

Je sais qu'envers et contre tout, Josie va s'inquiéter pour moi jusqu'à mon retour. Pourtant, je ne regrette pas mon choix de partir avec Baxter et son groupe durant les six prochaines semaines. Je veux profiter des derniers mois qu'il me reste à vivre, c'est tout. Est-ce que cela fait de moi une personne égoïste? Peut-être… mais c'est ainsi. Quand le guitariste referme la portière latérale de la fourgonnette derrière nous et que Logan s'installe à l'avant près de Chris, je lance un dernier regard à ma cousine et lui envoie un ultime baiser au travers de la vitre teintée, tandis que le batteur démarre. Mon cœur se serre quand nous passons devant le bâtiment qui abrite le *Olie's*.

Tout à coup, un frisson glacé me parcourt l'échine, et lorsque je reporte mon attention sur l'intérieur du fourgon, je constate que le regard furieux de Maisie est braqué sur moi. La bassiste me dévisage sans la moindre gêne, avachie sur la banquette en face de la mienne. Puis elle se lève et s'étire sans me quitter des yeux. Cette fille pourrait filer des complexes à n'importe quelle femme. Elle est svelte et possède des jambes interminables, mises en valeur aujourd'hui par des bas résille déchirés par endroits et une courte jupe d'écolière noire. Ses cheveux rouges cascadent sur ses épaules pour retomber sur un corset violet bien ajusté. Dans mon jean délavé et mon débardeur beige tout simples, je me sens tellement fade à côté d'elle.

— J'vais me coucher, lance-t-elle d'une voix lasse avant de passer derrière le rideau à l'arrière de la camionnette.

Je me tourne vers Baxter et le fusille du regard.

— Je t'avais bien dit qu'elle ne m'appréciait pas du tout ! chuchoté-je.

Il s'approche de moi pour me souffler à l'oreille.

— Je vais te dévoiler un secret : Maisie n'aime personne. Si tu faisais exception à la règle, alors je serais en droit de me poser des questions.

Contrairement à moi, cette situation semble beaucoup l'amuser.

— On se détend et on profite de la balade ! s'exclame Chris en enclenchant la musique. Savourez ma playlist spéciale *sept heures de route avant le motel miteux* !

AC/DC résonne dans la fourgonnette, et je me laisse finalement porter par le son des instruments. Baxter s'installe alors face à moi, sort crayon et carnet avant de porter toute son attention sur ce qu'il a entrepris. Il est soudain très concentré. Je décide donc de prendre mes aises également et m'allonge sur la banquette, mon sac derrière la tête, après avoir extirpé de mes affaires le dernier livre de *Stephen King*.

C'est la toute première fois de ma vie que je quitte l'état de Washington et cela me rend fébrile. Je n'ai même pas pris la peine de tenir mes parents informés de mon périple. À tous les coups, j'aurais eu droit à une crise de nerfs de ma mère ! Josie les préviendra, je lui fais confiance. Je me perds dans ma lecture, et même si je peux sentir les yeux de Baxter se poser sur moi de temps à autre, je reste concentrée sur l'histoire qui se déroule lentement au fil des pages de mon roman. J'ignore depuis combien de temps nous roulons quand Logan nous annonce :

— Trois heures de route, et nous voilà en Oregon ! Je suis enthousiasmé à l'idée de cette tournée improvisée, pourtant j'avoue que j'ai hâte de rentrer chez moi.

Surprise, je me redresse et constate que Baxter s'est endormi sur sa banquette, puis je fixe le chanteur d'un regard suspicieux.

152

— Quoi ?!

— Rien, je croyais juste que c'était le rêve de tout rockeur de partir faire des tournées au loin… avoué-je.

— Le fameux sexe, drogue et Rock and Roll ! ironise Logan.

Son rire sonne faux, le jeune homme me semble bien amer…

— C'est un peu ça, oui, dois-je reconnaître, désormais un peu honteuse.

— Très peu pour moi. J'aime juste la musique à en crever, me révèle-t-il.

— Et les femmes !

C'est Chris qui a ajouté cette remarque dans un éclat de rire. Logan acquiesce néanmoins, même s'il paraît presque gêné du commentaire de son ami. Peut-être que si je ne l'avais pas surpris avec ma cousine dans la loge, il n'agirait pas ainsi. C'est un dragueur, il ne peut le cacher, c'est quasiment tatoué sur son front ! Comment blâmer Josie de s'être abandonnée dans ses bras alors que tant de choses lui tombaient dessus ? Et puis très sincèrement… si ce bref interlude peut lui ouvrir les yeux au sujet de Sam avant le jour J, cela n'en sera que plus bénéfique encore.

— C'est l'heure de l'arrêt aux puits ! Essence et bouffe ! J'ai la dalle !

Chris est un vrai boute-en-train, ce type est toujours de bonne humeur, c'est incroyable ! Sa remarque me redonne le sourire tandis qu'il prend la bretelle la plus proche afin que nous puissions faire une pause. Qui tombe à pic… Une envie sourde de soulager ma vessie me taraude depuis un petit moment déjà, mais il n'était pas question de m'en plaindre !

Le batteur gare la camionnette près d'une pompe à essence quelques minutes plus tard et je sors prestement de l'habitacle pour entrer dans la station-service et gagner les toilettes. Je m'empresse ensuite de rejoindre Chris et Logan qui parcourent les allées, les bras chargés de victuailles. Le chanteur s'occupe de prendre des boissons et une tonne de sacs de chips.

— Où est Bax ? demandé-je à Chris, qui choisit de son côté toute une panoplie de sandwichs dans l'étalage réfrigéré.

— Il dort toujours comme un loir. Il m'a toutefois signifié d'un grognement qu'il était encore en vie et affamé.

J'esquisse un sourire en faisant mon choix également et lorgne quelques paquets de bonbons acidulés auxquels je décide de ne pas résister, faible mortelle que je suis. Chris me vole au passage ce que j'ai entre les mains et pose le tout sur le comptoir.

— Hey !

— Laisse-moi agir en gentleman pour une fois. Il n'y a pas de raison que Bax soit toujours le seul à avoir ce privilège, m'informe-t-il avec un clin d'œil.

Je referme mon porte-monnaie et le laisse faire cette fois, tout en me promettant de ne pas accepter trop souvent ce genre de traitement de faveur de leur part.

— Tiens ! Ajoute donc ça ! s'exclame Logan.

C'est à croire qu'il vient de vider toutes les étagères de la station-service, songé-je, alors que le batteur règle le tout.

— Allez en voiture, les enfants ! nous intime-t-il ensuite en nous collant les sachets de nourriture dans les bras.

Chargés comme des mulets, Logan et moi remontons dans la fourgonnette, le chanteur à l'avant et moi derrière. Baxter se redresse en s'étirant, révélant par la même occasion la fine ligne de poils qui court jusqu'à la fermeture Éclair de son jean. Je détourne les yeux pour me concentrer à nouveau sur nos emplettes, et le guitariste vient farfouiller dans les sacs avec un sourire en coin.

— Tiens, lui dit Logan en lui tendant un plat et une canette de soda.

Baxter s'en empare et passe derrière le rideau qui nous sépare de la chambre improvisée.

— Ma sœur est végétarienne, m'explique alors le chanteur avec un demi-sourire.

Oh ! Elle a pourtant bien l'air d'une carnivore quand elle me fixe avec son regard chargé de haine, prête à me dévorer tel le tyrannosaure dans *Jurassic Park*[5] !

J'ai dû m'assoupir en cours de route, après que nous ayons fait une nouvelle halte pour dîner en fin d'après-midi, car je suis réveillée par Baxter qui essaie de retirer mon livre, lamentablement échoué sur mon ventre, sans le faire tomber.

— On est arrivé au motel, murmure-t-il en dégageant une mèche de cheveux de mon visage.

Je m'étire paresseusement pour constater que mes jambes sont aussi molles que du coton. Voilà ce que sept heures et demie d'inaction totale font à mon corps d'athlète en carton !

La nuit est tombée, et encore une fois, je n'ai pas vu le temps s'écouler.

Maisie passe comme un ouragan près de nous. Son sac à dos percute violemment l'arrière de la tête du guitariste et le fait basculer contre ma banquette. Les mains de Baxter se posent sur mes hanches quand il cherche un point d'appui afin de ne pas s'affaler complètement sur moi. Le regard hargneux de la bassiste nous contemple avec dégoût une seconde, avant qu'elle ne quitte le véhicule.

— Désolé, marmonne mon ami tout en se redressant.

Il me tend ensuite la main pour m'aider à me lever. Une fois dehors, je constate que le parking du motel est bondé et dois bien avouer que Chris avait raison : l'endroit est des plus glauque ! Une pauvre enseigne lumineuse clignote comme dans les films d'horreur, et alors que Baxter sort ma valise de la fourgonnette, Logan s'avance vers nous en arborant un sourire contrit.

— On a un problème, nous annonce-t-il.

5- Film américain d'aventure et de science-fiction réalisé par Steven Spielberg, sorti en 1993. Il est adapté du roman du même nom de Michael Crichton, paru en 1990.

155

Notre groupe le dévisage en silence, chacun de nous est impatient d'entendre ce qu'il a à dire.

— Il manque une chambre. J'ai dû me tromper quelque part au moment de la réservation en ligne, s'excuse-t-il.

— Ce n'est rien, je vais en louer une de mon côté.

Il me lance un regard plus désolé encore.

— Il n'y a plus rien de libre.

Plus un mot n'est prononcé sur le parking.

— Nous avons donc deux chambres et quatre lits pour cinq personnes, raisonne Chris. Les filles n'ont qu'à…

— Je ne vais certainement pas dormir avec cette idiote !

La voix de Maisie claque dans la nuit et couvre mes bras de chair de poule. Décidément, je ne me ferai pas de copine au sein du groupe durant les prochaines semaines. J'entends Logan pousser un soupir.

— Très bien. Maisie, tu dormiras avec Logan, Lara avec Bax, et moi, je vais me caler au calme dans ma camionnette ! lance Chris, acerbe, en remontant à bord.

La portière qui claque durement derrière lui nous fait sursauter, Baxter et moi, alors que Maisie s'éloigne en rageant avec son frère, après que ce dernier ait remis la clé de notre chambre à mon colocataire d'un soir.

Quelques questions se bousculent dans ma tête tandis que nous gagnons notre gîte. Baxter bataille un instant pour ouvrir la porte, allume et me laisse passer devant lui avec ma valise. *L'intérieur est le reflet fidèle de l'extérieur,* pensé-je, blasée. Mon ami s'apprête à déposer son sac de voyage sur l'un des lits, quand je le vois reculer précipitamment d'un pas en étouffant un cri.

— Quoi, il y a un cadavre planqué sous un matelas en plus ?! le questionné-je.

— Non ! Mais une putain de grosse araignée !

Je marque un temps d'arrêt avant de réellement prendre conscience de la situation. Le grand Baxter Grady est effrayé

156

par une araignée?! C'est le monde à l'envers! Sur le point d'exploser de rire, je me dirige vers la petite table de nuit entre les deux couchages et en ouvre le tiroir.

— Mais qu'est-ce que tu fous? Recule!

— Je vais prier pour qu'on survive, voyons! ironisé-je en brandissant la bible qui se trouvait dans le tiroir.

J'aperçois sur le sol la bestiole qui cause tant de tourments à mon camarade, et dans un bruit sourd, l'épais volume s'abat sur elle.

— Jamais je n'aurais imaginé un seul instant que, toi, tu aurais peur de ces petites bêtes, conclus-je posément en rangeant la bible et le cadavre de l'araignée écrasé dessous dans la table de chevet.

— Tu es sûre de l'avoir bien eue?

C'est plus fort que moi, cette fois j'éclate de rire en traînant ma valise jusqu'à mon lit.

— Tu peux aller vérifier par toi-même.

Je désigne le petit meuble du doigt en sortant de quoi me changer pour la nuit.

— Non. Ça ira.

Un ample tee-shirt et un short sous le bras, je pars en direction de la salle de bains, autant effectuer l'inspection de cette partie de la chambre avant le musicien! Je détache mes cheveux, me brosse les dents et me change avant de regagner la pièce principale. Baxter est allongé sur son lit, torse nu, seulement vêtu d'un short de sport noir. Un bras derrière la nuque, il surfe distraitement sur son portable avant de l'éteindre et le déposer sur la table de nuit centrale. Vu l'heure plus que tardive, je décide de ne pas envoyer de message à Josie, je le ferai à notre réveil.

— Je ne t'imaginais pas ayant peur de quoi que ce soit… et encore moins d'un insecte, avouai-je alors en me glissant sous les draps, après avoir éteint la lampe de chevet.

Cette dernière se rallume aussitôt. Bax me fixe, un doigt faussement menaçant pointé sur moi.

— Je t'interdis de parler de cette histoire à qui que ce soit ! C'est bien compris ?!

Je manque d'éclater de rire à nouveau, mais acquiesce très sérieusement.

— Bien sûr. Le grand Baxter Grady qui a peur des araignées, ça casse un brin le mythe du musicien taciturne, concédé-je en pouffant comme une adolescente.

Il se redresse sur un coude. Son regard accroche le mien et nos yeux ne se quittent plus.

— Je n'ai pas peur ! Ces trucs ont juste trop de pattes, d'accord ?! Ce n'est pas normal, nom de Dieu ! s'exclame-t-il d'un ton bourru.

— Tu peux bien remercier Dieu. Après tout, c'est lui qui lui a montré le chemin vers le paradis des insectes.

Mon ton est trop moqueur pour paraître un tant soit peu sérieux.

— Et je n'ai rien d'un musicien taciturne, termine-t-il avant de fermer la lumière, plongeant la pièce dans le noir.

Un grincement sonore, suivi d'un terrible craquement, résonne dans la chambre quelques secondes plus tard. J'étire brusquement le bras pour rallumer, avant d'éclater de rire.

— Pas un mot, grogne Baxter, désormais furieux.

La base de son sommier a cédé sur un côté, et mon compagnon se trouve à présent pratiquement sur le sol dans un désordre de tissu divers et de morceaux de bois. Il dégage les vestiges de son lit, tire le matelas dans un coin avant de s'enrouler dans une couverture en grommelant… alors que je ne peux plus m'arrêter de rire.

J'ignore quelle heure il est quand j'ouvre les yeux le lendemain, cependant le soleil filtre par les rideaux mal lavés de la chambre, et le lit – du moins ce qu'il en reste – de Baxter est vide. Je m'étire paresseusement et réprime un grognement, car le matelas inconfortable sur lequel j'ai dormi a réveillé quelques courbatures. Toujours sous les draps, je consulte mon portable et découvre qu'il est plus de dix heures. Toutefois, je ne m'angoisse pas. Je sais que nous n'avons pas d'horaire fixe, qu'il nous faut seulement avoir rejoint le site du festival d'ici mercredi. Nous ne sommes que lundi, ce n'est donc pas le temps qui nous manque. Nous ferons les cinq heures de route restantes aujourd'hui, avant de nous poser dans un autre motel à Folsom jusqu'à mercredi matin. J'espère juste qu'il sera un peu plus douillet que celui où nous venons de passer la nuit !

Je décide d'envoyer un message à Josie tout de suite pour la rassurer et lui dire que tout va bien. Elle doit sûrement être à l'hôpital à cette heure-ci, mais au moins, je respecterai ainsi ma part du marché. Un léger bruit me fait lever la tête, et la stupeur me fige sur place !

Baxter se tient complètement nu devant mon lit, aussi mortifié que moi, ses cheveux détrempés dégoulinant sur ses joues et son torse.

Nom de Dieu !

Chapitre 14

Baxter

Le réveil est difficile ce matin, j'ai le dos en vrac et je meurs de soif. Dans les rayons du soleil, j'observe un instant Lara qui dort à poings fermés. Puis je me lève sans bruit… enfin, j'essaie ! Un bout du sommier en morceaux tente de m'attaquer les pieds, c'est donc en étouffant une volée de jurons que je gagne la salle de bains. *Une bonne douche, voilà ce qu'il me faut après une nuit dans ce motel merdique !* songé-je en m'approchant de la cabine.

Tout en espérant que la tuyauterie soit plus fiable que mon lit, j'ouvre l'eau et attends la catastrophe. Mais non, tout semble fonctionner correctement, aussi je retire mon short et le balance sur le lavabo, avant de jurer dans ma barbe quand je le vois atterrir pile au centre de la cuvette des toilettes… dont j'ai oublié de rabattre le couvercle !

Cette journée s'annonce pourrie !

La chaleur bienveillante de la douche apaise quelque peu ma mauvaise humeur, pourtant je ne m'attarde pas sous le jet brûlant, car j'ai une faim de loup ! La série de catastrophes reprend quand je manque de glisser sur le carrelage en sortant de la cabine et me rattrape in extremis au portant à serviettes… qui ne porte aucune serviette !

— Mais sérieusement, c'est quoi cet hôtel de merde ! grogné-je en parcourant des yeux la pièce minuscule.

Rien ! Pas le plus petit bout de tissu sec à l'horizon, je ne peux même pas remettre mon short qui flotte désormais dans la cuvette des toilettes. Et bien entendu, mon sac de vêtements se trouve tout au bout de la chambre, de l'autre côté du lit de Lara et de ce qu'il reste du mien. Est-ce que je pouvais vraiment faire pire ?!

— Et puis merde, elle doit encore dormir, marmonné-je entre mes dents en entrouvrant la porte de la salle de bains.

Fais chier, impossible de voir les têtes de lit depuis cet angle de la pièce !

Je sors sur la pointe des pieds, trempé et nu comme un ver… Manque de chance, le plancher craque sous mon poids juste à cet instant, et Lara, bien réveillée malheureusement, lève les yeux vers moi…

Le temps semble se figer dans la pièce.

— Bax !

Elle porte aussitôt une main à ses yeux, et je manque tout de même d'éclater de rire quand je la vois virer écarlate telle une adolescente.

— Pourquoi tu n'as pas mis une serviette au moins ?! s'exclame-t-elle. Ce n'est pas un camp de naturistes ici, à ce que je sache !

— Il n'y a aucune serviette dans cette putain de salle de bains ! Ce n'est pas ma faute !

Bon, d'accord, la situation peut paraître un peu décalée ! Moi, qui me tiens immobile devant son lit, cachant de mon mieux mon sexe avec mes mains, et elle, qui se bloque la vue, rouge comme une tomate.

— Mais bouge-toi alors, ne reste pas planté là, à poil, sans rien faire ! clame ma compagne de chambre. Prends les rideaux, j'en sais rien !

— T'es pas bien, ils sont tout crades ! Autant sécher à l'air libre !

Jamais je ne m'essuierai avec ces bouts de tissu dégoûtants !

— Très bien, ouvre ma valise alors.

— Pourquoi est-ce que j'ouvrirais ta valise ?

— Parce que j'ai deux serviettes de bain à l'intérieur! rugit-elle.

J'obéis, mais la fermeture Éclair de son bagage me résiste.

— Tu veux bien me donner un coup de main, je n'arrive pas à l'ouvrir.

— Pas question que je me retrouve encore face à face avec ton service trois-pièces!

Un fou rire silencieux me secoue, toutefois je parviens enfin à dénicher une de ses satanées serviettes, que je m'empresse de nouer autour de mes hanches.

— Ça va, la bête est cachée, la rassuré-je en laissant enfin libre cours à mon hilarité.

La jeune femme me fusille du regard et je lui souris malicieusement en retour. Furieuse, elle se lève et prend la direction de la salle de bains avec sa valise. Juste avant de franchir la porte, elle pivote et me balance en pleine face.

— J'ai tout à coup l'impression que l'araignée que j'ai pulvérisée hier soir était énorme, en fait.

Puis elle ferme le battant.

Oh, la sale peste!

Sa remarque vient frapper mon ego de plein fouet! Non seulement elle se moque de mon deuxième cerveau, mais en plus, elle remet sur la table cette satanée bestiole!

Je me déniche tranquillement un jean et un tee-shirt propres dans mon sac, que je termine d'enfiler au moment où l'on frappe à la porte de la chambre. J'ouvre à Chris en essorant mes cheveux. Mon ami pose son regard sur mon lit complètement détruit, puis me sourit.

— Dis donc, ça a joué fort cette nuit… insinue-t-il avec un clin d'œil narquois.

— Ferme-la, Chris, tu sais bien que ce n'est pas mon genre.

Il s'adosse au montant extérieur et croise les bras sur son torse avant de reprendre:

— Évidemment, Bax est un gentleman !

— Qui est un gentleman ? lance la voix de Lara depuis la salle de bains.

En débardeur blanc et jean délavé, notre amie quitte la petite pièce en nouant ses boucles encore mouillées.

— Monsieur Grady ici présent, s'amuse le batteur.

Lara manque de s'étouffer de rire pendant qu'elle approche avec sa valise.

— Je ne suis pas certaine que nous ayons la même définition du mot ! Un type qui se balad…

Je l'attrape vivement et plaque ma main sur sa bouche pour l'empêcher d'en dire plus. Il ne manquerait plus qu'elle vienne raconter notre soirée et le début de cette matinée pour finir de massacrer ma journée ! Tandis que la jeune femme tente de se défaire de ma prise, je repousse Chris du pied et ferme la porte d'un mouvement de genou.

— Je suis allé chercher le petit-déj ! nous informe Chris, hilare, à travers le battant.

— On arrive !

Les dents de Lara s'enfoncent dans ma paume et me forcent à la relâcher en grognant.

— Non, mais ça va pas ?!

— Je pourrais te retourner la remarque !

— Pardonne-moi si je n'ai pas envie que tu racontes à mes potes que tu as dû me sauver d'une araignée, qu'un sommier probablement pourri a explosé sous mon poids et que je me suis retrouvé à poil devant toi ! soufflé-je, excédé.

Lara se pince les lèvres, je la sens sur le point d'exploser. Il n'en faut pas plus pour que tout le ridicule de ces diverses situations nous saute aux yeux et nous fasse partir dans un incoercible fou rire !

— Désolée, c'est plus fort que moi, pouffe Lara.

Sa main se pose sur mon épaule, et nous nous plions en deux tant l'hilarité nous gagne.

164

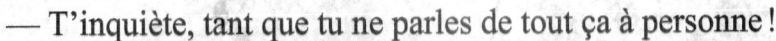

— T'inquiète, tant que tu ne parles de tout ça à personne !
— Promis, motus et bouche cousue !
— Et ne me mords plus jamais, assené-je.
— Là, je ne te garantis rien !

Avant de remonter dans la fourgonnette, nous avons dévoré les viennoiseries rapportées par Chris, installés côte à côte sur les étroits bancs du parking. Le silence a régné en maître grâce à la mauvaise humeur de notre chère Maisie. À peine de retour dans la camionnette, la sœur de Logan a enfilé ses écouteurs et disparu à l'arrière. Six heures de route nous attendent encore, j'ai mal aux fesses à cette seule idée !

Mon cahier près de moi et ma guitare sèche sur un genou, je gratte quelques notes, puis gribouille sur mes feuillets.

— Tu travailles sur un nouveau morceau ? finit par m'interroger Logan.

— Ouais… c'est qu'une ébauche. J'ignore ce que ça va donner… si ça donne quelque chose…

Je marmonne plus que je ne parle, jusqu'à ce que, sentant un regard peser sur moi, je relève la tête et croise les yeux de Lara. Elle me sourit gentiment avant de retourner à sa lecture. *Dieu que cette femme est belle*, songé-je en tirant une nouvelle note de mon instrument. Elle n'imagine pas à quel point je suis heureux qu'elle soit ici avec moi…

— Bax…
Je grogne…

— Bax… réveille-toi, chuchote la voix d'un ange à mon oreille.

Un peu ronchon, j'ouvre les yeux, et le visage de Lara m'apparaît alors que je m'étire sur la banquette où je suis vautré.

— On est arrivés au motel de Folsom, ajoute-t-elle.

J'ignore à quel moment je me suis endormi, mais je sais que je n'ai pas vu le temps passer, ce qui est une bonne chose. Crevés de n'avoir rien fait, nous sortons tous de la fourgonnette et gagnons l'accueil du bâtiment pour récupérer nos clés. Pour les deux prochaines nuits, je partagerai une chambre avec Chris, Logan avec sa sœur et Lara aura la sienne.

Logan décide de commander notre repas chez un traiteur que le gérant lui a conseillé. L'homme met gentiment sa salle de petit-déjeuner à notre disposition pour que nous puissions manger ensemble. Nous sommes tous les cinq fatigués et ne nous attardons pas après le dîner.

Je balance mes chaussures d'un coup de pied et me laisse tomber sur mon lit encore tout habillé.

Dormir jusqu'à demain matin, voilà la seule chose que je désire…

Enfin, la seconde…

Car pour l'instant, la première me semble toujours inaccessible.

On cogne à la porte de la chambre et j'ouvre péniblement les yeux. Aveuglé par le soleil, je grogne :

— Entrez !

Chris n'est plus dans le lit d'à côté, mais cela ne m'étonne pas, ce mec est un lève-tôt, alors que je suis une marmotte ! Le battant s'ouvre et Lara apparaît dans l'embrasure.

— Je peux entrer ? Tu n'es pas à poil ?

Mis à part le fait que j'ai retiré mon tee-shirt durant mon sommeil, je suis présentable.

— Tu peux, l'invité-je en baillant.

Quand je la vois passer le seuil avec deux gobelets de café et un sac en papier, je remercie le ciel de me l'avoir fait rencontrer un jour. Rien de mieux que ce nectar de vie de bon matin ! Je me redresse sous les draps et m'adosse à la tête de lit. Je dois avoir les cheveux en pétard et des traces d'oreiller sur le visage, car elle me lance un drôle de regard, mais qu'importe, l'appel de la caféine est trop fort. Lara s'installe sur le matelas de Chris et me tend l'une des boissons.

— Délicieux, soupiré-je après avoir avalé une première gorgée.

— Bien dormi ?

J'acquiesce à sa question, trop concentré sur mon café pour en dire plus.

— Je suis allée faire des lessives à la laverie automatique avec Chris…

Surpris, je la regarde sans trop comprendre.

— Quelle heure est-il ?

— Quatorze heures passées, m'indique-t-elle.

— Bordel de merde ! J'ai dormi tant que ça ?!

Elle hausse les épaules et me tend le sac en papier qu'elle a apporté. Des muffins ! *Cette fille est une perle rare !* songé-je alors que mon estomac se manifeste de manière fort peu élégante.

— Tu es décidément trop gentille, la remercié-je en mordant avec délice dans mon petit-déjeuner.

Lara se moque de moi en me traitant de goinfre, si bien que je surenchéris, la bouche pleine, juste pour le plaisir de l'entendre rire encore un peu :

— Ch'est délichieux ! Merchi !

En guise de réponse, elle me sourit et prend la même position que moi sur le lit mitoyen.

— Je peux abattre une autre de mes cartes ? me demande-t-elle soudain, plus sérieuse.

— Je suis tout ouïe.

La curiosité me gagne. Je peux presque voir les rouages de son cerveau s'activer dans son crâne.

— Parle-moi de la musique.

Mon regard se pose sur le bout de mes doigts rendus calleux à force de gratter les cordes de ma guitare. La musique…

— C'est un autre vaste sujet, soufflé-je.

— J'ai tout mon temps, Bax.

Une lueur étrange traverse ses iris au moment où elle prononce ces mots.

— C'est toi qui composes tous les morceaux du groupe ?

J'esquisse un sourire et secoue la tête.

— Logan et moi composons ensemble les chansons de Wild Rush. Toutes celles qui sont sur l'album sont le résultat d'un travail commun. Mais parfois, on crée chacun de notre côté, et ensuite, on bosse le morceau tous les deux, s'il a du potentiel, expliqué-je.

— Toutes les chansons n'ont pas le même potentiel ?

J'éclate de rire.

— Non. Parfois, je pense que j'ai quelque chose de bien entre les mains, et ça s'avère une vraie merde une fois qu'on se met à travailler dessus à deux. C'est même arrivé très souvent, avoué-je. Logan est plus doué que moi pour la compo.

— À te voir bosser sur ton carnet, hier, j'aurais plutôt pensé que c'était toi qui avais ce talent.

— C'est gentil, mais non, tu vois. Logan a un don pour sublimer les choses banales.

Mon ami est un véritable virtuose quand il se met à composer de nouveaux titres. Paroles, musiques, accords… rien ne lui échappe.

— Pourquoi la musique, au fait ?

Je me tourne vers Lara et m'assois sur le bord du matelas pendant qu'elle fait de même de son côté, mon regard s'ancre alors au sien comme si plus rien n'existait en dehors de nous deux.

— Que penserais-tu d'un film qui n'a pas de bande-son ? la questionné-je.

— Qu'il lui manque quelque chose.

Sa réponse n'est qu'un murmure, comme si notre conversation ne devait pas sortir de la bulle que nous venons de créer.

— La musique, c'est la bande-son de ma vie. Sans elle, je serais incomplet, chuchoté-je en caressant sa joue avant de lui remettre une mèche de cheveux en place.

— Tu ne serais pas toi…

— Voilà. Il manquerait quelque chose à l'être humain toujours très imparfait que je suis.

Chapitre 15

Lara

Nous arrivons sur les lieux du festival en milieu d'après-midi le mercredi, la musique résonne de tous côtés, des gens font la queue sur des kilomètres pour accéder au site. Heureusement, Chris parvient à emprunter une entrée de service, visiblement réservée aux groupes inscrits, avec la fourgonnette. Un homme les salue, Logan et lui, après leur avoir remis tout un paquet de badges. Baxter me tend la cordelette noire à laquelle est accrochée la plaque *artiste*. Mon portable scotché à l'oreille, je passe l'accréditation autour de mon cou avec difficulté.

— Josie, je t'assure que tout va bien, seriné-je dans l'appareil pour la énième fois.

— Je ne veux pas savoir si tout va bien, Lara, je veux savoir si *toi*, tu vas bien.

Mes yeux s'égarent un moment sur Baxter, tandis que Chris progresse sur l'immense terrain vague où des camping-cars sont garés un peu partout, au milieu de dizaines de tentes. J'espère que ma cousine ne parle pas assez fort pour que la conversation parvienne aux oreilles du guitariste. Comment réagirait-il s'il savait ? Pour ma propre tranquillité d'esprit, je préfère me dire qu'il ne le saura jamais, c'est beaucoup mieux ainsi.

— Oui, Jo… affirmé-je dans le combiné.

Un silence me répond, et j'ai peur qu'elle ne reparte sur des tonnes de questions concernant ma santé. Si tout va bien, je n'aurai plus besoin de passer de nouveaux examens avant d'arriver à Palm Springs. J'ai le temps !

— Tu t'amuses ?

Surprise par sa question et la nouvelle tournure que prend la conversation, je souris en observant Baxter qui se lève. Nous sommes enfin à l'arrêt.

— Beaucoup. C'est un autre monde, avoué-je tandis que les garçons sortent de la camionnette.

— Et avec Bax ?

— Quoi, avec Bax ?

Bien sûr, Lara, joue la carte de l'innocence !

— Pas avec moi, Lara ! s'esclaffe Josie.

— Je ne peux pas, d'accord.

Mes mots ne sont qu'un murmure, et pendant quelques secondes, je ne suis même pas certaine que ma cousine les ait entendus.

— Mais si…

— Non, la coupé-je fermement. Je ne peux pas lui faire ça… pas avec…

La mort si proche, terminé-je pour moi-même.

— Donne-toi une chance de vivre pleinement, Lara, c'est ce que tu voulais après tout !

Je ne suis pas aveugle, j'ai remarqué cette façon que nous avons de nous rapprocher peu à peu, Baxter et moi, depuis le début. Ce serait mentir que de dire que je ne ressens rien d'autre que de l'amitié pour cet homme. Désormais, j'aimerais l'avoir de toutes les manières possibles, pourtant je me refuse à le blesser simplement pour assouvir ce sentiment qui me dévore. Il m'a promis que nous resterions des amis, et je dois tenir ma part du marché, bien qu'il m'en coûte.

Je sursaute quand le rideau s'ouvre soudain sur Maisie qui me détaille de son regard assassin, comme chaque fois qu'elle pose les yeux sur ma petite personne.

— Je dois te laisser, Jo. Je te rappelle bientôt, éludé-je précipitamment, avant de mettre fin à la communication.

Totalement à l'aise dans son tee-shirt élimé de Nirvana, ses tatouages à l'intérieur des avant-bras, son minuscule short en jean qui lui arrive juste sous les fesses et ses bas résille, la bassiste me fixe comme si j'étais un cafard sur sa route.

— Tu n'as pas ta place ici, lâche-t-elle en pointant l'habitacle de sa main aux ongles vernis de noir. Tu es loin d'appartenir à *cet autre monde*, Sarah.

— C'est Lara.

— J'm'en fous, tu n'es qu'un joujou de plus pour Bax.

La colère enflamme son regard d'ambre.

— Tu n'es pas de sa trempe, ajoute-t-elle.

— Mais toi oui, je suppose ?!

Mon ton est plus sec, et d'un bond, je suis sur mes pieds, nous nous faisons face. Elle hausse une épaule, désinvolte.

— Eh bien, si je dois devenir une emmerdeuse de première comme toi pour *être de sa trempe*, effectivement, ça ne m'intéresse pas ! craché-je.

Je suis certaine que si elle pouvait feuler tel un tigre enragé, elle le ferait, juste avant de me défigurer de ses griffes au passage.

— Maisie ! hurle Logan en tapant contre la vitre de la camionnette, bouge ton cul et viens nous aider !

Au même moment, Baxter pénètre dans la fourgonnette. Il s'immobilise et nous observe, les sourcils froncés.

— Tout va bien ici ?

— À merveille !

Nous grondons de concert et Maisie me pousse de l'épaule pour sortir rejoindre son frère. Me laissant retomber sur la banquette, j'expire un bon coup et enfouis mon visage dans mes mains.

— Lara…

Je sais, lorsque je sens son souffle sur ma joue, qu'il s'est agenouillé devant moi. Timidement, je découvre partiellement mes yeux en écartant mes doigts pour le regarder me sourire.

Ses fossettes qui lui donnent un petit air malicieux m'attirent plus qu'elles ne le devraient.

— Elle me déteste, clairement, marmonné-je.

Il dégage complètement mon visage et me relève le menton.

— Je te l'ai dit, Lara, Maisie déteste tout le monde. Maintenant, tu te lèves, tu sors de cette camionnette et tu viens profiter du festival !

Le guitariste se redresse et me tend la main, je m'en saisis et le suis à l'extérieur.

— Il y en a pour tous les goûts en fonction des différentes scènes. Rock, métal, jazz… tu vas être servie, m'explique alors Baxter, le regard brillant d'excitation.

La musique offre une ambiance particulière aux lieux, ainsi que les gens qui se promènent d'une scène à l'autre. Le terrain vague est bondé désormais ! Un type aux cheveux longs aussi noirs qu'un corbeau s'avance vers nous, très avenant.

— Melvin ! Comment vas-tu ?! le salue Logan en lui donnant l'accolade.

— En pleine forme, les gars, et vous ?! Salut Maisie !

La sœur de Logan lui adresse un chaleureux sourire, et je manque de m'étouffer. Nom de Dieu, cette fille sait sourire ! J'en reste bouche bée.

— Je croyais qu'elle détestait tout le monde, soufflé-je à Baxter.

— Melvin est un cas à part.

Je peux voir dans ses yeux d'azur qu'il se moque de moi. Le regard du nouvel arrivant se pose sur moi, alors qu'il serre Baxter dans ses bras.

— Un nouveau membre dans le groupe ?

Depuis que nous sommes sortis de la camionnette, le guitariste n'a pas lâché ma main et ses doigts se sont noués aux miens, ce que n'a bien sûr pas manqué de remarquer Melvin.

— C'est une amie de Bax, elle fait le voyage de tournée avec nous, intervient Chris.

174

— Enchanté…

— Lara, me présenté-je, un peu gênée.

Nous sommes interrompus par des cris qui s'élèvent dans le dos de notre visiteur.

— Papa ! Papa !

Un jeune garçon, aux cheveux aussi noirs que ceux de son père, accourt vers nous. Melvin le réceptionne et le soulève pour le déposer sans problème sur l'une de ses épaules.

— Je t'avais dit de rester dans la caravane avec Drew, soupire le musicien.

— Mais la tablette s'est éteinte ! Elle ne veut pas redémarrer, se plaint le gamin, l'appareil serré contre lui.

— David, tu sais bien que je suis nul avec ce truc. C'est ta mère, la pro de l'informatique.

— Mais…

— Viens ici, petit monstre, je vais voir ce qu'elle a, ta tablette, l'interpelle alors dans notre dos la voix la plus improbable qui soit.

— Maisie !

Le fils de Melvin se dégage vivement de l'emprise de son père et se précipite vers la bassiste, qui lui ouvre les bras pour l'étreindre. Alors là… je suis complètement sidérée !

— Tu me sauves la vie, Maisie ! la remercie Melvin.

— C'est rien.

Main dans la main, le petit garçon et la sœur de Logan s'engouffrent dans la fourgonnette.

— C'est pour David que Maisie supporte Melvin, murmure Baxter à mon oreille. Elle adore les gosses…

Un goût amer dans la bouche, je me remets de ma stupéfaction en songeant que pour ma part, je n'aurai jamais la chance de connaître les joies de la maternité. Avoir une famille, des enfants avec qui partager mes valeurs… tout cela ne m'arrivera pas.

D'abord parce que j'ai choisi la mort à une hypothétique chance de survie, et ensuite parce qu'à l'âge de dix-neuf ans, après que mon obstétricien ait découvert une tumeur cancéreuse logée dans mon utérus, j'ai décidé de subir une hystérectomie. Il était hors de question que je me relance dans un traitement par chimiothérapie, qui avait de toute façon de grandes chances de me rendre stérile. Comme d'autres cas de cancer de l'utérus étaient présents dans ma famille, j'ai fait le choix le plus radical… De plus, cela m'évitait le risque d'avoir à gérer une grossesse imprévue, en sachant aussi que la leucémie pouvait revenir à n'importe quel moment.

Oui, me direz-vous, à tout juste vingt-sept ans, j'ai déjà traversé beaucoup de choses…

C'est la vie que j'ai choisie.

Nous avons passé la fin de la journée et le début de soirée à préparer les affaires du groupe, puis un agréable moment auprès de la caravane de Melvin avec ses musiciens. J'ai été surprise d'apprendre que leur musique de prédilection était le jazz. J'ai même assisté à leur concert pendant que les gars se préparaient à entrer sur scène.

Il est presque l'heure. Je me fais bousculer à plusieurs reprises en gagnant l'endroit où *Wild Rush* doit se produire. J'arrive toutefois à me faufiler jusqu'à la clôture installée pour bloquer l'accès au public.

Le soleil est couché depuis longtemps quand Baxter tire la première note de sa guitare. Le son résonne dans les amplis, puis la batterie de Chris impose le rythme endiablé de leur toute nouvelle chanson. Alors que la voix de Logan s'écoule sur la foule, des cris hystériques retentissent un peu partout autour de moi.

Toute mon attention est focalisée sur Baxter. Même d'où je suis, je peux sentir l'énergie qu'il dégage, et comme la première fois que je l'ai vu sur scène, je suis hypnotisée. Mon regard ne le quitte plus, le temps se suspend et sa musique me submerge. Lui seul semble exister désormais…

La nuit est déjà bien avancée lorsque je décide d'aller me coucher dans la tente que Logan a laissée à ma disposition. Chris et Baxter dormiront dans la plus grande, Maisie dans la camionnette et Logan, quant à lui, a assuré qu'il se débrouillerait bien pour trouver un endroit où crécher. Perturbée par les conversations des gens qui passent près de notre campement, les rires et les notes de musique d'un groupe autour d'un feu de camp tout proche, je peine à trouver le sommeil malgré ma fatigue.

Si j'avais cru un jour que je ferais du camping dans un festival de musique !

J'ignore depuis combien temps j'essaie de m'endormir, mais je commence à m'énerver toute seule, quand le bruit de la fermeture Éclair de la tente me fait sursauter. Une silhouette se profile dans l'entrée, puis un corps massif s'avachit tout près de moi – que dis-je, sur moi ! Dans la pénombre, je le repousse brusquement et reconnais alors le visage de Chris qui me fait face sur le matelas gonflable.

— Chris ? chuchoté-je, choquée, en repoussant encore son torse.

Seul un ronflement sonore me répond et l'odeur de l'alcool envahit l'espace minuscule.

— Fais chier, marmonné-je en me dépêtrant difficilement du corps du batteur.

Le parcours du combattant, ou comment sortir de cette tente exiguë quand un soûlard y dort déjà, c'est du pareil au même !

Laissant ma valise derrière moi, je gagne à la hâte l'endroit où dort sûrement Baxter, là où Chris aurait dû venir s'échouer lui aussi, je présume ! Dans mon pantalon de pyjama imprimé de pandas, et mon tee-shirt trop grand, je n'ai pas fière allure ! Je gratte sur la toile de tente, guettant une réponse de mon ami, mais rien. J'ignore même s'il est à l'intérieur ! Discrètement, j'ouvre un battant et aperçois avec soulagement le corps du guitariste.

— Bax ?!

Aucune réponse, je n'entends qu'une lente et régulière respiration.

J'ai vraiment la poisse, songé-je.

Du pied, je pousse doucement la jambe du musicien qui se redresse dans un sursaut, ce qui m'effraie et me fait pousser un cri. Je manque par la même occasion de tomber à la renverse.

— Putain, Lara, tu m'as fait peur !

— Je te retourne la politesse !

Il allume la lampe torche de son portable et ébouriffe ses cheveux. Dans un cocon de couvertures, Baxter m'apparaît, torse nu, et me dévisage.

— Qu'est-ce qu'il y a ?

Je désigne l'arrière de mon épaule, là où se trouvent mes affaires, et accessoirement, mon lit.

— Chris est vautré dans ma tente, râlé-je en me frottant les bras pour me réchauffer.

— Quoi ?!

— Il est complètement déchiré, il m'est tombé dessus, ivre mort.

Baxter grogne en passant une main dans sa fine barbe.

— Tu veux aller dormir dans la fourgonnette ?

— Ah ah ah ! Plutôt dormir dans l'herbe au milieu des araignées qu'avec Maisie ! refusé-je en lui faisant un clin d'œil.

Je le pousse de nouveau du pied et pénètre dans son abri.

— Bouge-toi ! Et donne-moi des couvertures !

— À vos ordres, m'dame, concède-t-il aussitôt, en me laissant de la place sur le matelas.

Je m'empare de la couverture qu'il me tend et m'enroule dedans après lui avoir malicieusement volé un oreiller. Allongée sur le flanc droit, je l'observe un moment, alors qu'il est couché sur le dos, les mains jointes derrière la nuque. La lumière de son téléphone projette nos ombres sur la toile.

— Désolée de t'avoir réveillé, murmuré-je.

— Désolé que mon pote te soit tombé dessus.

Il m'adresse un sourire en coin et mon cœur manque un battement.

— Demain, on sera confortablement installés dans la suite d'un hôtel, m'assure-t-il. Rien à voir avec ce qu'on a dû endurer sur la route.

— Je rêve d'un bon bain.

Mon soupir d'anticipation le fait rire et je lui balance un coup de poing dans les côtes.

— Mais c'est qu'elle aime le luxe, la miss !

— Un bon bain n'est pas un luxe, mais un droit fondamental, monsieur ! Comme celui de pouvoir porter des chaussettes même en été sans être jugée, affirmé-je.

— T'es complètement barge !

L'hilarité nous gagne durant une poignée de secondes, avant qu'il ne reprenne la parole :

— Alors, par quoi on va débuter ?

— Hein ?!

Son regard s'ancre au mien.

— Danser sous la pluie, voir un coucher de soleil, passer une nuit à la belle étoile, monter dans une voiture de course, faire de la moto, sauver une vie ou changer la vie d'une personne ? Je te laisse le choix.

Sans voix, je baisse les yeux sur mes doigts qui se sont crispés sur la couverture.

— Tu l'as apprise par cœur ?

— Je t'ai dit que j'allais faire en sorte de rayer chacune de ces choses de ta liste, Lara, et je compte bien tenir ma promesse, argumente-t-il.

— Ce ne sont pas des choses importantes, je veux seulement m'amuser… avant de retourner à ma petite vie.

Mensonges, mensonges, mensonges…

Je ne peux pas lui avouer qu'il est hautement improbable que le temps qui m'est imparti soit suffisant pour tout faire… Il faudrait un miracle… Ce qui n'arrive pas dans la vraie vie.

— Peu importe, nous allons nous attaquer à cette liste !

Le silence s'impose un instant.

— Bax ?

— Oui, Lara.

— Tu voudrais bien enfiler un tee-shirt, s'il te plaît ? demandé-je, sans pouvoir lui avouer que je n'arrive pas à détourner les yeux de son corps.

Il éclate de rire en s'exécutant tout de même.

— Tu as déjà vu bien plus que mon torse, me rappelle-t-il avant d'éteindre son portable.

Malgré moi, je pouffe comme une idiote en repensant à son expression ce matin-là ! Je ne l'oublierai pas de sitôt !

Chapitre 16

Baxter

Les éclats de voix des personnes qui défilent près de notre emplacement de camping me tirent de mon sommeil. Mon regard tombe directement sur le corps endormi de Lara qui s'est moulé au mien durant la nuit. Mon bras la maintient contre moi. La peau de sa nuque, que dévoilent ses cheveux relevés, m'appelle à de tendres baisers, pourtant je résiste. Je me contente de sa chaleur qui irradie dans la tente, puis doucement, sans un bruit, je me dégage et sors de notre abri.

Le soleil est déjà haut dans le ciel, et pourtant, aucune trace de Logan, Chris ou Maisie! Ont-ils oublié que nous devons rejoindre Sacramento le plus vite possible pour nous enregistrer à l'hôtel et aller faire ensuite des tests de son?! Bon sang, j'ai l'impression d'être leur baby-sitter, et non le guitariste d'un groupe formé par des adultes!

Depuis notre départ de Seattle, j'attends avec une impatience difficilement contenue le moment où nous serons enfin posés pour quatre jours à Sacramento. Je veux passer du temps seul avec Lara, c'était ça mon plan quand je l'ai invitée à me suivre en tournée, mais pour l'instant, c'est totalement loupé! On ne fait presque que se croiser. Je voudrais tant qu'elle me voie autrement qu'en ami, même si je lui ai fait cette promesse débile que notre relation n'irait jamais au-delà de cette barrière qu'elle nous impose. Des amis... *Mais oui, Bax, quel génie tu fais!* Je l'avais déjà dans la peau au moment où j'ai pris ce stupide engagement! Néanmoins, tout au fond de moi, je sais qu'elle aussi ressent à mon égard bien plus qu'une simple amitié. Enfin, ça paraît tellement évident…

Maussade, je me dirige vers la tente où Chris s'est écroulé. Ses baskets dépassent encore de la toile entrouverte et je le secoue vivement après lui avoir saisi les chevilles.

— Debout là-dedans! m'exclamé-je sans le moindre ménagement. C'est l'heure! Fini de cuver!

Un grognement de mécontentement me répond, qui me fait esquisser un sourire ironique, et je continue de le secouer.

— C'est bon, mec, t'es pas obligé de gueuler comme une nana jalouse, se rebiffe enfin Chris d'une voix enrouée.

Il roule sur le dos à l'instant où je le relâche. Du regard, je le vois qui parcourt des yeux l'endroit où il se trouve, tentant de rassembler les morceaux du puzzle de sa dernière soirée.

— Eh merde! jure-t-il, paniqué. Où est Lara?

Il me pose cette question en se redressant sur le matelas. L'air sonné, il se passe les mains sur le visage.

— Dans ma tente. Tu lui es littéralement tombé dessus, mon gars, expliqué-je à mon ami.

— Putain…

Il se masse la nuque quelques secondes, puis lève vers moi un regard contrit.

— Pourquoi as-tu bu autant? lui demandé-je. Ce n'est pas dans tes habitudes.

Considérant que Chris est le plus sage d'entre nous, je me dis que s'il a à ce point perdu pied, c'est qu'il y a une raison. Mais laquelle? Mon ami hausse négligemment les épaules et se détourne.

— J'en sais trop rien…

Autant je suis tout à fait conscient que ma capacité à raconter des bobards se place largement sous la barre du zéro, et j'évite donc l'exercice, autant le batteur semble ignorer combien il est un piètre menteur…

— Il s'est passé un truc ? reprend-il d'une voix troublée.

Sa question m'arrache à mes pensées, alors que je me posais la même à son sujet, et je peine à retrouver le fil de la conversation :

— Hein ?

— Avec Lara, idiot !

En parlant du loup, je récupère la valise de notre invitée, posée dans un coin de la tente, et l'en extirpe. Ne sachant pas vraiment quoi répondre, je m'assois dans l'herbe et fixe mon ami un moment, avant de me résoudre à lui dire simplement la vérité.

— Non...

— Mais qu'est-ce que tu attends ?

Je soupire... *bonne question !*

— Je suis foutu, Chris, marmonné-je.

— De quoi tu parles ?!

J'inspire lentement et lui explique :

— J'ai su à la seconde où tu l'as empêchée de se casser le nez au bas de la scène que cette femme allait complètement chambouler ma vie. J'aurais dû me tenir à l'écart, mais tu me connais...

— Ouais...

— Je vis par passion, par sentiment impulsif, pour ce que mon cœur m'impose et non ce que mon cerveau me conseille. Je me laisse toujours entièrement porter par la vie, par mes émotions. Et Lara... Tu as déjà été amoureux d'une personne au point d'en avoir mal dans la poitrine et de ne plus être capable de penser rationnellement ?

Ma question semble le prendre de court, mais il finit par acquiescer.

— Oui... me répond-il, le regard perdu au-delà de mon épaule.

— Je sais que cette fille est faite pour moi, Chris. C'est la femme de ma vie ! L'unique, tu comprends ?

— Et que comptes-tu faire ?

Sa voix me paraît lasse d'un coup, comme s'il avait laissé tomber l'idée de trouver un jour sa moitié. Ce n'est pas le genre de sujet que nous abordons tous les trois d'habitude, et puis je ne crois pas que Logan éprouve réellement l'envie de se poser quoi qu'il en dise parfois. Mais Chris a l'air… si triste soudain. Est-ce que j'aurais loupé quelque chose ?

— Lui prouver que je suis l'homme de sa vie, lâché-je alors comme si c'était une évidence.

Avec un sourire un peu inquiet, je pose une main sur l'épaule de mon ami.

— Et toi, ça va ?

Il sort de la tente, et debout devant moi, me tend son poing fermé sans un mot, je l'attrape pour qu'il m'aide à me remettre sur pied. Je m'apprête à regagner mon propre abri avec la valise de Lara, pensant qu'il n'en dira pas plus, lorsque la voix de mon ami me surprend :

— Je crois que tu as raison. C'est la femme de ta vie, sinon je ne vois pas pour quelle obscure raison elle t'aurait suivi jusqu'ici, me lance-t-il en riant.

— Très marrant, Chris, vraiment… marmonné-je en lui présentant un doigt d'honneur sans me retourner.

Crétin !

Alors que je m'apprête à ouvrir la fermeture Éclair de ma tente, celle-ci coulisse toute seule, et je me retrouve nez à nez avec Lara. Dans son joli pyjama panda, elle me sourit, gênée, avant de se reculer un peu.

— Tiens, je te rapporte tes affaires, l'informé-je en lui tendant son bagage.

— Merci, j'allais justement les chercher !

Je la vois alors se hausser sur ses orteils et ses iris de jade se fixent malicieusement au-dessus de mon épaule.

— Salut Chris ! Contente de voir que tu es toujours vivant, lance-t-elle d'une petite voix moqueuse.

184

— Vraiment désolé.

— T'inquiète, ce n'est rien. Même si t'es quand même vachement lourd.

J'étouffe un éclat de rire.

— Je rêve… tu m'as traité de gros ? s'offusque le batteur.

— Non, mais tu es baraqué, musclé… quoi !

— Bien tenté… la coupe-t-il en se détournant pour masquer son fou rire.

Les joues en feu, Lara se replie dans la tente avec sa valise et ferme derrière elle. Contrairement à la plupart des femmes, notre invitée ne met pas trois heures pour se préparer. Et c'est fort appréciable ! En moins de dix minutes, elle ressort avec un jean et un débardeur noir, simples et ravissants.

— Vivement l'hôtel !

— Je confirme, s'exclame Chris avec un clin d'œil en lui apportant ses baskets.

Lara les chausse après l'avoir remercié d'un sourire et s'avance en direction de la fourgonnette avec sa malle. Je la vois se figer quand la portière latérale du véhicule s'ouvre devant elle et qu'un inconnu couvert de tatouages en sort.

Bordel de merde ! Elle fait vraiment chier, cette nana ! Je prends la valise des mains de Lara et la rassure :

— Laisse, je m'en occupe.

Je pénètre dans la camionnette où règne un désordre inimaginable. Des fringues traînent partout sur le sol, et je bous intérieurement en apercevant Maisie qui s'étire lascivement dans le lit du fond.

— Je peux savoir ce qui te prend ?! On t'a déjà dit que le van n'est pas ta chambre d'hôtel perso ! hurlé-je.

Sans même me répondre, elle sort de sous les couvertures, totalement nue, enfile tranquillement un string comme si je n'étais pas là, puis elle me fait face, les seins à l'air.

— Je ne vois pas où est le problème, puisque je suis la seule à dormir ici.

Lara arrive au même instant dans mon dos et la pauvre laisse échapper un hoquet de surprise.

— Habille-toi, Maisie ! Et cesse d'agir comme une enfant gâtée ! lâché-je entre mes dents.

— Tu te prends pour mon père, maintenant ?!

— Certainement pas ! J'aurais honte d'avoir une fille comme toi !

La laissant plantée là, qui s'exhibe telle une idiote en manque d'attention, je saisis la main de Lara pour ressortir de la fourgonnette, sans manquer de faire claquer la portière coulissante au passage.

Dans la seconde suivante, mon amie et moi nous figeons alors brusquement en découvrant Chris, en train de remballer tentes et matelas avec une rage peu commune. Mais qu'est-ce qui lui prend d'un coup à lui aussi ?!

— Prêts à embarquer pour Sacramento ?! nous interroge au même instant la voix de Logan, qui avance vers nous, tout sourire.

Décidément, le monde marche sur la tête ce matin…

La route jusqu'à l'hôtel se fait dans le silence le plus complet. Trente-cinq minutes de lourd et pénible silence ! Aucun de nous n'a jamais vu Chris dans un état pareil.

Dorian nous a réservé deux suites immenses, l'une est composée de trois chambres et d'un grand salon, la seconde, presque identique, ne possède que deux chambres. Tout naturellement, Chris, Lara et moi décidons de partager la suite pour trois, tandis que Logan et sa sœur s'installent dans celle d'en face.

— Dis donc, il ne fait pas les choses à moitié, Dorian ! s'exclame Chris, qui semble enfin avoir retrouvé sa joie de vivre légendaire, en parcourant les lieux.

Un mémo sur la table en verre du salon attire mon attention, et je m'en empare.

— C'est pour toi, Chris, informé-je le batteur.

— Mais non, putain... Le transfert devait se faire à Long Beach !

Lara arrive derrière nous et passe la tête entre nous deux.

— Qu'est-ce qui se passe ?

— Le bus et son chauffeur pour le reste de la tournée seront ici dès la fin des représentations, lui expliqué-je.

Chris se passe une main dans les cheveux et marmonne.

— J'ai pu obtenir de Brett qu'il reconduise la camionnette à Beaverton depuis Long Beach, pas depuis Sacramento ! Il n'a pas que ça à foutre !

— L'un de vous n'aura qu'à conduire jusqu'à Long Beach, suggère Lara. Y a pas mort d'homme, si...?!

Nous l'observons tous les deux de concert, puis Chris hausse une épaule.

— C'est bon, je vais le faire, soupire-t-il. Je n'arrive pas à croire que je vais me taper plus de six heures de route tout seul, alors que vous serez dans ce putain de bus de luxe.

Lara nous sourit, visiblement toute fière d'avoir trouvé la solution.

— Bon, ce n'est pas tout là, mais si je me souviens bien, vous avez des tests de son qui vous attendent, tous les deux ! s'exclame-t-elle en nous poussant vers la porte.

— Tu nous fous dehors ?

Son rire et ses yeux brillants de malice font manquer un battement à mon cœur.

— J'ai repéré la gigantesque baignoire, là-bas, dans la salle de bains tout en marbre... Alors oui, dégagez et allez bosser ! Moi, je vous rejoins pour le concert !

Et sans trop savoir comment, nous nous retrouvons, Chris et moi, comme deux crétins hilares, dans le corridor de l'hôtel.

— Sans déconner, mec, tu ne porteras jamais la culotte si vous vous mettez en couple, me charrie Chris. Jamais !

— *Quand*, pas si ! le corrigé-je en riant alors que nous gagnons les ascenseurs, à l'instant où Maisie et Logan nous rejoignent.

Épuisé.

C'est le mot qui décrit le mieux mon état, lorsque nous rentrons à l'hôtel après le dernier concert de Sacramento. Quatre jours, pendant lesquels le repos n'a clairement pas eu sa place ! Depuis les tests de son, l'après-midi de notre arrivée, je ne me suis pas posé une seule seconde.

Mais bordel de merde que c'était bon ! Durant quatre soirs consécutifs, nous avons fait salle comble !

Et l'euphorie que j'ai ressentie d'être sur scène commence à peine à se dissiper. Je suis épuisé, mais toujours sur un nuage.

La foule hurlante, les lumières braquées sur nous, les photographes à nos sorties des coulisses, les autographes, tout se bouscule encore dans ma tête ! Pourtant, ce qui m'a le plus ensorcelé, c'était la présence de Lara sur le devant de la scène à chaque concert et cette impression folle que nos regards ne devaient pas se quitter un seul instant, alors que la musique envoûtait la salle.

Tous ces gens… et moi, je ne voyais qu'elle.

Dans le grand hall de l'hôtel, sa voix me retient au moment de prendre l'ascenseur avec les autres.

— Je dois retourner chercher ma liseuse, je l'ai oubliée dans la fourgonnette, je vous retrouve là-haut, nous lance-t-elle en tournant les talons.

Le grognement agacé de Maisie ne m'échappe pas. Je jette

un regard à Chris en bloquant la cabine une fraction de seconde, le temps que ma conscience se décide.

— Je vais avec elle, j'ai besoin de prendre un peu l'air moi aussi, lâché-je en me détournant pour rejoindre la jeune femme au pas de course.

Le gardien de nuit lui ouvre la porte quand je la rattrape.

— Hey, attends-moi !

— Qu'est-ce que tu fais là ? s'étonne-t-elle.

— Besoin d'air.

Je n'ai pas pu passer autant de temps avec Lara que je l'avais espéré, et sa présence – pour moi tout seul – me manque toujours. Nos moments de complicité à Seattle me manquent…

— Moi aussi, en fait, je viens juste de me souvenir que ma liseuse est restée dans la chambre de notre suite… m'avoue-t-elle en riant, avant d'aller s'adosser à un arbre qui borde un mur de l'hôtel.

J'ignore totalement quoi lui répondre. Est-ce que lui balancer maintenant, de but en blanc, que j'ai eu le coup de foudre pour elle serait trop radical ? Sans aucun doute…

— C'est une belle ville, murmure-t-elle soudain, le regard au loin.

Son portable annonce la venue d'un message et elle soupire en découvrant l'expéditeur.

— Josie ?

— Oui. Elle est décidément trop mère poule, s'agace-t-elle en répondant en vitesse à sa cousine.

— Elle veut s'assurer que tu vas bien, c'est tout.

— C'est agaçant, Bax ! Voilà ce que c'est !

Je passe une main dans mes cheveux, de plus en plus incertain quant à la manière dont je dois me comporter.

— J'agirais sans doute de la même façon s'il s'agissait de Sasha, tenté-je de la raisonner.

— Eh bien, je plains ta petite sœur !

Elle m'adresse un sourire moqueur après avoir rangé son téléphone. Mes pensées partent en vrille à la seconde où mes yeux descendent sur sa bouche. Je suis foutu ! Je me pince l'arête du nez pour essayer de remettre mes idées en place. Peine perdue.

— Oh, et puis merde, grogné-je avant de perdre tout contrôle et de venir plaquer son corps contre le tronc de l'arbre.

Nos yeux se croisent un court instant, juste avant que je ne m'empare de ses lèvres. Mes mains se posent fermement sur ses hanches et je la rapproche de moi. Je savoure le goût de la vie sur sa peau. Et pendant un moment infime, ses doigts agrippent eux aussi mon tee-shirt.

Mais, alors que je pense qu'elle s'abandonne enfin à notre baiser, Lara me repousse lentement, les paumes délicatement plaquées sur mon torse, jusqu'à ce que nos visages se retrouvent à quelques centimètres l'un de l'autre.

— Bax, je ne peux pas, chuchote-t-elle d'une voix brisée.

Chapitre 17

Lara

Ses mains sur mon corps, sa chaleur contre moi et ses lèvres sur les miennes, tout cela me fait complètement perdre pied. Baxter me déguste, comme s'il venait de découvrir la meilleure des friandises en ce monde. Mes doigts s'agrippent à son tee-shirt, et instinctivement, je l'attire à moi, puis me fige...

Tu ne peux pas faire ça, Lara, c'est insensé... Tout ça n'engendrera que de la souffrance.

Et pourtant, avant d'appuyer mes paumes sur son torse pour le repousser, j'hésite une fraction de seconde. Je veux tellement cet homme que c'en est douloureux, mais tout le reste me revient en tête, et je l'éloigne doucement de moi.

— Je ne peux pas, soufflé-je contre sa bouche.

Front contre front, nous restons un instant silencieux. Nos respirations s'entremêlent, et les larmes qui se bousculent en masse sous mes paupières manquent de s'écouler sur mes joues tant mes émotions sont sens dessus dessous.

— Je ne peux pas, répété-je.

Ma voix se casse et s'envole dans la brise nocturne.

— Pourquoi? chuchote Baxter en prenant mon visage entre ses mains.

Je ferme les yeux pour ne pas croiser son regard, je n'en ai pas la force.

— Tu m'avais promis qu'on resterait juste des amis.

Il dépose un baiser sur le sommet de ma tête et souffle :

— Je sais, mais je veux plus que ton amitié, Lara. Beaucoup, beaucoup plus... Et je sais, enfin... j'espérais que toi aussi.

191

Frappée en plein cœur par ses paroles, je me dégage de son étreinte et me dirige en silence vers la porte de l'hôtel. Avant d'en franchir le seuil, je m'arrête, incapable de le quitter ainsi.

— Je ne peux t'offrir plus que mon amitié, Bax. C'est trop difficile, l'un de nous deux en souffrira forcément, m'expliqué-je dans un souffle, dos à lui, juste avant de me retrouver face au portier.

— Lara…

La douleur et l'incompréhension résonnent dans son timbre et me broient la poitrine, pourtant cette fois, je poursuis mon avancée sans m'arrêter pour gagner les ascenseurs. Les portes de la cabine se referment sur moi au moment où Baxter entre dans le hall. J'essuie la larme solitaire qui roule sur ma joue et me dépêche de regagner notre suite dès que j'arrive à notre étage. Sans que je puisse le retenir à temps, le battant de l'entrée claque dans mon dos et Chris se redresse sur le canapé. Il fronce les sourcils en découvrant mon visage. Je dois avoir l'air totalement perdue et désorientée.

— Ça va, Lara ? s'inquiète-t-il.

— Oui.

Un mot, et je pars m'enfermer dans ma chambre.

Mais qu'est-ce que j'ai fait ?!

Au pied de mon lit, je me laisse glisser au sol et enserre mes genoux de mes bras. J'ai du mal à respirer, et je me demande si la maladie est la cause de ce symptôme, ou si c'est la douleur que je ressens en cet instant…

Le sommeil m'a fuie toute la nuit, et j'arbore une tête affreuse en ce lundi matin. Après avoir rangé mes effets dans ma valise, la tête pleine de questions et d'incertitudes, je rejoins

Chris et Baxter dans le salon. Nous sommes sur le départ pour Long Beach, plus de six heures de route nous attendent. J'évite soigneusement de croiser le regard du guitariste, alors que je sens bien que lui voudrait trouver dans mes yeux des réponses à mon attitude d'hier soir. Seulement je n'ai rien à lui offrir pour le moment. En dehors de mes cernes.

Le garçon d'étage s'occupe de descendre nos bagages et nous gagnons à sa suite le parking souterrain de l'édifice. Dès que les portes de l'ascenseur s'ouvrent, je suis si pressée d'en sortir que je manque de percuter Logan qui est déjà là avec sa sœur.

— Ce n'est pas un bus, s'exclame le chanteur tout excité, c'est un putain de camping-car géant !

Il a raison, songé-je en pénétrant à l'intérieur. Sièges en cuir, couchettes grand luxe, une petite salle de bains, et même un salon escamotable, je ne sais où poser le regard tant il y a de merveilles à découvrir !

— Et dire que je dois conduire notre tacot jusqu'à Long Beach pendant que vous vous prélasserez là-dedans, grogne Chris avec mauvaise humeur en ressortant.

Un frisson me parcourt tout entière, quand Baxter entre et m'effleure en passant près de moi. Je ne peux clairement pas rester dans cet espace restreint – même s'il est bien plus grand que la camionnette –, devenu trop exigu pour nous deux après ce qui s'est passé hier soir, impossible ! Je tourne les talons et redescends du bus sur lequel le nom du groupe est écrit en grosses lettres.

— Attends, Chris, pas question que tu sois le seul à souffrir, tu as raison ! Je vais faire la route avec toi ! clamé-je en le rejoignant.

Il me dévisage, suspicieux.

— Enfin… si tu veux bien, ajouté-je en saisissant au vol ma valise que le garçon d'étage vient de déposer parmi les autres bagages.

Ma propre voix me semble désespérée, et Chris ne manque pas de le remarquer. De mon côté, je peux sentir le regard brûlant de Baxter dans mon dos.

— Oui, bien sûr, acquiesce le batteur, compréhensif, en saisissant ma malle et son sac.

Le voiturier a pris la peine de venir garer la fourgonnette dans le sous-sol, et Chris m'ouvre la portière côté passager, m'invitant à prendre place. Alors que je monte dans le véhicule, mes yeux s'envolent malgré moi vers Baxter, je n'arrive pas à déchiffrer l'émotion sur son visage. De la tristesse, de la colère ? Je n'en sais rien. Tout ce qui me frappe à cet instant, c'est l'air triomphant de Maisie qui le pousse gentiment à grimper dans le bus, la bouche en cœur.

— On se voit ce soir, à l'hôtel ! lui lance Chris avant de fermer sa portière et de mettre le contact.

La musique résonne déjà en fond sonore dans l'habitacle. Et tandis que l'immense bus quitte le parking, j'ai l'impression qu'on m'arrache une partie de moi-même. Je me focalise alors sur Chris qui se bat en maugréant avec son GPS.

— Un coup de main ? lui proposé-je.

— Non, la bête est juste devenue capricieuse avec les années.

Je change la chaîne de radio et tente de trouver un morceau qui ne fera pas apparaître le regard de Baxter dans mon esprit. Mais c'est peine perdue !

— Bingo !

Et armé de sa bonne humeur légendaire, Chris s'engage dans l'allée centrale pour sortir du parking et quitter l'hôtel, laissant Sacramento dans son rétroviseur. Soulagée, je constate que plus nous nous éloignons de cet endroit, plus ma respiration revient à la normale.

Durant la première heure de route, aucun de nous ne parle, seule la musique meuble le silence et cela paraît tout à fait convenir à Chris. Enfin, c'est ce que je pense au départ...

jusqu'à ce que je sorte de mon petit nuage et remarque qu'il ne cesse en fait de me lancer des coups d'œil en biais.

— Alors, finit-il par lâcher, tu veux me parler de ce qui te tracasse ? Tu n'es pas aussi maussade et silencieuse d'habitude.

Je me crispe sur mon siège et fixe la route devant nous. Comme si ces kilomètres de bitume étaient réellement passionnants ! Toujours muette, j'attrape mon portable et commence à fureter sur Internet.

— Ça concerne Bax.

Mon téléphone m'échappe et tombe à mes pieds, je jure en tentant de le récupérer. Ce n'était clairement pas une question. Le batteur sait très bien qu'il s'est passé quelque chose entre son ami et moi, hier soir. Ma ceinture de sécurité hors d'âge m'empêchant d'aller repêcher mon portable, je me résigne avec un soupir à m'enfoncer dans mon siège.

— Qu'est-ce qui te fait dire que ma mauvaise humeur n'est pas simplement due à un facteur extérieur ? J'ai peut-être mes règles, qui sait ?!

Quelle sale menteuse ! Tu n'as plus de règles depuis ton hystérectomie ! songé-je.

— Parce que j'ai deux grandes sœurs qui m'ont mené la vie dure pendant des années avec leurs problèmes de mecs ! Je sais reconnaître les symptômes maintenant, m'avoue Chris en riant.

C'est bien ma veine !

— Alors… tu racontes à oncle Chris ce qui se passe dans ce joli crâne ?

— Je…

J'hésite un instant, est-ce une bonne idée que d'aller me confier au meilleur ami de mon *problème* justement ?

Et puis, merde !

— Je crois qu'il éprouve plus que de la simple amitié pour moi, marmonné-je.

Et moi aussi…

L'éclat de rire de Chris me surprend, et je le fixe durant quelques secondes, les sourcils froncés.

— Quoi ?! Qu'est-ce qu'il y a de drôle ?

— Lara… ma très chère petite Lara, Bax est complètement obsédé à ton sujet depuis le soir où tu as failli tomber de la scène du *Olie's* ! Il a tanné Logan toute la soirée et encore le lendemain, juste parce qu'il voulait connaître ton prénom, m'explique le musicien. Je ne l'ai jamais vu comme ça.

— Comment ?

Je ne suis pas certaine de vouloir entendre les mots qui vont sortir de sa bouche, mais au fond de moi, je sais aussi que je n'attends que ça.

— Il est amoureux de toi, Lara.

Je me prends la tête dans les mains pour la caler entre mes genoux et grogne d'une façon très peu élégante.

— Tu dis n'importe quoi, Chris. Il n'est pas…

— Il me l'a dit, me coupe le batteur.

Je me rends compte que la panique est en train de me gagner, et ma respiration s'accélère sans que je parvienne à la contrôler. Je n'ai pourtant pas l'habitude de faire des crises d'angoisse, ce n'est vraiment pas mon genre ! Mais là…

Je suis consciente que je ressens aussi des sentiments très forts pour cet homme. Des sentiments qui vont nous conduire à notre perte tous les deux, si je ne les refrène pas.

— Je suis certaine qu'il a déjà dit ça au sujet de plein de filles, je ne suis que le nouveau joujou du moment, articulé-je péniblement en repensant aux paroles de Maisie.

Chris esquisse un sourire et me jette un regard en coin.

— Bax n'est pas le genre de mec qui court derrière tout ce qui a un joli cul, Lara, ce n'est pas Logan. Il est même son total opposé, en fait. Je le connais depuis le lycée, et jamais je ne l'ai entendu me dire qu'il aimait une fille. C'est la première fois.

Que suis-je censée répondre à *ça* ?!

— Et ensuite, tu vas me dire qu'il se réserve pour la femme de sa vie ? ironisé-je dans une tentative désespérée de détendre l'atmosphère.

— Ne sois pas bête, tu as vu le physique du type ?! Je ne dis pas qu'il n'a jamais eu d'aventures ou de petites copines, mais ce n'était jamais sérieux, car la musique passait toujours d'abord.

— Alors voilà, ce n'est qu'un délire passager !

Chris secoue la tête avec irritation, comme s'il essayait d'expliquer quelque chose à une gamine qui ne veut rien entendre.

— Oh non, ce n'est pas un *délire passager*, comme tu dis. Crois-moi, et je le sais d'autant mieux que je suis dans la même situation, souffle-t-il tristement.

Perplexe, je l'observe pour le coup avec la plus grande attention.

— Quoi, tu es aussi amoureux de moi ?! le questionné-je, paniquée.

La totale franchise de son éclat de rire me permet de me détendre instantanément.

— Tu es une femme magnifique, adorable et intelligente, Lara, mais non, je ne suis pas amoureux de toi, me rassure-t-il.

— Mais…

L'image de Chris pris d'une colère noire quand il rassemblait l'équipement de camping à Folsom me revient alors en mémoire. C'était la première fois que je le voyais ainsi, et c'était juste après que le mec tatoué soit sorti de la fourgonnette où se trouvait…

— Maisie ?! hoqueté-je, stupéfaite.

Sa main sur le volant se crispe, ce qui vaut n'importe quelle réponse verbale.

— Ouais, Maisie… acquiesce-t-il néanmoins. Et pas la peine de me le dire, c'est perdu d'avance, je le sais bien, mais impossible de me la sortir de la tête.

— Bon sang !

D'un mouvement sec, le batteur change la chanson qui passe à la radio.

— Comme tu dis…

Nous arrivons à l'hôtel de Long Beach bien après les autres. Chris va chercher nos clés magnétiques, et fatigués par notre journée de route, nous empruntons en silence l'ascenseur pour rejoindre la suite indiquée par la réceptionniste.

— Ne le fais pas souffrir, Lara, c'est tout ce que je te demande. Si tu ne ressens rien pour lui, dis-le-lui franchement. Bax n'agit pas comme les autres types que je connais, il écoute d'abord ses sentiments avant sa raison, m'informe Chris à l'ouverture des portes.

J'acquiesce sans un mot, puis le suis dans le corridor. Quand il ouvre le battant de la suite, Baxter, déjà installé dans le canapé devant le téléviseur, nous salue froidement. Si seulement Chris savait ce que j'éprouve pour son ami… Si le guitariste lui-même le savait… mais s'il apprenait également que ce qui peut lui arriver de mieux en s'approchant trop de moi, c'est de se retrouver à côtoyer la mort, alors peut-être ne ressentirait-il plus ces sentiments.

Sans répondre au salut de Baxter, je pars m'enfermer dans l'une des trois chambres et me laisse tomber sur l'immense lit… vidée.

Voilà, une semaine que je suis partie de chez moi, et aujourd'hui, pour la première fois, je me demande ce que je fous ici.

Depuis hier soir, je joue les sauvages. Je ne suis sortie de ma chambre que pour me doucher et réceptionner les plateaux de nourriture du service d'étage. Avachie sur mon lit, je m'abrutis devant une série télé. Quoi de plus réjouissant quand on a le moral à zéro que de voir des gens se faire dévorer par des zombies ! Chris est passé me demander si je voulais sortir un peu prendre l'air avec lui, puisqu'ils sont en repos technique jusqu'à vendredi, mais j'ai poliment refusé. Je songe sérieusement à rentrer chez moi. Maisie avait raison, je n'ai pas ma place avec eux, jamais je n'aurais dû accepter de suivre Baxter.

La sonnerie de mon portable me tire de mes pensées. Je cherche frénétiquement mon téléphone au milieu des draps en désordre.

— Ah ! Te voilà enfin ! m'exclamé-je en le récupérant pour prendre l'appel.

J'ai à peine le temps d'approcher l'appareil de mon oreille que la voix hystérique de Josie me vrille les tympans :

— Quand même ! Lara Spencer, tu sais que m'envoyer de temps en temps un texto avec l'émoji d'un pouce en l'air est très loin de la promesse que tu m'as faite avant de partir !

— Bon matin à toi aussi, la salué-je.

— On est en fin de soirée, Lara !

Elle a raison, pensé-je en jetant un œil au réveil. Il est plus de vingt heures. Étrange, personne n'est encore rentré ?! Dans la suite, c'est le silence total.

— Bien sûr, je plaisantais, me rattrapé-je en mentant effrontément.

Je regarde la télévision depuis plus longtemps que je ne le croyais. Voilà ce qui se passe quand je me laisse absorber par l'une ou l'autre de mes séries, les heures défilent sans que je m'en rende compte.

— Comment tu te portes ? m'interroge Josie.

— Bien. Je vais passer mes premiers tests de contrôle la semaine prochaine, quand nous serons à Palm Springs.

— D'accord. Tu t'amuses bien ?

Je me retiens juste à temps de soupirer dans le combiné.

— Oui. C'est génial. Nous sommes dans un hôtel en bord de plage, c'est superbe.

— OK, crache le morceau… Je sais au ton de ta voix que tu me caches un truc, m'annonce-t-elle.

— Cela ne concerne pas mon état de santé, je te le promets, Jo.

Je l'entends souffler avant de reprendre :

— Dix-sept août.

— Qu'est-ce qui se passe le dix-sept août ?

— C'est la date que Sam a choisie pour notre mariage.

Silence au bout du fil.

— Que Sam a choisie… D'accord…

J'avais espéré jusqu'ici que sa partie de jambes en l'air avec Logan dans la loge du *Olie's* l'aurait poussée à réfléchir et empêchée de commettre l'irréparable. Pas de bol, je me suis gourée !

— Tu seras là ?

Sa voix est incertaine.

— Bien sûr que je serai là, Josie ! Tu es comme ma sœur, la rassuré-je sans hésiter.

— Je suis contente de te l'entendre dire.

— Tu sais que je t'aime de tout mon cœur, Jo.

— Moi aussi, je t'aime, Lara.

Les trémolos dans sa voix ne m'échappent pas et me font de la peine. Mais je serais sûrement dans le même état si j'étais à sa place.

— Je dois reprendre ma garde, me lance-t-elle avant de mettre précipitamment fin à l'appel.

Après un dernier regard sur mon portable, je me décide enfin à sortir de la chambre pour voir ce que font les autres. Je n'ai pas la moindre classe dans mon pantalon de pyjama tout froissé et mon tee-shirt informe, mais ça m'est bien égal.

Le reste de la suite est vide, aussi je me dirige vers la porte du couloir et fais un pas à l'extérieur pour y jeter un coup d'œil. Un rire attire mon attention sur ma droite, et la vision qui s'offre alors à moi me fige sur place et me glace le cœur.

Maisie se tient là, juste à quelques pas… la tête de Baxter enfouie dans son cou, alors qu'elle déverrouille sa suite pour s'y engouffrer avec le guitariste. Son regard d'ambre, triomphant, croise le mien une seconde, tandis qu'elle entraîne avec elle l'homme pour qui je ressens tant de choses.

Brisée.

Voilà comment je me sens quand le battant se referme sur eux, me laissant seule dans le corridor.

L'unique son que je retiens est le ding retentissant de l'ascenseur quand il s'arrête à notre étage.

Chapitre 18

Baxter

J'ai passé la journée à errer avec Logan et Chris sur la jetée de Long Beach, Maisie dans notre sillage. Je dois bien avouer que mentalement, je n'étais pas présent. Depuis deux jours, je me repasse en boucle le moment où Lara s'est éloignée de moi après que je l'ai embrassée.

Je ne peux pas...

Ces quatre mots résonnent dans mon crâne comme si on voulait les y imprimer au fer rouge. Je ne suis pas du genre à abandonner, pas si facilement du moins. Dès qu'elle voudra bien m'autoriser à l'approcher de nouveau, je tenterai d'en savoir plus. La sentir si lointaine, et en même temps être si proche d'elle physiquement est une véritable torture ! D'autant plus que je sais qu'elle ressent aussi quelque chose pour moi. Sinon elle m'aurait seulement repoussé sans autre forme de procès, et je n'aurais pas entrevu cette immense tristesse dans son regard.

— Hey, regardez ça, les mecs ! s'exclame soudain Logan, ce qui me sort de mes pensées.

Il nous montre une photo que vient de lui envoyer Dorian, et j'en reste bluffé.

— Putain, les mecs, on est dans le top dix des ventes !

Logan a les yeux aussi brillants qu'un enfant qui découvre ses cadeaux sous le sapin le matin de Noël. Il attrape sa sœur pour la serrer contre lui, incapable de contenir sa joie. Chris frappe son poing contre le mien tandis que je lui adresse un faible sourire.

Il sait que je suis en plein doute. C'est très difficile de cacher quoi que ce soit à Chris, ce type possède une sorte de détecteur de mensonges intégré, j'ignore comment il fait.

Logan ne semble pas remarquer mon manque d'enthousiasme, contrairement à Maisie. Son regard ne me lâche pas, aussi je décide de m'écarter un peu de notre petit groupe.

Je n'ai pas fermé l'œil de la nuit, et même si je suis responsable de la situation vu que je ne suis pas allé la prévenir quand nous sommes partis de l'hôtel, je suis frustré de ne pas avoir revu Lara depuis hier. Bon d'accord, je sais que j'ai été très froid lorsque Chris et elle sont arrivés dans la suite, mais comment étais-je censé réagir à son éloignement si soudain ?

Un peu plus loin sur la jetée, je repère un banc de bois qui fait face à l'océan. Les mains enfoncées dans mes poches, je m'y installe. Les gens commencent peu à peu à regagner leur foyer, toutefois quelques surfeurs sont encore dans l'eau. Mon attention se perd sur l'horizon.

— Tu viens ? Logan veut qu'on aille quelque part pour fêter notre succès.

Maisie s'installe près de moi et le calme qui commençait à me gagner fond comme neige au soleil. Je me tourne vers elle et la toise une fraction de seconde avant de secouer la tête. Avec son mini short en jean, son débardeur noir quasi transparent qui laisse apparaître son soutien-gorge fluo et ses cheveux rouges, elle attire les regards gourmands de tous les hommes qui passent près de nous.

— Allez-y sans moi, je ne suis pas vraiment d'humeur à faire la fête, la rabroué-je, peu enclin à entretenir la conversation.

— Arrête, tu vas pas rester là à te morfondre, juste parce que Mademoiselle Sainte Nitouche veut pas de toi ?! Tu peux avoir n'importe quelle fille, Bax.

Ses ongles laqués de noir glissent lentement sur mon avant-bras, et je me dégage en la chassant du coude.

— Cesse de t'imaginer des choses qui n'arriveront jamais, et surtout, ne parle plus comme ça de Lara, Maisie.

Sur les nerfs, je me passe une main dans les cheveux, avant de lui ordonner :

— Maintenant, va rejoindre ton frère et Chris, moi, je reste ici. Seul, ajouté-je avant qu'elle me propose de rester pour me tenir compagnie.

Je peux voir qu'elle se retient avec difficulté de me jeter des insultes à la figure, incapable de supporter mon énième refus. Puis sans un mot, elle se lève et repart en direction de mes amis.

Enfin la paix, songé-je en sortant le petit cahier de notes qui ne me quitte jamais.

Combien de temps ai-je passé assis, seul sur ce banc, à griffonner dans mon cahier ? Aucune idée. Mais quand un surfeur passe près de moi avec sa planche, je relève enfin la tête et constate que le soleil a bien entamé sa descente derrière l'horizon. Il est temps de rentrer, mes yeux commencent à fatiguer à force de relire mes pattes de mouche.

Sur le chemin qui mène à l'hôtel, je m'arrête dans un petit restaurant et commande un hamburger à emporter que je dévore sur la route. J'ai un peu de mal à repérer notre établissement et manque à plusieurs reprises de m'engouffrer dans le mauvais hall d'entrée, avant de trouver enfin le bon endroit. Le sens de l'orientation n'est pas mon aptitude la plus développée !

Dans le grand vestibule, alors que je cherche ma clé magnétique dans les poches de mon jean, j'entrevois les cheveux rouges de Maisie et la silhouette d'un homme qui l'étreint au moment où les portes de l'un des ascenseurs se ferment. *Logan va disjoncter en rentrant*, pensé-je avant d'appuyer sur le bouton pour faire descendre une autre cabine. Je laisse les gens en sortir, puis m'engouffre dans l'étroit espace afin de gagner notre étage.

Alors que j'avance dans le couloir qui mène à notre suite, je distingue peu à peu Lara, aussi immobile qu'une statue, qui serre le cadre de la porte, comme si elle tentait de se retenir à quelque chose pour ne pas s'écrouler. Malgré moi, j'esquisse un sourire en détaillant son pantalon de pyjama, son grand tee-shirt et ses cheveux en bataille. Même en la découvrant aussi débraillée, mon cœur fait une embardée dans ma poitrine, mais quand je m'aperçois qu'elle essuie ses yeux d'un revers de la main, je fronce les sourcils.

Qu'est-ce qui lui arrive ?

La moquette a étouffé le son de mes pas, et lorsque je pose ma main sur son épaule, elle sursaute vivement, la paume sur le cœur, avant de tourner vers moi un visage ravagé par le chagrin.

— Hey… pourquoi est-ce que tu pleures ? lui demandé-je, inquiet.

Elle me fixe sans un mot, et je peux lire la plus totale incompréhension dans ses prunelles. Puis Lara s'accroche à mon tee-shirt et vient se serrer tout contre mon torse. Ma joue appuyée sur le dessus de son crâne, je la berce un instant, trop heureux de savourer son contact.

— Lara ?

Elle ne se dégage pas de notre étreinte pour me répondre :

— Je…

Elle secoue légèrement la tête.

— Je crois que je deviens complètement folle, marmonne-t-elle enfin.

— Dis-moi pourquoi tu pleurais.

Je sens ses doigts s'enfoncer dans les muscles de mon dos et mon désir pour elle monte en flèche.

— Je t'ai vu entrer dans la suite d'à côté il y a deux minutes à peine… avec Maisie, chuchote-t-elle en retenant un sanglot.

C'est plus fort que moi, un brusque éclat de rire m'échappe.

— Oui, je confirme, tu deviens complètement folle.

— Mais cet homme te ressemblait tellement, j'ai cru que c'était toi !

Sa voix est désormais plus ferme, j'esquisse un sourire en la faisant reculer d'un pas et prends son visage en coupe.

— Tu vois bien que ce n'est pas le cas ! Jamais je ne commettrais l'erreur de coucher avec la petite sœur de mon meilleur pote. Et puis, tu sais très bien que je ne la désire pas ! Pas elle… soufflé-je, ma bouche tout près de la sienne.

Je prends le temps de l'observer avec attention, de graver chacun de ses traits dans ma mémoire, au cas où je n'aurais plus jamais la chance de l'admirer d'aussi près.

— Et pourquoi le fait de penser que j'étais avec une autre te faisait-il pleurer ?

Sa réponse sera la conclusion ou le début de notre histoire. Nous le savons tous deux. Pourtant, elle garde le silence et se contente de me détailler intensément. Puis ses doigts viennent doucement caresser ma barbe, avant qu'elle ne m'attire à elle pour poser ses lèvres sur les miennes. Je l'enferme dans l'étreinte de mes bras et réponds avidement à son baiser en la plaquant contre moi. Je peux goûter le sel des larmes qui dévalent une fois de plus ses joues. Je me défais d'elle à contrecœur et essuie tendrement ses pommettes de mes pouces.

— Pourquoi tant de larmes encore ? soufflé-je en posant mon front contre le sien.

— Parce que je suis terriblement égoïste, Bax.

Ce n'est qu'un murmure qui se perd quand elle reprend mes lèvres d'assaut en passant ses bras derrière ma nuque. Je n'ai pas envie de retenir la passion qui m'anime par de nouvelles questions, alors je la fais reculer dans la suite et ferme la porte de mon pied. Mes pas la conduisent jusqu'au canapé sur lequel elle se laisse tomber, m'entraînant avec un éclat de rire dans sa chute. Ses cheveux s'étalent autour de sa tête et elle me sourit à travers ses larmes tandis que sa poitrine se soulève plus rapidement.

Mes avant-bras posés de chaque côté de son visage, je l'admire comme si elle risquait de s'évaporer sous mes yeux. Ma bouche retrouve la sienne et nos langues se mêlent dans un baiser fiévreux. J'aimerais que le temps s'arrête, et pouvoir profiter de ce moment pour l'éternité.

Ses lèvres m'abandonnent pour venir s'égarer dans mon cou. Ses jambes se referment autour de mes hanches tandis que je me colle à son bassin, tout en bougeant lentement contre son corps. Je veux qu'elle perde enfin le contrôle, qu'elle se donne à moi tout entière. Un soupir lui échappe, elle pose ses mains sur mes épaules pour que je me redresse, mais je la maintiens contre moi.

— Tu es sûre de toi, Lara ? Car après ça, je ne te laisserai plus jamais t'éloigner de nouveau.

Je la fixe attentivement, dans l'attente d'une réponse. Me prenant par surprise, elle me fait alors basculer sous elle d'un formidable coup de reins.

Assise sur moi, elle passe ensuite son tee-shirt par-dessus sa tête en guise de réponse silencieuse, me laissant hypnotiser par la vision de ses seins nus et de sa peau d'ivoire. Ma bouche glisse sur sa clavicule et je m'apprête à descendre plus bas quand elle me stoppe d'une voix essoufflée :

— Chris pourrait rentrer n'importe quand…

Elle a raison.

Je me lève du canapé et m'autorise un court instant de pause pour graver sa splendeur dans ma mémoire. Puis dans un mouvement vif, je passe un bras sous ses genoux et l'autre derrière son dos afin de la soulever. Elle pousse un cri de surprise en s'agrippant à mon cou.

— Bax…

— Quoi ?

— Mon tee-shirt, je dois le récupérer, lâche-t-elle en embrassant le coin de ma bouche.

— Tu n'en auras pas besoin avant longtemps, crois-moi !

Son éclat de rire, cristallin, se répercute tout autour de nous comme le plus beau son du monde pendant que je la transporte dans ma chambre pour l'installer sur mon lit. Cette vision fait subitement grimper la température de la pièce de plusieurs degrés. Je m'éloigne une seconde afin de fermer et verrouiller la porte avant de revenir vers Lara qui ne me quitte plus du regard. Il y a tant de choses qui passent dans cet échange que les mots me semblent tout à coup surfaits.

En avançant lentement, je retire mon tee-shirt et défais la fermeture Éclair de mon jean. Une fois devant le matelas, l'air faussement offusqué, je lui arrache ses chaussettes et les balance sur le sol.

— Un vrai tue-l'amour, me lamenté-je en posant mes mains sur l'élastique de son pantalon de pyjama.

— Non, c'est un droit fondamental, et puis ça ne semble pas te poser plus de problèmes que ça.

Ses yeux descendent lentement vers mon jean entrouvert qui laisse entrevoir mon érection à travers mon boxer.

— En effet, grondé-je en lui retirant d'un coup pyjama et culotte.

Lara s'approche alors afin de me libérer de mes derniers vêtements. À genoux sur le lit, elle s'empare de ma bouche et m'attire à elle d'une main tandis que l'autre glisse lentement sur mon sexe. Je grogne contre ses lèvres et la repousse en arrière pour l'allonger sous moi.

— Ne joue pas avec le feu, sinon la partie ne durera pas aussi longtemps que je le souhaite.

Son corps sous le mien me fait perdre la tête, la chaleur nous gagne et je la couvre de baisers. Je me délecte de sa poitrine que j'embrasse à outrance alors qu'elle glisse ses doigts dans mes cheveux. Les petits gémissements qu'elle tente de refouler me font sourire contre sa peau, puis je descends, de plus en plus bas, jusqu'à mordiller l'intérieur de ses cuisses. Un hoquet lui échappe et je lèche la trace de morsure laissée sur mon passage.

— Bax !

Un cri incoercible a franchi ses lèvres lorsque ma langue est venue frôler son sexe que je taquine désormais. Je veux qu'elle se laisse aller, complètement. Je sens ses doigts s'agripper plus fort à mes cheveux quand je trouve le point le plus sensible de son corps en combustion. Son bassin ondule et je dois plaquer ses hanches au matelas pour l'empêcher de bouger. Je la savoure, la déguste comme je ne l'ai jamais fait auparavant avec une autre femme. Lara éveille en moi des émotions aussi inattendues que puissantes, à un point qu'elles me submergent totalement. Alors que je la sens trembler sous mes mains, je happe une dernière fois son clitoris entre mes lèvres et elle se cambre en plongeant dans l'extase de sa jouissance.

Je remonte doucement vers elle, laissant traîner ma bouche ici et là au passage, tandis qu'elle serre les draps entre ses doigts. Lara rouvre les yeux au moment où je lui fais face. Ses iris de jade brillent de mille feux, un sourire timide étire ses lèvres. Elle caresse doucement mon visage, comme si j'étais un mirage, apparu subitement sur sa route. Je mordille la pulpe de son index et colle mon érection contre son ventre. Elle tente de faufiler une main hésitante entre nous pour s'en saisir, mais je l'en empêche.

— Laisse-moi te faire du bien à mon tour, Bax, me supplie-t-elle doucement.

Je secoue la tête.

— Non, pas ce soir. J'ai beaucoup trop envie de toi pour pouvoir résister à tes caresses, avoué-je en riant dans son cou. Et ça m'ennuierait que tu penses que je suis précoce.

Elle enfonce ses dents dans la peau de mon épaule avant de me regarder droit dans les yeux.

— La prochaine fois ?

— La prochaine fois, et autant de fois que tu le voudras, murmuré-je avant de l'embrasser encore sauvagement, lui faisant goûter sa propre saveur.

À bout de souffle, je me redresse pour aller chercher un préservatif dans mon sac, toutefois Lara m'empêche de me lever.

— Reste contre moi.

— Mais…

— Je ne crains rien avec toi, je le sais, me confie-t-elle tandis qu'elle dépose sa vie entre mes mains.

— Tu es certaine ?

Elle acquiesce et reprend ma bouche d'assaut, alors que j'écarte l'une de ses jambes. Lentement, je la pénètre en savourant chaque centimètre, jusqu'à ce qu'elle se crispe contre moi.

— Ça va ? m'alarmé-je en cessant tout mouvement.

Je la dévisage un instant, un peu incrédule, et craignant surtout de commettre un impair en lui posant la question.

— Est-ce que… tu es vierge ? l'interrogé-je pourtant.

Lara manque de me rire au nez et la tension dans mes épaules se relâche.

— Non, s'esclaffe-t-elle. Mais… ça fait quand même un moment que…

— Oh… je te fais mal ?

— Disons seulement que mère Nature t'a bien gâté.

Malgré moi, un sourire goguenard étire mon visage. Lara passe une main dans mes cheveux et m'attire de nouveau à elle.

— Maintenant… continue, Bax, je te veux… tout entier.

Nos regards ancrés l'un à l'autre, je la pénètre entièrement en l'embrassant à en perdre le souffle. Elle soupire contre mes lèvres et, quelques secondes plus tard, recommence à bouger sous moi. Je la laisse instaurer son propre rythme en un va-et-vient lent et sensuel, permettant à la passion de s'insinuer en nous, avant de prendre le contrôle lorsque je sens qu'elle a totalement lâché prise. Le feu couve puis embrase nos peaux brûlantes. Lara entoure mon bassin de ses jambes et ses talons s'enfoncent dans le bas de mon dos, juste au-dessus de mon postérieur, afin de m'attirer plus profondément encore.

— Bax…

— Oui ?

— Je suis égoïste, et d'avance, je te demande pardon.

Ses mots chuchotés à mon oreille n'atteignent pas mon cerveau, pas lorsque le désir monte entre mes reins et que la tempête gronde, menaçant de nous emporter sur son passage.

Lara ne retient pas son cri de jouissance, alors que je l'accompagne dans un brouillard de luxure et de plaisir.

Le corps de Lara toujours collé contre le mien, je passe un bras derrière elle et l'attire encore plus près. Elle pose sa joue sur mon torse et lève les yeux pour plonger dans mon regard.

— Comment as-tu pu imaginer une seule seconde que je me laisserais séduire par Maisie ?

Elle grogne en détournant le visage.

— Ce mec était ton sosie, d'accord ! Et puis, je ne l'ai aperçu que de dos, tente de s'expliquer la jeune femme en s'agitant.

Je dépose un baiser dans ses cheveux et souris.

— Tu étais jalouse ?

L'ironie filtre dans ma voix et Lara ne manque pas de la saisir, car elle me pince la peau des côtes.

— Aïe !

— Bien fait pour toi, ronchonne-t-elle en reposant sa joue contre mon torse.

D'un doigt, je dessine des formes imaginaires sur son épaule nue.

— Dis, ça faisait combien de temps que tu n'avais pas eu de relation sexuelle ?

— Baxter Grady ! Je n'arrive pas à croire que tu me poses vraiment cette question ?! s'offusque-t-elle.

— Pourtant c'est le cas.

Elle soupire en repoussant une mèche de cheveux de son visage qui vient de prendre une jolie couleur cramoisie.

— Plus de trois ans, m'avoue-t-elle finalement. Mais je n'ai jamais été très active sexuellement de toute façon, si tu veux tout savoir.

— Ça me plaît.

Mes paroles lui font à nouveau lever la tête.

— Pourquoi ? Parce que grâce à cela, je suis restée étroite et humide ?!

J'explose de rire.

— Mais où vas-tu chercher des trucs pareils ?! Oh, attends, je sais, m'exclamé-je, dans tous ces romans que tu lis !

Nouveau pincement dans les côtes.

— C'est ça, marre-toi, marmonne-t-elle.

De l'index, je relève son menton et la regarde droit dans les yeux.

— Parce que j'ai ainsi l'impression que tu es toute à moi, voilà pourquoi ça me plaît, soufflé-je à son oreille tout en la renversant sous moi, la renaissance de mon désir pour elle appuyée contre son ventre.

Chapitre 19

Baxter

Des bruits de voix étouffés me tirent de mon sommeil. Étendu sur le ventre, j'ouvre lentement un œil et observe un instant Lara qui peste en silence. Un sourire paresseux étire mes lèvres et je roule sur le dos en m'étirant.

— Tu cherches quelque chose ? demandé-je.

Elle sursaute, et dans un hoquet, revient en vitesse cacher sa nudité sous les draps, ce qui me fait éclater de rire. Comme si je n'avais pas embrassé et embrasé chaque centimètre de son corps cette nuit. Enroulée dans les couvertures tel un nem, je l'attire à moi et plaque ma bouche dans son cou pour en sucer la peau.

Mienne, murmure en moi cette part animale qui anime tout humain sur Terre.

— Bax, tu vas me faire des marques, ronchonne Lara en tentant de se défaire de mon étreinte.

— Et alors ?

— Mais…

Je mordille le lobe de son oreille tandis qu'elle enfonce ses ongles dans mes épaules.

— Tu comptais filer à l'anglaise ? susurré-je contre sa joue, avant de la fixer droit dans les yeux.

Elle cherche à éviter mon regard.

— Tu pensais sérieusement qu'après cette nuit, j'allais te laisser t'éloigner de nouveau, comme à Sacramento ? Un seul baiser t'a tenue à distance durant deux putains de journées, alors je n'imagine pas combien de jours tu m'aurais évité après autant d'orgasmes. J'ai donc viré tous tes vêtements de la chambre pendant que tu dormais, terminé-je non sans fierté, mais d'une seule traite.

— Tu as quoi ?!

— J'ai caché tes fringues.

Lara me dévisage, les yeux ronds, hébétée.

— Je me suis dit que tu ne prendrais pas le risque de traverser la suite totalement nue et de croiser Chris, ajouté-je.

— Tu sais que ton petit sourire en coin commence à me taper sur les nerfs ?

De l'index, je touche délicatement le bout de son nez avant de murmurer :

— Il faut qu'on parle…

Je peux presque entendre sa respiration se bloquer dans sa gorge.

— Attends ! Ce n'est pas moi qui suis censée dire ça, maintenant ?! s'étonne-t-elle.

— Chérie, on n'est pas dans un livre ni dans un film.

— Merci, j'avais remarqué ! Aucun mec normal ne cacherait les vêtements de sa…

Elle manque de me frapper tant son geste pour plaquer sa main sur sa bouche et éviter ainsi que le dernier mot de sa phrase ne sorte est violent et impulsif. Lara tente alors de disparaître sous les couvertures, mais je pose mes paumes juste sous sa poitrine et y dépose mon menton.

— De sa quoi, Lara ?

— Rien !

Je colle mon oreille sur mes mains et écoute un instant les battements trop rapides de son cœur.

— Je suis fou de toi, Lara. Je suis amoure…

Mes mots s'étouffent dans l'oreiller qu'elle me colle sur la tête.

— Arrête, ce n'est pas sérieux! Ce n'est que du désir, ça passera. Tu te lasseras de moi après quelques jours, Bax! panique-t-elle en tentant de se lever du lit.

Je me dégage du coussin, et cela m'amuse quelques secondes de la voir se débattre avec les draps et ses propres sentiments, rouge et échevelée.

Puis mon regard happe le sien et elle cesse de s'agiter sous moi. Ce que je découvre alors dans ses iris me laisse perplexe. Un mélange de colère, de tristesse et de panique semble s'y mener une guerre sans merci.

— Je peux parler? quémandé-je.

Totalement perdue, Lara acquiesce en silence, encore toute tremblante. Je me redresse dans le lit et m'installe en tailleur face à elle. Sans un mot, elle couvre mon entrejambe de l'oreiller. Je l'attire plus près de moi alors qu'elle s'assoit lentement, toujours enroulée dans son drap.

— Je sais faire la différence entre le désir et l'amour, Lara. J'ai désiré plusieurs femmes avant toi, je ne te mentirai pas.

Ses pupilles s'assombrissent un peu sous le coup de mes paroles et elle fuit mon regard, mais d'un doigt, je lui relève la tête.

— Ce que je ressens pour toi, c'est différent, totalement différent, soufflé-je.

— En quoi?

J'esquisse un sourire et dépose mes lèvres sur les siennes en un baiser rapide.

— Je te sens vibrer en moi, Lara. Jusqu'au fond de mes tripes…

— Tu m'étonnes, on a remis le couvert trois fois durant la nuit.

Un grognement de mécontentement m'échappe et je suis irrité par son ton sarcastique, c'est comme si elle ne me prenait pas au sérieux.

— Cesse donc de m'interrompre, je te parle sérieusement.

Elle triture ses doigts et fuit à nouveau mon regard. Alors je m'empare de ses mains pour les serrer dans les miennes.

— Tu résonnes en moi comme une mélodie que je suis le seul à entendre, jamais je n'avais ressenti ce sentiment avant de croiser ton regard, continué-je. Je suis amoureux de toi, Lara, et tu ne peux rien y faire… sauf me briser le cœur en me repoussant encore.

Mes paroles se répercutent comme un écho dans la pièce silencieuse, accompagnées de mes battements de cœur qui retentissent dans ma tête, dans l'attente désespérée d'un mot de sa part.

— Je… On se connaît depuis si peu de temps, comment peux-tu être tombé amoureux de moi en à peine trois semaines ?

La panique ou le déni accompagne ses mots. Je n'arrive toutefois pas à déceler quelle émotion a pris le dessus.

— Vingt-sept jours.

— Quoi ?

— Vingt-sept jours. Cela fait vingt-sept jours que tu as manqué de te casser la figure et que tu m'as rembarré comme l'idiot que j'étais alors près du juke-box. Je l'ai su dès la première fois où ma main a touché ta peau, quand tu étais avec ce prétentieux de Kyle. Il m'aura fallu moins de vingt-quatre heures pour être irrémédiablement foutu, Lara.

Je caresse sa joue, et elle ferme les yeux au contact de mes doigts, néanmoins le silence règne encore en maître entre nous durant un instant… qui me paraît durer une éternité.

— Et on fait quoi, maintenant que tu m'as avoué tout ça ?

— Rassure-toi, ce n'est pas aujourd'hui que je vais te dire mon premier *je t'aime*.

— Tu viens de me dire que tu es amoureux de moi, Bax !

— Oui, mais je ne t'ai pas dit *je t'aime*. Pas officiellement du moins. Je ne te dirai pas non plus que je sais que tu es la femme de ma vie, enfin… pas tout de suite.

L'expression de son regard change à nouveau, j'ai l'impression que les larmes menacent de la submerger.

— Alors on fait quoi ?! insiste-t-elle.

— Moi, je vais prendre une douche !

Dans le plus simple appareil, je sors du lit et lui fais face, tandis qu'elle se cache les yeux.

— Arrête donc, tu ne me feras plus croire que tu n'es pas une petite dévergondée, Lara. J'en ai eu un très bel aperçu cette nuit, me moqué-je en me dirigeant vers la porte de la chambre.

— Et mes vêtements ? Je fais comment pour sortir d'ici, moi ?!

— C'est vrai, j'allais oublier !

Je m'empare de mon sac de voyage et l'emporte avec moi.

— Je te rendrai tes vêtements quand je serai de retour et j'emporte aussi les miens par précaution. Je ne voudrais pas que tu t'évapores dans la nature en mon absence, lui expliqué-je en sortant de la pièce.

La bordée de jurons bien fleuris qui me poursuivent jusqu'au salon ne manque pas de m'arracher un sourire.

— Salut, mon pote ! lancé-je à Chris, affalé sur le canapé.

Le batteur me répond d'un signe de la main et éclate de rire devant ma *tenue*, avant que je ne m'engouffre dans la salle de bains. Ce n'est pas comme si, entre potes, nous ne nous étions jamais dévêtus dans les vestiaires après un concert ou lors d'un entraînement commun.

J'ai pris tout mon temps sous la douche, savourant la sensation de l'eau chaude sur mes épaules un peu raides après une nuit de débauche. Une serviette autour des hanches, je retourne dans ma chambre avec mon sac de vêtements et ce que j'y découvre me tétanise. Toujours dans les couvertures,

Lara est roulée en boule et pleure à chaudes larmes. La panique me saisit, et après avoir rapidement refermé la porte, je me précipite vers elle. Je passe mes bras autour de son corps et la serre contre moi, mais elle me repousse et se recroqueville de nouveau sur elle-même.

— Lara, qu'est-ce qui t'arrive ?

— Ça n'aurait jamais dû arriver, sanglote-t-elle. Je n'aurais pas dû…

Elle tourne lentement son visage strié de larmes vers moi.

— Je ne peux pas, Bax. On ne peut pas…

Ce n'est qu'un murmure, pourtant j'entends très bien ses mots qui me broient le cœur. Je sens l'hésitation dans sa voix, quand elle ajoute :

— Après cette tournée, tu retourneras à ta vie, et moi, à la mienne. Tout ceci ne nous mènera nulle part. Cela ne fera que nous faire souffrir tous les deux.

Je m'allonge derrière elle afin qu'elle ne puisse plus me repousser, colle mon corps contre son dos et lui caresse tendrement les cheveux.

— Je ne vis pas dans l'avenir, Lara, ni dans le passé. Aujourd'hui est le seul moment qui compte, alors profitons de cet instant qui nous est offert. Profitons juste du bonheur que nous procure la présence de l'autre, tu veux bien ? chuchoté-je.

Le drap serré contre son corps, les joues humides et les lèvres tremblantes, elle se tourne un peu vers moi. Même dans cet état, elle est magnifique. Ses mains chaudes caressent doucement mon visage et je me perds dans la fabuleuse couleur jade de ses yeux. Elle acquiesce en silence et sa bouche vient trouver la mienne. Il y a quelque chose de différent dans ce baiser, quelque chose de vital. Mes doigts se referment sur ses hanches et je la fais passer par-dessus moi, tandis qu'elle tire légèrement sur mes cheveux trempés.

— Je suis tellement égoïste, chuchote-t-elle encore contre mes lèvres.

— Eh bien, sois égoïste, Lara, tu n'as qu'une vie…

Lovée contre moi, Lara ne parle plus depuis un moment, elle dessine seulement des arabesques sur mon torse, tandis que je passe mes doigts dans ses boucles folles.

— Je t'imaginais avec des tatouages, j'ai été surprise de n'en voir aucun au motel, finit-elle par m'avouer.

— Et pourquoi ça ?

— Eh bien, c'est le stéréotype de la rock star dans les livres.

Après avoir repassé ses mots dans ma tête, je me redresse brusquement et la dévisage, sourire aux lèvres.

— Quoi ?! s'étonne-t-elle. J'ai dit un truc qui t'a froissé ?

— Tu viens de reconnaître que tu m'as maté ! clamé-je, fier de moi.

Lara enfouit son visage dans un coussin en grognant.

— Parce que j'étais censée résister ?! Si le contraire s'était produit, tu en aurais fait autant !

— Effectivement, je ne me serais pas gêné pour observer ce corps sublime sous toutes ses coutures, lancé-je en la ramenant à moi pour lui voler un baiser.

La joue posée dans le creux de sa main, elle continue de me fixer avec une petite gêne dans les yeux.

— Tu es déçue que je n'aie pas de tatouages ?

Elle réfléchit un instant, un index tapotant sa lèvre.

— Un peu. Ça donne un côté mystérieux. Je me serais demandé s'ils avaient une signification particulière, ou si c'était le résultat d'un gage reçu un soir que tu avais trop bu, m'explique-t-elle le plus sérieusement du monde.

— J'ai la tête sur les épaules, tu sais.

— Oui… je commence à m'en rendre compte.

Je lui souris et me gorge de sa chaleur.

— Bon, si je veux respecter le programme de la journée, je vais devoir te rendre tes vêtements, soupiré-je en me levant, après avoir abandonné ma serviette dans les couvertures.

— Avoue que tu adores t'exhiber !

— Avoue que tu adores mater mon cul.

Son regard descend vers le sud de mon corps, et je ris en ouvrant la porte de la chambre de Chris, adjacente à la mienne.

— Alors ? la questionné-je, taquin. Tu l'aimais bien cette nuit, il me semble… il doit même me rester des marques d'ongles !

Elle éclate de rire et je lui lance ses vêtements. Toute tension semble aussitôt la quitter.

Toute la journée, nous alternons entre de longues balades dans les magnifiques jardins de l'hôtel et quelques pauses dans la suite avec Chris. Lara nous fait regarder une série télé qui met en scène des zombies. J'ignore comment elle arrive à manger devant de telles horreurs.

Aujourd'hui et demain sont nos dernières journées de repos avant les quatre soirs de concert. Vendredi matin, nous devrons retourner faire les tests de son et nous nous produirons durant la soirée.

Mais pour l'instant, j'entraîne Lara dans mon sillage sur la jetée de Long Beach, un gros sac sur l'épaule et l'étui contenant ma guitare en travers de mon dos. L'après-midi touche à sa fin, les ombres s'allongent sur l'asphalte, et je dois donc l'obliger à avancer plus vite.

— Allez, bouge-toi, sinon on va le rater !

— Où est-ce qu'on va comme ça, Bax ?!

— On va rayer un premier truc de ta liste !

Sa main bien serrée dans la mienne, je descends au pas de course vers la plage et dépose enfin mon sac sur le sable encore chaud.

— Tu peux me tenir ça ? lui demandé-je alors en lui tendant ma guitare.

Elle s'exécute sans un mot et regarde autour d'elle, perplexe. Je sors une couverture du sac et l'étends au sol avant de m'y installer et de l'inviter à s'asseoir entre mes jambes. Lara me rend mon instrument et prend sagement place devant moi. Je pointe l'océan face à nous.

— Voir un coucher de soleil, soufflé-je à son oreille.

Lara s'est appuyée contre mon torse, elle me sourit tendrement en relevant le menton et vient effleurer mes lèvres des siennes, c'est aussi fugace que le battement d'une aile de papillon.

Tandis qu'elle regarde le soleil entamer son lent plongeon vers l'horizon, moi, je l'observe en silence. Et je peux voir des larmes briller au coin de ses yeux.

En cet instant plus que tout autre, je gravite autour d'elle comme l'astre solaire autour de la Terre. Sa présence à elle seule a complètement chamboulé mon monde...

Chapitre 20

Lara

Mon attention s'égare sur les vagues de l'océan, parmi les reflets mordorés du soleil. L'air est chargé d'odeurs incroyables qui m'étaient jusqu'ici inconnues, une petite brise vient caresser doucement mes joues et je ne peux empêcher quelques larmes de brouiller un instant cette vision enchanteresse. Je sens le poids du regard de Baxter sur mon visage, alors je me tourne doucement vers lui.

— Merci. C'est magnifique, soufflé-je.

Ses iris sont incandescents. Il me fixe sans parvenir à cacher son désir, et la puissance de son regard me fait frissonner quand je repense à la nuit que nous avons passée ensemble. Nos caresses ont transmis tant d'émotions que j'en suis encore bouleversée.

— Oui… magnifique, rétorque-t-il dans un murmure.

Je m'autorise un moment de perdition dans cette incroyable attraction qu'il exerce sur moi et lui souris alors qu'il se décale pour sortir sa guitare de son étui. Avant de commencer à jouer, Baxter pose un doigt sur ma joue et fait délicatement pivoter ma tête vers l'horizon.

— C'est par là-bas que ça se passe.

Docile, je m'allonge sur le ventre et croise les bras devant moi avant d'y déposer mon menton pour profiter pleinement du spectacle. Le ciel sans nuages a pris peu à peu une couleur orangée, hypnotique. Une douce mélodie s'élève, emportée par la brise océane, et inconsciemment, je tente de retrouver où et quand j'ai déjà entendu cette chanson. Mais le rythme plus lent que Baxter y applique rend l'exercice difficile. Le guitariste doit s'en rendre compte, car il me sourit et chantonne :

— *I'm so alive, I'm so alive*[6]…

Je fronce les sourcils, désormais totalement concentrée sur mon effort. Où ces paroles ont-elles résonné autour de moi pour la dernière fois ?

— Notre première danse… me souffle mon compagnon sans s'arrêter de jouer.

Le souvenir me coupe le souffle, et je reporte mon attention sur l'océan pour que le guitariste ne remarque pas mon trouble. Si je n'avais été aussi obnubilée par Kyle ce soir-là, j'aurais compris que je me jetais directement dans la gueule du loup en dansant avec Baxter. Que nos sorties suivantes ne seraient que les prémices de cette folie qui jamais ne se résumerait à une simple histoire d'amitié. J'ai été si stupide de croire que ce que j'ai ressenti en le voyant sur scène la première fois n'irait pas plus loin. Que toute cette énergie qu'il dégage ne viendrait pas me happer au passage tel un raz-de-marée. Dès les premières notes qu'il a jouées, mon cœur a commencé à battre au même rythme que le sien. Savoir qu'il avait passé plus de douze heures dans la salle d'attente des urgences à l'hôpital juste pour être certain que j'allais bien a seulement augmenté sa cadence.

Cette seconde première chance, Baxter l'avait amplement méritée.

Et me voilà ce soir, étendue sur une plage de Californie, observant un sublime coucher de soleil en compagnie de cet homme qui me fait vibrer, à me demander combien de temps la vie va m'octroyer pour l'aimer. Je ne peux me résoudre à lui parler de mon cancer, à quoi bon… ? Après les concerts de Portland, je rentrerai à Seattle pour y attendre la mort qui plane au-dessus de ma tête depuis l'enfance, telle une épée de

---

6- Paroles de la chanson *I'm so alive* de *The Goo Goo Dolls*.

Damoclès. Et jusqu'alors, je vais juste appliquer à la lettre les paroles du musicien et vivre pleinement l'instant présent à ses côtés.

Lorsque le dernier reflet de l'astre solaire a disparu derrière l'horizon, je bascule sur le flanc et fixe Baxter qui griffonne sur son cahier à la lueur des lampadaires de la jetée, l'air concentré, les sourcils légèrement froncés. Il tire quelques notes de son instrument, puis écrit de nouveau.

— Qu'est-ce que tu fais au juste?

Comme s'il sortait d'une transe, son regard vient chercher le mien, et je regagne soudain toute son attention. Il pose son cahier devant moi afin que je puisse le parcourir, toutefois je ne comprends pas trop ce qui j'y vois.

— Je tente de composer un nouveau morceau, m'informe-t-il quand je lève vers lui un regard interrogateur.

— Mais il n'y a quasiment aucun mot là-dedans…

Ma constatation lui arrache un sourire et, mettant sa guitare de côté, il se penche et vient cueillir un baiser sur mes lèvres.

— Les paroles sont dans ma tête, là-dessus, je ne note que la mélodie. Enfin, j'essaie…

Je ressens une intense plénitude à l'entendre me parler ainsi de sa façon de travailler… qui paraît si intime. La panique qui m'a gagnée ce matin s'est totalement dissipée, désormais remplacée par le bonheur immense d'être enfin aussi proche de lui que je le désirais. Je gérerai les sentiments trop compliqués un autre jour…

— Et tu y tiens beaucoup à cette composition?

— Oh oui, murmure-t-il alors que j'étouffe un bâillement dans ma main.

— Désolée.

Son sourire s'élargit, et apparaissent tout à coup ses irrésistibles fossettes, signe incontournable qu'il s'apprête à me sortir une bêtise.

— Tu es toute pardonnée… la nuit dernière a été très courte après tout !

Je lui tire la langue tandis qu'il extirpe de son sac une seconde couverture avec laquelle il me recouvre.

— Dors, j'ai de quoi m'occuper jusqu'à l'aube, ajoute-t-il en me montrant toute une batterie de boissons énergisantes et de sachets de chips.

— Mais…

— Il n'y a pas de *mais*, je vais veiller sur ton sommeil tout au long de ta première nuit à la belle étoile. J'aurais aimé t'emmener assez loin de la ville pour que tu puisses profiter d'un vrai ciel étoilé, mais pour ce soir, il te faudra seulement profiter du fait de dormir sur la plage avec moi…

Sa main caresse doucement ma joue et je frémis à ce simple contact. *Tu n'es qu'une faible petite chose, Lara*, songé-je en fermant les yeux.

— Réveille-toi, Lara…

La voix de Baxter me tire lentement de mon sommeil et je roule sur le dos pour m'étirer. J'ai du sable dans les cheveux et plein mes vêtements, pourtant la vue de cet homme me fait tout oublier. Penché au-dessus de moi, il me détaille avec la plus grande tendresse et chuchote :

— L'aube est déjà là.

Malgré un léger mal de reins, je me redresse et m'assois près de lui, tandis qu'il passe son bras autour de mes épaules et m'attire contre son corps chaud. Au loin, j'aperçois quelques surfeurs sur leur planche, prêts à affronter la houle matinale.

— Ces types sont complètement fous, soupiré-je en observant le ciel qui s'éclaircit peu à peu.

— Nous, nous vivons pour la musique, eux n'existent que pour vaincre l'océan et ses caprices.

Je lui jette un coup d'œil stupéfait, il semble presque envieux de ces hommes qui chevauchent les vagues.

— Tu en fais ? le questionné-je.

Il éclate de rire et me regarde comme si je débarquais tout droit de Mars.

— Jamais de la vie ! Il y a des requins dans ces eaux ! Je crois qu'il n'y a que Chris qui serait assez dérangé pour être tenté.

En parlant du batteur, je me demande s'il a eu vent par Logan du dernier *compagnon* que Maisie a ramené dans sa chambre. Mon cœur se serre à cette idée et je manque d'en parler à Baxter, avant de me retenir. Peut-être le jeune homme n'a-t-il encore jamais confié à ses amis ses sentiments pour la bassiste ? Et ce n'est certainement pas à moi de leur dévoiler ce qu'il souhaite peut-être garder pour lui afin de préserver l'équilibre de *Wild Rush*.

Un sentiment de gêne m'envahit à nouveau tandis que j'observe Baxter. Cela me détruit de l'intérieur de lui cacher la gravité de mon état de santé, toutefois pour lui, pour qu'il ne s'inquiète pas ou que son regard sur moi ne change pas, je dois continuer d'agir comme si tout allait bien. Comme si je n'allais pas bientôt rendre mon dernier souffle… Après tout, nos routes se seront déjà séparées à ce moment-là. Et notre amour se sera envolé… Pourquoi le faire souffrir ?

Le temps s'écoule en silence. Le spectacle que m'offrent l'océan, la houle et les surfeurs qui s'engagent sur les vagues me fascine. Dans notre dos, le soleil s'élève lentement au-dessus des immeubles, parant les flots de reflets aveuglants. Reconnaissante, je dépose un baiser sur la joue mal rasée du guitariste.

— Merci, soufflé-je.

— Voilà deux bonnes choses que l'on peut rayer de ta liste.

Cette liste... elle ne contient que des petites choses anodines que je n'ai jamais osé faire, ou pas encore eu le temps d'accomplir.

— Tu sais, elle n'est pas importante cette liste, Bax.

— Si tu as perdu un instant de ta vie pour la rédiger, c'est qu'elle a son importance, s'entête-t-il en se levant.

S'il savait combien de ces instants, j'ai perdu dans ma vie...

Sourire aux lèvres, il me tend la main, et quand je l'attrape, Baxter me remet sur mes pieds en une fraction de seconde comme si je ne pesais rien. Puis sans crier gare, il me soulève telle une mariée et se dirige droit vers l'océan.

— Non ! Elle doit être glacée ! crié-je en me débattant entre ses bras puissants.

— Allez, quoi de plus revigorant qu'une bonne baignade pour se réveiller après une nuit passée sur la plage ?!

Je me débats de plus belle alors que nous nous rapprochons dangereusement de l'eau.

— Tu as dit qu'il y avait des requins ! Bax, lâche-moi ! hurlé-je comme une furie.

Le son des vagues terminant leur course sur le sable se fait de plus en plus proche, et à la foulée suivante, je me retrouve immergée ! Je me redresse, trempée jusqu'aux os, de l'eau à la taille, pour foudroyer le musicien du regard.

— Comment as-tu pu oser ?!

— Allez, bébé, tu ne vas quand même pas me faire la tête pour quelques vêtements mouillés ?! se défend-il en riant aux larmes.

D'un pas vif, je regagne la plage.

— Je t'interdis de m'appeler *bébé*, ou par tout autre surnom débile du même genre, c'est clair ?! lui lancé-je par-dessus mon épaule.

— Ma puce... ?

— Non !

Alors que je me couvre à la hâte de l'une des couvertures, il me détaille en se tapotant le menton. Il a l'air d'un parfait idiot avec son jean détrempé, à chercher une idée comme si une illumination divine allait le frapper. Et moi, je suis à deux doigts de me ruer sur lui, histoire de lui arracher ce petit sourire en coin insupportable à grands coups de griffes ! Mais, une chance pour lui, je claque trop des dents pour le moment…

— Princesse ?!

— Lara ! Mes parents m'ont donné un prénom, alors tu l'utilises, c'est tout ! le rembarré-je.

Pendant qu'il se démène tout seul à ramasser nos effets, je reprends le chemin de l'hôtel sans cesser de fulminer. Les surfeurs qui affluent à présent vers la plage me lancent des coups d'œil dubitatifs. Je rage contre mes pieds qui font un bruit infâme dans mes baskets gorgées d'eau.

— Attends-moi ! s'exclame Baxter d'une voix espiègle en me rejoignant. Je pourrais t'appeler chaton ou tigresse…

Je m'arrête net et il en fait de même, sa guitare dans le dos et son sac sur l'épaule. Il semble à deux doigts d'éclater de rire, et il n'en faut pas plus pour libérer totalement ma colère.

— Je ne veux aucun de ces surnoms débiles, Bax, c'est bon pour les romans à l'eau de rose ou érotiques, tout ça ! Et pour info, si je t'entends une seule fois me dire *jouis pour moi*, tu finiras eunuque !

Trois messieurs passant près de nous à cet instant stoppent brusquement leur progression et me dévisagent comme si j'étais une folle tout juste sortie de l'asile.

— Mais pourquoi je te dirais un truc pareil ?!

Sous le regard outré de nos spectateurs, je saisis le bras de Baxter et le pousse à avancer. L'eau froide a court-circuité mon cerveau ou quoi ?! *Non, mais quelle conne !*

— Laisse-moi deviner, c'est encore un de ces trucs qu'on trouve dans les bouquins que tu lis ?! Comme les surnoms ?!

Je sens le rouge me monter aux joues, et à peine sommes-nous arrivés dans le hall de l'hôtel, je me hâte de gagner l'ascenseur. L'hôtesse d'accueil nous lance une œillade stupéfaite. Il est très tôt, les gens normaux dorment à cette heure-ci et ne font certes pas trempette tout habillés dans un océan infesté de requins ! Quand les portes se referment sur nous, je suis morte de honte, alors que Baxter me sourit toujours comme un bienheureux.

— D'accord, je plaide coupable, m'exclamé-je, et pourtant, je déteste ça !

Ding !

Sauvée par le gong ! J'avance en courant presque dans le corridor désert, incapable de supporter plus longtemps le bruit horrible de mes pieds mouillés dans mes baskets. Devant notre suite, j'attends avec impatience que Baxter m'ouvre avec sa clé magnétique.

— Tu peux te dépêcher un peu, s'il te plaît, j'aimerais retirer mes chaussu…

Ses mains prennent mon visage en coupe et ses lèvres viennent s'écraser sur les miennes. Mon cœur s'emballe quand il me plaque contre le mur du couloir et que son corps chaud se colle au mien comme si nous avions été créés l'un pour l'autre. Sa langue trouve la mienne tandis que je laisse tomber ma couverture pour l'attirer à moi et approfondir notre baiser.

Le temps peut s'arrêter, tout ce qui importe à cette seconde, c'est l'incroyable contact qui nous lie.

— Désolée de vous interrompre, tonne une voix glaciale non loin de nous. Vous n'avez pas une chambre, putain !

Baxter se détache à peine de moi pour tourner son visage vers Maisie. Son sac sur l'épaule, Dieu sait d'où elle peut bien rentrer à cette heure. Ses yeux brillent de colère et me transpercent comme si elle voulait me réduire en cendre.

— Tu ne nous interromps pas, rien ne t'oblige à regarder… répond le guitariste avant de plaquer à nouveau ses lèvres sur les miennes.

Je devrais me sentir gênée, toutefois il m'est difficile de me concentrer sur autre chose que cet homme pour l'instant! Je perçois à peine le claquement sec du battant de la suite voisine lorsqu'il se referme rageusement dans le dos de la bassiste.

Les jours suivants sont passés à toute vitesse. La frénésie des concerts a gagné le groupe tout entier. Plus encore qu'à Sacramento, j'ai à présent le sentiment de faire partie intégrante de la bande de *Wild Rush* – sauf avec Maisie, bien sûr! – et d'être à ma place avec eux, y compris durant les répétitions et les tests de son. L'équipe d'*Online Records* me connaît bien désormais, et j'ai pu rester sur le côté de la scène durant les concerts au lieu de me retrouver dans la foule ou de rester en coulisses. Avec mon badge *Online Records*, je pouvais aller partout en fait, mais j'ai préféré rester près de Baxter.

Durant la journée, nous étions inséparables, Baxter croit même dur comme fer que nous avons soûlé Chris avec nos regards énamourés, car le batteur a fini par s'enfermer dans sa chambre. Pour ma part, je pense plutôt que c'est l'attitude de Maisie qui est responsable de l'humeur de chien de notre ami. La seule fois où je l'ai vu un tant soit peu enthousiaste, c'est quand son pote Brett est venu chercher la fourgonnette pour la reconduire à Beaverton. Depuis, je n'ai malheureusement pas eu un moment pour lui demander comment il allait, car je suis toujours avec Baxter. Mon guitariste ne me lâche pas d'une semelle, cherchant sans cesse le contact physique.

L'attrait de la nouveauté sans doute!

Le mardi suivant, après un dernier concert à Long Beach et deux heures de route, nous nous retrouvons dans un autre hôtel luxueux, à Palm Springs cette fois. Le lendemain matin, Baxter m'abandonne pour aller tester un nouveau morceau dans la salle où *Wild Rush* jouera à compter de vendredi soir. C'est donc le moment ou jamais de me rendre à l'hôpital dans lequel le docteur Holliday a fait transférer mon dossier.

Après avoir demandé à la réception qu'on m'appelle un taxi, j'attends patiemment sa venue à l'extérieur de l'établissement quand mon portable se met à vibrer au fin fond de mon sac.

— Allô !

Un brouhaha sans nom se fait entendre dans le combiné, et je reconnais sans mal les sons caractéristiques d'une salle de garde. *Josie !*

— Lara ? T'es là ? scande la voix inquiète de ma cousine.

— Oui.

— Tout va bien ? Vous êtes arrivés à Palm Springs ?

— Oui, mais il était très tard, hier soir. J'allais justement t'appeler !

Je dois hausser la voix pour qu'elle puisse me comprendre, du coup, mon gros mensonge passe sans difficulté.

— Tu es allée passer tes examens ?

— J'y partais à l'instant, j'attends mon taxi, tu veux un selfie quand le chauffeur sera là ?! m'exaspéré-je. Tu sais quoi, je vais envoyer un courriel au docteur Holliday pour que tu aies une procuration sur mon dossier de façon à pouvoir le consulter n'importe quand, si ça peut te rassurer.

Josie ne pense qu'à ma maladie de toute manière, et je me dis que cela l'aidera sans doute à tempérer son côté surprotecteur.

— Bax t'accompagne? poursuit-elle sans tenir compte de mon énervement.

Eh oui, ma cousine est au courant de l'évolution de ma relation avec le musicien. J'ai tout d'abord tenté de la lui cacher, mais elle a tout appris en surfant sur les réseaux sociaux, lorsque des fans ont diffusé plusieurs photographies de lui et moi, un peu trop proches pour n'être que de simples amis. Les joies de l'Internet! J'ai donc dû tout raconter à Josie, sinon elle ne m'aurait pas lâchée.

— Non, il est en répétition avec Logan.

Elle déteste que je prononce le nom du chanteur, surtout à l'approche de son mariage avec Sam.

— Mais tu le lui as dit? insiste-t-elle.

— Non. Et je t'ai déjà expliqué que je ne comptais pas lui en parler, alors respecte mon choix, Jo!

— Mais…

— Mon taxi vient d'arriver, lancé-je avant de raccrocher précipitamment, peu fière de mon nouveau mensonge.

J'expire lentement en passant une main dans mes cheveux. La situation devient pour le moins délicate, et je déteste cela!

— Ça va?

Je me retourne en sursautant et découvre Chris qui me sourit gentiment. Il a toujours l'air si avenant, je me demande vraiment comment il fait. Moi, quand j'ai le moral à zéro, ça se voit tout de suite sur mon visage.

— Très bien, et toi?

Le batteur m'observe un instant comme s'il ne comprenait pas ma question.

— Très bien aussi. Pourquoi ça n'irait pas?

— À cause de Maisie.

Ses sourcils se froncent dès que le nom de la bassiste passe la barrière de mes lèvres. Depuis le début de la tournée, elle ne cesse de partir en vrille. Avec l'alcool, avec les mecs! Et Chris supporte tout cela en spectateur muet.

— J'y peux rien si elle est comme elle est, Lara. Maisie traîne quelques lourds bagages dans son sillage, comme nous tous, me répond-il en se massant la nuque.

Son portable se met à sonner dans la poche de son jean. Le musicien l'extirpe pour regarder l'écran, avant de rejeter l'appel.

— Appel indésirable ?

— Mon frère, je le rappellerai plus tard.

— Je croyais que tu n'avais que deux sœurs ? m'étonné-je avec un sincère mélange de surprise et d'intérêt.

Le sourire qui apparaît sur son visage le rend soudain désarmant. Chris est loin d'être le genre d'homme que personne ne remarque. Avec son teint hâlé, sa silhouette athlétique taillée en V, ses yeux noisette, très clairs, et ses courts cheveux noirs, il est au contraire extrêmement attirant. Sans parler de l'immense douceur que l'on peut lire au premier regard dans le velours de ses iris et sur son visage aux traits finement ciselés. Il fait partie de ces gens rares, au comportement avenant, auprès desquels on a spontanément tendance à venir se confier.

— Il faut croire que mes parents n'en ont pas eu assez de nous avoir élevés, mes sœurs et moi, car ils ont aussi fait dans l'adoption, m'explique-t-il. Callen peut être un véritable emmerdeur quand il s'y met.

Je suis surprise de l'entendre parler ainsi de son frère. Mais le sourire qui perce dans sa voix dément chacune de ses paroles.

— Il va bientôt avoir dix-huit ans, alors tu imagines…

— Oh, les hormones et tout…

— Bingo, acquiesce Chris. Natalia et Catalina sont jumelles, elles ont trois ans de plus que moi et ne ratent pas une occasion de me le rappeler. Et puis, Callen est arrivé dans nos vies quand il avait déjà huit ans. On a douze ans d'écart, alors parfois… c'est un peu le bordel entre nous.

Je suis tout ouïe, ravie qu'il m'en apprenne un peu plus à son sujet.

— Alors tu avais plus de vingt ans quand tes parents l'ont adopté ?!

— C'est ça.

— Tu dois être son modèle.

Chris rit en acquiesçant encore.

— Sasha, la sœur de Bax, et Callen sont très proches, et je dois sans cesse lui rappeler de garder un minimum de distance entre eux.

— Pourquoi ?

— La frontière est très mince entre une amitié de longue date et des sentiments plus profonds…

Oh ! Chris et son petit frère se trouveraient-ils dans la même situation ? songé-je. Voyant que son regard commence à changer, je décide de détourner la conversation.

— Je suis fille unique, alors j'ignore ce que c'est d'avoir à veiller sur d'autres membres de sa famille. Je n'ai que Josie, que je considère comme ma sœur, tu me diras… mais ce n'est pas vraiment pareil, avoué-je, un peu déçue de ne jamais avoir connu cette ambiance familiale.

— Votre taxi est arrivé, mademoiselle, vient m'annoncer le portier.

Je le remercie en lui faisant signe d'attendre un instant.

— Tu vas quelque part ? m'interroge le batteur en toute innocence.

Je détourne le regard en me mordant les lèvres. Bon sang ! Mais pourquoi donc suis-je depuis le premier jour incapable de mentir à cet homme ?!

— Oui, je dois aller à l'hôpital. Vraiment rien de grave, alors s'il te plaît, ne le dis pas à Bax, d'accord ?

Il semble réticent à accéder à ma requête tandis qu'il avance vers la voiture avec moi. Il m'ouvre la portière, et avant de la refermer, concède tout de même :

— D'accord. Tu me jures que ce n'est rien ?

— Promis… juste un contrôle. Merci, Chris, ça ne devrait pas être très long, de toute façon, le rassuré-je encore.

Le batteur hoche la tête en silence et recule d'un pas lorsque le taxi démarre. Je donne l'adresse de l'hôpital au chauffeur et regarde la route défiler par la fenêtre en me demandant ce que tous ces mensonges me rapporteront…

Chapitre 21

Baxter

— Bax, bordel ! Tu pourrais te concentrer un peu ?! s'impatiente Logan.

La nouvelle partition de mon ami devant les yeux, j'enchaîne les fausses notes depuis des heures et je sens que cela l'agace prodigieusement. Il soupire, avant de poser sa guitare sur son genou qui tressaute. Je range mon instrument sur son socle et me lève pour arpenter la scène. Chaque son retentit tel un coup de tonnerre dans la grande salle de concert vide. Irrité, j'étire mes bras au-dessus de ma tête, puis fais craquer mon cou en soupirant à mon tour.

— Si tu passais moins de temps à t'envoyer en l'air avec Lara, tu serais peut-être plus à ta musique !

Je le fusille du regard et pointe un doigt menaçant sur lui.

— Fais gaffe à ce que tu dis, Logan, Lara n'est pas l'une de ces groupies sans cervelle que tu te tapes dans les loges ou en coulisses, c'est clair ? ragé-je.

— Alors, prouve-moi que tu es tout aussi capable que moi de combiner les deux, et joue-moi ce putain de morceau sans fausses notes !

Les mains enfoncées dans mes boucles emmêlées, je le fixe un instant, avant de me lancer :

— Ça n'a rien à voir avec Lara… Tu le sais d'ailleurs, et il est bien là, le problème. Ce morceau, je ne le sens pas, mec ! Il ne me parle pas, c'est tout… balancé-je sans ménagement.

Logan m'observe en silence comme si je venais de lui mettre mon poing en pleine figure, puis il reporte son regard sur la partition devant lui et joue quelques notes en chantonnant les paroles dans sa barbe. Dans un grognement résigné, il place son instrument sur son portant et se lève pour me rejoindre. Nous nous faisons face pendant qu'il attache ses cheveux. Il a beau faire une bonne tête de plus que moi, il ne m'impressionne pas. Surtout avec l'air de chien battu qu'il arbore en ce moment.

— T'as raison, je ne ponds plus rien de bien depuis…

Il ne termine pas sa phrase et commence à arpenter la scène à son tour.

— Depuis Seattle, terminé-je à sa place.

Il acquiesce sans un mot en me pointant d'un doigt rageur.

— Je ne sais pas ce qui m'arrive, mais cette nana m'a fait disjoncter le cerveau ! grogne-t-il.

— Tu es peut-être…

— Ferme-la ou je te brise la mâchoire, Bax !

Paumes en l'air en signe de reddition, je masque de mon mieux un éclat de rire en toussant dans mon épaule.

— Pourtant je baise d'autres femmes, et le plus possible même, tu peux me croire, mais pas moyen de me la sortir du crâne ! reprend-il avec hargne.

Heureusement pour moi, Lara semble partager mes sentiments, car je serais sans doute dans le même état que mon camarade si elle avait continué à me repousser comme elle l'a fait le soir de notre premier baiser ! Elle ne me l'a pas clairement dit encore, toutefois elle est toujours à mes côtés, et je ne perds pas espoir de l'entendre m'avouer bientôt son attachement. J'ai confiance en notre relation, je saurai la convaincre de rester auprès de moi après la tournée. Enfin, je croise les doigts pour qu'elle accepte…

— Josie va se marier, mec, oublie-la ! tenté-je de le raisonner en m'approchant de l'étui de ma guitare.

240

— Elle s'est aussi envoyée en l'air avec moi alors qu'elle était déjà fiancée !

Je sors mon carnet de notes et reviens vers mon ami pour poser une main compatissante sur son épaule.

— Sérieusement, pour ton propre bien, je te conseille d'oublier cette fille et de passer à autre chose, mon pote.

Logan me fixe un instant avant d'acquiescer et de prendre le carnet que je lui tends.

— Tu as quelque chose de potable là-dedans ? m'interroge-t-il.

— Je crois bien que oui, il ne reste que les paroles à peaufiner. Mais ça, c'est ton domaine, pas le mien. Et elle ne sera pas prête avant quelque temps de toute façon, il me manque encore pas mal d'arrangements.

— Voyons voir ça…

Nous nous asseyons sur le bord de la scène, Logan avec mon cahier et un crayon, moi avec ma guitare. Et nous voilà partis pour composer une nouvelle chanson. Qu'est-ce que je peux aimer ces moments de création…

Après une bonne heure à nous être pris la tête, nous regagnons enfin l'hôtel où nous sommes descendus. Cette fois, c'est Lara et moi qui nous sommes installés dans la suite à deux chambres, histoire d'avoir un peu plus d'intimité. Logan, Maisie et Chris partagent la plus grande. À peine la porte ouverte, je constate que Lara n'est pas installée sur le canapé à mater l'une de ses séries télévisées d'horreur préférées. C'est pourtant ce qu'elle m'avait dit qu'elle ferait…

Je pousse le battant de la chambre où nous avons laissé nos effets, vide. Idem pour la salle de bains. Peut-être est-elle en train de discuter avec Chris de l'autre côté du couloir ? Cependant, le sac à bandoulière qui ne la quitte jamais est hors de vue, et tout à coup, un sentiment de panique me vrille l'échine. Sans même prendre le temps de refermer la suite derrière moi, je tambourine à la porte de Chris.

— Ouvre-moi, mec! hurlé-je tel un damné.

Mon poing cogne fort contre la paroi. J'entends à peine le mécanisme de la serrure s'actionner quand le battant s'ouvre, et je m'engouffre dans la suite, fouillant le salon des yeux.

— Où est-elle?!

— De qui tu parles? me questionne Chris, surpris de ma soudaine apparition et de mon air affolé.

— Lara! Elle est où?!

Je le vois aussitôt baisser les yeux. Ce n'est pas le genre de Chris de ne pas soutenir mon regard quand je lui parle.

— Elle n'est pas ici.

— Comment…

Je me fige une fraction de seconde, puis avance vivement vers mon ami jusqu'à n'être qu'à quelques centimètres de son visage et le forcer à me regarder dans les yeux.

— Elle est partie?!

— Partie où, Bax? De quoi tu parles?!

— Elle a décidé de rentrer chez elle, c'est ça? Son sac n'est plus dans la chambre! m'écrié-je en gesticulant comme un idiot.

Les mains du batteur viennent se poser sur mes épaules et je cesse tout mouvement pour croiser son regard paisible.

— Sa valise a disparu aussi? Elle a emporté toutes ses affaires?

— Euh… non, il ne me semble pas. Je n'ai pas pris le temps de vérifier, dois-je avouer, soudain penaud. Tu sais où elle est?

Il acquiesce en silence.

— Lara m'a seulement dit qu'elle devait aller à l'hôpital, qu'elle n'en avait pas pour longtemps.

À l'hôpital?! La panique qui était en train de me quitter menace à nouveau de m'exploser le cœur.

Mais pourquoi? Et pourquoi ne m'en a-t-elle pas parlé?

— Elle m'a demandé de ne rien dire, car ce n'était pas important, alors arrête un peu de paniquer, d'accord?! Elle allait parfaitement bien, m'informe mon ami.

Sans un mot, j'approuve et tourne les talons pour repartir dans notre suite. Le vide m'y accueille et des milliers de questions envahissent mon esprit.

Je n'arrive pas à me concentrer sur l'émission qui passe à la télé, trop d'interrogations se bousculent dans ma tête. Est-ce que sa visite à l'hôpital est en rapport avec son évanouissement le soir où nous avons dansé au Olie's? Lara n'est jamais revenue sur ce qui s'était passé cette nuit-là. Depuis combien de temps est-ce que je l'attends maintenant? Je n'en ai aucune idée, mais quand la porte s'ouvre sur ma compagne, il fait déjà presque nuit.

— Salut. Je ne pensais pas que tu serais rentré si tôt, s'étonne-t-elle en déposant son sac sur la table basse du salon.

La détaillant un instant, et tellement soulagé qu'elle soit de retour à l'hôtel, qu'elle ne soit pas définitivement partie loin de moi, je songe qu'elle est toujours sublime, que ce soit dans cette tenue de ville ou dans son pyjama imprimé de pandas.

— Bax, t'es là? me questionne-t-elle en secouant la main devant mon visage.

— Pourquoi tu ne m'as pas dit que tu devais te rendre à l'hôpital, Lara?

J'ai bien conscience que ma question, presque une affirmation d'ailleurs, plombe totalement l'ambiance insouciante qui régnait entre nous deux depuis Long Beach. Pourtant je n'ai pas pu la retenir. Lara se déchausse et vient s'installer près de moi sur le canapé.

— Parce que ça n'avait rien d'important, me répond-elle le plus calmement du monde.

— Tu dois te rendre à l'hôpital et tu ne prends même pas la peine de me le dire ou de m'envoyer un texto ? Je dois le prendre comment ?

Son regard se fixe sur ses orteils, avant qu'elle ne lâche d'un ton clairement exaspéré.

— Mon taux de fer !

— Quoi ?

Mais de quoi me parle-t-elle ?

— Je devais réaliser un simple bilan sanguin de contrôle pour vérifier mon taux de fer, d'accord ?! C'est à cause de ça que j'ai perdu connaissance, la dernière fois. Je ne pensais pas que tu devais être informé de mes moindres faits et gestes !

— C'est tout ?! Ce n'est que pour ça ? Mais tu y as passé la journée !

— Oui. On appelle ça la joie des hôpitaux. Les résultats seront communiqués à mon médecin traitant de Seattle qui m'avisera si quelque chose cloche. Est-ce que l'interrogatoire est terminé, maintenant ? ajoute-t-elle sèchement en se remettant debout devant moi.

— Je...

— Si tu n'as rien d'autre à me reprocher, je vais aller prendre un bain chaud pour me débarrasser de cette horrible odeur d'hôpital. Je suis fatiguée. J'ai, comme tu viens de le souligner, passé ma journée à poireauter dans des salles d'attente bondées de malades.

Lara tourne les talons et passe dans la chambre. Un court instant plus tard, j'entends claquer la porte de la salle de bains.

Mais quel con ! Je suis le pire des idiots ! Bordel, je ne pouvais m'y prendre mieux pour la blesser par mon manque de confiance. Si Lara avait quelque chose de grave, elle m'en aurait parlé, c'est sûr… Enfin, j'espère !

Après quelques minutes, dans l'espoir de réparer les pots cassés, je marche jusqu'à la salle de bains derrière la porte de laquelle j'entends l'eau s'écouler. Je frappe doucement.

— Quoi ?

— Je peux entrer une seconde ?

Je suis prêt à la supplier s'il le faut.

— Ouais… me répond une voix boudeuse.

Soulagé, j'entre et découvre Lara, installée dans l'immense baignoire, des bulles jusqu'au menton, les cheveux remontés sur le sommet du crâne en un chignon désordonné.

— J'ai oublié mon livre près du lavabo, tu veux bien me le faire passer ? me demande-t-elle sans me regarder.

En silence, je m'exécute et lui tends son roman, qu'elle ouvre sans toujours daigner m'accorder la moindre attention. Seulement un petit détail cloche.

— Tu tiens ton bouquin à l'envers, ne puis-je m'empêcher de lui faire remarquer.

Lara pousse un long soupir et lève enfin les yeux vers moi, le rouge aux joues.

— Qu'est-ce que tu veux ?

Je lui prends alors le livre des mains, puis retire mon tee-shirt, défais mon jean et me débarrasse de tous mes vêtements.

— Mais qu'est-ce que tu fabriques encore, Bax ?!

— Bouge-toi un peu, il y a largement de la place pour deux dans cette piscine olympique.

Tandis qu'elle s'avance dans la baignoire en maugréant, je me glisse derrière elle, étends mes jambes de chaque côté de son corps et l'attire à moi pour qu'elle se retrouve installée entre mes cuisses, son dos collé contre mon torse.

J'embrasse son épaule, puis son cou avant d'y déposer mon menton.

— Je suis désolé, Lara, j'ai réagi de façon excessive, avoué-je.

— Excessive, tu dis ?

— Je ne suis pas doué pour les excuses, ma belle, il faudra te contenter de ce que j'arrive à t'offrir de ce côté-là… mais à ma décharge, plusieurs scénarios m'ont traversé l'esprit.

Dans l'eau, elle entrelace ses doigts aux miens et me questionne :

— Comme quoi ?

— Que tu étais rentrée chez toi.

Je la sens rire doucement contre moi.

— Comme si j'allais te laisser seul ici.

Je devine le léger sourire qui étire ses lèvres.

— J'ai même envisagé que tu étais avec Chris…

— Je passe déjà du temps avec lui, qu'est-ce qui t'effrayait dans le fait que je puisse être avec lui ?

Ma main libre dérive sous l'eau et part caresser sa cuisse, puis descend lentement vers le centre de son corps.

— Ce genre de façon m'effraie, murmuré-je à son oreille, alors qu'elle soupire de plaisir avant de sursauter violemment lorsqu'elle comprend ce que j'insinuais.

Je délaisse son intimité et place mon bras en travers de son ventre.

— Promets-moi de me parler de tout à partir de maintenant. Je peux encaisser beaucoup plus de choses que tu ne le penses… Quand il m'a appris que tu étais à l'hôpital, j'ai eu si peur, Lara. Je suis fou amoureux de toi et je ne supporterais pas de te perdre. Pas alors que je viens tout juste de te trouver.

Elle serre mes doigts un peu plus fort entre les siens, et je peux la voir essuyer une larme sur sa joue.

— Qu'est-ce que j'ai dit ?

— Rien, je suis juste une fille. Quelle fille normalement constituée résisterait à une telle déclaration de la part de l'homme qu'elle aime, chuchote-t-elle.

Mes lèvres s'étirent malgré moi en un sourire victorieux, et je l'interroge malicieusement :

— Est-ce que j'ai bien entendu ? Est-ce que Lara Spencer vient de m'avouer qu'elle m'aime ?!

La jeune femme se décolle légèrement de mon torse puis se tourne vers moi pour me fixer droit dans les yeux. Je songe que je pourrais me noyer sans peine dans ce regard.

— Bravo, ton ouïe est toujours excellente, me nargue-t-elle gentiment.

— Redis-le-moi, quémandé-je.

— Non. Pas aujourd'hui, du moins… pas maintenant. Peut-être plus tard, qui sait ?

Le sous-entendu dans sa voix réveille une partie de mon anatomie qui n'attend qu'un geste de sa part pour lui prouver qu'elle me répétera très bientôt ces mots à l'infini.

— Maintenant, j'aimerais bien lire un peu, m'annonce-t-elle en se saisissant de son livre, abandonné sur le rebord de la baignoire.

Lara se laisse aller contre moi et je prends plaisir à lire moi aussi par-dessus son épaule, tout en parsemant sa peau de baisers de temps à autre, ce qui la fait rire. Malgré tout, elle reste concentrée sur sa lecture. Alors que je parcours la page moins vite qu'elle, elle s'apprête à passer à la suivante.

— Attends, je n'ai pas terminé !

Elle revient donc sur le feuillet que je lisais, et c'est là que je tombe sur cette fameuse réplique.

— « *Jouis pour moi, bébé !* » Sérieux ?! Alors ils mettent vraiment ça dans leurs bouquins ?! m'exclamé-je, hilare. C'est d'un ridicule !

— Je te l'avais dit !

Le fou rire nous gagne, et c'en est terminé du livre que j'envoie valser au travers de la pièce pour embrasser Lara.

Elle vibre contre moi quand je m'empare plus voracement encore de sa bouche.

— Et la soirée ne fait que commencer, soufflé-je contre ses lèvres.

— Que de promesses…

Chapitre 22

Lara

Depuis Palm Springs, et durant tout notre séjour à San Diego, le calme règne au sein du groupe, enfin… si l'on ne tient pas trop compte de l'effervescence des concerts et de l'hystérie des fans ! Les garçons sont submergés par leurs admirateurs, surtout des admiratrices d'ailleurs, à chaque sortie de scène, toutefois ils se prêtent volontiers au jeu de la signature d'autographes sur la pochette de leur album, les coques de téléphone, les affiches, et parfois même, sur certaines parties du corps. Sur ce dernier point, je crois que c'est Chris qui trouve cela le plus marrant. Il a même signé la fesse d'un gars lors du dernier concert de San Diego !

Seule Maisie avance en baissant la tête, évitant les photographies et la foule. Il faut dire aussi que les groupies sont beaucoup plus intéressées par les trois musiciens que par la jeune femme. Jamais je ne l'ai vue échanger avec un fan depuis le début de la tournée. Baxter a raison, leur bassiste déteste vraiment tout le monde.

Quand nous sommes dans le bus, Maisie ne me lâche pas du regard. Dès que Baxter est assis près de moi, qu'il m'embrasse, caresse ma main ou me sourit tout simplement, ses yeux déversent des torrents de haine. Les premières fois, je me suis sentie comme une proie coincée dans le même piège que son prédateur. J'ai donc tenté de me tenir aussi loin que possible de mon guitariste, mais c'était compter sans l'entêtement de Baxter à rester auprès de moi ! Alors j'ai fini par lâcher prise, qu'est-ce que j'y peux si cette fille ne supporte pas de nous voir ensemble ? Strictement rien. Et même si je suis persuadée qu'elle rêve de m'assassiner et de dissimuler mon cadavre dans une ruelle isolée, rien ni personne ne m'éloignera désormais de Baxter. Pas tant que nous pouvons encore passer un peu de temps ensemble.

— Ça va ? me questionne-t-il en entrant dans la chambre pour la troisième fois en moins de dix minutes.

J'acquiesce en m'étirant paresseusement au milieu du lit, un peu perdue dans mes pensées. Nous ne sommes arrivés dans la ville de Phoenix que depuis hier, toutefois Baxter a déjà prévu quelque chose pour cet après-midi. Et il est en train de perdre patience parce que je traîne.

— Tu dois te lever, Lara, sinon on va être en retard, m'informe-t-il à nouveau en déposant un baiser sur mon crâne.

— C'est ta faute, tu m'as empêché de récupérer convenablement.

Il rit en me voyant tirer la couverture sur moi et faire mine de me rendormir.

— Pas de ça ! Tu as suffisamment dormi pour récupérer de notre marathon séries télé et sexe débridé !

Insolente, je lui tire la langue et enfonce confortablement ma tête dans l'oreiller moelleux de l'hôtel. Un cri franchit mes lèvres malgré moi, au moment où les draps disparaissent du lit, me laissant totalement nue sur le matelas.

— Bax !

Les couvertures en main, il tourne les talons, victorieux, et me lance avant de sortir de la chambre :

— Debout ! Je te laisse dix petites minutes pour prendre une douche et…

Il me fait face et me détaille de la tête aux pieds.

— Te vêtir… ajoute-t-il en quittant rapidement la pièce, emportant son butin avec lui.

Pestant contre les hommes et leur manque de galanterie, je m'empresse de gagner la salle de bains et m'engouffre dans l'immense cabine de douche en marbre. L'eau chaude fait un bien fou à mes courbatures dues à la reprise du sport en chambre. Avant Long Beach, j'avais perdu l'habitude de ce genre d'exercices! Quoique cela n'ait jamais été une activité très présente dans ma vie. Mais c'est comme si ni le guitariste ni moi ne pouvions nous rassasier du contact de l'autre. Nous en voulons toujours plus, toujours plus longtemps, toujours plus fort…

Je me rends compte que je n'ai jamais aimé avant Baxter, ce que je ressens pour cet homme va au-delà de tout sentiment que j'ai pu éprouver jusqu'ici. Il est mon étoile polaire, celle qui m'indique la seule direction à suivre pour exister pleinement.

Pour la première fois de toute ma vie, j'ai l'impression *d'être* réellement, que mon monde est complet, et mon cœur, au comble du bonheur. Je pourrais presque croire aux histoires que mes auteurs inventent. Baxter rend tout plus beau, plus lumineux dans mon univers rongé par la mort en suspens.

Masquée par l'eau de la douche, je sens les larmes dévaler sur mes joues, tant la culpabilité de lui cacher ma maladie me ronge. Que penserait-il s'il apprenait que je vais bientôt mourir, que je lui ai volé son cœur – qu'il m'offre sans aucune restriction, sans aucune barrière – et que je vais le détruire quand la faucheuse viendra me chercher?

Je m'en veux de lui dissimuler la vérité, mais j'ignore ce qui nous attend après cette tournée, et je refuse de l'enchaîner à moi à cause de mon état de santé. Il n'est pas question que je lui impose ce fardeau qui blesse déjà bien assez ma famille et Josie. Faire souffrir Baxter est la dernière chose que je désire, au contraire, je veux qu'il s'épanouisse et vive comme il l'entend… une fois que je me serai doucement éloignée de lui.

— Lara ? Tu n'es pas en train de te noyer tout de même ? m'interrompt la voix du musicien à travers le battant de la salle de bains.

Je souris sous mes larmes intarissables.

— J'arrive ! La Terre ne va pas exploser d'une minute à l'autre, Bax !

Ma réponse le fait rire, et lorsque je coupe l'eau, j'entends ses pas s'éloigner de la porte. Je me sèche en vitesse et m'active à me vêtir afin de ne pas le faire râler davantage, tandis qu'il me presse encore :

— Allez, le taxi est déjà en bas ! m'annonce-t-il, pile au moment où je sors de la chambre.

— Mais où est-ce que tu m'emmènes… ?

J'ai à peine le temps de me saisir de mon sac qu'il me prend la main et m'entraîne à sa suite pour que nous quittions la suite. Dans l'ascenseur, son pied bat la mesure, impatient, jusqu'à ce que les portes s'ouvrent. Comme si nous avions le diable aux trousses, il me guide vers le véhicule qui nous attend. Je ne reconnais pas l'adresse qu'il donne au chauffeur.

— Bax, tu veux bien cesser…

Il plaque sa bouche sur la mienne pour me faire taire, ce qui fonctionne à la perfection, je dois bien l'avouer. Ses doigts caressent ma joue avec tendresse, et mon cœur s'affole quand je croise son regard brillant d'excitation.

— Ne pose plus de questions, nous n'en avons pas pour longtemps, souffle-t-il contre mes lèvres.

Son sourire malicieux ne me dit rien qui vaille, et je fronce les sourcils lorsque je le vois sortir un foulard de la poche arrière de son jean.

— Euh… tu as des tendances *bondage* dont tu ne m'aurais pas encore fait part ? m'inquiété-je pendant qu'il plie soigneusement le tissu en riant.

— Mais non ! Je veux simplement que ma surprise le reste jusqu'au bout !

Baxter me fait signe de tourner la tête, et pour jouer le jeu, je m'exécute… bien que je sois de plus en plus anxieuse. Il cache mes yeux avec le foulard et le noue derrière mon crâne, me tirant quelques cheveux au passage.

— Aïe !

— Désolé, murmure-t-il en desserrant aussitôt un peu le nœud.

Les yeux bandés, le temps ne semble plus s'écouler de la même façon. Seule la main de Baxter sur ma jambe me confirme qu'il est toujours près de moi. Quand le taxi s'arrête enfin, je tente de retirer le morceau de tissu, mais le musicien stoppe mon geste.

— Pas si vite ! On doit encore marcher un peu avant que tu puisses l'ôter ! s'exclame-t-il en m'aidant à sortir du véhicule.

— Je ne trouve pas ça drôle, Bax.

— Tu n'as qu'à me faire confiance, Lara, je te promets que ça en vaut la peine.

Un soupir m'échappe, pourtant je me laisse guider par sa paume plaquée au creux de mes reins. Ma curiosité gagne en puissance lorsque je l'entends échanger avec un inconnu.

— Suivez-moi, les amoureux, indique la nouvelle voix.

J'ai l'impression qu'on me trimballe d'un point A à un point B comme si je n'étais pas vraiment là. C'est un peu rageant !

— Tu es prête ? me demande finalement Baxter.

— Débarrasse-moi de ce truc, grondé-je entre mes dents.

— Dis-moi, tu ne dois pas t'ennuyer avec cette charmante demoiselle !

Celui que je suppose être notre hôte rit doucement, tandis que Baxter me retire le bandeau. Et je reste un instant bouche bée. Devant nous s'étend une piste de course automobile. Je me tourne vers mon compagnon, le regard empli d'interrogations.

— Monter à bord d'une voiture de course, m'annonce-t-il simplement.

Il désigne l'homme qui nous a accueillis. Il est un peu plus grand que lui, les cheveux coupés très courts. Ce dernier me tend la main et je la serre en retour.

— Je te présente un ami du père de Chris, Marcus Dunbar, coureur automobile de *NASCAR*[7]. Nous sommes au *ISM Raceway*[8], l'une des pistes du circuit, m'explique Baxter.

Ne pouvant résister davantage à l'envie qui me submerge de me jeter dans ses bras, et sous les éclats de rire de notre spectateur, j'embrasse mon guitariste avec une fougue égale à l'immense joie que je ressens. Qu'ai-je donc fait pour que cet homme merveilleux surgisse ainsi dans ma vie ?

— Pourquoi suis-je incapable de me trouver une femme qui aurait cette réaction devant un circuit ? bougonne Marcus.

Baxter éclate de rire à son tour et me fixe droit dans les yeux.

— Parce qu'il n'y en a qu'une… et elle est à moi, lance-t-il au coureur.

— Ouais, mais aujourd'hui, c'est dans *mon* bolide qu'elle va monter !

Il me fait un grand geste de la main, m'invitant à le suivre. Je n'hésite pas une seconde et lui emboîte le pas. Combien d'heures ai-je passées avec mon père à regarder les courses automobiles à la télévision quand j'étais malade ? Je ne peux même plus les compter, c'était notre truc à nous.

— Ce n'est pas la voiture que je pilote en circuit, car la mienne n'a qu'une seule place, mais je crois que ce petit bolide devrait quand même arriver à booster ton taux d'adrénaline, m'informe Marcus en désignant un véhicule noir garé un peu plus loin.

7- La National Association for Stock Car Auto Racing, ou NASCAR, est le principal organisme qui régit les courses automobiles de stock-car aux États-Unis où cette discipline est la plus populaire.

8- L'*ISM Raceway* est un circuit automobile situé à Avondale en Arizona. Depuis 2018, le circuit porte le nom de *ISM Raceway*, du nom de *Ingenuity Sun Media* qui en a acheté les droits.

— Une *Ferrari 820 Superfast*[9] ?!

— Et connaisseuse en plus ! Bax, où l'as-tu trouvée ?

Mon compagnon hausse les épaules et sourit.

— Dans un bar, elle a manqué de se casser la figure sous nos yeux, et gentleman comme il est, Chris l'a rattrapée à temps, raconte le guitariste.

Je souris en notant qu'il passe sous silence la suite désastreuse de notre première rencontre, tandis que Marcus ne peut s'empêcher de rire avant de m'ouvrir la portière côté passager.

— Après vous, mademoiselle.

Je plaque un dernier baiser sur la bouche de Baxter et m'engouffre dans l'habitacle. Marcus m'y rejoint et démarre. Le moteur gronde sous le capot, et quand le pilote s'engage sur la piste, faisant crisser les pneus, je suis plaquée contre mon siège tandis que la Ferrari fait un bond en avant sous l'effet de l'accélération.

Même après notre retour à l'hôtel, mon cœur bat à tout rompre dans ma cage thoracique et l'adrénaline circule littéralement à deux cents à l'heure dans mes veines. À bord de la Ferrari, j'avais l'impression que le temps n'existait plus, il ne restait que cette sensation étrange de calme qui envahissait mon âme. J'en aurais voulu cent fois plus, néanmoins je n'ai pas osé abuser du temps de Marcus quand un mécanicien est venu le chercher.

Une fois rentrée dans notre suite, je ne me contrôle plus et balance mon sac au sol avant de passer mes mains derrière la nuque de Baxter pour l'attirer à moi. Il me rend calmement

9- La Ferrari 812 Superfast est une voiture de sport produite par Ferrari à partir de 2017. Elle succède à la Ferrari F12berlinetta

mon baiser tandis que j'en réclame davantage. Mes doigts se détachent de son cou et descendent vers la fermeture Éclair de son jean.

— Attends, Lara… souffle-t-il en saisissant mes avant-bras pour les ramener contre son torse.

— Ne me dis pas que tu n'en as pas envie, je ne te croirais pas.

Il me sourit, toujours aussi malicieux, et j'embrasse l'une de ses fossettes.

— Tu sais que j'en ai toujours envie, mais tu agis comme si tu étais défoncée en ce moment, tant l'adrénaline bouillonne en toi. Alors que moi, j'aimerais prendre mon temps…

Baxter me parle tout bas afin de m'apaiser, et il m'entraîne lentement vers la chambre. Une fois dans la pièce, dos au lit, il me retire mon tee-shirt et caresse mes flancs, ce qui fait frissonner tout mon être.

— J'aimerais prendre tout mon temps pour te mettre nue, reprend-il dans un murmure en faisant sauter le bouton de mon jean.

Debout devant moi, il se penche et fait glisser mon vêtement jusqu'à mes pieds. Ses lèvres caressent mes jambes lorsqu'il se redresse, puis Baxter s'agenouille doucement devant moi. Son souffle chatouille mon ventre et ma respiration se fait haletante. Sous mon regard stupéfait, il sort son portable et lance de la musique douce, avant de pousser l'appareil loin dans la pièce.

— Tu as vraiment une playlist *spécial sexe*?! le questionné-je alors que sa barbe frôle ma hanche quand il me retire ma culotte.

— On a fait l'amour devant des zombies, hier, je te signale… de la musique romantique, c'est tout de même mieux, non?!

Je ris malgré moi.

— Et ce n'est pas une playlist *spécial sexe*, mais *spécial Lara*, chuchote-t-il en déposant une traînée de baisers sur mon abdomen pour remonter jusqu'à mon cou.

Je lui retire son haut et soupire de bien-être lorsque nos deux peaux entrent en contact. Je pourrais passer des jours entiers à parcourir son corps de mes mains. Baxter me laisse enfin défaire sa fermeture Éclair, et il se débarrasse de ses derniers vêtements pendant que je fais tomber mon soutien-gorge au sol. Sa bouche vient se poser sur la mienne, nos langues se livrent un combat sans fin pour savoir qui mènera la danse. Nous nous laissons tomber sur le lit, et je plante mes ongles dans ses épaules. Un grognement lui échappe. Il s'écarte un peu de moi afin de m'observer avec une telle intensité que je fonds sous son regard d'azur.

— Tu es tout ce que je désire, Lara, m'avoue-t-il avant de lentement me pénétrer.

Un gémissement m'échappe. Je m'agrippe à lui comme si ma vie en dépendait… tout en prenant conscience que c'est maintenant le cas.

— Je t'aime tant, soufflé-je à son oreille. Je t'aime tant…

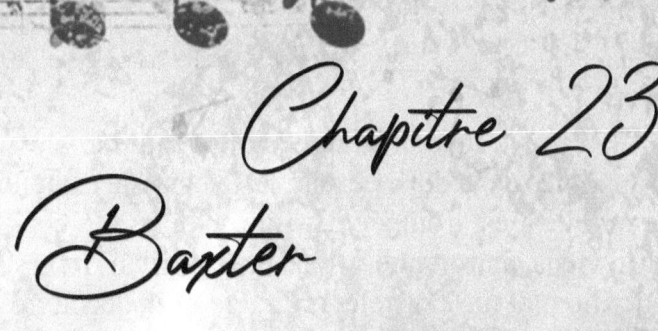

Chapitre 23
Baxter

Un coup violent donné à la porte de la suite me tire de mon sommeil. J'ai toujours la tête posée sur la poitrine de Lara, c'est en écoutant battre son cœur que j'ai fini par m'assoupir.

Comme aucun autre son ne me vient depuis le couloir, je referme les yeux et me concentre sur la douce respiration de ma compagne.

Bang, bang, bang!

— Tu as entendu, Bax? murmure Lara dans la pénombre.

— Oui… j'y vais, reste là.

Mécontent, j'enfile mon boxer et jette un coup d'œil rapide à mon portable. Trois heures du matin?! Qui peut bien provoquer un tel raffut à une heure pareille?! Encore somnolent, je gagne l'entrée de la suite. J'ai à peine le temps d'ouvrir que la sœur de Logan s'écroule littéralement à quatre pattes devant moi.

Bordel, il ne manquait plus que ça! songé-je en tentant d'évaluer son état.

Je m'accroupis près d'elle et passe mon bras sous le sien pour la remettre sur pied, elle vacille un instant avant de s'avachir contre moi. Lorsque je croise son regard, je plonge dans le néant de ses pupilles immenses, complètement dilatées. Et soudain, je ne suis plus certain de vouloir savoir ce qu'elle a consommé. Alcool, cocaïne, héroïne? Les trois sans doute…

Depuis le début de la tournée, Maisie s'était tenue à carreau niveau consommation de drogue, se limitant à aligner les mecs et les verres d'alcool. Mais visiblement, elle s'est aussi adonnée aux joies de la dope ce soir. Et la bassiste est tellement défoncée qu'elle s'est trompée de suite.

— Allez, viens, marmonné-je en la traînant dans mon sillage.

Un léger hoquet me fait relever la tête et je découvre Lara, statufiée au milieu du salon. À la va-vite, ma petite amie a passé mon tee-shirt et une culotte pour venir me rejoindre.

— Qu'est-ce qui lui arrive?!

Je donnerais n'importe quoi pour qu'elle n'ait pas à assister au spectacle pathétique qui va suivre, cependant je me vois mal la renvoyer dans notre chambre à présent.

— Tu veux bien récupérer son sac, il est resté devant la porte? Referme derrière toi et rejoins-moi dans la salle de bains, je vais t'expliquer, lâché-je simplement entre mes dents.

Elle ne pose plus de questions et se dirige vers le couloir pour y prendre les affaires de Maisie. Du pied, je pousse la porte de la salle de bains et y pénètre avec la bassiste. À peine entrée, elle se laisse tomber sur la cuvette pour y vomir ses tripes. Lara nous rejoint dans la pièce quelques secondes plus tard et reste immobile dans un coin tandis que je tiens les cheveux de Maisie loin de son visage. Enfin, la jeune femme se redresse un peu et appuie sa joue sur le rebord des toilettes. Ses fringues sont déjà couvertes de vomi.

Très classe, Maisie, vraiment, pensé-je en sentant peser dans mon dos le regard inquisiteur de Lara.

— Est-ce qu'elle va bien? finit-elle par s'inquiéter.

Je manque de lui éclater de rire au nez. Pourtant je me retiens, la pauvre n'est en rien responsable de l'état de la sœur de Logan ni de ma mauvaise humeur.

— Disons juste que, pour l'instant, notre amie n'est pas vraiment avec nous. Maisie a un gros problème de drogue, lui avoué-je à contrecœur.

Étonnamment, je ne lis aucune surprise dans les yeux de Lara, pas la moindre trace de jugement non plus. Seulement une immense tristesse qui semble la gagner, ou de la pitié peut-être, je ne saurais trop dire. Au même instant, la bassiste menace de s'écrouler sur le carrelage, et je dois détourner mon attention de ma compagne pour la rattraper au vol.

— Bordel, Maisie, tu fais chier, grogné-je dans ma barbe.

— Je peux faire quelque chose ?

La demande de Lara me fige sur place. Parfois, je n'arrive pas à la comprendre ! Elle se retrouve face à cette fille qui la déteste le plus au monde, une petite garce qui ne lui montre que du mépris et de la haine depuis le jour de leur première rencontre, et pourtant, elle me propose son aide.

Quand je pensais qu'elle était unique, je ne me trompais pas.

— Je veux bien… On va déjà la mettre en sous-vêtements, si ça ne te dérange pas ? lui proposé-je en redressant de mon mieux le corps de Maisie.

Lara acquiesce aussitôt et, sans se préoccuper de l'odeur répugnante qu'elle dégage, détache avec dextérité les boutons du chemisier de la jeune femme, puis fait descendre la fermeture Éclair de sa jupe. Ce sont ses bas résille qui lui donnent le plus de mal, mais Lara parvient tout de même à les lui retirer. Maisie peine à garder les yeux ouverts. Je meurs d'envie de la gifler pour l'aider à rester consciente, pourtant je me retiens.

— Et maintenant, on fait quoi ?

Je guide ensuite tant bien que mal la sœur de mon ami jusque dans la douche, où par chance, un banc de marbre est incrusté dans le mur. J'y assois Maisie en la calant dans l'angle de la cabine et ajuste le jet de manière à le diriger vers elle.

— Un bon coup de fouet, annoncé-je en ouvrant à fond l'eau froide.

Il ne faut que quelques secondes à Maisie pour bondir maladroitement du banc en poussant un hurlement. Elle tourne sur elle-même, visiblement incapable de savoir où elle se trouve. Quand elle tente de sortir de la cabine, je m'y engouffre avec une bordée de jurons et la maintiens contre moi, bien décidé à rester là jusqu'à ce que l'eau glacée ait fini de la tirer de sa torpeur chimique. La garce se débat et hurle de plus belle en me donnant des coups de poing dans les côtes et en griffant mes bras nus.

— Calme-toi, Maisie, putain !

— Tu veux que j'aille chercher Logan et Chris ? s'inquiète Lara, peu habituée à un tel déferlement de violence.

— Non ! Logan piquerait lui aussi une colère sans nom, et je n'ai pas la force de gérer ça en plus.

J'esquive un coup de tête de Maisie, tout en essayant de rassurer Lara.

— Chris et moi avons l'habitude de ce genre de situation, elle va se calmer. Tu peux couper l'eau ?

Sans un mot, elle stoppe le jet, ce qui interrompt aussitôt les cris et les coups de ma prisonnière, et je me mets à frissonner.

— Bordel ! Je suis gelé ! lancé-je en sortant de la cabine en compagnie d'une Maisie un peu plus réactive et capable de tenir debout désormais.

Lara me tend une première serviette dans laquelle j'enroule la sœur de mon ami, avant d'en passer une autre par-dessus mes épaules. Dégoulinant de flotte, je guide Maisie vers la chambre libre de notre suite. Lara ouvre les draps du grand lit et, alors que je m'apprête à retirer ses sous-vêtements détrempés à la bassiste, la voix de ma compagne m'interrompt :

— Sèche-toi un peu, je vais m'en charger.

Sans me laisser le choix, elle prend ma place devant Maisie et m'oblige à reculer de quelques pas. Elle aide la jeune femme, à peine consciente de ce qui se passe autour d'elle, à s'asseoir sur le matelas et lui enlève ce qui lui reste de vêtements, avant de se tourner vers moi.

— Tu veux bien m'apporter un de tes tee-shirts ?

J'acquiesce et sors de la pièce. J'en profite pour changer de boxer et enfiler un survêtement, avant de revenir vers les deux femmes. Lara me prend le tee-shirt des mains et le passe par-dessus la tête de Maisie, à demi comateuse. Puis elle la pousse doucement en arrière et me demande de lui donner un coup de main pour la mettre sur le flanc, au cas où elle vomirait encore. Enfin, elle cale des coussins dans son dos et la recouvre des couvertures.

— Ça lui arrive souvent ? m'interroge-t-elle tandis que j'éteins la lumière et que nous sortons de la chambre.

— Trop souvent. Mais son dernier coup d'éclat datait de Seattle, ce qui était en soi un record. On l'a retrouvée dans la chambre d'hôtel d'un type qui devait être son dealer. Logan était tellement furieux qu'il voulait la virer du groupe. Depuis, elle se tenait plus ou moins à carreau.

Lara prend ma main dans la sienne et m'entraîne dans notre lit. Je m'y laisse tomber avec lassitude, tandis qu'elle remonte les draps sur nous et colle son corps délicieusement chaud contre le mien. Je l'enserre dans mes bras et l'attire le plus près possible, mesurant une fois encore la chance qui est la mienne de l'avoir auprès de moi. Je dépose enfin un léger baiser sur son nez, ce qui la fait sourire.

— Pourquoi l'avoir aidée cette nuit, alors qu'elle n'a jamais caché combien elle te déteste ?

La curiosité me brûle depuis que Lara m'a proposé son aide. J'aimerais vraiment connaître ses motivations.

— Parce que je sais ce que c'est d'avoir besoin des autres quand tout s'écroule autour de nous, chuchote-t-elle. Et puis, si elle me déteste autant, c'est parce que toi, tu m'aimes.

Blottie contre moi, elle ferme ensuite les yeux, me refusant clairement le droit de lui poser davantage de questions. J'aimerais pourtant tellement savoir ce qu'elle a bien pu vivre pour agir et parler ainsi…

La matinée est déjà bien entamée quand je pénètre dans la chambre silencieuse où somnole toujours Maisie, laissant Lara dormir encore un peu. J'ai passé le reste de la nuit à faire des allers-retours entre les deux pièces pour m'assurer que la bassiste allait bien. Je lui apporte cette fois un verre d'eau et deux aspirines. Assis sur le bord du matelas, je la réveille doucement d'une main sur son épaule. La sœur de Logan grommelle des mots incompréhensibles tout en s'étirant, puis son regard d'ambre se pose sur moi et elle se redresse sans faire de gestes brusques.

— Avale ça, lui ordonné-je en lui tendant le verre et les cachets.

Elle s'exécute en silence, avant de s'adosser à la tête du lit.

— Qu'est-ce que je fais là ?

Aucun souvenir de la veille ! Je ne suis même pas étonné.

— Tu t'es trompée de chambre, hier soir. Tu étais totalement déchirée, Maisie. Encore une fois, soupiré-je.

— Tu as prévenu mon frère ?

— Non, il n'a pas besoin de ça en ce moment. Lara et moi avons géré la situation.

Elle grogne quand je prononce le prénom de ma compagne.

— De quoi elle se mêle, ta nana !

— Ferme-la, Maisie, c'est elle qui t'a retiré tes fringues couvertes de vomi, qui m'a aidé à te traîner sous la douche, puis qui t'a mise au lit et bordée comme la gamine paumée que tu es ! m'exclamé-je.

— Et alors, je vais devoir lui baiser les pieds comme tu le fais ?!

Qu'est-ce que j'aimerais pouvoir lui coller une bonne gifle, parfois !

— Maisie, il va vraiment falloir que tu règles ce problème...

— J'ai pas de problème ! rugit-elle en quittant le lit.

— Et tu appelles ça comment, toi, le fait d'avoir un black-out total sur ta soirée d'hier ?! Bordel, tu étais pathétique quand tu t'es effondrée au-dessus des toilettes pour dégueuler tes tripes !

Chacun de notre côté du matelas, nous nous affrontons du regard.

— J'ai encore le droit de m'amuser un peu, non ?! C'est pas interdit !

— Tu deviens totalement ingérable, putain, et maintenant, le groupe a une image de marque à préserver ! *Online Records* n'acceptera jamais une telle publicité. Est-ce que tu comprends ce que ça veut dire ?

— Tu ne vas pas te gêner pour me l'expliquer ! s'écrie-t-elle en gagnant la porte de la chambre.

— Que si tu ne fais rien pour te sortir de là, *Wild Rush* devra se passer de toi.

Le ton sec et froid que j'emploie la fait se figer sur place. Elle me tourne le dos, pourtant je la vois inspirer profondément... avant de quitter la pièce. Puis j'entends la porte de la suite claquer sur son passage.

Quelle merde ! ragé-je.

Depuis notre départ de Phoenix, un silence respectueux règne en maître dans l'immense bus de tournée. Nous laissons Logan bosser sur les paroles du brouillon que je lui ai remis hier, Chris a ses écouteurs vissés aux oreilles, et comme moi, le batteur somnole sur l'une des couchettes. Lara est plongée dans l'une de ses lectures, tandis que Maisie est partie s'enfermer sans un mot dans la seule véritable chambre du véhicule.

Nous nous dirigeons enfin vers notre Oregon natal, et j'ai hâte de retrouver mon foyer pour deux jours, avant d'aller affronter le public de Portland. Mais un peu plus de vingt heures de route nous séparent encore de Beaverton.

— Au fait, Dorian nous a ajouté deux concerts à Portland, les sept et huit septembre. Les billets se sont vendus si vite pour les premières dates qu'il a décidé d'en ouvrir deux supplémentaires. Et la billetterie est déjà vide… m'informe soudain Logan en levant la tête de ses notes.

— Dis donc, il ne fait pas les choses à moitié, le Dorian !

— Et nous avons une entrevue avec un magazine, jeudi, à Portland aussi.

— Sur notre seul jour de pause entre Phoenix et Portland ? ronchonné-je.

Le chanteur hausse les épaules et retourne à sa composition. Un soupir franchit mes lèvres, alors que je reporte mon attention sur Lara, installée non loin, dans l'un des grands fauteuils, sa liseuse toujours en main.

— Hey, chuchoté-je pour attirer son attention.

Ses magnifiques yeux de jade se posent aussitôt sur moi, et je souris en lui faisant signe.

— Approche.

Après avoir déposé sa liseuse sur son siège, elle vient se mettre en appuis sur le rebord de ma couchette, le menton calé au creux de ses bras repliés.

— Qu'est-ce qu'il y a ?

Je tapote le petit espace que je viens de libérer près de moi.

— Il n'y a pas assez de place, souffle-t-elle dans un rire.

— Tu n'auras qu'à t'allonger sur moi.

— Bax…

Je lui offre mon plus beau sourire, celui auquel elle ne sait pas résister.

— Idiot !

Malgré tout, elle grimpe sur le matelas, et après avoir bataillé un peu en pouffant, elle finit par trouver une position acceptable.

— Tu fais une très jolie couverture, dis-je en lui volant un baiser.

Vingt heures de route consécutives, c'est long, très long !

Mais quand l'amour de votre vie reste près de vous à chaque instant, c'est du temps de qualité.

Lorsque le bus s'arrête enfin à destination, Logan pousse un énorme soupir de soulagement, et Chris et lui se hâtent de sortir du véhicule. Maisie les suit de près, sans un regard pour Lara et moi, désormais installés dans un fauteuil. Ma compagne est assise sur mes genoux et je lis par-dessus son épaule. Je n'ai toujours pas trouvé les mots pour lui annoncer la nouvelle, alors quand elle fait mine de se lever, je passe mes bras autour de sa taille et la retiens encore un instant.

— Mais qu'est-ce que tu fais, Bax ? Tu ne veux pas aller te dégourdir les jambes ? Voir avec les autres comment on s'installe dans les chambres ? m'interroge-t-elle tandis que je l'embrasse dans le cou.

— Justement, à ce propos…

Je n'ai pas le temps de terminer ma phrase qu'une jeune fille aux longs cheveux châtain clair et aux iris d'émeraude pénètre dans le bus en criant mon nom telle une hystérique.

— Bax ! Enfin, te voilà !

Lara nous dévisage tour à tour avec stupeur, et je peux voir les rouages de son cerveau s'agiter à toute allure sous son joli petit crâne.

— Salut sœurette !

Bon, il est clair que je dois des explications à mon invitée, et vu son expression, j'ai intérêt de faire vite !

Chapitre 24

Lara

Quand la lumière se fait dans mon esprit, je me lève précipitamment des genoux de Baxter. Il tente de me retenir, je m'esquive néanmoins et ma liseuse glisse sur le sol du bus. Je manque ensuite de me prendre les pieds dans ceux de mon compagnon, qui me rattrape de justesse.

— Tiens, me dit sa jeune sœur en me tendant mon appareil.

— Merci.

Je fixe le guitariste… non, je le foudroie du regard, et ce crétin ne trouve rien de mieux que de me répondre de son plus beau sourire.

— Je suis vraiment heureuse de faire enfin ta connaissance, Lara.

Et sans crier gare, Sasha me serre dans ses bras, avant de grommeler à l'instant où Baxter l'attire à lui, manquant de la faire chavirer.

— Et moi alors ?! Je n'ai pas droit à un câlin ?! s'exclame-t-il en étouffant sa sœur contre lui après s'être levé.

— Tu m'as manqué, frérot.

— Toi aussi, minus.

— Hey, minus ! lance alors Chris en passant la tête par la porte du bus. Viens donc nous donner un coup de main pour décharger pendant que ton frère fait son mea culpa.

Sasha se détache du guitariste et fronce les sourcils, tandis que notre ami bat en retraite dans un tonitruant éclat de rire.

— J'arrive ! Je déteste ce surnom débile, les gars, marmonne-t-elle néanmoins avant de quitter le véhicule.

Je dépose ma liseuse sur un siège libre, et les mains sur les hanches, je fixe Baxter dans l'attente d'une explication. Et cet idiot qui continue de me sourire sans dire un mot !

— Cette situation ne m'amuse pas du tout, Bax ! Tu aurais au moins pu me prévenir que tu m'emmenais chez toi et que ta famille était au courant de notre liaison ! m'offusqué-je en me mettant à arpenter l'allée centrale.

— C'est justement parce que je me doutais que tu allais te braquer que je n'ai rien dit. C'est exactement ça, m'indique-t-il en me pointant du doigt, que je voulais éviter. Et puis, pourquoi aurais-tu été la seule à tenir tes proches au courant de la tournée et de son déroulement ? Ma famille aussi avait le droit d'être informée de la façon dont les choses se passaient, non ?! Et pour moi, tu es le centre de tout, tu le sais.

Je m'arrête de marcher et le dévisage. *Nom de Dieu, je suis dans une merde totale !* Être avec lui, c'est une chose, rencontrer sa famille, m'immiscer dans leur existence, alors que la mienne est en fin de course, c'est totalement différent !

— Six semaines, Bax, c'était ça le deal !

— Je ne peux plus me contenter de ces six semaines, Lara, c'est pour tout le reste de ma vie que je te veux !

Sa réponse me cloue sur place et je sens les larmes qui tentent de me submerger. *Non, pas maintenant !* Je me passe une main sur les paupières et secoue furieusement la tête.

— Tu aurais dû me parler de tout ça. Je… je ne suis pas prête…

En un instant, il est près de moi et pose ses paumes de chaque côté de mon visage en ancrant son regard au mien.

— Lara Spencer, accepterais-tu de faire la connaissance de ma famille ? me demande-t-il d'une voix douce.

Je chasse ses doigts rageusement et m'empare de ma liseuse, avant de sortir du bus.

— Comme si tu me laissais le choix ! Je suis devant le fait accompli ! maugréé-je.

Logan, Chris et Sasha nous attendent dehors, tranquillement adossés au véhicule.

— Vous deux, je vous revaudrai ça ! Vous étiez au courant et vous ne m'avez rien dit.

Les deux amis haussent les épaules de concert en prenant un air innocent, et j'ai soudain bien envie d'assommer l'un avec l'autre. Au moment où Baxter sort du camping-car à son tour, les chauffeurs nous annoncent que les soutes sont vides et qu'ils doivent reprendre la route. Quand le bus s'éloigne dans un vrombissement de moteur pour disparaître au coin de la rue, je découvre une grande maison bi-génération, dont les deux parties, totalement indépendantes, sont séparées par un vaste garage. Trois voitures sont garées dans la cour. Entourés de nos valises et des instruments du groupe, nous avons l'air de six parfaits idiots.

— Par pitié, Bax, ne me dis pas que…

Je n'ai pas le temps de terminer ma phrase qu'une femme blonde, un tablier de cuisine autour de la taille, sort en courant de la partie droite de la maison. Elle se dirige vers Baxter et le serre dans ses bras en lui collant un baiser sonore sur la joue.

— Mon chéri, je suis si contente que tu sois rentré !

…tu vis chez tes parents, terminé-je dans ma tête, littéralement anéantie.

— Et tu dois être la fameuse Lara ! s'exclame Patricia Grady en m'étreignant à mon tour.

Le guitariste n'est clairement pas le seul Grady à être tactile.

Par-dessus l'épaule de sa mère, j'observe Baxter qui me sourit à pleines dents. Que sa famille m'accueille ainsi semble lui faire tellement plaisir… mon cœur se serre dans ma poitrine.

— Enchantée, Madame Grady.

— Pas de Madame Grady ici ! Appelle-moi Patricia.

Elle se tourne vers son fils et lui lance sans la moindre discrétion :

— Tu avais raison, elle est magnifique.

Le rouge me monte aux joues, et j'entends Chris et Logan éclater de rire dans mon dos. Ces deux-là n'en manquent pas une ! Un homme, sans aucun doute le père de Baxter, apparaît dans l'encadrement de la porte, l'air un peu paniqué, des gants de four aux mains.

— Chérie, je crois que c'est en train de brûler là-dedans !

Sa femme se met à rire et nous enveloppe d'un regard chargé de bienveillance.

— Rentrez vite vos affaires dans la maison, un bon repas vous attend !

— Ce sera sans moi, annonce platement la voix de Maisie. Je suis crevée, je préfère vous laisser.

Une lueur de déception traverse les yeux noisette de Patricia quand la bassiste passe la sangle de son instrument sur son épaule et s'empare de sa valise à roulettes. Alors qu'elle s'éloigne dans la rue, Baxter pose une main ferme sur l'épaule de sa mère qui allait la retenir et lui glisse quelque chose à l'oreille.

— Allez, venez avant que Wyatt ne fasse effectivement tout brûler !

Comme les estomacs sur pattes qu'ils sont, Logan et Chris s'empressent de prendre leur matériel et de pénétrer avec Patricia dans la demeure, suivis de Sasha qui nous adresse un sourire.

— Tu… tu vis chez tes parents ?! m'exclamé-je, laissant libre cours à ma stupéfaction, alors que la porte se referme derrière tout ce petit monde.

Baxter me fait légèrement pivoter et pointe du doigt la seconde partie de la maisonnée, de l'autre côté du garage.

— Je vis là. Cette bi-génération appartenait à mes grands-parents maternels, qui l'ont ensuite léguée à leur fille. J'ai grandi dans la première partie, tandis que les parents de ma mère demeuraient à côté. Et quand ma grand-mère est décédée il y a cinq ans, j'ai repris sa maison. Alors non, je n'habite pas *chez* mes parents, ils ont leur foyer et j'ai le mien, m'explique-t-il tandis qu'il ramasse nos affaires. Tu me donnes un coup de main, ou il faut que je te porte sur mon dos, toi aussi ?

Je l'aide de mauvaise grâce en prenant sa guitare et le suis jusqu'à la porte de gauche qui donne sur sa maison. Il me laisse galamment passer en premier avant de refermer derrière nous. Abandonnant nos bagages dans l'entrée, il me fait sursauter quand ses bras se glissent autour de ma taille. Et soudain, toute angoisse, toute colère me déserte. Son torse collé à mon dos me réconforte de sa chaleur.

Baxter dépose une nuée de baisers dans mon cou, puis je sens ses lèvres s'étirer contre ma peau.

— Pourquoi ai-je l'impression que tu souris bêtement ? le questionné-je alors que je ne peux m'empêcher de l'imiter.

— Tu n'imagines pas la joie que m'apporte ta présence ici, Lara.

Je frissonne, et après avoir déposé un dernier baiser au creux de mon épaule, il m'entraîne dans son sillage. Nous franchissons une porte qui donne sur le garage, suivie d'une autre qui s'ouvre chez ses parents. Des rires s'élèvent depuis la cuisine et l'odeur de bons petits plats faits maison embaume tout l'espace.

— Prête à te jeter parmi les loups ?

— Tu me le paieras, Baxter Grady, crois-moi !

— Mais j'y compte bien, susurre-t-il à mon oreille en me poussant vers la salle à manger.

Après un dîner aussi incroyablement joyeux que délicieux, durant lequel j'ai été questionnée de tous côtés, Baxter m'a fait couler un bain chaud, et je me détends tranquillement tandis qu'il range ses bagages. Un léger coup à la porte me fait ouvrir les paupières.

— Je peux entrer une minute, Lara ?

Le battant s'entrouvre et la tête du guitariste apparaît.

— Tu es chez toi, lui rappelé-je en ramenant les bulles vers moi.

La lumière de la pièce est tamisée, et mon cœur rate un battement quand je constate qu'il a retiré son tee-shirt. Pieds nus, seulement vêtu de son jean qui descend de façon indécente sur ses hanches, le guitariste est terriblement envoûtant. Inconscient de son charme, il s'approche encore et s'installe sur le rebord de la baignoire.

— Je voulais te demander quelque chose.

Sa voix n'est qu'un murmure.

— Je t'écoute.

— J'aimerais que tu restes ici jusqu'aux derniers concerts de septembre à Portland.

Mon regard doit refléter une profonde surprise, car il enchaîne :

— Comme ça, on pourra voir ce que ça donne, toi et moi, en dehors du cadre d'une tournée…

Il s'interrompt un instant, avant d'ajouter :

— Et puis, comme je te l'ai dit dans le bus, je te veux près de moi… plus longtemps.

Incapable de prononcer le moindre mot, je sens la panique s'insinuer le long de ma colonne vertébrale. C'est le moment que choisit mon portable pour se mettre à vibrer sur le meuble-lavabo.

— Tu… tu veux bien me le passer, s'il te plaît ?

Baxter attrape l'objet et dépose un baiser sur le sommet de ma tête avant de s'éloigner.

— Je te laisse y réfléchir tranquillement, lance-t-il en franchissant la porte.

Une fois le battant refermé derrière lui, je prends l'appel.

— Enfin ! Ça fait plus d'une heure que je tente de te joindre, s'exclame la voix inquiète de Josie.

— Oui… Euh… Désolée, mon portable était sur vibreur, je dînais avec la famille de Bax…

Silence au bout du fil.

— Tu es dans sa famille ?!

— Oui… Mon Dieu, Jo, je ne sais plus quoi faire ! chuchoté-je dans le combiné, en tentant encore de canaliser ma panique.

— Je croyais que vous descendiez dans un hôtel de Portland et que tu rentrais ensuite ?!

— Moi aussi ! Mais il m'a mise devant le fait accompli. Le bus nous a débarqués directement devant chez lui ! Et maintenant, il vient de me demander de rester ici jusqu'au huit septembre !

Ma voix commence à monter dans les aigus, et je tente de me calmer en prenant une longue et profonde inspiration.

— Mais je croyais que la tournée prenait fin lundi ? me corrige ma cousine, complètement perdue.

— C'est ce qui était prévu, oui… mais Dorian, leur producteur, leur a rajouté deux dates. Josie, je ne sais vraiment plus quoi faire.

J'essuie une larme qui roule sur ma joue.

— Toi, tu es totalement accro à cet homme, m'affirme-t-elle. Pour te laisser dépasser ainsi par la situation, tu dois vraiment tenir à lui…

— Plus que tout, si tu savais.

Mon regard se perd dans les bulles qui éclatent sous mes doigts.

— Et je vais l'anéantir quand il apprendra la vérité…

— Tu devrais lui dire au plus vite ce qu'il en est, Lara. Parle-lui, tu ne pourras pas lui cacher ta maladie pendant des mois...

La voix de Josie se casse, et je sais qu'elle aussi pense à cet instant irréversible où tout va basculer, celui qui annoncera ma mort prochaine.

— Et surtout, reste avec lui, Lara !

— Quoi ?! l'interrogé-je, stupéfaite.

— Tu voulais vivre à fond, Lara, alors vis ! Vis pleinement le temps qu'il te reste avec Bax...

— Mais... ?

Car je sais qu'il y a un *mais*.

— Tu devras lui parler de ton cancer à un moment ou un autre, conclut Josie. Et le plus tôt sera le mieux.

— Je sais...

— Au fait, tes résultats de Palm Springs sont arrivés et ils sont stables, rien n'a changé depuis ton départ.

— C'est bon signe, non ?

— Oui.

J'acquiesce, même si elle ne peut pas me voir.

— J'irai passer un autre bilan à Portland, après les concerts de ce week-end, l'informé-je.

— Tu te sens bien ?

— Oui. Légèrement fatiguée, mais je crois que ce sont les vingt heures de route que nous venons d'endurer qui m'ont épuisée.

— Très bien.

Je la sens qui marque une pause au bout du fil, tandis que je sors du bain. Mon portable coincé entre ma joue et mon épaule, je me dépêtre comme je peux pour m'enrouler dans une serviette de bain moelleuse.

— Je prépare les invitations pour le mariage... et je me demandais si tu pouvais me donner l'adresse de Bax du coup, pour que je t'en envoie une...

— Mais pourquoi ?! Tu sais bien que je vais venir, Jo.

— Oui, seulement tu connais Sam. Il veut faire les choses dans les règles, organiser les tables, connaître le nombre exact des invités…

— Ouais, soupiré-je.

— Et j'aimerais avoir celle de Chris aussi.

— J'imagine que tu ne veux pas celle de Logan ?

Je n'ai pas besoin d'être à ses côtés pour savoir qu'elle doit être rouge pivoine.

— Non.

— Très bien, je demande les renseignements à Bax et je t'envoie le tout par texto.

— Ça marche ! Je te rappelle bientôt.

— Au revoir.

Après avoir raccroché et m'être séchée en vitesse, je me dirige vers la chambre. La pièce est sobre, les couleurs masculines et le couvre-lit noir. Le guitariste n'est pas là, alors j'en profite pour fouiller dans ses tiroirs et me dénicher un ample tee-shirt, l'un de ses boxers et une paire de chaussettes pour la nuit ! Son odeur est partout sur mon corps à présent, et j'adore ça.

— Tu es très classe dans mes fringues, m'annonce soudain la voix de Baxter, que je découvre accoudé au cadre de la porte.

Je lui souris tendrement, consciente de la chance que j'ai de l'avoir dans ma vie en ce moment, et espérant le garder à mes côtés jusqu'à la fin… Ce qui est toutefois peu probable.

— Tu peux m'écrire quelque part ton adresse et celle de Chris ? lui demandé-je. Jo prépare les invitations pour son mariage… et son fiancé est un maniaque du contrôle.

Crevée, je défais son lit et me glisse sous les draps. Bax enfile un simple boxer et me rejoint. Il passe ses bras autour de mon corps et me fait rouler sur lui. Un gloussement m'échappe quand ses doigts remontent le long de mes côtes.

— Tu me chatouilles, arrête !

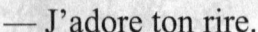

— J'adore ton rire.

Sans un mot, je me penche sur son visage pour l'embrasser avant de plonger mes mains dans ses cheveux.

— Je veux bien réfléchir à ta demande de rester ici jusqu'en septembre, murmuré-je, à une seule condition…

— Je suis tout ouïe.

— Tu te coltines le mariage de Jo avec moi, et c'est non-négociable !

Il éclate de rire et me fait basculer sous lui pour reprendre le contrôle.

— J'en serai très honoré, accepte-t-il, ses lèvres tout près des miennes.

Chapitre 25

Lara

La pièce est plongée dans la pénombre. Un peu désorientée, je tends la main sur ma gauche et ne rencontre que du vide. Bax n'est plus dans le lit, ce qui est plutôt inhabituel. Allongée sur le dos, je fixe le plafond et tente de suivre le flot des pensées qui m'assaillent dès le réveil. Comment suis-je censée annoncer à cet homme fabuleux qu'il ne me reste plus que quelques mois à passer sur cette Terre ? Que j'ai décidé bien avant de le rencontrer de renoncer à un combat perdu d'avance ?

Je sais que les chances de rémission, déjà très basses lors de ma précédente leucémie, seront à présent inexistantes, même si par amour pour lui, je décidais de changer d'avis concernant la chimiothérapie. Et c'est la raison pour laquelle cela n'arrivera pas, peu importe si cela fait de moi une femme égoïste.

Prolonger mon existence d'une poignée de semaines, ou de mois tout au plus, au-delà de l'espérance que m'a déjà donnée le docteur Holliday, en étant malade comme un chien… Non merci !

Je dois juste trouver le bon moyen d'aborder le sujet avec Bax. Lui démontrer combien la vie que nous menons actuellement est celle qui fait mon bonheur…

Et puis peut-être refusera-t-il purement et simplement de s'engager à mes côtés sur la voie que j'ai choisie, ce que je comprendrais tout à fait, il n'a pas signé pour cette galère en me rencontrant, ni même en m'avouant ses sentiments à Palm Springs, songé-je.

La porte grince légèrement sur ses gonds et me ramène à l'instant présent. Baxter pénètre dans la chambre sur la pointe des pieds, chargé d'une pile de vêtements impeccablement pliés qu'il dépose sur la grande commode. Il est déjà vêtu, ce qui me chagrine un peu. Pas de câlin matinal ! Ses yeux tombent sur moi, et quand il me découvre qui l'observe, il me sourit en prenant place sur le lit.

— Désolé, je ne voulais pas te réveiller.

— T'inquiète, je ne dormais plus.

Il me détaille un instant en silence, et l'intensité de son regard me perturbe.

— Quoi ?! m'enquiers-je en remontant les couvertures.

— Je suis tellement heureux de te voir là, dans mon lit, chez moi.

Il approche son visage du mien et me vole un baiser avant de se relever.

— J'ai fait une machine de nos affaires sales et de la pâte à crêpe, elle est dans le frigo…

— Tu es une vraie petite fée du logis, ma parole ! le coupé-je.

Il passe une main distraite dans ses cheveux et fixe le sol.

— C'est surtout pour me faire pardonner de devoir partir pour l'interview avec le groupe et de t'abandonner ici toute seule, s'excuse-t-il, penaud.

— Il est déjà si tard ?

Le guitariste jette un œil à son portable et m'annonce :

— Onze heures passées. Tu avais vraiment l'air crevée hier soir, alors j'ai préféré te laisser dormir pendant que je rangeais.

Je m'étire entre les couvertures, il a raison, j'étais complètement hors service.

— Merci, lui lancé-je, reconnaissante, alors que son téléphone vibre dans sa paume.

— C'est Chris, il est arrivé…

— Je ne m'accrocherai pas toute suppliante à ta jambe pour te retenir dans cette chambre, si c'est ce que tu attends, Bax ! File !

Il rigole et s'approche de nouveau pour poser un baiser au coin de ma bouche.

— J'aurais bien aimé, ça aurait flatté mon ego, murmure-t-il avant de tourner les talons.

— Au fait…

Surpris par l'urgence dans ma voix, il pivote juste avant de passer l'encadrement de la porte.

— Je vais rester, terminé-je d'une voix douce.

Le sourire qui creuse aussitôt ses fossettes fait rater un battement à mon cœur. J'espère que j'opte pour la bonne solution… Mais pourquoi le destin aurait-il mis cet homme sur ma route si ce n'était pour vivre pleinement les derniers mois qu'il me reste à ses côtés ? Car c'est ce qu'il se passe avec Baxter, pour la première fois de mon existence, je profite véritablement de chaque seconde de ma vie, et j'ai conscience que c'est grâce à sa présence.

— Et c'est au moment où je dois partir qu'elle me balance ça, marmonne-t-il en quittant la pièce.

— Je t'aime aussi !

Je l'entends grommeler un «*moi aussi*», juste avant qu'il ne ferme la porte de la maison. Après être sortie du lit, j'ouvre les rideaux de la chambre et m'étire langoureusement dans le radieux soleil de cette fin juillet. Toujours vêtue du tee-shirt et des chaussettes de Baxter, je gagne la cuisine et ouvre le réfrigérateur, vide. Rien de bien étonnant, vu le temps depuis lequel le musicien est absent de chez lui. Un éclat de rire m'échappe. Il me fait penser au mien, presque toujours désert ! Il n'y a que lorsque Josie s'occupe de faire les courses qu'il se retrouve bien garni, moi, je suis plutôt du genre à n'acheter que le strict nécessaire.

Un coup frappé à la porte du garage me fait sursauter et je me cogne le haut du crâne à l'intérieur du meuble.

— Merde, juré-je en me détournant un peu.

Le battant s'entrouvre doucement et la tête de Sasha apparaît dans l'embrasure. Elle me fait un timide signe de la main alors que je sors la pâte à crêpe.

— Je peux entrer ?

— Bien sûr, Sasha !

Comme si je pouvais interdire l'accès de la maison de Baxter à sa petite sœur ! C'est moi qui suis un peu gênée, pour le coup, qu'elle me surprenne ainsi, plantée au beau milieu de la cuisine, à peine vêtue des affaires de son frère ! *Des filles dans cet endroit, elle a dû en voir défiler quelques-unes*, songé-je en baissant les yeux sur mes chaussettes trop grandes, tout en allumant la gazinière.

— Tu veux des crêpes ? la questionné-je sans cesser de m'activer autour de la préparation.

— Je veux bien, c'est bientôt l'heure du repas après tout.

Par-dessus mon épaule, je peux la voir qui s'installe sur l'un des tabourets de l'îlot et jette discrètement un œil sur ma liseuse, posée là depuis la veille. Après un moment sans trop savoir quoi lui dire, et lorsque notre repas est prêt, je décide enfin de me lancer :

— Ton frère m'a dit que tu adorais lire.

— Oui, s'enthousiasme-t-elle aussitôt. On peut vivre un million d'aventures sans jamais sortir de chez soi grâce aux livres.

— C'est vrai, acquiescé-je en lui tendant une assiette bien pleine.

Elle me sourit, et je remarque qu'elle arbore les mêmes fossettes que le guitariste. En silence, je dépose de quoi garnir nos crêpes au centre du bar, puis m'installe près d'elle pour manger. J'ignore de quoi discuter avec Sasha, Baxter m'a seulement raconté l'histoire de sa mère biologique et à quel point il tenait à elle. Je sais également grâce à Chris que le frère du batteur et elle sont de très bons amis.

Je soupire tout à coup et repousse mon assiette. L'appétit en berne. Je me sens comme une intruse ici.

— Tu peux la prendre et jeter un coup d'œil dedans, si tu veux, proposé-je à Sasha en voyant que l'adolescente ne cesse de lever les yeux sur ma liseuse.

— C'est vrai ?

— Oui.

Elle s'en empare avec un enthousiasme non feint, et je lui montre comment l'allumer. Elle parcourt les titres avec la même soif que la mienne quand je découvre une nouvelle bibliothèque. Chez Baxter, il semble n'y avoir aucun livre, du moins je n'en ai pas encore vu.

— Ma mère refuse de m'en acheter une, ronchonne Sasha. Elle dit que je passe déjà beaucoup trop de temps devant un écran avec l'ordinateur et mon portable. Alors j'ai tenté de soudoyer Bax, mais ça n'a pas fonctionné non plus.

Je soupire à nouveau. Si ces petites merveilles avaient pu exister lorsque j'avais son âge, cela m'aurait permis d'avoir accès à tellement plus de livres quand je passais des journées entières à l'hôpital.

— J'essaierai de lui en glisser un mot, si tu veux.

Les yeux brillants, elle me sourit.

— Tu sais, Lara, tu es la première fille que mon frère présente à la famille…

J'en reste sans voix, doutant un instant de la véracité de ses paroles.

— Cela m'étonne beaucoup, Sasha. Bax est un homme très séduisant, si tu voyais de quelle façon les femmes le regardent quand il est sur scène. Elles le dévoreraient, si elles le pouvaient.

— Pitié, Lara, ne me parle pas ainsi de mon grand frère ! Je vais devoir me laver les yeux avec du savon pour m'enlever une telle image de lui ! s'offusque Sasha en riant.

— N'empêche, je suis certaine de ne pas être la première qu'il amène ici.

— Ce n'est pas ce que j'ai dit, et franchement, j'avoue ne rien savoir à ce sujet, Bax est assez discret sur cet aspect de sa vie. J'ai dit que tu étais la première qu'il nous présentait.

Cette fois, je n'ai d'autre choix que de la croire.

— Mais qu'est-ce que j'aimerais voir Bax en concert ! s'exclame-t-elle pour finir.

À ces mots, une idée me vient à l'esprit et je lui lance un clin d'œil, complice.

— Je n'en reviens pas que tu m'aies convaincu d'amener ma sœur avec nous à Portland, rumine Baxter en finissant d'accorder sa guitare en coulisses. Et surtout, je me demande bien comment tu as réussi à faire lâcher prise à Patricia !

Je lui tends la main et il s'en empare.

— Ça, tu ne le sauras jamais, c'est entre elle et moi ! Sasha ne t'a jamais vu sur scène, Bax ! C'est ta petite sœur, et tu l'aimes ! Alors, profite juste de ces petits moments de bonheur que vous passerez ensemble. Je vais bien veiller sur elle.

La culpabilité me gagne quand je songe que, de mon côté, je devrais plutôt être auprès de ma cousine pour l'aider à préparer son mariage. Mais j'ai autre chose à faire des derniers mois de ma vie que d'aller choisir la couleur de la vaisselle d'un couple qui, j'en suis convaincue, ne tiendra jamais la route.

— Et puis, te concernant, j'avais des arguments convaincants hier soir, non ? murmuré-je à l'oreille de Baxter pour chasser mes derniers scrupules.

Il passe son instrument dans son dos et m'attire à lui avant de s'emparer avec voracité de ma bouche. Je me laisse transporter par son contact, jusqu'à ce que les lumières sur l'entrée de la scène changent. À contrecœur, je laisse mon musicien rejoindre son groupe. Dans la foulée, j'ai droit à un nouveau regard foudroyant de Maisie. Tiens, ça faisait longtemps !

Retentissent alors les premières notes.

— C'est trop dément ! s'égosille au même instant Sasha non loin de moi.

— Ton frère est quelqu'un d'exceptionnel.

— J'ignore comment tu as pu faire accepter à ma famille que je vous accompagne à Portland, mais merci !

— J'ai quelques tours dans mon sac, disons…

Elle me serre dans ses bras, et en riant, nous nous déhanchons toute la soirée au rythme de la musique, de la voix envoûtante de Logan et des hurlements de la foule.

Cela fait déjà plus d'une heure que Sasha et moi sommes arrivées dans la suite et nous sommes avachies sur le grand canapé devant un plateau du service en chambre. C'est quand même chouette de ne pas avoir à se soucier de la note, puisque *Online Records* règle toutes les factures ! À la fin du concert, le groupe s'est fait coincer par la foule pour une séance de signatures improvisée, alors Sasha et moi avons décidé de rentrer seules à l'hôtel.

Installées confortablement devant *The Walking Dead*, nous étudions Daryl Dixon avec beaucoup d'attention tout en discutant.

— J'ai un copain depuis quelques semaines, et je n'arrive pas à trouver comment en parler à mes parents, m'annonce soudain Sasha.

Je manque de m'étouffer avec mon eau et me redresse sur le sofa. Nous avons beaucoup discuté la veille durant l'absence de Baxter. De Callen, de ses lectures favorites, et elle m'a finalement elle-même confié que sa mère biologique l'avait abandonnée à la naissance. Étrangement, cela ne semble pas la troubler comme je me l'étais imaginé. Mais qu'elle me parle de son petit ami, c'est une autre paire de manches !

— Et tu l'as dit à Bax ? la questionné-je en mettant la télévision sur pause.

— Tu es folle ?! Il m'enchaînerait dans la maison et m'interdirait toute communication avec le monde extérieur ! Il est sans doute pire que mon père dans le genre surprotecteur, c'est un fou furieux !

Je manque d'éclater de rire devant son air paniqué.

— Arrête, ce n'est pas facile, je t'assure ! Déjà que Callen me fait la tête depuis qu'il le sait…

Je suis triste pour elle, cela me rappelle tout à coup la discussion que j'ai eue avec Chris au sujet de son frère et de la forte amitié qu'il éprouve pour l'adolescente.

— Il n'y a pas de bonne ou de mauvaise façon d'aborder ce genre de sujet avec son entourage, avoué-je finalement en pensant à ma propre situation. L'important est surtout de favoriser la franchise…

— Quel sujet ?!

Baxter, qui vient de pénétrer sans bruit dans la suite, nous fait sursauter toutes les deux, et mon cœur s'emballe.

— Nom de Dieu ! Mais tu aurais pu t'annoncer au moins ! m'exclamé-je en remettant la télé en marche par mégarde.

— Hé oh, ce n'est pas moi qui me terre dans le noir devant une horde de zombies !

Il allume sur son passage et s'approche tel un prédateur décérébré. Depuis l'arrière du canapé, il pose son menton dans le creux de mon cou. Sa barbe me chatouille et je glousse malgré moi.

— Viens dans la chambre avec moi, chuchote-t-il à mon oreille.

Je renverse la tête et lui sourit tendrement avant d'embrasser sa joue.

— Nous sommes accompagnés de ta jeune et innocente sœur cadette pour les trois prochaines nuits, lui murmuré-je en retour. Je vais donc rester là. Je t'avais bien dit que tu me paierais un jour ou l'autre le fait de m'avoir joué un mauvais tour.

Il ouvre la bouche, stupéfait, et aucun son n'en sort. J'étouffe un rire et reporte à nouveau mon attention sur la série.

— Va dormir, mon chou, il nous reste encore deux épisodes à regarder, le congédié-je d'une petite voix chargée d'ironie.

Son grognement mécontent nous fait éclater de rire.

Les journées à Portland sont passées à toute allure, et Sasha et moi avons tissé de solides liens d'amitié pendant que le groupe se chargeait de régler maints détails avec Dorian, qui a fait le déplacement pour l'occasion.

En milieu de semaine, je profite de l'aubaine qu'ils sont tous réunis chez Logan afin de répéter de nouveaux morceaux et que Sasha passe la journée avec des amis et Callen pour emprunter la voiture de Baxter et me rendre seule en ville. J'ai donné comme prétexte mon besoin de faire un peu de lèche-vitrines, ce qui n'est pas en soi un véritable mensonge. Je me suis rendue de bonne heure à l'hôpital *Providence* où j'ai réalisé de nouveaux examens sans avoir trop à attendre, et ensuite, j'ai flâné dans les boutiques.

J'ai profité de ce moment de tranquillité pour effectuer quelques achats, dont la liseuse destinée à la sœur de Baxter. Ce n'est pas très fair-play, mais il sera plus difficile à Patricia de la lui refuser si c'est moi qui la lui offre. Et puis, c'est un objet culturel, ce n'est pas comme si je lui achetais une console de jeux !

Plusieurs sacs de vêtements et de livres en main, je descends de la Honda Accord du musicien en milieu d'après-midi. Baxter m'attend dans le garage dont la grande porte est ouverte.

— Désolée, je n'ai pas vu le temps passer ! m'exclamé-je en sortant mes emplettes.

— C'est ce que je vois !

Si j'ai autant traîné en ville, c'est aussi parce que j'ai pris la décision de lui dire la vérité et que j'angoisse à l'idée de me retrouver face à lui. Je refuse que Baxter soit mis au pied du mur quand la maladie viendra d'un coup tout détruire sur son passage. C'est également cette nervosité qui m'a poussée à tant d'achats impulsifs.

— Je dois te dire quelque chose d'important, Bax, murmuré-je alors que nous déposons mes achats sur l'îlot.

— Ça tombe bien, moi, je dois te *montrer* quelque chose d'important.

Je lève les yeux vers son visage, et son sourire éclatant m'oblige aussitôt à repousser l'échéance de ma décision.

— Vas-y, l'encouragé-je.

Malicieux, il passe un bras derrière mon dos et me fait traverser la maison pour que nous retournions à l'extérieur. Je reste un instant immobile à fixer Chris, chevauchant une impressionnante Ducati noire, un second casque à la main.

— Monter sur une moto, chuchote Baxter à mon oreille. Ce

288

n'est pas moi qui vais conduire, je n'ai jamais passé le permis, alors Chris s'est porté volontaire.

— Votre carrosse, princesse, m'annonce le batteur en me tendant le casque.

Je ne sais plus où donner de la tête – *Seigneur, il pense encore à cette liste !* –, et le bonheur qui rayonne dans le regard de Baxter me fait battre en retraite. Je ne peux pas lui parler de ma maladie, pas maintenant. *Après les concerts de septembre, ce sera mieux pour lui à ce moment-là*, songé-je. Ma décision est prise.

J'enfile mon casque, et Chris me tend la main afin de me stabiliser lorsque je grimpe derrière lui.

— Tu en prends soin ! l'avertit Baxter en le pointant du doigt.

— Promis.

Mes bras se glissent autour de la taille du batteur, comme il me l'indique, et nous quittons lentement la cour devant la maison de Baxter. L'air s'engouffre presque tout de suite dans mon casque, me coupant la respiration un court instant. Le musicien a décidé d'aller sur l'autoroute afin de pouvoir rouler à grande vitesse. Le moteur rugit… et tout à coup, un indescriptible sentiment de bien-être me gagne tout entière.

Ce même sentiment que je ressens en présence de Baxter…

La liberté.

Chapitre 26

Baxter

Cela fait déjà un moment que nous sommes rentrés de la tournée à Portland, et août s'est installé sans crier gare. Avec le groupe, nous travaillons d'arrache-pied sur les nouveaux morceaux à présenter aux concerts de septembre. Avoir Lara auprès de moi, son odeur entre mes draps, sa présence constante, c'est comme si j'étais enfin parvenu à combler un vide dont je n'avais pas conscience auparavant. Je me sens complet, et plus heureux que je ne l'ai jamais été jusqu'ici. Jamais je n'aurais cru que trouver l'amour pouvait chambouler un être humain à ce point. Chaque sourire, chaque mot doux, chaque échange est d'une intensité sans nom avec elle.

— Dis, qu'est-ce qu'il y a derrière cette porte ?

La question de Lara me sort de mes pensées. Allongé sur le canapé, la tête posée sur ses genoux, je me redresse un peu pour regarder l'endroit qu'elle me désigne. Un sourire étire mes lèvres, et je me lève avant de lui tendre la main. Elle l'attrape sans hésitation et me suit en silence. Je tourne la poignée de la porte en question, ouvre et la laisse passer devant moi.

— Wow…

Lara tourne sur elle-même et observe la pièce avec attention. Plusieurs guitares, trois sièges, de la moquette au sol, un gigantesque canapé, des murs insonorisés, un vieil ampli, une large console d'enregistrement, et sans doute le plus important pour elle : une bibliothèque bien garnie.

— C'est ma salle de composition, lui expliqué-je. Il me prend parfois l'envie de m'isoler ici pour… mettre ce que j'aimerais dire en musique. Je ne suis pas certain que mon explication tienne la route.

Un peu troublé par sa présence dans une pièce qui était jusqu'ici si… personnelle, et par le fait qu'elle ne prononce pas un mot, je reste là, les bras ballants. Elle s'approche de la bibliothèque, et de l'index, parcourt les titres qui s'y trouvent. Je ne suis pas un grand lecteur comme ma sœur ou Lara, toutefois j'aime bien me détendre de temps à autre avec un bon bouquin, histoire de laisser le monde réel derrière moi l'espace de quelques heures.

— Je suis… surprise, lâche-t-elle finalement.

— Que je sache lire ?

Elle me sourit, les yeux brillants de malice.

— De la littérature classique et des thrillers. Ce sont des choix intéressants…

— En quoi ?

— Pour leur côté plus analytique qu'un simple roman contemporain, m'indique-t-elle en me faisant face.

— Alors je suis moins bête que tu le pensais, c'est ça ?

Lara s'approche de moi et passe ses bras derrière ma nuque pour que je me penche vers elle. Nous échangeons un chaste baiser, avant qu'elle ne poursuive son exploration de la pièce. La voir dans mon antre secret fait battre mon cœur beaucoup plus rapidement. Seul Logan, Chris et Sasha connaissent cette partie de ma maison. C'est ici que je trouve refuge quand j'ai besoin de réfléchir au calme et sans que l'on vienne me déranger. J'y ai même installé un immense canapé pour pouvoir cogiter en paix. Cette pièce est sans conteste la plus grande de la maison, et elle a toujours été consacrée à la musique. Mais, alors que j'observe Lara qui évolue en son sein, je me dis que, jusqu'à cet instant, elle n'était pas tout à fait complète.

— Pourquoi cinq guitares ?

— Hein ?!

Je suis tellement perdu dans mes pensées lorsqu'elle me pose cette question qu'elle me prend de court.

— Les guitares, pourquoi tu en possèdes autant ?

M'approchant des socles sur lesquels sont disposées mes possessions les plus précieuses, j'en saisis une et la lui tends. Elle la prend comme si la guitare allait la dévorer toute crue. Elle ignore qu'en cette seconde, c'est moi qui dois me contrôler pour refréner cette envie !

— Ma première guitare sèche. C'est mon grand-père qui me l'a offerte pour mes dix ans, depuis, je n'ai jamais cessé de jouer, lui avoué-je.

— Je n'ai pas eu l'occasion d'apprendre à jouer d'un instrument de musique…

Sa phrase reste en suspens, et je me demande à quoi elle pense quand je vois son regard se voiler. Elle me rend la guitare et part s'installer sur le canapé. Je la rejoins et l'observe attentivement.

— Je peux t'apprendre si tu veux, ça n'a rien de bien sorcier.

Elle esquisse un petit sourire et ses yeux retrouvent leur lueur taquine. Lentement, je me rapproche d'elle et la fais basculer sous moi. Lara m'accueille entre ses jambes, qu'elle referme autour de mes hanches. Je ne peux réprimer le désir qui monte en moi en une fraction de seconde. Mes lèvres taquinent son cou, puis sa clavicule, et je descends plus bas, embrassant sa poitrine à travers ses vêtements.

— Combien de femmes as-tu déjà… baisées ici ? chuchote-t-elle.

Surpris par le ton un peu cru de sa question, je relève la tête et capte son regard pour qu'elle ne voie que moi, comme moi je ne vois qu'elle.

— Aucune.

— Bax…

— Je n'ai aucun intérêt à te mentir, Lara. Aucune femme n'est jamais entrée dans cette pièce, en dehors de ma sœur. Sasha aime bien me regarder composer, elle trouve cela intéressant.

— Tu…

— Lara, je n'ai jamais ramené de femme chez moi. Tu es la première… et l'unique, ajouté-je. Je ne partage pas mon monde avec n'importe qui, et tu n'es pas n'importe qui. Tu es ma moitié, Lara, tu es mon tout.

Ses yeux de jade s'emplissent de larmes d'émotion, et j'embrasse ses joues pour y cueillir les flots salés qui s'y écoulent.

— Moi aussi, je pourrai te regarder composer un de ces jours ?

— Chaque fois que tu le voudras, lui assuré-je avant de poser mes lèvres sur les siennes avec passion.

Deux jours se sont écoulés depuis ce moment magique passé dans la salle de musique, et j'ai l'impression que mes révélations ont rassuré Lara sur certains aspects de ma vie personnelle.

Dans le garage, j'aide actuellement mon père à ranger de vieux cartons pendant que Lara est partie faire des courses avec Sasha et ma mère.

— Fiston, cesse de rêvasser et attrape ce carton avant que mon dos cède ! Elle ne va pas se volatiliser ta Lara, elle va revenir ! m'interpelle Wyatt avec humeur.

— C'est pourtant l'impression que j'ai parfois.

Je le déleste de son fardeau et le pose sur l'une des hautes étagères.

— Comme si cette histoire était trop belle pour être vraie, soupiré-je en m'asseyant sur une boîte.

Je passe mes mains dans ma tignasse et fixe mon père.

— Je ne t'ai jamais vu aussi heureux qu'en ce moment, mon fils. Peu importe le temps que vous passerez ensemble, l'important, c'est que vous en profitiez au maximum. J'ai commis l'erreur une fois de délaisser l'amour de ma vie pour aller voir ailleurs, n'emprunte pas le même parcours que ton vieux père, me met-il en garde.

Assis sur mon carton, je me questionne sur cette ombre qui semble planer au-dessus de notre couple. J'ignore ce qu'elle représente, ce qu'elle signifie, mais je la sens, comme si un ennemi invisible nous épiait d'un coin obscur... Prêt à venir happer notre bonheur.

— Ta mère et Sasha l'aiment beaucoup. Et je dois dire que je l'apprécie également. Elle s'est bien intégrée dans la famille, même si elle avait l'air de vouloir t'éviscérer lors de notre premier repas !

Malgré moi, j'éclate de rire.

— Je ne l'avais pas prévenue que c'était devant la maison que le bus allait s'arrêter.

Mes parents connaissent les moindres détails de la situation qui a engendré notre rencontre, Logan et Chris ont pris un malin plaisir à leur raconter comment je suis tombé sous le charme de Lara d'un simple regard. Un vrai coup de foudre ! Oui, c'est la seule façon d'expliquer ce qui s'est passé ce soir-là.

— Elle a bien joué son coup à sa façon aussi en offrant une liseuse à ta sœur. Ta mère ne pouvait pas dire non, se moque mon père. Elle est maligne.

— Elle est brillante, tellement brillante que je me demande ce qu'elle fiche avec un pauvre type comme moi.

Je me redresse et transporte mon siège de fortune à l'autre bout du garage encombré.

— Ne te sous-estime jamais, fiston. Si elle est avec toi, c'est par amour ! Il brille dans son regard et irradie tout autour de vous chaque fois qu'elle le pose sur toi. Même un aveugle pourrait le sentir !

Pendant un moment, le silence règne entre nous, tandis que nous rangeons le capharnaüm qui règne dans la pièce. Puis mon père me questionne :

— Tu comptes reprendre le boulot après les deux concerts de septembre ?

Chris a déjà recommencé à travailler pour son père à mi-temps, alors que moi, j'ai posé tout l'été en congés. D'abord pour l'enregistrement, puis la tournée, et maintenant, parce que je souhaite me consacrer entièrement à Lara. Théodore Perez est quelqu'un de compréhensif, et surtout, il sait que je reviendrai une fois que les choses seront bien en place.

— Oui, sans doute…

Néanmoins, mon ton n'est guère convaincant et Wyatt le remarque.

— Tu as prévu de retourner bosser, j'espère ?!

— Bien sûr que oui, j'attends seulement de voir…

— Où toute cette histoire te mène ?

J'acquiesce sans un mot.

— En attendant, ce tas de ferraille prend tout l'espace de mon garage ! ronchonne mon père en désignant la voiture recouverte d'une bâche.

— Quand je remettrai les mains dans le cambouis, ce ne sera pas pour du travail gratuit, tu sais.

Je jette un œil à la vieille Camaro de 1969 qui prend la poussière dans sa partie du garage depuis des années déjà, avant de lui rappeler :

— Chris ne cesse pas de te harceler pour que tu la lui vendes, il serait peut-être temps que tu cèdes. Lui, il aura le temps et la patience de la remonter pièce par pièce.

— Tu as sans doute raison, je lui en reparlerai à l'occasion, soupire mon père. Je suis trop vieux pour ces trucs maintenant, et toi trop occupé…

— Et ce n'est pas Sasha qui va se glisser sous un moteur de voiture !

De concert, nous éclatons de rire tant l'image est effectivement absurde !

Le lendemain, le groupe doit se retrouver chez Logan pour une répétition générale. Comme cela risque de durer, j'ai demandé à ma compagne de se joindre à nous pour la journée. Lara et Maisie ne se sont pas revues depuis notre retour de Portland, ce qui m'effraie un peu, je dois bien l'avouer. Je sors ma guitare de la voiture tandis que Lara reste plantée, bouche bée, devant la maison du chanteur.

— Salut ! nous accueille ce dernier en sortant de chez lui, torse nu et en bermuda. Vous êtes les premiers, Chris est en retard… comme toujours.

Sans un mot, Lara scrute toujours la demeure. Le chanteur s'approche d'elle tout sourire et passe son bras autour de ses épaules.

— Pas mal, n'est-ce pas ?

— Tu vis seul dans une si grande…

— Villa, oui… termine Logan.

Il nous fait entrer, traînant Lara par la main dans son sillage pour lui faire visiter les lieux. Je le connais, il adore frimer avec sa nouvelle acquisition. Cette baraque est tellement vaste que nous avons décidé d'un commun accord de virer tous les meubles de l'un des salons et de l'insonoriser pour en faire notre salle de répétitions. Cela nous évite des frais inutiles de location, et Logan n'a clairement pas besoin d'autant de place.

Toutes les pièces ou presque donnent sur une immense cour extérieure à l'arrangement paysager outrageusement sophistiqué. Bien sûr, ce n'est pas mon ami qui se charge de l'entretien, Logan serait capable de faire mourir un cactus !

Deux salons, une cuisine, une salle à manger et une salle de bains composent le rez-de-chaussée. À l'étage, huit chambres, quatre salles de bains et un immense troisième salon ! *Rien que ça*, songé-je une fois encore en sortant mon instrument de son étui.

Maisie arrive derrière moi, aussi silencieuse qu'un prédateur, et pose sa basse sur un socle, avant de se vautrer dans l'un des gigantesques canapés de cuir, seuls meubles que nous ayons laissés dans la pièce.

— Ton ombre n'est pas avec toi ?

Je lève les yeux au ciel en me demandant comment, et surtout, pourquoi nous la supportons encore. Puis la voix de Logan résonne depuis la terrasse alors qu'il revient avec Lara. Je peux apercevoir la grimace de la bassiste quand elle pose son regard sur ma petite amie.

— Les anciens propriétaires ont fait faillite il y a deux ans, et c'est l'agence de mon père qui gérait la reprise de financement, alors j'ai sauté sur l'occasion. Une si belle maison à une fraction ridicule de son prix, je ne pouvais pas laisser passer l'opportunité, finit de lui expliquer Logan. Et puis, ça nous fait un bel endroit où répéter sans frais…

— Et un cadre de rêve pour vos orgies.

La voix de Maisie vient glacer l'atmosphère, et je la foudroie du regard. Je ne vais pas cacher à Lara que j'ai eu des moments de débauche, elle doit s'en douter, mais nous n'avons jamais ressenti le besoin d'aborder le sujet de façon prolongée, comme je ne l'ai jamais questionnée non plus sur ses ex. Toutefois, ce n'est pas une raison pour lui jeter ce genre de choses à la figure, et surtout d'en parler de cette manière.

— Pour nous, c'est la musique le plus important, la reprend Logan, grinçant, alors que j'attire Lara à moi.

Je l'embrasse doucement et chuchote à son oreille :

— Pour moi, c'est juste toi le plus important. Toi, et l'instant présent.

Elle me sourit et me rend mon baiser avec un désir non dissimulé. La voix de Chris qui retentit au sein de la grande pièce nous fait reprendre pied dans la réalité. Notre ami s'installe direct derrière sa batterie en secouant fièrement un carton blanc devant lui.

— J'ai reçu mon invitation pour le mariage de ta cousine, Lara. C'est vraiment sympa à elle d'avoir pensé à moi! s'exclame-t-il avant de retirer ses lunettes de soleil.

— Bax a reçu la sienne, hier.

Le grognement mécontent de Logan n'échappe à personne.

— On peut venir accompagné à ce que je vois. On doit seulement retourner le carton avec le nombre de personnes, c'est ça? s'enquiert Chris après un coup d'œil espiègle au chanteur.

Lara acquiesce en silence. Je sais qu'elle est préoccupée par les coups de fil incessants de Josie, terriblement stressée à l'approche de son mariage. Pourtant, même s'ils sont discrets, je ne peux manquer le drôle de regard qu'échangent mes deux amis. N'a-t-elle donc vraiment rien vu? *Tout ça ne sent pas bon, pas bon du tout,* pensé-je.

— Mais où est-ce que tu m'emmènes encore ?

Son timbre agacé me fait rire. Assise sur le siège passager, les yeux à nouveau bandés, Lara me fait la tête. À peine la répétition terminée, je l'ai informée que nous devions aller faire une course.

— Cesse de poser des questions pour lesquelles tu sais pertinemment que tu n'obtiendras pas de réponse.

Une fois sur le parking et la voiture à l'arrêt, je sors et l'aide à quitter l'habitacle. Mes mains sur ses épaules, je la fais pivoter légèrement, et doucement, lui retire le foulard. Posant mon menton au creux de son cou, je savoure le parfum de sa peau.

— Mais qu'est-ce qu'on fait ici ?!

Chapitre 27

Lara

Lorsque Baxter lance mon bandeau de fortune sur le siège passager de sa voiture et en referme la portière, je reste plantée là, à fixer le bâtiment devant lequel nous nous trouvons. Je me retiens de lui poser mille questions tandis qu'il me prend la main pour m'entraîner à l'intérieur. Une gentille dame nous accueille et nous demande de patienter avec tout un tas d'inconnus.

— Bax, qu'est-ce qu'on fiche dans un chenil ? murmuré-je encore près de son oreille.

— Tu verras.

Je déteste ses petites manigances ! Elles ont le don de me mettre les nerfs en boule ! Mais je n'ai pas vraiment le temps de pester contre lui, car un homme vient d'ouvrir deux grandes portes, nous invitant tous à entrer. Deux panneaux nous indiquent par où aller : à droite les chats, à gauche les chiens. Baxter me conduit directement vers l'espace réservé aux canidés, alors que la plupart des autres personnes présentes se dirigent vers l'espace dédié aux chats.

Une grande allée de béton, une infinité de cages de chaque côté, des aboiements… Tout cela me fend le cœur. Voir autant de chiens à l'abandon me fait perdre espoir en l'être humain. Comment les gens peuvent-ils ainsi tourner le dos à un animal qu'ils avaient pourtant choisi d'accueillir au sein de leur famille ? L'un d'entre eux attire mon attention, car il ne s'est pas jeté sur la porte de sa cage comme les autres. Je m'approche doucement de sa cellule et m'accroupis pour constater qu'il s'agit d'un chiot, blond comme les blés. Il reste au fond de sa prison et me fixe de ses yeux bruns.

— Viens, chuchoté-je malgré le bruit ambiant.

Je peux sentir le poids du regard de Baxter sur moi, cependant toute mon attention est dirigée vers l'animal devant moi. Prudemment, le petit chien s'avance, et je passe mes doigts à travers les grilles afin qu'il puisse les sentir. Quand il est tout proche, je lui gratte délicatement l'arrière d'une oreille, il se colle alors contre la porte de sa prison et me fixe.

— Je peux vous aider? nous demande une jeune femme qui m'a tout l'air de travailler ici.

— Oui. Je crois que ma petite amie a trouvé son bonheur.

Je lève les yeux vers Baxter sans comprendre, tandis qu'il me tend la main pour que je me remette debout.

— Est-ce que je vais chercher les formulaires?

— Oui, affirme le guitariste d'une voix ferme.

Lorsque la bénévole nous quitte, j'interroge toujours le musicien du regard.

— C'est la journée des adoptions, me confie-t-il simplement pendant que nous regagnons d'un pas tranquille le bureau d'accueil.

— Tu veux adopter un chien?

— Ouais.

Sans un mot de plus, il remplit les papiers que l'employée lui apporte, et l'homme qui nous a ouvert un peu plus tôt nous rejoint quelques minutes plus tard par une porte dérobée, avec le chiot.

— Quel nom veux-tu lui donner? me demande Baxter.

— Tu veux que, moi, je choisisse le prénom de ton chien?!

De plus en plus incrédule, je me sens vraiment idiote quand on me met le petit animal dans les bras. Son museau vient doucement renifler ma joue, et je fonds aussitôt.

— C'est un mâle stérilisé, il vient tout juste d'avoir quatre mois, sa race n'est pas indiquée, m'informe le bénévole. Il a été trouvé dans une ruelle alors qu'il n'avait que quelques semaines.

Durant un court moment, je passe mes doigts dans le pelage duveteux du chiot et cherche un prénom qui lui irait bien.

— Maverick, décidé-je en fixant mon compagnon.

— Comme dans *Top Gun*[10]?!

— Plutôt comme le film *Chasing Mavericks*[11].

En silence, il note le nom que je viens de lui donner, puis me désigne les papiers.

— Tu viens de sauver une vie, Lara.

Impossible pour moi de contenir l'émotion qui me submerge en découvrant qu'il a rempli les papiers d'adoption à mon nom.

— J'espère que tu n'es pas allergique aux poils de chien!

— Bax… Je…

Les mots refusent de sortir, ils restent bloqués dans ma gorge et mes paupières finissent par libérer les larmes de joie qui dévalent mes joues.

— Je t'avais dit que je ferais en sorte de rayer un à un tous les souhaits de ta liste, murmure-t-il en prenant mon visage en coupe.

J'acquiesce en silence, toujours incapable de parler tant je suis émue par son geste. Il approche doucement ses lèvres des miennes, mais Maverick s'interpose et lui lèche le menton. Baxter grimace en essuyant la bave du chiot.

— Je crois qu'il m'aime bien, me lance-t-il avec un grand sourire, en caressant la tête de l'animal.

— Je t'aime aussi.

10- Film américain réalisé par Tony Scott, sorti en 1986. Il est aujourd'hui considéré comme un film culte.

11- Film biographique américain de Curtis Hanson, remplacé par Michael Apted en fin de tournage à la suite d'une opération chirurgicale, sorti en 2012.

Le regard que Baxter a pour moi à cet instant vaut n'importe quelle déclaration d'amour au monde. Je suis toujours aussi surprise qu'une personne aussi exceptionnelle puisse me regarder, moi, de cette façon.

— Allez, Mademoiselle Spencer, nous avons des emplettes à faire pour ce charmant jeune homme, m'annonce le guitariste en me désignant la sortie.

Nous passons le reste de l'après-midi à courir les magasins afin d'acheter tout le matériel nécessaire au confort du petit Maverick. Collier, laisse, bols, coussin et des tonnes de jouets ! J'avoue que je me laisse un peu aller. De retour chez Baxter, nous sommes assaillis par Sasha, qui nous attend avec impatience depuis que je lui ai envoyé une photo du chiot. Ensemble, nous faisons découvrir la maison, ainsi que la cour clôturée à l'arrière, à notre nouveau compagnon.

Le soir venu, Maverick est totalement épuisé. Il est sagement couché sur son coussin tout neuf et ronfle doucement quand je sors de la douche. Baxter n'est pas dans le salon, mais je perçois des notes de musique en provenance de sa pièce. Sans bruit, je jette un œil par la porte restée entrouverte. Il se tient là avec sa guitare, torse nu, ne portant qu'un bas de survêtement, et je le regarde jouer un long moment ainsi, n'osant pas me manifester. Il paraît si concentré sur son art que j'ai l'impression qu'une bombe pourrait tomber dans le jardin sans même le perturber. Pourtant un sourire vient peu à peu étirer ses lèvres, et il cesse enfin de jouer pour lever la tête vers moi.

— Tu peux entrer.

Vêtue de l'un de ses tee-shirts que j'ai fini par m'approprier et d'une culotte, j'avance dans la salle sous la chaleur de son regard. Je gagne le canapé tandis qu'il pose sa guitare sur son socle. La plus farouche des tempêtes gronde dans ses yeux quand il s'approche de moi. Je m'allonge sur le sofa et il prend place entre mes jambes, son corps se love au-dessus du mien comme s'il pouvait ainsi me protéger de tous les maux de la Terre. Je passe alors mes mains derrière sa nuque pour l'attirer encore plus près.

— Sais-tu seulement à quel point je te désire, Lara Spencer ? souffle-t-il, sa bouche à quelques millimètres de la mienne.

— Sûrement pas autant que, moi, je te désire.

— Tu veux parier ?

Il appuie sa question en mordillant ma lèvre inférieure. Mes jambes s'enroulent autour de ses hanches, et son bassin vient à la rencontre du mien.

L'amour et le désir nous consument.

Dans l'après-midi du quinze août, après avoir donné maintes indications à Sasha concernant les soins de Maverick, nous quittons la maison pour rejoindre Josie à Seattle. Près de quatre heures de route nous attendent. Samedi, ma cousine se marie et je me dois d'être présente pour elle.

— Tu es certain que tu veux conduire durant tout le trajet, je peux…

— Lara, tu es crevée depuis quelques jours, ne crois pas que je ne l'ai pas remarqué ! Alors si tu veux me faire plaisir, repose-toi pendant le trajet, me coupe Baxter en posant sa main sur ma cuisse.

Mes doigts joints aux siens, j'incline sagement mon siège et ferme les yeux. Il a raison, je suis très fatiguée ces derniers jours, mais il faut dire aussi que Maverick a encore un peu de mal à trouver ses marques et passe son temps à nous réveiller en pleine nuit. Bercée par la musique en fond sonore, je sombre dans un profond sommeil.

Des petits coups portés à la vitre côté passager me réveillent. Quand j'ouvre les yeux, je tombe nez à nez avec le visage souriant de Josie. Son regard noisette pétille, et comme elle, je suis ravie de la revoir enfin ! Je redresse maladroitement mon siège et défais ma ceinture de sécurité pour jaillir du véhicule. Dans une exclamation de joie non contenue, ma cousine me serre dans ses bras à m'en étouffer.

— C'est si bon de te retrouver, murmure-t-elle à mon oreille alors que Baxter fait son apparition.

Elle le salue par-dessus mon épaule :

— À ce que je vois, tu as bien pris soin d'elle.

— Je te l'avais promis.

Josie me relâche doucement. Nos embrassades ont eu l'avantage de me laisser le temps de reprendre mes esprits, car en me redressant, j'ai soudainement été prise d'un violent vertige. Sûrement le fait d'avoir changé trop vite de position après ma longue sieste…

Ma cousine nous aide à sortir nos bagages du coffre. Je suis étonnée de découvrir que Baxter a même pris la peine d'emporter un costume ! J'ai vraiment hâte de le découvrir dans sa tenue bon chic bon genre.

Nous montons jusqu'au troisième étage et gagnons l'appartement. Alors que je pose nos affaires dans l'entrée, un *détail* m'interpelle immédiatement.

— Tu n'as toujours pas fait tes cartons ?

Josie s'applique à éviter mon regard tout en déplaçant ma valise jusque dans ma chambre.

— Jo ?

— Je n'emménage chez Sam qu'après les fêtes de fin d'année, me répond-elle finalement.

Mais qu'est-ce que c'est encore que cette connerie ? songé-je sans toutefois dire un mot.

— Vous allez où pour votre lune de miel ?

La question de Baxter nous parvient du salon, et Josie me fixe cette fois avec de grands yeux tristes.

— Nulle part… En fait, Sam doit repartir à Boston dès lundi matin, nous avoue-t-elle. Il a juste réservé une suite dans un hôtel cinq étoiles pour le week-end.

Si seulement ce sombre crétin pouvait se faire renverser par un camion à ordures d'ici samedi ! ragé-je intérieurement.

— Allez, faites comme chez vous, installez-vous ! nous invite Josie, un sourire de façade plaqué sur son joli visage.

Cela m'a fait bizarre de dormir dans mon lit avec Baxter, et plus encore de me réveiller à ses côtés ce matin ! *Il détonne un peu au milieu de mes bouquins*, songé-je tandis que nous paressons, allongés sous les couvertures.

— Sam n'est qu'un connard sans nom, il ne mérite pas Josie, soupiré-je pour la millième fois.

— Pourtant ta cousine doit bien l'aimer un peu si elle a décidé de l'épouser, non ?

— Josie cherchait le confort d'une relation stable quand elle l'a rencontré. Alors quoi de mieux que quelqu'un qui n'est jamais là ? Elle préfère être mal accompagnée que seule…

Pourtant, d'ici peu, elle va se retrouver totalement seule, car il ne restera plus que ce connard dans sa vie, ne puis-je m'empêcher de penser avec amertume.

Pour l'heure, il est temps pour moi de me lever et d'aller rejoindre la future mariée au salon, où elle semble tenir une conversation téléphonique des plus animée. Sa voix excédée résonne jusque dans la chambre. Baxter me vole un baiser et me laisse sortir du lit pour enfiler mon peignoir. Je le regarde avec envie tirer toutes les couvertures à lui et refermer les yeux.

— Ça, c'est vicieux, lui reproché-je en le voyant si confortablement installé.

— Tu as profité du voyage d'hier pour dormir, ce matin, c'est mon tour. Les trucs de mariage, j'y connais que dalle, je ne suis que ton invité.

— Et tu crois que moi, j'y connais quelque chose en mariage ?!

Il m'adresse un sourire paresseux.

— Tu es sa demoiselle d'honneur, alors va donc faire ton boulot, ironise-t-il.

Dans un soupir exagéré, je sors de la pièce et ferme néanmoins la porte derrière moi pour le laisser dormir en paix. Josie est en train d'arpenter le salon d'un bout à l'autre, son portable fixé à l'oreille.

— Oui, je comprends, mais…

Elle est coupée au beau milieu de sa phrase, et je devine sans peine qu'elle bouillonne de l'intérieur.

— Très bien ! crache-t-elle finalement avec une hargne peu commune, avant d'interrompre la conversation et de balancer son téléphone avec fracas sur la table basse.

— Ça va ?

— Non ! Sam a engagé cette organisatrice de mariage à la noix et tout ce que je dis ou désire est bon pour la poubelle ! Elle ne tient aucun compte de mon avis ! clame-t-elle en se laissant tomber sur le canapé.

Josie essuie une larme sur sa joue et me fixe.

— Je n'ai même pas pu choisir ma propre robe de mariée, tu imagines ?! Sam lui a envoyé des photos, et c'est elle qui a fait le choix final !

Ses propos me laissent un instant estomaquée, juste un court instant... puis ma haine envers Sam grandit encore.

— Comme il n'est pas catholique, il a juste loué une immense salle pour célébrer notre union et accueillir la réception ! Je n'aurai pas droit non plus à un mariage à l'église...

Josie n'est pas une pratiquante à proprement parler, cependant je sais qu'elle croit en Dieu. Moi, non. Après tout, s'il existait, comment aurait-il pu faire endurer à une fillette de cinq ans tout ce que j'ai dû traverser à cette époque. Et remettre ça ensuite, à deux reprises !

— Tout va bien se passer, Jo. J'en suis certaine, tenté-je pourtant de la rassurer en m'installant près d'elle.

Ce mouvement fait remonter les manches de mon kimono en satin léger, provoquant un hoquet de surprise chez ma cousine.

— Lara !

Son regard vient de tomber sur mes avant-bras, et les petites ecchymoses qui les parsèment çà et là.

— Ce n'est rien, tu sais bien que je marque facilement...

— Et Bax ? Tu l'as mis au courant ? chuchote-t-elle.

— Pas encore, j'attends qu'ils aient bouclé leurs concerts à Portland en septembre pour lui en parler. Je ne veux pas que tout ça... Je ne veux pas le chambouler juste avant, rectifié-je.

— Il n'a pas remarqué les bleus ?

— Si, mais comme je suis super maladroite, l'excuse passe encore. Et Maverick est assez turbulent quand je joue avec lui.

Un lourd silence s'installe entre nous, et cette fois, c'est moi qui le brise.

— Je ne veux pas le blesser, Josie... Je l'aime tellement, si tu savais. Il est la seule chose qui me permet encore de respirer, soufflé-je.

— Je te crois, Lara, je le vois très bien...

Je pose ma tête sur son épaule, et nous restons ainsi pendant un long moment encore. Savourant simplement nos retrouvailles.

Pourtant, quelque chose dans la raideur de son corps me fait comprendre avec une certitude absolue qu'elle me cache quelque chose.

Il est plus de vingt heures quand je me décide à mettre enfin Baxter à la porte de l'appartement.

— C'est ma dernière soirée avec ma cousine, alors qu'elle est encore célibataire !

— Vous avez prévu une nuit de débauche avec des stripteaseurs ?! nous questionne le guitariste avec un petit rire, tout en se dirigeant vers la sortie.

Josie s'esclaffe dans mon dos et lui désigne la console de jeux vidéo posée près de la télévision.

— Clayton nous la prête jusqu'à demain, le rassure-t-elle avec un clin d'œil.

— Des jeux vidéo ?!

Nous acquiesçons toutes les deux, sourire aux lèvres.

— Je suis Lara Croft, Bax, tu ne le savais pas encore ?!

— Tu es bien trop maladroite pour être Lara Croft, ma belle, murmure-t-il en déposant un baiser sur mon front.

Je lui tire la langue et Josie passe un bras autour de mes épaules.

— Vous, les femmes Spencer, vous êtes décidément bien surprenantes, affirme mon compagnon dans un éclat de rire. Bon, je vais rejoindre les gars au *Olie's*.

— Les gars ?!

La question de Josie me ramène à la réalité, et j'interromps Baxter en lui faisant les gros yeux, avant qu'il ait le temps de s'expliquer.

— Chris et Clay.

Le regard interrogateur du musicien se pose sur moi, tandis que je fronce les sourcils. Pas question d'imposer à Josie cette pression supplémentaire ! Pas tout de suite… Elle le saura bien assez tôt !

La porte de l'appartement s'ouvre alors d'un coup, heureuse distraction, et Sam apparaît sur le seuil. L'homme de loi toise Baxter d'un air supérieur qui mériterait mon pied au cul ! Ce connard prétentieux ne lui arrive même pas au petit orteil !

— Qui êtes-vous ? s'enquiert d'emblée l'intrus sans lui accorder un second regard.

— Le petit ami de Lara.

Baxter lui tend la main par politesse, mais Sam ne prend même pas la peine de la serrer en retour. Non, mais c'est mon poing dans la gueule qu'il va se prendre s'il poursuit sur cette voie !

— Qu'est-ce que tu fais ici ?

La question de Josie semble l'irriter.

— Je passais pour m'assurer que tout était sous contrôle, laisse tomber l'avocat sans quitter son ton condescendant.

Retenez-moi ! Je meurs d'envie de lui arracher les yeux et de les lui faire avaler !

— Bien sûr que tout est sous contrôle, mais toi, tu vas être en retard à ton enterrement de vie de garçon. Viens, je te raccompagne en bas.

Le couple – mal assorti – franchit le seuil et disparaît dans les escaliers. J'étouffe à peine un grognement de frustration et Baxter me serre fort contre lui.

— Je n'ai jamais détesté quelqu'un à ce point, Bax ! Jamais ! marmonné-je contre son torse.

— Même pas Maisie ?

— Maisie est un cadeau par rapport à cette pourriture !

D'un doigt, il me relève le menton et pose ses lèvres sur les miennes. Il est si facile de tout oublier avec lui.

Chapitre 28

Josie

Laissant Baxter et Lara dans l'appartement, je raccompagne Sam jusque sur le trottoir de notre immeuble où une limousine l'attend. L'un de ses amis passe la tête par le toit ouvrant et me fait de grands signes de la main, avant d'être à nouveau tiré à l'intérieur du véhicule. Il est visiblement déjà bien éméché !

— Votre soirée a déjà commencé à ce que je vois, lancé-je à Sam.

— Oui, nous étions dans un pub sympa et ton appartement se trouvait sur notre chemin pour nous rendre au restaurant.

Wow, j'ai tellement de chance d'avoir été sur sa route ! ironisé-je. Mais aucun mot ne franchit mes lèvres, je ne fais qu'acquiescer en silence. La lumière pâle au-dessus de la porte de l'immeuble éclaire le visage tendu de mon fiancé. Ce dernier m'embrasse sur la joue et recule d'un pas vers la limousine garée le long du trottoir.

— Ne sois pas en retard demain, me lance-t-il, paternaliste, avant de s'engouffrer à nouveau dans le véhicule.

Je le regarde s'éloigner tandis que des larmes de frustration me montent aux yeux. Je n'en peux plus d'être considérée ainsi, comme une gamine capricieuse. Son insupportable organisatrice et lui ont planifié notre mariage de A à Z. Je n'ai pas eu une seule fois mon mot à dire sur ce qui normalement devrait être le plus beau jour de ma vie. Envoyer les invitations, voilà tout ce que j'ai été autorisée à faire !

J'inspire un grand coup afin de retrouver ma sérénité et m'apprête à regagner le hall quand une voix m'interpelle :

— Encore une fois, je te trouve avec des larmes dévalant tes joues. C'est ce pauvre type que tu vas épouser demain ?

Tout mon corps se fige lorsque je reconnais la grande silhouette qui sort de l'ombre de mon bâtiment. Logan me fait face et je manque d'air un instant. J'aimerais pouvoir fermer les yeux et le voir disparaître, mais les battements effrénés de mon cœur sont là pour me confirmer que je n'hallucine pas. Ma gorge s'assèche d'un coup.

— Qu'est-ce que tu fiches ici à m'espionner comme un pervers ?!

— J'attends Bax, on doit rejoindre Chris au *Olie's*, m'informe-t-il. Et franchement, en quoi j'ai l'air d'un pervers ?

Il se désigne de haut en bas, et malgré moi, mon regard suit sa main. Bon d'accord, il a plus l'air d'un mannequin que d'un pervers, c'est vrai !

Et tout à coup, comme une bombe atomique qui exploserait sous mon crâne, la lumière se fait en moi.

— C'est toi, l'invité de Chris ?!

— Dans le mille ! J'étais un peu vexé de ne pas avoir reçu ma propre invitation.

Logan s'approche de moi et je suis obligée de lever la tête pour le regarder dans les yeux.

— Franchement, c'est à ce type qui vient de partir que tu vas t'unir pour la vie ? répète le chanteur, comme si je n'avais pas déjà entendu sa première remarque. Il te prend clairement pour la potiche de service...

— Ma vie ne te regarde pas, Logan.

Je peine à empêcher ma voix de trembler, tandis qu'un flot d'émotions me submerge. *Tu sais très bien que, maintenant, ta vie le regarde peut-être un peu...* songé-je en refermant la bouche. Heureusement, c'est le moment que choisit Baxter pour sortir de l'immeuble. Il se fige un instant et nous observe d'un air soucieux.

— Je dois vous laisser… ou on peut y aller, Logan ?

Son ton est tranchant, ce qui m'étonne un peu de sa part. Le chanteur lui désigne sa voiture garée non loin, et les deux musiciens s'éloignent en chuchotant avec animation. Ce n'est qu'alors que les battements furieux de mon cœur acceptent enfin de se calmer. Je m'engouffre dans le hall et grimpe les trois étages aussi vite que mes jambes tremblantes me le permettent. J'ouvre la porte de l'appartement avec toute la violence de ma colère et pointe Lara d'un doigt menaçant.

— Toi ! Tu savais qu'il allait venir, n'est-ce pas ?!

Elle fourre une poignée de pop-corn dans sa bouche et hausse innocemment les épaules.

— J'ai sorti les bières, les chips et j'ai même fait du pop-corn, me répond-elle simplement.

— Je vais plutôt prendre de l'eau…

Je soupire en refermant la porte et vais m'installer dans le canapé à ses côtés, le cœur au bord des lèvres. Logan, l'homme avec qui j'ai trompé mon fiancé, sera présent demain à mon mariage !

Moi qui croyais avoir affronté le pire avec toute cette organisation pourrie… Je me suis lourdement trompée ! Revoir Logan est la chose la plus terrible qui pouvait encore m'arriver !

Le lendemain, en fin d'après-midi, alors que le temps vire à l'orage sur Seattle et dans mon cœur, je me retrouve dans la salle de préparation avant la cérémonie de mon mariage. La tête entre les mains, j'accepte les cachets d'aspirine et le verre d'eau que Lara me propose.

Après avoir pris une longue inspiration, je me lève pour que ma cousine et l'habilleuse m'aident à enfiler ma robe. Son bustier couvert de perles et trop serré me révulse, et sa jupe, cet immonde amoncellement de jupons, tombe depuis ma taille telle une gigantesque meringue. *Tout ce que je déteste*, pensé-je, face au miroir, en réprimant mon envie de vomir.

On me coiffe et me maquille légèrement dans un insupportable concert de babillages. Je manque de croquer la main de la maquilleuse quand celle-ci insiste pour me mettre son espèce de gloss *rouge salope*. Hors de question !

— Vous devriez nous laisser, lui conseille Lara en faisant sortir tout le monde.

Lorsque le silence envahit enfin la pièce, un soupir de soulagement m'échappe. J'ai tellement mal au crâne ! Lara et moi avons un peu abusé des heures passées devant les jeux vidéo, et cela se fait grandement ressentir aujourd'hui, surtout en cette fin de journée. La maquilleuse a tout de même réussi à cacher mes cernes, ce qui relève du miracle !

— Tu es superbe, Josie, me souffle Lara.

Je lève les yeux vers elle et éclate de rire.

— Tu plaisantes, j'espère ?! J'ai l'air d'un gros gâteau d'anniversaire !

Ma cousine se mord l'intérieur des joues, je vois bien qu'elle fait tout pour s'empêcher de rire aux éclats elle aussi, mais c'est finalement plus fort qu'elle. Nous sommes toutes les deux hilares quand mes parents entrent dans la pièce. Mes propres géniteurs ne tarissent pas d'éloges sur l'organisation du mariage, et cela m'agace. Ils croient que Sam est une espèce de Dieu, juste parce qu'il veut bien de leur fille unique ! Lorsque mon père voit l'état dans lequel je me trouve, il propose aussitôt à ma mère de ressortir pour accueillir les derniers invités, avant qu'elle ne me fasse une scène.

Merci mon Dieu! pensé-je en les regardant faire volte-face et quitter les lieux.

— J'ai si peur que mes parents parlent de ma leucémie à Bax. Je préférerais qu'il l'apprenne de ma bouche plutôt que de la leur, soupire Lara en fixant mon voile dans mes cheveux.

Je relève la tête pour plonger dans son regard et pose mes mains sur ses épaules, dénudées par une magnifique robe bustier couleur lilas. Comme je n'ai pas beaucoup d'amies, Lara est ma seule demoiselle d'honneur, ce qui me convient tout à fait.

— Ne tarde pas trop à lui avouer ton état, ma chérie. Tu ne sais pas comment il réagira face à une telle révélation. Tout le monde n'est pas fait ou prêt à affronter ce genre de situation… même pour la personne qu'on aime, lui confié-je.

Une larme solitaire roule sur sa joue, que je m'empresse d'essuyer, le cœur en berne.

— Si tu savais combien j'ai peur de sa réaction quand il l'apprendra, confesse-t-elle d'une voix brisée. Qu'est-ce que je vais devenir s'il décide de me quitter?

— Quoi qu'il arrive, je serai à tes côtés, Lara. Je te le promets, soufflé-je en la serrant dans mes bras.

— Je sais…

On toque à la porte, et nous nous séparons pour que Lara puisse aller ouvrir. Ma cousine garde un instant la tête dans l'embrasure et parle tout bas.

— Je ne crois pas que ce soit une bonne idée, chuchote-t-elle enfin un peu plus fort.

Malgré tout, l'individu derrière la paroi la pousse doucement sur le côté et entre dans la pièce. Et tout à coup, c'est comme si cet endroit pourtant spacieux devenait trop petit. Devant moi se tient Logan dans un costume trois-pièces. J'ai l'impression que mon bustier déjà beaucoup trop serré est en train de m'étouffer.

— Je peux te parler en privé une seconde? me demande le chanteur.

— Logan, tu… commence Lara.

Et là, j'ignore ce qui me prend, mais je la coupe avec une fermeté dans la voix que je suis très loin d'éprouver.

— C'est bon, Lara, laisse-nous.

Même Logan est surpris par ma réponse, à la vue de la stupéfaction que je peux lire sur son visage. Lara quitte la pièce, nous laissant seuls, face à face.

— Je suis désolé de te le dire de cette façon, mais cette robe…

— …est affreuse, je sais, soupiré-je en m'adossant au mur.

Je grimace quand une pince à cheveux se plante dans l'arrière de mon crâne. Je tente de desserrer un peu mon chignon, même si en fait, l'envie de tout arracher me démange. Le chanteur s'approche de moi.

— Laisse-moi faire…

Il s'applique à donner plus de liberté à ma coiffure, et l'impression qu'une tierce personne tirait sur ma chevelure disparaît subitement.

— Mon Dieu, ça fait tellement de bien, chuchoté-je, les yeux fermés, tandis que Logan remet mon voile en place.

Je peux sentir son souffle sur ma pommette à l'instant où il penche son visage vers moi. J'ouvre doucement les paupières pour rencontrer l'éclat de ses yeux d'émeraude. Mon cœur, ce traître, s'emballe dans ma poitrine. Et lorsque le chanteur de *Wild Rush* pose ses lèvres sur les miennes, je ne le repousse pas, bien au contraire, tout mon corps se tend vers lui. Les mains sur ses joues couvertes d'une fine barbe, je savoure cet échange, car je sais qu'il sera le dernier. Et même si je lui ai dit le contraire, d'une certaine façon, il fait partie de ma vie maintenant… Je manque de le retenir au moment où il s'écarte de moi, mais à quoi bon...

— C'était pourquoi ce baiser ? murmuré-je.

— Je voulais vérifier quelque chose…

318

Sur ces mots, Logan tourne les talons et sort de la pièce, laissant la porte ouverte derrière lui, et mes pensées sens dessus dessous. Les premières notes de *la marche nuptiale* de Wagner s'élèvent dans l'immense salle de réception. Lara apparaît avec mon bouquet. D'un coup d'œil dans le miroir, je m'assure que mon rouge à lèvres est encore en place, puis au bras de mon père, j'emboîte le pas à ma cousine d'une démarche raide et hésitante.

Durant tout le temps qu'a duré la cérémonie, c'est comme si je n'avais pas été présente. Nous avons échangé nos vœux comme on récite un exposé, puis nous avons été déclarés mari et femme. Assise à la grande table réservée aux invités d'honneur, je cherche à présent Chris et Logan du regard. Quand je croise les yeux du chanteur, une boule se forme au milieu de ma gorge, comme si j'allais manquer d'air.

Après la danse d'ouverture, le temps passe sans que je m'en aperçoive et je m'en moque. Tout ce que je désire désormais, c'est cesser de devoir sourire comme une idiote, retirer cette robe à la con et rentrer chez moi.

Tandis que Sam discute avec des personnes que je ne connais même pas, je me retrouve seule. Au centre de la piste, je peux voir Baxter et Lara danser sans se quitter du regard, et tout l'amour que je lis dans leur échange muet me fait monter les larmes aux yeux. Avec un sourire qui en dit long sur ses sentiments pour ma cousine, le guitariste l'entraîne à l'écart, puis je les aperçois qui se glissent à l'extérieur par l'une des sorties de secours.

Mais qu'est-ce que j'ai fait ?! songé-je en posant un regard écœuré sur mon alliance, puis sur Logan.

La plus grosse erreur de ta vie, chuchote une petite voix dans ma tête.

Chapitre 29

Lara

Baxter me fait tourner sur la piste, et du coin de l'œil, je surveille mes parents qui dansent eux aussi un peu plus loin, ils semblent si heureux tous les deux en cet instant. Le guitariste me ramène à lui, sa main dans mon dos caresse doucement ma chute de reins. Je suis hypnotisée par le regard qu'il pose sur moi, c'est comme si nous étions seuls au monde. Le sourire à fossettes sans équivoque fait son apparition quand il entrelace ses doigts aux miens. Discrètement, nous nous éloignons des invités. Baxter m'entraîne sans un mot vers l'une des sorties de secours, et je prie intérieurement pour qu'aucune alarme incendie ne se déclenche quand il pousse la lourde porte.

— Bax, on ne peut pas laisser Josie toute seule, déjà que Sam l'a abandonnée…

Dès que nous mettons un pied à l'extérieur, une pluie torrentielle s'abat sur nous. Mon compagnon m'attire contre lui et m'embrasse comme s'il ne m'avait pas vu depuis des mois. À m'en couper le souffle. La musique de la réception filtre à travers le battant que Baxter a bloqué afin qu'il reste entrouvert, et le guitariste commence doucement à faire onduler nos deux corps. En un rien de temps, nous sommes complètement trempés. Du bout des doigts, il place alors mes cheveux dégoulinants derrière mes oreilles et me sourit.

— Danser sous la pluie, me rappelle-t-il en reprenant notre valse, tu peux aussi rayer ça de ta liste.

Dans un élan de bonheur absolu, je me jette à son cou, et cette fois, c'est moi qui l'embrasse avec toute la passion qui me consume. J'enfonce mes mains dans sa chevelure, et il resserre son étreinte autour de moi.

— Je t'aime tant, soufflé-je contre sa bouche.

Ses yeux brillent à la lueur d'un lampadaire tout proche. Tout ce que j'y aperçois me renvoie les mots que je viens de prononcer. Je me détache un peu de lui et tente de décoller de ma peau le tissu détrempé de ma robe.

— C'est beaucoup moins romantique que tout ce que le cinéma veut nous faire croire ! déclaré-je en riant.

— Je te proposerais bien mon veston, mais il est dans le même état.

Baxter me tend la main et je la saisis.

— Je peux voir les points d'interrogation dans tes yeux, Lara !

— C'est parce que tu es toujours plein de surprises, Baxter Grady, lui confié-je alors qu'il m'entraîne à sa suite dans la rue. Mais où vas-tu encore comme ça ?

Il s'arrête au beau milieu du trottoir, sous le déluge, et ancre son regard au mien. Il caresse tendrement mes joues et, à quelques centimètres de ma bouche, murmure :

— Je veux qu'on rentre chez toi. Je veux te retirer cette robe. Je veux te faire l'amour, lentement, tendrement. Je veux t'aimer, Lara.

La chaleur monte au creux de mes reins et je lâche sa main. Il semble surpris quand il me voit retirer mes escarpins.

— Qu'est-ce…

— Il faudra d'abord que tu m'attrapes, Grady ! m'exclamé-je en me mettant à courir en direction de mon appartement.

Je peux entendre ses pas frapper durement le bitume, il est juste derrière moi, prêt à sauter sur sa proie. Je ris aux éclats, mais poursuis ma course, mes chaussures bien en main. Une chance pour moi, mon immeuble n'est pas trop loin, car mon souffle est chaotique quand j'arrive devant la porte. Il s'écoule moins d'une seconde avant que le musicien ne me plaque contre le battant, sa bouche s'écrasant sur la mienne. Notre entrée dans le hall se fait en catastrophe, nous manquons de trébucher sur la première marche des escaliers et Baxter doit me lâcher à contrecœur pour éviter le crash. J'attrape à nouveau sa main et nous montons aussi vite que notre respiration haletante nous le permet encore.

Devant ma porte, tandis que Baxter cherche fébrilement les clés que je lui ai confiées, juchée sur la pointe des pieds, je dépose une traînée de baisers dans le creux de son cou. Il jure un instant et m'embrasse avec passion en déverrouillant tant bien que mal la serrure. Le battant s'ouvre enfin derrière moi et nous reculons dans un éclat de rire en nous bousculant tels deux adolescents. Baxter me tient serrée contre lui, jette les clés sur la tablette de l'entrée et referme la porte d'un coup de pied.

Mes doigts partent à la découverte de son corps mille fois exploré. Après bien des efforts, je parviens à faire tomber sa veste de costume au sol. Nos vêtements nous collent à la peau et nos cheveux dégoulinent sur nos visages. Baxter relève ma robe fourreau au-dessus de mes cuisses, m'attrape sous les fesses et me dépose sur l'îlot de la cuisine. Un petit cri m'échappe lorsque la surface froide entre en contact avec ma chair. Je défais les boutons de sa chemise jusqu'à sa fermeture Éclair, que je détache ensuite avidement.

— Pressée? chuchote-t-il contre mes lèvres.

Je me penche vers l'avant pour que ma main se faufile aisément dans son boxer, et j'empoigne son érection en le fixant droit dans les yeux.

— Moi, pressée? Jamais, le défié-je tout en effectuant un lent va-et-vient sur son sexe.

Un son rauque s'échappe de sa gorge. Il retire ma main de son sous-vêtement et s'approche de mon corps autant que le rebord de l'îlot le lui permet. Mes jambes se referment autour de ses hanches, ses dents s'enfoncent un peu dans la chair de mon épaule et je peux sentir ses doigts parcourir mon dos à la recherche de la fermeture de ma robe. Il me libère doucement de mon écrin, dévoilant ma poitrine qui s'offre à lui. Son autre main se faufile sous mon vêtement et caresse l'intérieur de mes cuisses, avant d'écarter ma culotte pour faire monter la chaleur au creux de mes reins.

— Bax ! soupiré-je sous ses assauts délicieux.

— Quoi ?

Je m'agrippe à ses épaules et l'attire plus près encore.

— Aime-moi, soufflé-je à son oreille.

À peine ces deux mots ont-ils franchi mes lèvres, qu'il me fait descendre du plan de travail. Ma robe retombe sur mes hanches, et lentement, Baxter se baisse pour retirer tout tissu revêtant encore mon corps. Il se débarrasse de sa chemise tandis que je l'entraîne vers ma chambre. Nos vêtements sur le sol jalonnent notre parcours.

Une fois dans la pièce, je lui retire son pantalon, qu'il envoie valser dans un coin avec ses chaussures. Presque immédiatement après, je me retrouve allongée sur mon lit, totalement à sa merci. Il avance entre mes jambes, tel un prédateur ayant cerné sa proie et me recouvre de son corps. Malgré la pénombre, je lis dans son regard azur tout ce qu'il ne me dit pas avec des mots. Mes doigts s'enfoncent dans ses cheveux désordonnés.

— J'ai si peur, Bax, murmuré-je faiblement.

— Peur de quoi ?

Nos chuchotements semblent se faire écho dans le silence de ma chambre.

— De te perdre, avoué-je.

Et du temps qui passe trop vite, ajouté-je pour moi-même.

— Jamais. Peu importe ce qui peut arriver, jamais tu ne me perdras.

Mon cœur bondit au fond de moi, propulsé par l'espoir que ces paroles ne changeront jamais. Baxter me pénètre un peu brusquement, comme pour me ramener à lui, et mon corps réagit immédiatement à l'appel du sien. C'est comme si nos âmes étaient connectées l'une à l'autre.

— Tu es faite pour moi, Lara. Pour toujours…

Le bonheur irradie entre nous, alors je prie pour que cela dure. Et tant pis si ce n'est qu'une illusion, moi, je m'y accroche…

Nous sommes rentrés le dimanche soir sans avoir pu revoir Josie. Sasha et Maverick nous attendaient dans le salon. Baxter et son père ont débarqué tous les cartons que j'ai rapportés de mon appartement. Puisqu'il veut que je reste ici avec lui, je ne peux plus me contenter de quelques vêtements et des livres que j'ai déjà lus !

— Je n'en reviens toujours pas de t'avoir permis d'apporter tout ce bazar ici, marmonne le guitariste un peu plus tard, lorsque nous sommes enfin allongés sous les couvertures.

La tête posée sur son torse, je ris en l'entendant ronchonner. J'avoue que la montagne de cartons qui traînent pour le moment dans sa chambre fait un peu peur à voir.

— Je rangerai tout demain matin, c'est promis.

— Et tous ces bouquins, où iront-ils ?

Du bout de l'index, je tapote son ventre, dur comme le roc. Cet homme possède vraiment une musculature de rêve.

— Dans ta salle de musique… ? chuchoté-je. Il reste encore beaucoup de place sur les étagères.

— Dans ma… Oh, et puis merde, après tout, c'est moi qui t'ai demandé de rester.

— Voilà, alors assume tes choix, Grady !

Il m'ébouriffe les cheveux et je me tortille entre ses bras quand les pattes avant et le museau de Maverick apparaissent au bord du lit. Il nous fixe de ses jolis yeux qui m'ont fait craquer.

— Même pas en rêve ! s'exclame Baxter tandis que je m'apprête à faire monter le chiot sur le matelas. Les chiens dorment dans leur panier ou sur le sol, pas dans un lit !

— Mais Bax… !

Je me tourne vers lui et lui offre mon regard le plus suppliant.

— Je t'en prie, Lara, ne me fixe pas comme ça, c'est non ! Maverick ne dormira pas dans notre lit.

Délaissant un instant mon compagnon à quatre pattes, j'approche mes lèvres de l'oreille du guitariste.

— S'il te plaît, je ferai tout ce que tu voudras, susurré-je.

— Tout ce que je veux ?

J'acquiesce vivement en souriant et attrape Maverick qui vient se blottir entre le corps de Baxter et le mien.

— Demain, je te mets une guitare entre les mains, m'annonce le musicien de but en blanc, au moment où il plonge la chambre dans l'obscurité.

D'accord, je viens de me faire avoir comme une débutante !

Après avoir passé une partie de la journée à ranger mes affaires, Baxter et moi sommes allés dîner de bonne heure dans un petit restaurant au centre-ville de Beaverton, et je dois avouer que je suis tellement fatiguée que j'ai à peine touché à mon plat. Nous rentrons tout juste de notre soirée, quand il me demande d'aller m'asseoir sur son lit, puis disparaît. Quelques secondes plus tard, le voilà de retour avec sa guitare sèche.

— Tu étais vraiment sérieux ?!

— Oh que oui ! m'assure-t-il, hilare, en me tendant l'instrument.

— Mais je suis épuisée…

Sans tenir compte de mes paroles, alors que je ne rêve que de me rouler en boule dans les couvertures et de dormir, il retire son tee-shirt qu'il balance au pied du lit et vient s'installer dans mon dos. Taquin, Baxter fait ensuite passer mes cheveux derrière mon épaule et dépose un baiser sur ma nuque. Puis il s'agenouille sur le matelas et place sa guitare correctement entre mes mains.

— Bax, je suis assez maladroite pour te la bousiller, tu sais !

— Si moi, je n'ai pas pu lui faire rendre l'âme, tu n'y arriveras pas. Allez, sois courageuse, me pousse-t-il.

— Très bien !

Je marmonne dans ma barbe, pendant qu'il s'applique à placer mes doigts aux bons endroits sur les cordes. Mes mains entre les siennes, son souffle contre ma joue, la chaleur de son corps qui traverse mon débardeur blanc, tout cela ne m'aide en rien à écouter ce qu'il tente de m'expliquer. C'est sur lui que j'aimerais poser mes doigts et coller mon corps pour savourer sa chaleur, car un froid glacial me gagne peu à peu…

Au bout d'une pénible demi-heure qui me paraît une éternité, j'arrive à tirer quelques notes stridentes de cet instrument de torture. Même moi, je me fais mal aux oreilles, c'est dire ! Prise d'un bâillement incontrôlable, j'écarte mes mains de la guitare et les agite mollement devant moi.

— Ça fait mal…

— C'est toujours comme ça au début, mais ça passe vite quand on s'exerce souvent, m'explique Baxter en jouant un peu pour moi.

Ses bras enserrant mon corps, il s'arrête un instant et m'observe attentivement quand il voit que je ne réagis pas.

— Lara ?

— Je… je… balbutié-je.

Un épais brouillard m'obstrue la vue et des martèlements douloureux résonnent sous mon crâne. J'enserre ma tête de mes deux mains et me lève avec difficulté. La pièce bouge autour de moi et le sol refuse de rester en place sous mes pieds. La sensation d'être ivre me donne le vertige.

— Lara ?!

Je peine à entendre sa voix alors que le néant m'aspire d'un seul coup.

— Je t'en prie, Lara, ouvre les yeux, me supplie au loin la voix de Baxter.

Ses paroles me parviennent comme s'il parlait à travers une vitre blindée. Sourdes et lointaines. Je sens pourtant ses doigts sur mon visage. Quand je soulève les paupières, je ne rencontre que le plafond de sa chambre.

— Lara, parle-moi !

Je l'aperçois à nouveau au-dessus de moi. Il tient maintenant son portable dans la main, et je me demande un instant à qui il peut bien téléphoner…

— Je…

Rien ne sort de ma bouche. Mon souffle est laborieux, comme si quelqu'un était assis sur ma poitrine. Un haut-le-cœur me submerge, et rapide, Baxter me fait basculer sur le flanc alors que je vomis le peu que contient mon estomac. Le bruit de son téléphone qui s'écrase sur le sol est comme un coup de feu dans ma tête.

— Je… mal… respire, articulé-je péniblement.

J'ai la sensation que toute la fatigue accumulée au cours de ma vie s'abat d'un coup sur moi. Un goût métallique envahit ma bouche.

— Reste avec moi, ma belle. L'ambulance va arriver…

J'acquiesce faiblement et referme les yeux, tentant de focaliser mon esprit sur la voix du guitariste pour rester consciente. Je sens la truffe de Maverick sur ma joue et Baxter serrer ma main dans la sienne, et c'est tout ce dont j'ai besoin...

Car je sais parfaitement pourquoi je suis étendue sur le plancher de cette chambre, dans un état de fatigue extrême.

Et pour la première fois de ma vie, cette situation me terrifie.

Car pour la première fois, j'ai vraiment quelque chose à perdre...

Troisième Partie

PlayList

Chapitre 30
Baxter

— Reste avec moi, ma belle. L'ambulance va arriver…

Étendue sur le sol, Lara ferme doucement les yeux et acquiesce sans un mot. Sa poitrine se soulève lentement, trop lentement. Agenouillé près de son corps, je ne prends même pas la peine de récupérer mon téléphone duquel m'interpelle toujours la voix de l'intervenant des secours. Un filet de sang s'écoule alors du nez de ma compagne et j'attrape mon tee-shirt pour tenter de stopper le saignement. J'aimerais la redresser afin que le liquide ne s'écoule pas dans sa gorge et au cas où de nouvelles nausées la reprendraient, mais je sais aussi que je ne dois pas la bouger. Je la laisse donc en position latérale de sécurité, sur le flanc.

Délicatement, après avoir repoussé Maverick, je dégage quelques mèches de cheveux de son visage. Ses paupières papillonnent quelques secondes et ses doigts effleurent mollement mon bras.

— Reste avec moi, Lara, la supplié-je encore dans un souffle en essuyant son visage.

Sa main cherche la mienne et je la serre avec force. Sa peau me semble glacée, pourtant elle est toujours à peu près consciente. Elle est toujours avec moi…

Le temps s'étire à l'infini.

Il paraît interminable quand une personne qu'on aime est en état de détresse. J'ignore combien de minutes se sont écoulées lorsqu'enfin on frappe violemment à la porte principale de la maison.

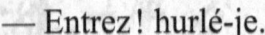

— Entrez ! hurlé-je.

Effrayé par le raffut que font les ambulanciers en arrivant, Maverick part se cacher sous mon lit. Malheureusement pour lui, il est bien le dernier de mes soucis en cet instant et je ne tente même pas de le rassurer. Un homme imposant et un petit bout de femme pénètrent dans la pièce.

— Que s'est-il passé ? demande la femme en enfilant des gants avant de s'approcher de Lara.

Je n'arrive pas à parler, aucun son ne sort de ma gorge serrée.

— Monsieur ! Que s'est-il passé ?!

La voix plus puissante de l'homme me fait sortir de ma torpeur et je lève les yeux vers lui.

— Elle s'est levée en se tenant la tête, puis elle s'est écroulée sur le sol.

— Combien de temps est-elle restée sans connaissance ?

— Je l'ignore, le temps que j'appelle les urgences… Elle a rouvert les yeux pendant que je parlais avec votre collègue au téléphone. Elle a vomi et s'est plainte d'avoir du mal à respirer, expliqué-je sans pouvoir détourner mon regard de Lara.

— Je vais vous demander de quitter la pièce pendant que nous faisons notre travail.

— Non… je…

— Monsieur, vous nous gênez plus qu'autre chose. S'il vous plaît, sortez de la pièce, répète-t-il d'une voix calme et posée.

À contrecœur, je lâche la main de Lara, qui tente faiblement de me retenir, et me remets sur mes pieds. Alors que je franchis le seuil, j'ajoute :

— Elle saigne du nez.

— Est-ce que le débit a augmenté ou diminué depuis le début du saignement ? me demande l'ambulancière.

— Je n'en sais rien… Je…

— D'accord, Monsieur. Nous allons prendre la relève.

Totalement désorienté, je manque de percuter la civière qu'ils ont prise avec eux et me retrouve dans le salon. Quand une main vient se poser sur mon épaule, je sursaute et me retourne. Mes parents et Sasha sont là. Ils ont dû entrer à la suite des secours, sans que je les entende.

— Fiston?

— Lara a perdu connaissance… Ce n'est pas la première fois…

Je repense à cette première soirée que nous avons passée ensemble, à la terreur qui s'était emparée de moi lorsque j'ai rattrapé son corps inerte avant qu'il ne heurte le béton. L'angoisse de ces douze heures passées dans la salle d'attente des urgences de l'hôpital à Seattle. Aujourd'hui, la panique est plus grande encore, elle me bouffe littéralement de l'intérieur…

— Vous avez son sac à main?

La question du secouriste me fait revenir à la scène qui se déroule devant moi. Comme un robot, j'attrape son sac et le lui tends. Il en déverse le contenu sur le canapé, et une carte de visite retient aussitôt son attention.

— Très bien. Monsieur, nous allons sangler votre compagne sur cette civière et la transporter jusqu'au *Providence Portland Medical Center*, m'informe-t-il calmement avant de se tourner vers sa collègue. Elle a la carte du docteur Cambell. Tu la préviens de notre arrivée, s'il te plaît.

Il a à peine terminé de transmettre ses directives que Lara est installée sur le brancard et qu'ils la font rouler jusqu'à la porte. Un masque à oxygène sur le visage, la jeune femme parvient dans un ultime effort à ouvrir les paupières. Nos regards se croisent, et un voile de tristesse passe dans ses iris.

Sans un mot, j'entrelace mes doigts aux siens et reste à ses côtés jusqu'à ce qu'on la hisse dans l'ambulance, toujours garée devant la maison, tous gyrophares allumés. Quelques voisins observent la scène depuis leur porte. J'ai envie de leur hurler de rentrer chez eux et de cesser de dévisager ainsi la femme que j'aime.

— Vous devriez vous faire accompagner à l'hôpital par un membre de votre famille, me suggère l'ambulancier.

J'acquiesce. Je vais tout d'abord m'assurer que Maverick va bien, puis je prendrai ma voiture et j'irai chercher Lara à Portland pour la ramener à la maison avant la nuit tombée ! Car il est hors de question que je reparte de l'hôpital sans elle. *Ça ne peut tout simplement pas arriver*, songé-je en la regardant une dernière fois par le hublot de la porte qui vient de se refermer. La peur dans ses yeux me pousse néanmoins à ne pas traîner.

La musique à fond dans l'habitacle pour m'empêcher de divaguer, je fonce à tombeaux ouverts en direction du *Providence Portland Medical Center*. Sasha voulait venir avec moi, mais je lui ai confié la charge de rassurer Maverick. Le pauvre refusait de sortir de sous le lit, tremblant de panique. J'ai ensuite refusé que quiconque m'accompagne, car je suis certain que Lara ne voudrait pas que ma famille la voie dans cet état.

La route défile, interminable… ce sont les trente-cinq plus longues minutes de ma vie. Par chance, la circulation est fluide à cette heure-ci, sans quoi j'aurais déjà pété un câble.

Une fois ma voiture garée n'importe comment sur la première place que j'ai trouvée dans le parking, je m'empare du sac de Lara contenant quelques affaires, attrapées au hasard pour lui permettre de se changer avant sa sortie, et me précipite vers les urgences. La salle d'attente est bondée, comme c'est toujours le cas dans les hôpitaux, me semble-t-il, que ce soit ici ou à Seattle. Posté devant le petit bureau d'accueil, j'attends que

l'une des deux infirmières en poste raccroche son téléphone.

— Comment puis-je vous aider?

— Ma petite amie vient d'être admise ici, lancé-je, essoufflé.

— Est-ce votre sang, Monsieur? s'inquiète la jeune femme.

Je baisse les yeux sur mon tee-shirt et me rends compte tout à coup que j'ai renfilé celui avec lequel j'ai comprimé le nez de Lara.

— Non. Pouvez-vous m'indiquer où se trouve Lara Spencer, s'il vous plaît?

L'infirmière tape rapidement sur le clavier de son ordinateur.

— Elle a été admise en service d'hématologie.

— En hématologie?! répété-je, incrédule.

— Oui, au quatrième étage, Monsieur.

Je la remercie d'un ton distrait et, totalement hébété, gagne les ascenseurs. La montée me paraît durer des heures, car la cabine est pleine et s'arrête à chaque étage. Sur mes mains, quelques traces de sang attirent mon attention, tel le joueur de flûte hypnotisant le cobra. Lorsque je me fais bousculer par un patient indélicat, je me rends compte que j'ai failli louper le quatrième. Je me faufile entre les portes qui se referment et gagne le poste des infirmières.

— On m'a dit à l'accueil que Lara Spencer avait été admise ici, m'informé-je d'une voix atone.

Un infirmier tape son nom dans le système, avant de me demander :

— Vous êtes de la famille? Mademoiselle Spencer est-elle votre sœur ou bien votre femme?

— C'est ma petite amie. Ses parents habitent à Tacoma et sa seule autre famille est sa cousine qui réside à Seattle! Je peux savoir ce qui lui arrive, bon sang?! m'énervé-je.

— Vous allez devoir patienter jusqu'à ce que le docteur Cambell ait terminé d'ausculter votre amie, Monsieur, je suis désolé. Vous pouvez vous installer en salle d'attente.

Il m'indique une pièce où se trouvent déjà trois autres personnes, et en traînant des pieds, la rage et la panique au ventre, je vais m'asseoir dans un coin. Je laisse tomber les affaires de Lara à mes côtés et pose mes coudes sur mes genoux, désemparé. J'enfouis ma tête entre mes mains, puis fixe le sol à travers mes doigts. Longtemps, je reste dans cette position inconfortable, incapable de la moindre pensée cohérente. Je ne sais combien de temps s'est écoulé ainsi lorsque la sonnerie du portable de Lara résonne depuis le fond de son sac. Tremblant, je farfouille dans l'immense fourre-tout. Mais, alors que je déniche enfin l'objet, ce dernier cesse de sonner.

— Merde ! juré-je.

Par chance, Lara ne code pas son téléphone, j'accède donc sans peine au répertoire des appels. *Josie*, m'indique l'écran. J'appuie sur le contact et porte l'appareil à mon oreille. Deux sonneries et on décroche.

— Lara ?

J'hésite un instant avant de parler.

— Non, c'est Baxter…

— Qu'est-ce qui se passe, tu as une drôle de voix ?!

— C'est Lara, elle a perdu connaissance.

Au bout du fil, j'entends le souffle de Jo se bloquer dans sa gorge.

— Tu as appelé une ambulance ?

— Oui. Josie, qu'est-ce qui lui arrive ? Elle saignait du nez et elle a été admise directement en service d'hématologie, expliqué-je.

— Je…

Sa voix se casse, je la sens sur le point de craquer.

— Ça n'a rien à voir avec son taux de fer, n'est-ce pas ?

— C'est ce qu'elle t'a dit ?

— Oui…

Un soupir lui échappe, puis elle reprend une certaine contenance et m'explique d'une voix calme.

— Lara est malade, Bax.

— Quoi? Qu'est-ce qu'elle a? la questionné-je un peu sèchement.

— Je l'ai encouragée à t'en parler dès le départ, mais... ses sentiments ont pris le dessus et elle ne voulait pas te blesser. Elle comptait te le dire...

— De quoi souffre-t-elle, Josie?!

— Elle a un cancer...

Le portable manque de me glisser entre les doigts et je serre mon poing contre ma jambe, tentant de garder mon sang-froid. Comment suis-je censé agir quand, sans prévenir, le monde s'écroule d'un coup tout autour de moi?

— Elle a tellement peur de te perdre, Bax, chuchote Josie d'une voix brisée.

Une femme portant une blouse de médecin entre dans la salle d'attente et prononce mon nom.

— Je dois y aller, Josie. Je te tiens au courant.

Balançant le portable dans le sac de Lara, je m'approche du docteur. Elle me tend la main et je la serre comme un automate.

— Docteur Cambell, se présente-t-elle d'une voix apaisante. C'est moi qui m'occupe de votre amie, elle souhaite vous voir. Si vous voulez bien me suivre?

Elle m'indique le chemin d'un ample geste du bras, puis avance sans un mot à mes côtés. Nous pénétrons dans une chambre à deux lits. Le premier est inoccupé, tandis que Lara est installée dans le second. Dans une blouse d'hôpital vert d'eau, ma compagne fixe le plafond sans bouger lorsque nous entrons. Je remarque tout de suite les perfusions reliées à son bras... et son extrême pâleur. Un moniteur cardiaque bipe près d'elle.

Comment ai-je pu ne pas remarquer à quel point elle avait les traits tirés et la peau livide ces derniers jours ? me sermonné-je en silence.

— Bax…

Le son de sa voix me rassure immédiatement, et je m'approche de son lit. Mais l'instant suivant, la prise de conscience qu'elle m'a menti depuis le début et dissimulé une chose aussi grave au sujet de son état de santé m'empêche de faire un pas de plus vers elle.

— Je vous laisse, j'enverrai quelqu'un vérifier que tout va bien plus tard, nous annonce le médecin.

Debout au pied du lit, j'observe Lara en silence. En fait, aucun de nous deux ne parvient à parler, ce qui me fait perdre mon calme.

— Ton taux de fer, hein ?!

— Ce n'est rien, je vais b…

— Tu as un putain de cancer, Lara ! Et tu me l'as caché délibérément ! explosé-je, incapable de mesurer le ton de ma voix.

Ses yeux s'agrandissent de stupeur.

— J'ai eu Josie au téléphone, elle tentait de te joindre. C'est elle qui m'a informé de ta maladie, et donc du fait que tu m'as menti à Palm Springs !

— Bax, je…

— Pourquoi tu ne m'as rien dit, bordel ?! sifflé-je. J'avais le droit de savoir !

Des larmes sillonnent son visage et ma vue se trouble également. Je laisse tomber son sac sur le sol et m'effondre sur la chaise près de son lit.

— Je suis tellement désolée, murmure-t-elle entre deux sanglots. Je ne voulais pas te blesser…

Ma mâchoire se contracte et je la regarde droit dans les yeux.

— Explique-moi, maintenant que je suis blessé pour de bon.

Elle acquiesce tristement en essuyant ses joues.

— J'ai eu une leucémie quand j'avais cinq ans, puis une récidive à quinze ans, me dévoile-t-elle. J'avais peu de chances de m'en sortir la deuxième fois, toutefois mes parents ne m'ont pas laissé le choix et j'ai été forcée de suivre un traitement par chimiothérapie.

Elle marque un temps d'arrêt et me fixe.

— Comme tu peux le voir, après des mois de traitement et de souffrance, je m'en suis sortie. Mais à dix-neuf ans, mon gynécologue a détecté une masse dans mon utérus. Cancer, assène-t-elle avec un petit rire amer.

Lara jette un coup d'œil à ses poches de perfusion et reprend :

— Il était hors de question que je renouvelle l'expérience de la chimio, j'ai donc voté pour une hystérectomie complète et décliné tout traitement post opératoire. Ça passait ou ça cassait… c'est passé, mais je ne pourrai jamais avoir d'enfant, Bax.

Si ses dernières paroles me donnent un coup au cœur, les suivantes me glacent d'effroi.

— Et de toute façon, même si je le pouvais encore, je n'en aurais désormais plus le temps…

— Qu'est-ce que tu veux dire, Lara ?

Ma voix se brise lorsque je l'interroge.

— Le premier soir, celui où nous avons dansé ensemble, on m'a annoncé que mon cancer du sang était de retour. J'ai appris depuis que c'est en réalité une évolution de la leucémie, mais… le fait est que cette saleté est toujours là.

— Mais tu vas guérir, n'est-ce pas ?! Comme les fois précédentes ?! bafouillé-je, en comprenant malgré tout où elle veut en venir.

Son regard trouve le mien, et je m'y perds une seconde, refusant d'entendre les mots qui vont suivre.

— Non. Je ne suis aucun traitement, Bax.

— Mais…

Cette fois, c'est sur ma joue qu'une larme s'écoule.

— Bien avant de te rencontrer, Bax, j'avais pris la décision de ne plus jamais accepter de nouvelle chimio, radiothérapie ou tout autre traitement… Mes chances de survie étaient déjà minimes la deuxième fois, aujourd'hui elles sont inexistantes, souffle-t-elle en tendant la main vers moi. J'ai choisi de ne réaliser que des transfusions pour me garantir une certaine qualité de vie tant que tout reste stable…et jusqu'ici, tout allait bien.

Je secoue la tête, encore incapable de croire ce qu'elle vient de me dire.

— Tu ne peux pas te laisser mourir, Lara !

— C'est ma décision, Bax. Je refuse de livrer une bataille perdue d'avance, d'être malade comme un chien jusqu'à la fin juste pour offrir à mon entourage quelques mois de sursis. Pas avec toute la souffrance que ces traitements impliquent.

— Quelques mois ?! Combien te reste-t-il en fait… en l'état actuel des choses, sans traitement ?

— Six mois, quand je t'ai rencontré…

Deux mois et demi se sont déjà écoulés. Moins de quatre mois ?! Voilà donc tout ce qu'il me reste à passer avec elle ?

— Je ne te retiendrai pas, Bax. Tu n'as pas signé pour ça quand nous nous sommes rencontrés et je sais que j'aurais dû être honnête avec toi dès le départ, m'informe-t-elle.

— Me retenir ?

— Tu peux partir. Rentrer chez toi et me rayer de ta vie. Je passerai chercher mes affaires dès que je pourrai sortir d'ici, dans douze heures à peu près, et tu n'entendras plus jamais parler de moi.

Je passe une main dans ma chevelure, observe sa paume ouverte devant moi et secoue la tête. C'est trop. Trop de choses à encaisser d'un seul coup. Sans en avoir réellement conscience, je me lève en repoussant la chaise et m'éloigne vers le pied du lit. Un sanglot me fait me retourner et la voir en pleurs me brise le cœur...

— Je... Je dois y aller, soufflé-je en quittant la chambre.

— Bax...

En l'entendant prononcer mon nom à travers ses larmes, je me mets à courir et manque de percuter une infirmière quand je me rue dans l'ascenseur, où je frappe le bouton du rez-de-chaussée de toutes mes forces à plusieurs reprises.

Dépêche!

Une fois à l'abri dans la cabine, je plaque ma paume sur ma poitrine. Mon cœur me fait un mal de chien, comme si j'y avais moi-même planté un poignard. Dès que les portes s'ouvrent à nouveau, je fonce vers la sortie. L'air plus frais de la nuit me donne un coup de fouet. Je m'engouffre dans ma voiture et mets la main sur le contact.

Chapitre 31
Baxter

Les doigts agrippés à mes clés, prêt à mettre la voiture en marche, je craque complètement. Mes poings s'abattent violemment sur le volant, le tableau de bord, tout ce qui se trouve à ma portée. Les larmes s'échappent de mes yeux, c'est comme si de l'acide dévalait sur mes joues.

— Putain, non… Non, non… NON! hurlé-je à m'en briser les cordes vocales.

Je crie jusqu'à n'en plus avoir de souffle, jusqu'à ce que mon cœur soit au bord de l'implosion. La douleur est impossible à contenir, elle me broie de l'intérieur, balayant tout sur son passage. Et brusquement, comme si mon âme m'abandonnait, je cesse de hurler et pose mon front sur le volant froid. Le silence qui règne dans l'habitacle me dérange, il me donne le sentiment que le monde vient de s'arrêter de tourner dans un claquement de doigts.

Malheureusement, mes jointures à vifs ne me rappellent que trop bien combien je suis vivant, et que la douleur est bel et bien réelle. Sous la faible lueur des lampadaires du parking, j'essuie le sang de mes mains sur mon jean, me redresse et laisse ma tête partir à la rencontre de l'appuie-tête derrière moi. Les étoiles brillent au firmament, et je les observe en silence à travers la vitre. J'essuie les larmes sur mon visage quand mon portable se met à vibrer. Le nom de ma mère s'affiche sur l'écran. J'ignorerais bien l'appel, mais je la connais, je sais qu'elle ne lâchera pas l'affaire avant de m'avoir eu. Alors, sans entrain, je décroche.

— Ouais…

— Bax, enfin ! Je tente de te joindre depuis plus de deux heures !

— Désolé… C'était un peu le bordel, soupiré-je. Mon portable était sur silencieux.

Je peux entendre les murmures de Sasha et de mon père derrière elle.

— Comment va Lara ? Ce n'est rien de grave, j'espère ?

De justesse, je me retiens d'éclater de rire tant la situation me paraît irréelle.

— Elle est mourante.

Silence au bout du fil. *T'inquiète, Maman, j'ai eu la même réaction !* songé-je.

— Qu'est-ce que tu veux dire ? Ils ont trouvé quelque chose de grave…

— Lara m'a menti, Maman ! Elle m'a caché qu'elle a une leucémie, qu'elle ne suit aucun traitement et qu'elle se laisse juste mourir depuis des semaines ! crié-je, incapable de contenir le retour des larmes sur mes joues. Elle le savait et elle ne m'a rien dit…

J'ignore si ma mère a entendu ma dernière phrase, car ma voix se brise.

— Baxter, murmure-t-elle tendrement.

— Quoi ?

— Qu'est-ce que tu as fait ?

C'est ma mère, elle me connaît par cœur.

— Je suis parti…

— Tu l'as laissée toute seule à l'hôpital ?!

La surprise résonne dans sa question.

— Elle m'a dit que je pouvais partir, qu'elle ne me retiendrait pas… Que je n'avais pas signé pour ça…

— Où es-tu maintenant ?

— Dans ma voiture, sur le parking de l'hôpital. Je n'arrive pas à me résoudre à démarrer, avoué-je en passant ma main libre dans mes cheveux.

Patricia inspire profondément à l'autre bout du fil, avant de reprendre :

— Et tu n'arriveras jamais à démarrer, Bax. Je te connais, mon fils, tu n'es pas le genre d'homme qui abandonne ce qui lui tient le plus à cœur. Et toi et moi savons que Lara est l'amour de ta vie…

— Mais…

— Seulement la vie de la personne qu'on aime n'est pas toujours aussi longue qu'on l'imaginait. J'ignore tout autant que toi combien de temps il lui reste…

— Quatre mois, Maman… Quatre lamentables petits mois, la coupé-je.

— Alors, ne perds pas une seule seconde de ces quatre mois, Bax. Aime-la pour une vie entière.

Les paroles de ma mère retentissent en moi et je ne peux plus contenir le flot de larmes qui m'étouffent.

— Je dois te laisser…

Je coupe la communication, balance mon portable sur le siège passager et ferme les yeux un instant.

Juste un instant pour calmer le tourbillon d'émotions qui bouillonne sous mon crâne…

Je me réveille en sursaut quand on cogne à la vitre de ma voiture. Un peu hébété, il me faut un moment avant d'entrouvrir ma fenêtre. L'agent de sécurité du parking de l'hôpital me fait face.

— Tout va bien, Monsieur ?

— Je… Oui, je crois que je me suis endormi ici, marmonné-je en regardant l'heure sur mon téléphone.

Presque midi ! Bordel, j'ai passé la nuit et une partie de la journée à dormir ! Mais quelle plaie d'être une telle marmotte ! Pas étonnant que je sois frigorifié, la température a dû chuter. Le ciel est tout couvert aujourd'hui. L'homme devant moi semble remarquer mes yeux rougis ou bouffis, allez savoir...

— Mauvaise nouvelle ?

J'acquiesce en passant mes mains sur mon visage.

— Il y a des choses auxquelles on ne s'attend pas vraiment, soufflé-je en sortant de la voiture.

Mais j'espère avoir encore le temps de rectifier le tir...

Il le faut.

Car ma mère a raison, Lara est la femme de ma vie, peu importe que la sienne soit plus courte que la mienne, je l'aimerai de toutes mes forces jusqu'à son dernier battement de cœur. Je remercie vivement le gardien de m'avoir réveillé et file vers l'entrée de l'hôpital. Aussi rapidement que j'en suis sorti hier soir, je m'y engouffre et appelle l'ascenseur. Les secondes, les minutes jusqu'au quatrième étage me semblent interminables ! Quand les portes de la cabine s'ouvrent enfin, je rejoins au pas de course la chambre que Lara occupe. Des voix me parviennent alors que je suis encore à quelques foulées de la porte.

— S'il vous plaît, Docteur Cambell, apportez-moi les papiers de sortie contre avis médical. Je veux seulement partir d'ici, aller récupérer mes affaires... et rentrer à Seattle... Je connais les risques, je serai très prudente.

La voix de Lara me paraît si fragile en cet instant que mon cœur se serre en pensant que je suis le seul responsable de cette fragilité et de sa hâte de disparaître.

— Lara, bien que vous n'ayez pas de commotion cérébrale, vous avez eu un pic d'hypertension, ce qui a provoqué votre saignement de nez... Je sais que plus de seize heures se sont écoulées depuis votre arrivée, pourtant...

— J'ai déjà enduré cela plus d'une fois. Je vous en prie, laissez-moi sortir.

— Très bien, je reviens, finit par abdiquer le médecin.

Elle me croise sur le seuil de la chambre et me sourit gentiment.

— Contente de vous revoir, me salue-t-elle.

Sans frapper pour m'annoncer, j'entre et me dirige vers le lit du fond. Lara y est toujours allongée, les paupières closes. Les perfusions ont disparu, le moniteur cardiaque également. Ma compagne a néanmoins les traits encore plus tirés qu'au moment de son admission.

— Salut, murmuré-je.

Ses paupières papillonnent une fraction de seconde et son regard happe le mien, aucun de nous deux n'est capable de parler durant de longues minutes.

— Je… Je te croyais parti…

Les trémolos dans sa voix me déchirent de l'intérieur, et je m'approche encore d'elle pour lui prendre la main.

— Bax… tes jointures !

Du bout des doigts, elle caresse les plaies sur ma peau.

— Ce n'est rien. Laisse-moi seulement savourer ton contact, chuchoté-je en portant sa paume à mon visage.

— Tu étais parti, Bax…

Je ferme les yeux et inspire profondément.

— Je ne suis même pas rentré me changer, avoué-je en désignant mon tee-shirt ensanglanté. Je n'ai jamais quitté le parking, en réalité… Je…

Lara observe avec attention les traits de mon visage et murmure :

— Je comprendrais que tu ne souhaites pas vivre ça, Bax. Je ne veux pas que tu…

— Rien ni personne ne m'empêchera d'être avec toi, peu importe le temps qui te sera accordé, qui *nous* sera accordé, la coupé-je. J'ai réagi de façon excessive hier, mais reconnais quand même que la nouvelle n'était pas facile à avaler.

Les larmes brillent dans ses iris quand elle acquiesce en silence. Ma main s'accroche à la sienne et j'approche mes lèvres pour y déposer un baiser. Sa peau plus chaude qu'hier soir me rassure.

— Je ne t'ai jamais aimé aussi fort qu'en cet instant. Mes sentiments pour toi se sont envolés à une vitesse totalement incontrôlable. À la minute où tu as croisé ma route, je t'ai appartenu, Lara. Tu es désormais ce que j'ai de plus important, alors ne compte pas sur moi pour te laisser tomber. Jamais.

Le jade de ses yeux s'illumine et un timide sourire gagne son visage.

— Je ne peux m'imaginer vivre sans toi, à présent. Cela m'est impossible. Tu es mon centre de gravité, Lara.

Elle s'assoit au bord de son lit et je pose ma bouche sur la sienne. C'est si bon de sentir de nouveau son contact ! Je l'embrasse comme si ma vie en dépendait, et je prends soudain conscience que c'est maintenant le cas.

— Je t'aime tant, Bax, murmure-t-elle.

Mon front contre le sien, une question me brûle les lèvres.

— Pourquoi ne me l'as-tu pas dit ?

— Au départ, je ne voulais pas de ta pitié ni perdre ton amitié, même si au fond de moi, je souhaitais déjà plus que ça. Et puis tu devais poursuivre ta route, je n'avais pas besoin de te le dire. Je pouvais garder mon secret pour moi…

Elle marque un temps d'arrêt et ajoute :

— Ensuite, tu m'as proposé de partir en tournée avec toi, alors j'ai fait les démarches nécessaires auprès de mon docteur pour que mon dossier soit envoyé dans les villes où nous ferions escale, au cas où. Là aussi, je pensais que tu n'aurais pas besoin de savoir, que nos routes se sépareraient avant que la maladie vienne me chercher. Les résultats de Palm Springs étaient bons.

Les premiers de Portland aussi… Après j'ai eu peur que tu ne veuilles plus de moi… Que tu ne m'aimes plus…

— Je t'aimerai pour le reste de ma vie, Lara. Mais plus aucun secret à présent, d'accord?

Elle acquiesce et je dépose un baiser sur son front, puis l'étreins tendrement. Elle colle sa joue contre mon torse et enserre ma taille. Le retour du docteur Cambell nous sort de notre bulle. Elle tend des papiers à Lara que la jeune femme s'empresse de signer.

— J'aurais aimé vous garder un peu plus longtemps en observation à la suite des transfusions, l'informe encore la praticienne.

— Je sais. Mais je connais les signes à surveiller et je vous promets que si quelque chose ne va pas, je reviendrai aussitôt.

— C'est bien raisonnable? m'inquiété-je en fixant l'hématologue.

— Je ne peux pas la retenir dans cette chambre contre son gré. Ses constantes sont bonnes, les premiers examens dans la norme, toutefois nous attendons encore des résultats du laboratoire pour les dernières prises de sang, que je vous communiquerai sans tarder.

Lara s'empare des vêtements de rechange que je lui ai apportés et les revêt en vitesse, comme si elle n'avait pas perdu connaissance, il y a à peine seize heures de cela.

— Je voudrais que vous mettiez en place un suivi toutes les deux semaines à partir de maintenant. Que ce soit ici ou à Seattle, lui indique le docteur Cambell. Il est primordial de savoir comment progresse le cancer et d'ajuster les transfusions en fonctions des résultats.

Ma compagne m'interroge un instant du regard, puis se tourne vers le médecin en souriant.

— Ici. Je réaliserai tous mes examens ici dorénavant, l'informe-t-elle.

351

Mon cœur rate un battement. Malgré ma désertion d'hier soir, au moment où elle avait le plus besoin de ma présence, Lara accepte de rester. J'ignore qui je dois remercier pour cela, mais je suis ému qu'elle place encore sa confiance et son amour en moi. Ses doigts s'entrelacent aux miens et elle les serre en m'adressant un tendre sourire.

— Rentrons, maintenant. J'ai toute une vie à passer à tes côtés.

C'est plus fort que moi, faisant abstraction de la présence du médecin dans la pièce, je prends le visage de Lara en coupe et ancre mon regard au sien.

— Tu es magnifique, soufflé-je.

Elle éclate de rire, et une nouvelle fois, mon cœur cabriole dans ma poitrine.

— Ne dis pas de bêtises, je dois avoir une tête affreuse et les yeux tout bouffis!

Mes pouces caressent ses pommettes avec la plus grande douceur, et je l'embrasse furtivement.

— Ça, c'est de ma faute…

— Tais-toi, Bax, tu n'as rien à te reprocher. Tu es là…

— Jusqu'à la fin, acquiescé-je.

Nous laissons le docteur Cambell derrière nous, lui promettant un nouveau passage dans deux semaines. Quand nous gagnons enfin le parking, le soleil nous accueille, comme si lui aussi savait que désormais tout irait pour le mieux. Alors que nous marchons vers ma voiture, main dans la main, une idée folle tourne en boucle dans ma tête, et j'ai énormément de mal à la contenir.

Est-ce vraiment le bon moment? Est-ce une bonne idée? Après tout, le temps nous est compté, songé-je.

— Ça va? me questionne Lara. Tu as l'air… ailleurs.

Je lui fais face et pose mes paumes sur ses épaules, mes yeux détaillent sa silhouette, puis je lui accorde toute mon attention.

— Je t'ai dit que tu es devenue toute ma vie, à présent.

Elle acquiesce, silencieuse. Je peux presque voir les rouages de son cerveau s'activer sous son crâne.

— Alors, pour le reste de notre vie, veux-tu devenir ma femme ?

Chapitre 32

Lara

Bouche bée, je reste là, immobile au milieu du parking de l'hôpital, à le dévisager sans un mot. Sa question retentit dans mes oreilles tel un écho dans les plus hauts sommets. Mon cœur s'est arrêté de battre pour ensuite repartir en une cavalcade de battements désordonnés.

— Bax…

Je peux voir tout l'amour qu'il me porte faire étinceler ses iris.

— Non.

Il fronce les sourcils et recule d'un pas, sans doute pour mieux interpréter la scène.

— Quoi?! Mais pourquoi, non? s'insurge-t-il.

M'approchant de lui, je caresse doucement sa joue et songe qu'il devrait tailler sa barbe, avant de lui adresser un tendre sourire.

— Tu n'as pas réellement envie de m'épouser, Bax…

— Si! Je veux que tu deviennes ma femme, Lara. Je…

— Non, le coupé-je à nouveau.

Son regard me scrute, je vois bien qu'il cherche à comprendre ma réaction. Mes mains toujours plaquées sur ses joues, je dépose un léger baiser sur ses lèvres et m'écarte.

— Tu viens d'apprendre que je suis mourante, Bax. Tu as juste peur de me voir disparaître, et tu cherches à me retenir par n'importe quel moyen, pourtant c'est inévitable. Ce jour arrivera, et il est fort probable qu'aucun de nous deux ne le voit venir.

— Je ne vois pas le rapport avec ma demande en mariage.

— On n'épouse pas une personne deux mois et quelques après l'avoir rencontrée, Bax.

Mon cœur se serre quand je vois un voile de tristesse passer devant ses yeux. Ses doigts s'emparent des miens et il les porte à sa bouche.

— Je veux t'épouser, Lara. Qu'il te reste deux semaines à vivre ou toute une éternité. Je te le redemanderai jusqu'à ce que tu acceptes. Je suis quelqu'un de tenace, tu devrais le savoir maintenant, insiste-t-il. Je t'aime et je te le prouverai de mille et une façons, si c'est ce qu'il te faut.

— Bax…

Il m'interrompt en posant son index sur mes lèvres.

— Chut. Rentrons seulement à la maison, tu veux bien ? murmure-t-il tout près de mon oreille.

J'accepte d'un signe de la tête et le suis jusqu'à sa voiture. En prenant place dans le siège passager, je suis surprise de découvrir des petites traces de sang partout sur le tableau de bord. Sans un mot, il met le contact avant de nous faire quitter les lieux. J'allume la radio pour meubler le silence et appuie ma joue contre la vitre tandis que Baxter dépose sa paume sur ma cuisse. J'y glisse mes doigts pour la serrer.

Hier soir, je pensais ne plus jamais avoir la chance de sentir à nouveau ce contact lorsque je l'ai vu quitter ma chambre en courant. Le vide m'a envahie et mon cœur ne voyait plus aucune raison de continuer à battre sans sa présence à mes côtés. Jamais je ne me serais imaginé qu'il deviendrait si important pour moi en si peu de temps. Les sentiments que j'éprouve quand il est près de moi sont uniques, électrisants. Même si parfois ils m'effraient, car je sais que le jour viendra bientôt où je ne pourrai plus voir son visage, son sourire à fossettes ou bien la flamme qui brille dans son regard quand il le pose sur moi.

Peut-être les choses auraient-elles été plus simples s'il était réellement parti ? Je serais rentrée chez moi, à Seattle, et j'aurais sombré dans une torpeur innommable due au manque de son amour. J'aurais laissé la mort venir me cueillir sans me poser de questions, car elle aurait emporté la douleur de son absence avec elle.

Mais contre toute attente, il est revenu. Alors que je le croyais disparu à cause de ma maladie, il est réapparu tel un ange salvateur dans cette chambre d'hôpital. Cet homme merveilleux est prêt à m'accompagner dans ce qu'il reste de ma vie. Les battements de mon cœur ont pris un rythme effréné lorsqu'il a saisi ma main. Je ne rêvais pas, il était bien là.

Il *est* bien là !

Discrètement, je lui jette un coup d'œil et resserre ma prise sur ses doigts. La chaleur de sa peau me réconforte et me confirme sa présence. Je me perds dans mes pensées et je n'ai pas conscience de fermer les yeux. Ce n'est que lorsque le guitariste murmure à mon oreille que j'ouvre à nouveau les paupières.

— On est arrivé, Lara.

La nuit n'ayant pas été de tout repos, je mets un moment avant de reprendre totalement pied dans la réalité. Baxter sort de la voiture et vient m'ouvrir la portière.

— Merci.

Nous gagnons sa maison, et quand j'ouvre la porte, je suis surprise de trouver ses parents et sa sœur assis sur le grand canapé. Maverick saute des bras de Sasha et accourt d'un pas maladroit vers moi. Je me penche pour le serrer contre mon cœur. Il me salue joyeusement en me léchant la joue et je fonds de tendresse.

— Coucou, toi, soufflé-je contre son pelage duveteux.

— Il n'arrêtait pas de pleurer depuis… depuis le départ de l'ambulance, me dit Sasha d'une voix serrée par l'émotion en s'approchant à son tour.

— Il a pourtant eu la meilleure personne pour prendre soin de lui.

Je suis totalement déconcertée en voyant les larmes poindre dans le regard d'émeraude de la jeune fille. Sans se soucier de la présence du chiot entre nous, elle me prend dans ses bras et éclate en sanglots. Patricia et Wyatt sont perdus dans la contemplation du sol et évitent soigneusement ma direction. Mes yeux croisent ceux de Baxter par-dessus l'épaule de sa sœur, et il ne m'en faut pas plus pour comprendre qu'ils sont tous au courant.

— Tout va bien, Sasha, chuchoté-je.

— Mais…

— Tout va très bien, je t'assure.

J'essaie de contenir la colère qui gronde en moi. Baxter n'avait pas le droit de le leur dire, c'était à moi de m'en charger. La meilleure chose aurait été que nous le fassions ensemble. Maintenant, je me retrouve à devoir affronter trois regards emplis de pitié ! Mon compagnon doit comprendre que quelque chose cloche, car au moment où je me détache de sa sœur, je lui tends Maverick et m'éloigne rapidement du salon pour gagner sa chambre.

— J'ai besoin d'une minute, je reviens, marmonné-je précipitamment en fermant la porte de la pièce dans mon dos.

Mon sac sur l'épaule, je pars me cloîtrer dans l'étroit dressing pour que personne ne puisse entendre ce que je fais. Dans la noirceur du petit local, je déniche mon portable dans mon fourre-tout et sélectionne le numéro de ma cousine. Il suffit de deux sonneries pour qu'elle décroche. Sa voix angoissée résonne dans le combiné.

— Bax ?! Tu as des nouvelles ?!

— C'est Lara.

— Oh mon Dieu ! Est-ce que tu vas bien ?! s'exclame-t-elle.

— Tu n'avais pas le droit de tout lui raconter, Jo ! C'était à moi de le faire, pas à toi !

Je tente de réprimer le flot de sanglots qui menace de m'étouffer.

— Je suis désolée, Lara, mais il était paniqué, et moi aussi... je...

— Ce n'est pas une raison, Josie ! Tu aurais dû lui dire de me demander à moi ce qui n'allait pas ! m'écrié-je. Tu n'imagines pas combien je me sens trahie.

Un lourd silence s'installe durant un instant, avant que ma cousine ne reprenne :

— Comment il l'a pris ?

— Mal, tu t'en doutes. Il est parti...

— Quoi ?! me coupe Josie.

J'inspire profondément avant de poursuivre dans un souffle :

— Il est revenu ce matin. Il a passé la nuit dans sa voiture... Je ne m'attendais plus à le revoir, Jo, j'ai cru l'avoir perdu pour de bon.

— Je suis sincèrement navrée, Lara, mais je m'inquiétais tant pour toi. Il m'a dit que tu étais inconsciente... Être si loin et impuissante...

— Tout va bien, Jo. J'ai eu droit à une nouvelle transfusion, et je passerai des examens toutes les deux semaines à partir de maintenant. Et puis Bax va veiller sur moi.

— Tu me tiendras au courant ? me questionne-t-elle.

— Bien sûr.

Depuis ma cachette, je perçois des bruits non loin de la porte de la chambre.

— Je dois y aller, Jo.

Je coupe l'appel et sors du placard au moment où le battant de la pièce s'ouvre sur Baxter.

— Ils sont partis, m'annonce mon compagnon.

J'acquiesce en silence puis me dirige vers le garage pour y dénicher un seau vide. À l'évier de la cuisine, je le remplis d'eau chaude et m'empare de vieux chiffons. Le guitariste m'observe sans rien dire. Portant mon fardeau jusque dans sa chambre, je le dépose au sol et m'agenouille pour tremper les tissus dans l'eau avant de commencer à nettoyer le parquet de mon vomi de la veille.

— Tu veux bien ouvrir les rideaux, s'il te plaît?

— Mais qu'est-ce que tu fabriques, Lara?! s'insurge Baxter en tentant de me relever.

Je me dégage et poursuis ma besogne. Les petites taches de sang disparaissent sous mon passage et je continue de frotter.

— Je nettoie! Ça se voit, non?! C'est moi qui ai sali ta chambre!

Le soleil m'aveugle un court instant quand Baxter ouvre brusquement les rideaux. J'ai à peine le temps d'apercevoir ses chaussettes devant moi, qu'il me remet sur pied de force. Il scrute mon visage, cherchant dans mon regard l'explication de mon comportement puéril, mais je reste stoïque.

— Qu'est-ce qui ne va pas?! Tu devrais te reposer, et pas faire le putain de ménage, je peux m'en charger! s'exclame-t-il

— Josie n'avait pas le droit de te dire que j'avais un cancer! Et toi, tu n'avais pas non plus le droit de le dire à toute ta famille! Pas sans moi! Maintenant, ils vont tous me regarder avec pitié!

Baxter ferme les yeux et soupire.

— Lara, ma famille était là quand l'ambulance t'a emmenée à l'hôpital. Et quand ma mère m'a téléphoné hier soir pour prendre de tes nouvelles, j'étais en train de péter un câble dans ma voiture. Comment étais-je censé réagir? Lui mentir? Comme tu l'as fait avec moi durant plus de deux mois et demi?!

Ses mots me frappent de plein fouet et je me dégage de ses mains.

— Je ne voulais pas te blesser, Bax! Pas un instant, avant que tu m'embrasses à Sacramento, je n'ai songé que j'avais le droit de tomber amoureuse de toi! J'avais peur que tu me repousses en apprenant que j'étais malade…

— Je devais le lui dire, Lara, je devais partager cette douleur avec quelqu'un, souffle-t-il. J'avais besoin qu'on me conseille.

Face à face, le seau d'eau à nos pieds, nous nous fixons un long moment. Je peux lire l'incertitude dans son regard perdu, et je suis prête à accepter qu'il ait dévoilé mon état à sa famille dans un moment de désarroi quand il prononce les mots de trop, ceux qui m'ont toujours donné envie de sortir les griffes :

— Maintenant, tu devrais te reposer. Dans ton état…

— Je vais parfaitement bien, Bax ! Je connais mon état, et je suis tout à fait apte à gérer la situation ! Je n'ai pas besoin de me reposer, je ne vais pas crever demain ! craché-je, hors de moi.

Avec toute ma fureur et ma tristesse, je lui balance le torchon trempé à la figure.

— Mais puisque tu veux t'en charger, débrouille-toi donc avec le ménage !

Prenant un pyjama dans l'un des tiroirs qu'il a libérés pour moi, je tourne les talons et pars m'enfermer dans la salle de bains. Il veut jouer les nounous de service ?! Grand bien lui fasse !

J'ajuste la température de l'eau, verse quelques gouttes de bain moussant dans la vasque et regarde la grande baignoire se remplir lentement de bulles odorantes. Quand le niveau est assez haut, je me déshabille et pénètre dans l'onde vaporeuse. Sa chaleur bienfaitrice délasse aussitôt les tensions de mon corps et je ferme les yeux pour ne plus savourer que l'instant présent. L'odeur de l'hôpital qui me collait à la peau et vrillait mes nerfs s'évapore enfin.

Plus tard dans la soirée, alors que Baxter est parti faire des courses depuis plus d'une heure déjà, je m'allonge sur le canapé avec un roman. Je manque de le recevoir sur le visage quand la porte s'ouvre brutalement à son retour. Le découvrant chargé comme un mulet, je m'empresse de me lever en silence pour aller lui donner un coup de main. Une tension manifeste règne encore entre nous depuis notre dispute dans sa chambre.

Il me laisse quelques sacs devant la porte et je le rejoins dans la cuisine pour tout déballer. Toujours sans un mot, nous rangeons ses achats. Baxter semble tendu et j'ai un pincement au cœur en comprenant soudain que tout est de ma faute. Je n'ai pas songé une seule seconde à la manière dont, moi, j'aurais réagi si les rôles avaient été inversés. Je finis par m'asseoir sur le plan de travail et l'observe attentivement qui s'active d'un placard à un autre avant de lui dire :

— Tu veux bien t'approcher une minute ?

Il cesse toute activité, puis acquiesce sagement et vient se poster devant moi, juste entre mes jambes. Je prends ses mains dans les miennes et le regarde droit dans les yeux.

— Je voulais te présenter mes excuses. Tu ne connais pas cette situation aussi bien que moi, tu ne la connais même pas du tout, je viens à peine de te jeter dedans comme on balancerait un aveugle d'un avion sans l'avoir prévenu qu'il a un parachute dans le dos, et je reconnais que je n'ai pas été très… compréhensive, murmuré-je.

Baxter dépose un léger baiser sur le bout de mon nez et colle son front contre le mien.

— J'ai eu si peur hier, m'avoue-t-il.

— J'imagine. Je ne sais pas faire dans la dentelle.

Un timide sourire gagne mes lèvres et il me sourit en retour.

— Malgré tout, je ne veux pas que tu me traites comme si j'étais en sucre, Bax. Je t'assure que ce n'est pas le cas, lui expliqué-je.

— Je sais bien, mais…

— Je ne suis pas différente de cette fille avec qui tu as dansé sous la pluie. Le cancer ne me change pas, Bax.

Alors que je caresse sa joue avec la plus grande tendresse, il acquiesce encore, puis s'empare voracement de ma bouche. Il colle son corps le plus près possible du mien et j'enserre sa taille de mes jambes.

Je me perds tout entière dans ce baiser, empli de mots que nous seuls pouvons entendre.

Chapitre 33

Lara

Deux jours complets sont passés depuis mon hospitalisation. Le docteur Cambell m'a transmis de nouveaux résultats d'examens qui ne dévoilent rien d'alarmant concernant mon état actuel. Je me sens très bien, et c'est pour cette raison qu'en milieu d'après-midi, j'ai décidé de sortir promener Maverick.

Sous un radieux soleil d'août, nous évoluons tranquillement dans Beaverton, découvrant l'un et l'autre l'agréable petite ville. Maverick chasse les ombres des papillons et des oiseaux qui nous survolent. Ce chiot est si joyeux et maladroit qu'il me fait sans cesse éclater de rire. Avant de quitter la maison, j'ai pensé à mettre un bol, deux bouteilles d'eau et un sachet de bonbons acidulés dans mon sac pour nous prémunir de tout accident.

Baxter est parti répéter un nouveau morceau chez Logan, tôt ce matin. Il est très secret sur sa musique dernièrement, je me demande bien ce que son ami et lui peuvent cacher. Depuis notre dispute puis ma mise au point, à mon retour de l'hôpital, tout va bien entre nous. Même si je suis consciente qu'il tente sans cesse de me surprotéger. Un carton à soulever, le ménage à faire, les promenades de Maverick… il voudrait tout faire à ma place. J'ai beau lui répéter que je ne suis pas invalide, il ne m'écoute pas. J'ai donc pris la décision de le laisser faire, il finira bien par se lasser.

J'atteins enfin le parc à chiens au bout de l'avenue et laisse Maverick partir à l'aventure, tandis que je m'installe sur l'un des bancs libres pour l'observer. Les rayons du soleil caressent mon visage. Je savoure leur chaleur bienfaisante, et pendant un instant, je ferme les yeux et repense à la demande en mariage de Baxter.

C'est complètement insensé, songé-je.

Nous marier alors que, dans moins de quatre mois, je ne serai sans doute plus de ce monde ?! C'est totalement dingue, et il ne s'en rend même pas compte. Céder à son caprice ne lui apporterait que plus de souffrance encore.

Toutefois, il n'est pas près de lâcher l'affaire, je commence à bien le connaître, et il a réitéré sa demande pas plus tard qu'hier soir. Nouveau refus de ma part, bien entendu.

Je passe presque une heure au parc en compagnie de Maverick et d'autres personnes qui s'amusent avec leurs chiens. Mon chiot semble heureux comme tout de rencontrer de nouveaux compagnons, mais après un si long moment de jeux, son jeune âge lui joue des tours et la fatigue le gagne d'un coup.

— Viens, Maverick, on rentre à la maison, l'appelé-je en le voyant qui ne cesse de trébucher.

Quand il s'approche de moi, je remets mon sac sur mon épaule et le prends dans mes bras.

— Dis donc, c'est que tu as pris du poids depuis ton arrivée !

Il m'observe en retour de ses jolis yeux emplis d'amour, et j'embrasse le pelage de sa tête en le calant bien contre moi avant de quitter le parc. Je prends tout mon temps pour rentrer, j'ignore à quelle heure Baxter sera de retour, alors rien ne presse. Maverick s'endort peu à peu dans mes bras, bercé par le rythme lent de mes pas, et je souris malgré moi devant sa petite bouille toute mignonne.

Encombrée par le chiot que je ne veux pas réveiller, je peine à ouvrir la porte de la maison. Et je manque de le laisser tomber par terre de stupeur quand je pénètre finalement dans le salon.

— Qu'est-ce… bafouillé-je en déposant le petit animal dans son panier.

C'est un cauchemar, tout ceci ne peut être qu'un affreux cauchemar! Moira et Edward Spencer, mes parents que je pensais à des kilomètres de Beaverton, sont tranquillement installés en compagnie de mon petit ami à la cuisine, une tasse de café devant eux. Mes parents sont ici... dans la maison de Baxter!

Trois regards se braquent sur moi, et j'aimerais tout à coup qu'une explosion atomique me sorte de ce mauvais pas.

— Qu'est-ce que vous faites ici? demandé-je, confuse.

Baxter avance jusqu'à moi pour me débarrasser de mon sac et pose une main sur ma joue afin que je fixe mon attention sur lui.

— C'est moi qui leur ai demandé de venir, m'avoue-t-il.

— Tu as fait quoi?!

— Lara, nous devons discuter de tout ça...

— De mon cancer, tu veux dire?

Mon ton est sec, mais même devant ma colère, le musicien ne se démonte pas.

— Oui.

— Il n'y a rien à dire, Bax, le contré-je.

— Tu veux bien venir t'asseoir avec nous et boire un café, avant de monter sur tes grands chevaux?

J'inspire et expire plusieurs fois calmement, puis acquiesce. Les yeux de ma mère ne me quittent pas une seule seconde. Si au mariage de Josie, je ne leur ai pas donné l'occasion de se parler, c'était volontaire. J'ai fait les présentations, puis nous ai tenus éloignés d'eux le plus possible. Qu'ils puissent apprendre à mon petit ami que j'étais gravement malade, alors que je ne l'avais pas encore fait, me terrorisait!

Cependant, maintenant que Baxter est informé de la situation, de quoi pourrait-on bien avoir besoin de discuter ensemble autour d'un café? Mon dernier taux de plaquettes?

Je m'installe sur la chaise en face de mon père, ce dernier me sourit gentiment, comme à son habitude.

— Baxter nous a dit que tu avais de nouveau été hospitalisée, commence ma mère sur un ton de reproche.

— Oui, Maman. Comme toujours, perte de connaissance. J'ai été transfusée, et depuis, je me porte comme un charme.

Je foudroie Baxter du regard quand il dépose un mug de café devant moi, avant de venir s'asseoir tout près. Je peux voir sa jambe tressauter contre le bar. Malgré ma colère contre lui, je mets ma main sur sa cuisse pour le calmer.

— Ma chérie, c'est une très bonne nouvelle ! Alors, je suis certaine qu'il est encore temps de débuter la chimiothérapie, avance Moira.

Un sourire amer étire mes lèvres et je secoue la tête.

— Peut-être. Je n'ai pas demandé d'avis sur le sujet…

— Mais tu te laisses mourir, Lara !

Les sanglots percent dans sa voix, et même si j'ai un énorme pincement au cœur, je poursuis :

— Maman, quand accepteras-tu le fait que mes chances d'une nouvelle rémission se situent cette fois en dessous de zéro ?!

— Tu n'essaies même pas, Lara ! Tu agis comme si de rien n'était, tu as même menti à ce pauvre Baxter concernant ton état !

Elle me remet ces faits sous le nez dans l'espoir de me faire culpabiliser, et je dois reconnaître que cela fonctionne à merveille. Comment peut-elle me faire une chose pareille ?! Je retiens les larmes de rage qui menacent de m'assaillir et plonge mon nez dans ma tasse.

— Je n'en veux pas à Lara de m'avoir caché son état. Après tout, nous ne savions pas où notre relation allait nous mener, me défend Baxter d'une voix calme.

— Elle n'aurait jamais dû quitter Seattle et le service du docteur Holliday comme elle l'a fait ! C'était totalement irresponsable. Son médecin aurait pu la faire changer d'avis…

C'en est trop! Pleine de fureur à l'encontre de ces gens qui disent m'aimer et croient que cela leur donne le droit de diriger ma vie à ma place, je perds tout contrôle. Ma main vient durement percuter le bar, et enfin, tout le monde se tait.

— J'ignore quelle était ton intention en faisant venir mes parents ici, Bax. Me faire changer d'avis sur les traitements que je pourrais suivre? Me donner l'impression que je ne suis qu'un monstre égoïste qui ne pense qu'à sa gueule?

— Lara, je…

— Stop! le coupé-je en tournant la tête vers ma mère et mon père. Après avoir miraculeusement survécu à ma première récidive, j'ai pris la décision que plus jamais je ne subirais à nouveau tous ces horribles protocoles. Certainement pas, en plus, avec aucune chance de rémission à la clé! Maintenant, je voudrais seulement vivre le peu de temps qu'il me reste comme je l'entends!

Je prends le temps d'inspirer profondément avant de dire :

— Je veux seulement mourir en paix, et non dans la souffrance la plus horrible qui soit. J'y ai déjà bien assez goûté!

Plus personne ne parle autour de la haute table. Maverick vient se blottir contre mon pied et je le saisis pour le serrer contre moi. Sentir sa chaleur m'apporte un profond réconfort.

— J'ai lu sur Internet que tu pourrais subir une greffe de moelle osseuse. Que cela avait de grandes chances d'anéantir le cancer, laisse alors tomber Baxter.

Je ferme les yeux un instant avant de les rouvrir et de le dévisager avec un mélange d'impatience et de stupeur. A-t-il vraiment besoin de mettre tout ceci sur le tapis en présence de mes parents?!

— Du coup, tu dois savoir également que pour cela, il me faut un donneur compatible…

— On peut faire les tests, et…

— Inutile, Josie est compatible, le coupé-je.

Il me fixe comme si je tentais de lui expliquer la manière dont les extraterrestres envahiront la Terre un jour.

— Mais alors, pourquoi…

— Tout d'abord, parce que je refuse de faire subir une telle intervention à ma cousine. Ensuite, as-tu aussi lu sur Internet comment on procède pour conditionner le patient à recevoir la greffe ?

— Non. Je l'ignore.

C'est la voix de mon père qui répond à la question que je viens de soulever.

— Lara devrait recevoir des doses très élevées de chimiothérapie afin d'éradiquer toute cellule cancéreuse de son corps. Son système immunitaire se retrouverait alors sans défense. Une seule bactérie pourrait avoir raison d'elle ou empêcher la greffe.

— Je refuse de vivre ça. C'est hors de question, murmuré-je.

— Mais tu pourrais être guérie !

— Ou mourir encore plus vite que prévu. C'est une question de point de vue, Bax.

Ma réponse ne semble pas lui convenir, à ma mère non plus d'ailleurs, car elle en profite pour rajouter son grain de sel :

— Tu ne veux tout simplement pas te battre ! Tu es si lâche et égoïste, Lara ! s'exclame-t-elle.

J'encaisse ses reproches de mon mieux, même s'ils me font mal.

— Tu ne penses pas à nous, à Josie ou même à Baxter ! Tu ne penses…

— Qu'à moi ! crié-je pour l'interrompre. Oui, pour *une* fois dans ma vie, c'est vrai, je ne pense qu'à moi ! Maintenant, libre à vous de partir, je ne vous retiens pas.

Je me tourne vers Baxter et ajoute :

— Et ça vaut aussi pour toi. Tu n'as qu'un mot à dire et je retourne à Seattle ! Je ne veux plus de vos sermons et de vos remontrances ! Vous n'êtes pas à ma place, aucun de vous n'a enduré ce que moi, j'ai déjà dû supporter à deux reprises !

Ma voix manque de se casser, et pour reprendre une contenance, j'enfouis mon visage dans le doux pelage de Maverick.

— J'ai déjà arraché plus de temps à cette vie que je ne l'aurais dû, terminé-je. Il faudra vous faire à l'idée que je ne changerai pas d'avis et que, oui, cette fois-ci, j'ai décidé d'être égoïste et de me laisser mourir parce que je ne veux plus souffrir.

Des larmes de désespoir dévalant ses joues, ma mère prend son sac, quitte précipitamment la cuisine et sort de la maison sans un mot de plus. Mon père, quant à lui, reste assis devant moi en silence.

— Tu pourrais nous laisser un peu seuls, jeune homme ? demande-t-il à mon petit ami.

— Oui, bien sûr, Monsieur.

J'ignore si, comme Moira, le musicien est triste ou en colère, car il se lève sans oser me regarder et prend la même direction que ma mère quelques secondes plutôt. Je me retrouve seule face à mon père, et je me rends compte tout à coup que cela fait très longtemps que cela ne nous était pas arrivé.

— Baxter m'a vraiment l'air d'un chic type.

— En effet. Mais depuis qu'il est au courant pour ma leucémie, il ne se comporte plus comme avant, soupiré-je. Il me surprotège, m'empêche de faire les tâches les plus anodines…

— J'étais comme ça, moi aussi. Souviens-toi.

Je pouffe en repensant à tout ce que mon père faisait à ma place lorsque j'étais malade. Il était devenu un papa poule complètement cinglé !

— J'avais dit à ta mère que ce n'était pas une bonne idée d'accepter cette invitation, m'avoue-t-il.

— Alors, pourquoi être venu quand même ?

— Parce que je voulais te voir. Je voulais revoir mon bébé…

Je dépose Maverick sur le sol, avant de me lever de ma chaise, imitée par Edward. Mue par une force irrépressible, je l'enlace et il me serre contre lui comme s'il ne voulait plus jamais relâcher son étreinte, rassurante et paternelle.

— Et je suis rassuré de constater que tu vas bien. Tu sembles plus épanouie et pleine de vie que jamais auparavant, chuchote-t-il à mon oreille. Cela seul valait le déplacement.

— Je vis enfin, Papa.

Il dépose un baiser plein de tendresse dans mes cheveux et s'écarte légèrement afin de me regarder droit dans les yeux.

— J'accepte ton choix, ma chérie, et sache que si tu as besoin de moi, pour quoi que ce soit, tu n'as qu'à me téléphoner et j'accourrai, m'informe-t-il.

— Je t'aime, Papa.

Mon père me serre un peu plus fort contre lui et je lui rends son étreinte comme je ne l'avais jamais fait avant aujourd'hui.

— Je t'aime tellement, ma chérie.

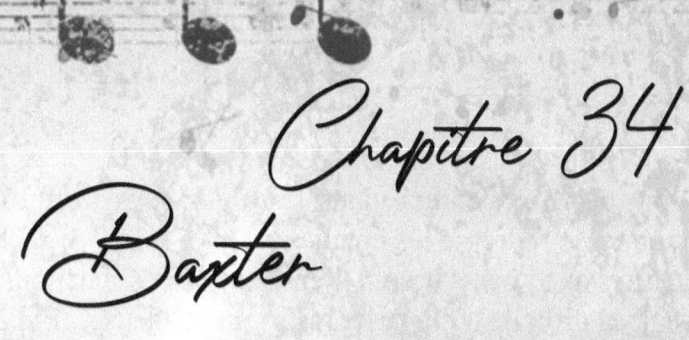

Chapitre 34
Baxter

Quand je referme la porte de la maison derrière moi, j'aperçois la mère de Lara qui fait rageusement les cent pas dans la cour. Elle essuie à la hâte ses joues larmoyantes et regarde dans ma direction, avant de remettre de l'ordre dans sa coiffure et sa tenue impeccables et de me sourire faiblement.

— Ça va aller ? demandé-je.

— Oui. Je ne sais pas à quoi je m'attendais en venant ici.

Je m'installe sur un bout du capot de ma voiture pour l'écouter. Cette femme semble en avoir gros sur le cœur. Je suis conscient que je vais avoir droit à la colère de Lara quand nous serons seuls tous les deux, j'essaie donc de profiter de ces quelques minutes d'accalmie avant l'ouragan.

— Je voulais seulement que vous ayez une chance de vous parler. J'ignorais pourquoi elle gardait ses distances au mariage de Josie, maintenant je sais. Elle avait peur qu'Edward ou vous me parliez de son cancer…

— Je suis consternée que ma fille t'aies embarqué dans une telle relation sans rien te dire ! Parfois, je me demande d'où Lara tient un tel égoïsme, s'offusque Moira en me fixant.

Elle y va un peu fort, là… songé-je.

— Vous savez, j'aime votre fille d'une façon que je ne m'explique pas moi-même, depuis le premier instant où je l'ai vue. Lara n'est pour rien dans notre relation, et pour tout vous dire, elle n'a cessé de me repousser les premiers temps… Sachez aussi que je ne me mettrai pas en travers de son choix.

— Alors pourquoi ce rendez-vous ?

La voix de Moira monte dans les aigus sous l'effet de la frustration, et je redresse les épaules.

— Je crois que j'avais besoin d'entendre ses explications… et c'était un peu difficile d'en parler juste tous les deux… Et puis…

— Tu pensais qu'en notre présence, elle pourrait changer d'avis, me coupe Moira.

Je hausse les épaules.

Peut-être bien, m'avoué-je intérieurement.

— Elle a filtré mes appels durant tout cet été, nous a presque ignorés lors du mariage de sa cousine, se lamente encore Moira. Je vais perdre mon unique enfant et je ne peux rien y faire.

Elle essuie de nouvelles larmes et je ne sais plus quoi dire. Je ne pense pas être le mieux placé pour réconforter cette mère en détresse. Un lourd silence s'installe entre nous, quand l'arrivée d'Edward me sauve la mise. Moira redresse le buste et relève la tête à l'approche de son mari.

— Tu veux retourner la voir avant de p…

— Non. De toute manière, je ne crois pas qu'elle ait envie de me revoir après ce que je lui ai dit. Rentrons chez nous, conclut-elle avant de s'éloigner vers leur voiture, garée un peu plus loin dans la rue.

Edward me tend la main que je serre fermement en retour.

— Prends bien soin d'elle.

— C'est promis.

Et il disparaît dans l'ombre de son épouse. Je regarde leur véhicule s'éloigner, puis la porte de ma maison. Je peux sentir l'orage gronder depuis l'intérieur. Avec un soupir résigné, je regagne ma demeure.

Quand j'en franchis le seuil, c'est d'abord un silence angoissant qui m'accueille. Lara me tourne le dos, occupée à laver la vaisselle. Maverick, couché à ses pieds, me jette un coup d'œil avant de refermer les yeux.

— Lara?

— Oui.

Sa voix est posée, je n'entends plus la colère qui y régnait tout à l'heure. Est-ce son père qui est parvenu à l'apaiser? Je suis pourtant sceptique lorsque je m'approche d'elle.

— Tu veux un coup de main?

— Non, c'est bon.

Pourquoi ai-je l'impression désagréable de m'adresser à un robot défectueux?

— Tu es en colère contre moi? la questionné-je en m'adossant au comptoir afin de croiser son regard.

Lara s'empresse de baisser les yeux sur l'eau savonneuse qui recouvre ses mains. Elle secoue la tête pour toute réponse et ne m'accorde plus la moindre attention. Pas un mot ne sort de sa bouche et elle fait tout pour m'éviter. *Bonjour l'ambiance pour la soirée*, me dis-je en partant m'isoler dans ma pièce de musique. À quoi bon m'obstiner à vouloir discuter avec elle, alors que je sais très bien que c'est moi qui suis dans mon tort?

Je m'empare de l'une de mes guitares et m'installe à même le sol, le dos calé contre le canapé. Mes doigts caressent les cordes et les notes s'envolent dans l'espace autour de moi. Tentant de rejouer le morceau sur lequel Logan et moi travaillons, j'enchaîne les fausses notes et griffonne tout ce qui me passe par la tête dans mon carnet.

Les minutes puis les heures s'écoulent, je suis enfermé dans mon propre monde, là où rien ne peut m'atteindre. J'ignore depuis combien de temps je suis barricadé dans ma pièce quand on frappe doucement à la porte close. Comme seul le son de mon instrument répond à l'interruption, le battant s'ouvre lentement et Lara passe la tête à travers l'ouverture.

— Je peux me joindre à toi?

Cessant de jouer pendant quelques secondes, j'annote une idée dans mon cahier, puis lui désigne le canapé du doigt avant de reprendre ma mélodie. Le bruit de ses pas étouffé par l'épaisse moquette, Lara vient s'installer sur le sofa. Quand elle prend place derrière moi, ses jambes fines, dénudées par son short, viennent se caler de chaque côté de mon corps. Ses doigts se perdent dans ma chevelure et j'arrête complètement de jouer. Ma main caresse la peau douce de son mollet tandis que je pose ma joue sur son genou.

— Je devais essayer, murmuré-je. Je…

— Je sais, Bax. Je sais.

Je sens qu'elle appuie son menton sur ma tête.

— Je ne peux même pas t'en vouloir, car j'aurais sûrement fait pareil à ta place.

Je n'ose rompre notre étrange étreinte, pourtant je dois le lui demander, c'est vital.

— Pourquoi refuses-tu de tout tenter pour survivre ?

— Parce que je veux *vivre*… J'ai survécu bien assez longtemps dans la douleur pour avoir le droit de *vivre* en paix aujourd'hui, Bax, chuchote-t-elle à mon oreille.

Je n'avais pas appréhendé jusqu'ici tout ce qu'elle a dû endurer avant notre rencontre ni à travers combien de terribles souffrances elle est déjà passée, mais je comprends en cet instant qu'elle ne désire pour rien au monde retourner dans cet enfer.

— Je suis désolé de t'avoir mise dans cette situation tout à l'heure. J'ignorais à quel point tu avais souffert auparavant…

— Ne t'en fais pas pour ça, nous y serions arrivés à un moment ou à un autre. Maintenant ou demain, peu importe. Je n'aurais pas dû être si… agressive avec toi, s'excuse-t-elle à son tour.

— Tu n'es pas un monstre égoïste qui ne pense qu'à sa gueule. Tu es la personne la plus formidable que j'ai rencontrée de toute ma vie, et j'ai de la chance que tu sois là, avec moi.

Ses doigts viennent caresser ma nuque, et les mots qu'elle prononce brisent mon dernier rempart.

376

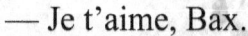

— Je t'aime, Bax.

Des larmes brûlantes se déversent sur mon visage comme de la lave en fusion, quand je sens la prise de Lara se raffermir autour de mes épaules. Elle dépose de légers baisers dans mon cou, alors que mon chagrin explose en mille éclats. Je ne peux plus retenir la tristesse qui me ronge depuis des jours en songeant que je vais bientôt la perdre. Mes sanglots ne se tarissent pas, toutefois ils sont apaisés par les mots doux que Lara chuchote à mon oreille.

Seconde après seconde, je me promets de savourer la chaleur de son contact, car j'ignore quand il me sera enlevé.

Nous sommes à une semaine de nos deux derniers concerts à Portland, et tout ce que je désire en cet instant, c'est exploser ma guitare sur le sol. Avec le reste du groupe, nous répétons depuis des heures anciens et nouveaux morceaux. J'entends Logan grogner et soupirer d'énervement à chacune de mes fausses notes. Même moi, je me fais mal aux tympans !

C'est comme si nous étions revenus à nos premières répétitions ensemble, seulement il n'y a que moi qui suis en total désaccord avec les autres.

— OK ! On arrête le massacre ! s'exclame Logan.

Je pose mon instrument sur son socle et commence à faire les cent pas dans notre salle de répétitions. Mes camarades suivent chacun de mes mouvements, comme si j'étais un animal très rare, prisonnier dans une cage de verre.

Lara a reçu ses derniers résultats d'examens avant-hier, et tout est stable. Pourtant, je n'arrive pas à me faire à l'idée qu'elle peut m'être enlevée d'un jour à l'autre. Même mon sommeil en pâtit, je ne parviens à dormir que quelques heures d'affilée.

Mes nuits sont consacrées à l'observer et écouter sa respiration, dans la peur de ne plus l'entendre. Je suis complètement à côté de mes pompes !

— Putain, mais qu'est-ce qui t'arrive, Bax ?! Tu nous fous chaque morceau en l'air comme un débutant, alors que normalement, tu pourrais tous les jouer les yeux fermés ! me lance le chanteur.

Les mains crispées dans les cheveux, je me demande ce que je pourrais bien lui répondre. Y a-t-il même quelque chose à répondre dans une telle situation ?

— Je vais appeler Dorian, on doit annuler les deux soirs à Portland…

Chris, Logan et Maisie me dévisagent, hébétés.

— Non, mais de quoi tu parles, Bax ?! Tous les billets sont déjà vendus, me rappelle Chris.

— Je n'en ai rien à cirer de la vente des billets ou de ces concerts, d'accord ?!

Logan s'approche de moi et pose fermement ses mains sur mes épaules pour me maintenir en place et me fixer droit dans les yeux.

— Qu'est-ce qui te prend, mon vieux ? On a enfin atteint le but dont on rêvait tous depuis si longtemps.

— Je n'en ai plus rien à foutre de tout ça ! hurlé-je tel un dément.

— Tu voudrais bien nous expliquer ce qui ne va pas dans ta tête ?!

Mon ami recule d'un pas, et je me sens soudain pris au piège.

— Je ne peux pas…

— Mec, tu ne peux pas nous balancer à la gueule que tu veux annuler les concerts, comme ça, sans aucune explication ! argumente Chris.

— Vous n'avez qu'à engager un autre guitariste…

Logan éclate de rire et je cesse de parler.

— Tu déconnes ?! On a composé ces chansons ensemble et personne n'est assez doué pour les apprendre en moins de sept jours. Alors, crache le morcea...

— Elle va mourir ! clamé-je avec la force du désespoir, par-dessus la voix de Logan.

Le silence tombe dans la salle, et au même instant, Maverick vient s'asseoir près de ma chaussure. Aussitôt, je me retourne et mon regard croise celui de Lara, qui se tient immobile dans l'encadrement de la porte.

— Je...

— Tu ne te serviras certainement pas de mon état pour annuler le moindre concert, Bax ! me coupe-t-elle d'une voix ferme.

J'entends les baguettes de Chris percuter le sol.

— Tu vas... tu vas vraiment mourir ? articule le batteur.

Logan se laisse tomber dans le canapé au fond de la pièce, livide. Et pour une fois, Maisie ne dit pas un mot, elle se contente d'observer la scène, pourtant je peux voir que quelque chose a changé dans ses yeux.

— Oui, affirme Lara. J'ai un cancer. En fait, c'est même une fâcheuse habitude chez moi.

— Mais de nos jours, les cancers se guérissent plutôt bien, non ? la questionne Logan avec espoir.

Mon cœur manque de se briser plus qu'il ne l'est déjà.

— Je ne suis aucun traitement cette fois, Logan, mes chances de survie sont inexistantes, alors je ne voyais pas l'intérêt de souffrir encore pour ne gagner que quelques mois, lui répond-elle avec un calme déconcertant. C'est ma décision, et s'il vous plaît, les gars... ça ne se discute pas !

Ses iris de jade se posent de nouveau sur moi, tandis qu'elle avance dans ma direction. Puis Lara prend mes mains dans les siennes et les porte à son cœur. Il n'y a pas de colère dans son regard, juste une implacable détermination.

— Écoute-moi attentivement, Baxter Grady. Si tu annules ne serait-ce qu'un concert ou une interview à cause de moi, je te jure que dans la seconde qui suit, je disparaîtrai de ta vie. Malgré tout l'amour que je te porte, je sortirai de ton monde pour que tu n'abandonnes pas le tien, me promet-elle.

— Tu ne peux pas me faire ça, Lara.

— Il ne tient qu'à toi de ne pas m'y obliger. Quand je serai morte, je refuse que tu sombres également. Alors tu vas devoir t'entourer de tout ce qui est bon pour toi. Tes amis…

Elle désigne les trois personnes qui se sont figées derrière moi, puis reprend :

— Ta famille, ta carrière et ta musique.

Détachant mes doigts des siens, je caresse tendrement sa joue, un sourire se dessine sur ses lèvres et elle ferme les yeux.

— Marions-nous alors, soufflé-je.

— Non.

— Pourquoi ?

— Tu veux vraiment te retrouver veuf avant trente ans, Bax ?

Je prends son visage en coupe et colle mon front au sien.

— J'aurai trente ans dans quatorze jours, Lara, et je me moque bien de mon âge.

— Et c'est maintenant que tu me dévoiles la date de ton anniversaire ? s'insurge-t-elle.

Je hausse les épaules, elle est encore en train d'essayer de changer de sujet.

— Marions-nous, demandé-je à nouveau.

— Non. Je ne veux pas que tu te retrouves comme ce mec dans *Le temps d'un automne*[12], avec cette liste stupide, un mariage et la mort de l'amour de sa…

— Tu sais que j'ignore totalement de quoi tu parles en ce moment, Lara. Nous ne sommes pas dans un de tes livres ou dans un film, mais dans la réalité. Dans notre réalité.

_____

12- Le Temps d'un automne (A Walk to Remember) est un film dramatique américain réalisé par Adam Shankman et sorti en 2002.

Reculant d'un pas pour la détailler, j'avoue :

— Tu n'as aucune idée de l'enfer que j'ai vécu quand on m'a interdit de venir te rejoindre lorsque tu as été admise à l'hôpital. Juste parce que je n'étais pas un membre de ta famille ou ton mari. Je ne veux plus jamais revivre ça, Lara, murmuré-je.

Sur ces mots, je la contourne et quitte la salle puis la villa de Logan afin de la laisser réfléchir, espérant de tout mon être qu'elle changera d'avis.

Chapitre 35

Lara

Chris, Logan et Maisie ont pris la fourgonnette afin de gagner Portland, alors que je profite du confort de la voiture de Baxter avec Sasha. Il a cédé à sa petite sœur et plaidé sa cause auprès de leurs parents pour qu'elle puisse nous accompagner de nouveau. L'adolescente – qui rate ainsi deux jours d'école – est aux anges, et Baxter également, car il n'entend plus ses *jérémiades*, comme il aime si bien le dire. Le groupe a choisi de partir le jeudi matin histoire de répéter une dernière fois durant les tests de sons. Ce qui, selon Logan, ne sera pas du luxe, car mon compagnon peine encore sur leur dernier morceau.

Sasha et moi avons passé la journée à faire les magasins et regarder des séries télé, vautrées dans le canapé de notre suite. Je me suis offert de nouveaux livres. Les yeux de Baxter ont d'ailleurs manqué lui sortir de la tête quand il a découvert mes achats en rentrant à l'hôtel le soir. Il ignore juste encore que la moitié de ce que j'ai acquis est pour sa sœur.

La journée du vendredi est passée à toute vitesse, et sans que personne s'en soit vraiment rendu compte, nous voilà à présent dans les coulisses derrière la scène. La salle de concert est bondée, je comprends pourquoi Dorian a dû ajouter ces deux dates supplémentaires pour satisfaire les fans de *Wild Rush*.

— Tu restes en coulisses, ou tu rejoins Sasha et vous venez en bord de scène ? me demande Baxter.

J'observe l'équipe d'*Online Records* au grand complet, qui s'affaire autour des musiciens, et décide pour une fois de changer un peu la donne.

— Non, j'ai envie de te voir jouer sous un autre angle, comme le premier soir… dans toute ta splendeur, lui avoué-je en souriant alors qu'il passe la sangle de sa guitare sur son épaule.

— Tu es sûre ? s'inquiète-t-il aussitôt. Il y a vraiment beaucoup de monde en bas !

Me haussant sur la pointe des pieds, je pose mes lèvres sur les siennes et lui vole un baiser avant de tourner les talons.

— J'ai mon badge de membre du staff, je ne risque rien ! Si tu me cherches, je serai la fille juste devant la scène, celle qui n'a d'yeux que pour toi ! lancé-je dans un éclat de rire.

Je confie Sasha à l'une des hôtesses, passe devant les agents de sécurité et gagne le cœur du public en jouant des coudes, me frayant un chemin jusqu'à la première rangée sans craindre de me faire bousculer par les spectateurs déjà en place.

Les lumières de la grande salle s'éteignent et un silence presque total règne un instant, juste avant la première note de basse égrenée par Maisie.

L'ambiance devient d'un seul coup électrique, et une à une, les paroles de chaque chanson du groupe sont entonnées à tue-tête par les fans. Même moi, qui les entends plus qu'aucune personne saine d'esprit ne le devrait, je me prête au jeu avec passion.

Le concert bat son plein quand, à la fin d'un de leur plus gros succès, on apporte leur guitare sèche et un tabouret à Baxter et Logan. Ils abaissent leur micro et s'installent tous les deux, leur instrument posé sur un genou. Je tente de croiser le regard de mon compagnon malgré la distance, mais Baxter rompt le contact pour la première fois depuis le début du concert et garde les yeux baissés sur ses mains qui viennent caresser les cordes.

— Ce soir, nous avons pensé vous présenter un tout nouveau morceau, annonce Logan à la foule.

— Un morceau composé pour quelqu'un qui m'est très cher…

Au son de la voix de Baxter, des femmes hystériques se mettent à hurler un peu partout dans le public, et moi, je ne comprends plus rien.

— Elle se reconnaîtra, je le sais, et j'espère que ce soir, elle acceptera enfin que je lui appartienne corps et âme, poursuit le guitariste d'un ton enroué.

Les premières notes s'élèvent dans un silence total. Maisie et Chris sont restés un peu en retrait, il semble donc qu'ils ne participeront pas à cette chanson, ce qui me surprend encore plus. La mélodie est acoustique, mais l'on peut clairement entendre le côté rock de la balade qui s'en échappe. Toutefois, ce sont les paroles qui me figent sur place. Logan et Baxter chantent en chœur sur fond de leurs instruments, et c'est comme si j'étais soudain percutée par un semi-remorque.

One look, one word, one dance
Un seul regard, une seule parole, une seule danse
Have been enough to give me a glimpse of life
Auront suffi à me faire entrevoir la vie
To be far from you was impossible for me
Être éloigné de toi m'était impossible
I was consumed by the light that emanated from you
J'ai été consumé par la lumière qui émanait de toi
That night, I met my heavenly illusion...
Ce soir-là, j'ai rencontré mon illusion paradisiaque...

Heavenly Illusion.

Mes yeux s'emplissent de larmes. J'ai déjà vu ces deux mots, écrits dans le carnet de Baxter. En essuyant ma joue, je remarque que les gens dans la salle ont sorti leurs portables et qu'ils les balancent au rythme de la musique. Ils reprennent le refrain en chœur, les paroles de Baxter font accélérer ma respiration et les battements de mon cœur. *J'espère que ce*

soir, elle acceptera enfin que je lui appartienne corps et âme…
La phrase que le guitariste a prononcée avant d'entamer la chanson retentit dans ma tête. C'est à ce moment précis que je comprends enfin que je ferais n'importe quoi pour le bonheur de cet homme.

Mon homme…

Peu importe le temps qu'il me reste, il n'y a plus que lui qui compte…

Tandis que la foule en transe se balance au doux rythme de la mélodie, je me faufile entre les spectateurs et passe rapidement devant le gardien de sécurité en bas de la scène, qui pose juste un regard de contrôle sur mon badge. Il commence à me connaître, nous nous sommes côtoyés durant tout l'été. Je grimpe les marches qui me mènent à l'arrière-scène et reste là, cachée à la limite des planches. Quand la dernière note retentit et que Baxter se lève de son tabouret, parcourant la salle des yeux, je m'avance sur le grand plateau. Logan semble stupéfait de me voir apparaître, et c'est sans doute l'expression de son ami qui signale ma présence à mon compagnon. À l'instant où il se tourne vers moi, j'accélère le pas et Baxter me réceptionne dans ses bras après avoir laissé tomber sa guitare. Mes mains se referment derrière sa nuque tandis que des hourras résonnent dans le public.

— Mais qu'est-ce que…

Je ne le laisse même pas terminer sa phrase, je colle mes lèvres aux siennes.

— C'est oui !

Son visage d'abord surpris manque de me faire éclater de rire, néanmoins ce sont des larmes de joie qui me gagnent, lorsqu'un immense sourire l'illumine quand il comprend. Les acclamations des spectateurs nous importent peu désormais, plus rien n'existe en dehors de nous.

— Tu viens réellement d'accepter de devenir ma femme ?

Le guitariste semble ne pas y croire lui-même.

— Oui. Je ferais n'importe quoi pour te rendre heureux, et je veux t'appartenir aussi, Bax, soufflé-je à son oreille. Même si je me sens terriblement égoïste en acceptant de t'épouser, vu la situation…

— Tu es loin d'être égoïste, puisque tu t'offres à moi corps et âme, Lara.

Dans un mouvement vif, il me fait basculer vers l'arrière et m'embrasse comme si sa vie en dépendait. Je me laisse transporter par la multitude d'émotions qui me submergent. C'est Chris, aidé de sa grosse caisse, qui nous sort de notre bulle et nous ramène à la réalité. Cette réalité où nous nous trouvons sur scène devant plusieurs centaines de personnes !

— Je crois qu'on va avoir quelque chose à fêter ce soir, se moque Logan au micro.

— Je te laisse terminer… ton… ton concert.

Tout à coup affreusement gênée, je m'éloigne de Baxter et cours me cacher auprès de Sasha dans l'ombre de l'arrière-scène.

Après le concert, les musiciens ont été retenus pour une séance de photos et d'autographes, alors Sasha et moi avons regagné l'hôtel en solo. Ce n'est qu'une bonne heure plus tard que le groupe nous y rejoint. Aussitôt, Baxter s'avance vers moi et me saisit par la taille pour me faire tournoyer, sourire aux lèvres. J'entends un bouchon de champagne sauter, et Chris et Logan s'écrient en chœur :

— Aux futurs mariés !

Baxter m'embrasse et je ris contre sa bouche, quand Maisie nous apporte une coupe à chacun. Pour la première fois depuis que je l'ai rencontrée, je ne vois pas cette fureur habituelle envahir ses iris. Je prends la flûte et lui souris gentiment.

— Et moi ?! Je n'ai pas droit à un peu de champagne ?! ronchonne Sasha.

Le guitariste l'observe un instant avant de faire un signe de tête à Chris.

— Si tu racontes à Maman que je t'ai autorisée à boire, ça va barder ! l'avertit son aîné.

— Promis, je serai muette comme une carpe !

L'adolescente trinque avec nous, et tandis que je n'ai d'yeux que pour mon futur mari – cette pensée me fait tout drôle ! –, sa sœur nous pose la question fatidique :

— Alors, vous allez sauter le pas quand ?

Interloqués, nous nous regardons un moment sans rien dire, aucun de nous n'a encore songé à une date ! *Le plus tôt possible*, songé-je en pensant à la menace de mon cancer, tapi dans l'ombre.

— Euh… bafouille Baxter.

— Vous pourriez vous marier le quatorze.

La suggestion de Chris me fait paniquer un instant. Quoi… dans une semaine ?!

— Pour ton anniversaire, Bax, ce serait un super cadeau, argumente Logan en faisant bouger ses sourcils de façon suggestive.

Mon compagnon me fixe, indécis, et ouvre la bouche pour contrer son ami.

— Mais oui ! C'est une excellente idée, le coupé-je en prenant sa main.

— Tu es sûre ? Tu penses qu'on peut arriver à tout organiser en si peu de temps ?

— Je suis débrouillarde.

Je le rassure d'un sourire en entrelaçant mes doigts aux siens.

— Donc j'imagine que c'est le moment idéal pour vous demander si je peux inviter mon petit ami à votre mariage ? s'enquiert innocemment Sasha en prenant une gorgée de champagne.

Les trois hommes présents dans la pièce tournent la tête vers la cadette du groupe et la dévisagent comme s'ils n'avaient pas bien entendu sa question.

— Tu as un petit copain ?! s'étrangle Baxter.

Sa sœur lui adresse un petit sourire contrit et hausse une épaule.

— Qui c'est ?! gronde Logan.

Le chanteur et le batteur s'approchent dangereusement de Sasha.

— S'il touche à un seul de tes cheveux, je lui fais la peau ! la prévient Chris d'une voix sourde.

— T'inquiète, Callen est déjà sur le coup, marmonne Sasha.

La remarque de l'adolescente me fait éclater de rire. Ces trois-là sont vraiment trop protecteurs, et si je trouve cela mignon, je plains tout de même la jeune fille !

Elle a hérité de trois grands frères pour le prix d'un ! La pauvre...

Dimanche matin, dès notre retour de Portland, c'est le branle-bas de combat pour les préparatifs du mariage. Nous nous sommes mis d'accord sur le fait que nous ne voulions pas d'un mariage à l'église, une réservation étant impossible à obtenir si rapidement, et Logan a aussitôt proposé de nous prêter sa villa. Le chanteur et Baxter s'occupent de tout ce qui touche à la réception. Fleurs, dîner, décoration de la salle, musique ! Une chance pour moi, car je suis plutôt nulle dès qu'il s'agit d'organisation !

Nous avons bien évidemment prévenu nos proches, et mis à part de ma mère, les félicitations ont fusé de toute part ! Josie a même prévu de débarquer chez Baxter vendredi après-midi pour que l'on puisse se faire une soirée filles avant le jour J.

Patricia m'a aidée à dresser une liste d'invités, nous ne serons pas très nombreux, la famille et quelques amis. Nous avons laissé tomber l'idée des invitations sur de jolis cartons blancs au profit des courriels. Le temps nous faisant quelque peu défaut, il fallait parer au plus pressé !

La semaine est passée à toute allure, et malheureusement, malgré la visite de nombreuses boutiques spécialisée, je n'ai pas réussi à dénicher la parfaite robe de mariée. J'ai donc choisi de me contenter d'une petite robe de cocktail blanche. Après tout, nous ne faisons pas une immense cérémonie. La seule chose qui m'importe véritablement, c'est Baxter.

Lui, et uniquement lui.

Le vendredi en fin d'après-midi, Baxter et moi sommes complètement hors service. Affalée sur le canapé, la tête de mon compagnon posée sur mes genoux, je tente de souffler quelques instants et passe lentement mes doigts dans ses cheveux. Je souris en constatant qu'il a taillé sa barbe.

— Vous avez prévu quoi pour ce soir ? le questionné-je.

Il ouvre les yeux et attrape ma main libre pour la porter à sa bouche.

— Les gars n'ont pas cru bon de m'en tenir informé, alors je n'en ai pas la moindre idée. Il reste encore quelques trucs à préparer chez Logan, on doit se retrouver là-bas. Je partirai quand Josie sera arrivée.

On cogne à la porte de la maison et il s'exclame que c'est ouvert. Chris entre dans le salon et, tout sourire, exhibe une console de jeux, accompagnée de ses multiples manettes et d'un sac rempli de disques.

— Tu es génial, Chris ! le remercié-je alors que nous nous extirpons du canapé.

— Je sais, et pourtant, c'est lui qui épouse cette femme magnifique !

Son ton théâtral me fait rire. Je le débarrasse de son fardeau pour déposer le tout sur la table basse. La voix joyeuse de ma cousine retentit alors dans la cour, et je me retourne, surprise. Mais quelle heure est-il ?! Comment cette journée a-t-elle elle aussi pu passer si vite ?

— Désolée ! Je suis en retard ! s'exclame Josie en déboulant dans la maison, diverses boissons dans les mains.

Je me saisis des rafraîchissements et pars les ranger dans le frigo, tandis qu'elle s'exclame :

— Allez, dehors les mecs ! Cette maison est officiellement déclarée zone réservée aux filles !

Baxter vient me voler un baiser et murmure à mon oreille :

— À demain.

— Je t'aime, lui chuchoté-je en retour.

Son regard brillant fait rater un battement à mon cœur, et je l'observe qui quitte la maison en compagnie de son ami. La porte du garage s'ouvre quelques secondes plus tard sur Sasha.

— Il est parti ? me questionne-t-elle.

C'est ma cousine qui répond à ma place, tout en se chargeant des branchements de la console derrière le téléviseur :

— Ouais ! La baraque est à nous !

Durant deux bonnes heures, nous rivalisons d'adresse dans la bonne humeur devant les jeux vidéo, en grignotant des chips et du pop-corn. Puis j'appelle le livreur et commande nos pizzas.

— Non ! Ne passe pas là, m'ordonne soudain Josie, tu vas nous faire tuer !

— Oups !

L'écran devient noir, et la partie recommence à l'instant où la sonnette résonne dans la pièce. Je tends la manette à Sasha pour qu'elle prenne ma place. Après avoir attrapé mon porte-monnaie, je vais ouvrir et reste figée un instant en découvrant le visage de notre… livreur de pizza ?

— Salut.

Maisie se tient sur le pas de la porte, mes deux boîtes de pizza entre les mains. Je vois bien qu'elle est mal à l'aise, le regard fixé sur ses *Converses*.

— J'ai payé le livreur, m'informe-t-elle.

— C'est sympa. Tu veux entrer ? On se fait une soirée jeux vidéo.

Ma proposition paraît la surprendre, néanmoins elle acquiesce et passe le seuil de la maison. Je m'empare des cartons et gagne la cuisine. Josie et Sasha saluent la bassiste, elles aussi un peu surprises de sa présence. De mon côté, je n'ai pas de place pour la rancune dans le temps qui m'est imparti. Toujours un peu gênée, la sœur de Logan me rejoint et m'aide à disposer les parts de pizza dans des assiettes.

— Je voudrais te demander pardon pour la façon dont j'ai agi avec toi, commence-t-elle à mi-voix.

— T'inquiète, Bax m'a dit que, de toute façon, tu n'appréciais pas beaucoup les gens.

Elle esquisse un petit sourire et reprend :

— Ouais, il n'a pas tout à fait tort. Mais… le voir si heureux avec toi, alors que je suis folle de lui depuis des années, c'était…

— Difficile, terminé-je.

Maisie prend une grande inspiration et me fixe droit dans les yeux cette fois.

— Tu es faite pour lui, Lara. Ça se voit comme le nez au milieu de la figure. Tu sais, quand je suis clean, j'ai bien conscience que je ne suis que la petite sœur de Logan. Je sais depuis toujours qu'il n'y aura jamais rien entre Bax et moi, seulement quand je suis dans mon monde d'illusions, les choses sont différentes, me confie-t-elle.

— Je ne t'en veux pas, Maisie. Je n'ai plus le temps d'entretenir de la rancœur.

Un voile de tristesse envahit son visage, et cela me touche.

— Tu vas vraiment…

— Mourir? la coupé-je. Oui. Et à ce sujet, j'aurais quelque chose à te demander.

Je sais que j'ai toute son attention désormais, alors que Jo et Sasha sont totalement immergées dans leur partie.

— Je t'écoute.

— Essaie de prendre soin de lui… quand je serai partie, soufflé-je.

Elle acquiesce en silence, et durant un moment, nous restons ainsi, face à face dans la cuisine, à ne rien faire d'autre que se regarder. C'est la voix de Josie qui nous fait reprendre pied dans la réalité.

— Elles arrivent, ces pizzas, ou quoi?!

En riant, nous regagnons le salon, et Jo tend sa manette à Maisie.

— Mais non… tu vas me pulvériser! grogne Sasha, quand Maisie s'installe pour jouer contre elle.

— C'est clair, je suis un maître en matière de jeux vidéo!

Pour la première fois, j'entrevois chez la jeune femme ce qui fait craquer Chris, et j'espère qu'un jour, elle sera à son tour capable de discerner combien cet homme tient à elle et qu'elle pourra enfin trouver le bonheur à ses côtés.

— J'ai une surprise pour toi, murmure Josie à mon oreille, je reviens.

Elle sort de la maison et revient presque aussitôt avec une grande boîte en carton blanc.

— Qu'est-ce que…

— Tu m'as dit que tu n'avais pas trouvé la robe de tes rêves… eh bien, j'ai apporté celle-ci pour toi, me répond ma cousine.

Nous gagnons la chambre de Baxter, et elle pose la boîte sur le lit avant d'en retirer le couvert. Je porte une main à ma bouche en découvrant un amoncellement de tissu ivoire.

— Jo…

— Retire-moi ces fringues, tu dois l'essayer avant de te décider, m'ordonne-t-elle en sortant le vêtement.

Je m'exécute sans dire un mot, et je la laisse m'aider à enfiler la tenue époustouflante. Le haut à manches longues est composé de dentelle délicate et, à partir de la taille, la jupe tombe jusqu'au sol en fines couches de voiles aériens. Josie s'occupe de fermer les petits boutons de perle qui courent le long de mon dos. Immobile devant le miroir de la chambre, je reste complètement stupéfaite.

— Mais où as-tu déniché cette merveille, Jo ?

Elle appuie son menton sur mon épaule, et nous nous dévisageons dans la glace.

— C'est celle que j'avais choisie pour mon mariage… avant que Sam ne chamboule tout, chuchote-t-elle. Les essayages étaient déjà faits, et comme toi et moi avons quasiment la même silhouette… Je suis retournée la chercher pour toi. Pour ton grand jour.

Je suis émue aux larmes par tant de gentillesse.

À présent, tout est parfait…

Samedi en début de soirée, je me retrouve prisonnière dans l'une des chambres de la villa de Logan, en robe de mariée. Josie est exaspérée, car je ne cesse de gigoter alors qu'elle tente de me coiffer.

— J'abandonne ! On les laisse tomber en cascade ? demande-t-elle à Sasha.

— Bonne idée. C'est une vraie pile électrique !

Je les entends comme si j'étais sous l'eau et la nervosité me gagne. J'ai le cœur au bord des lèvres, et ce traître semble en même temps vouloir me sortir de la poitrine. Et s'il avait changé d'avis ? Et s'il n'était pas en bas lorsque je descendrai ? Oh mon Dieu !

— Respire, ma chérie, murmure alors la voix de ma mère près de mon oreille.

Je lève les yeux, et c'est tout à coup comme si un calme olympien me gagnait tout entière, juste grâce à sa présence. Je me lève et la serre dans mes bras. Par-dessus son épaule, j'aperçois mon père qui me fait un clin d'œil.

— Tu es venue ? soufflé-je.

— Crois-tu que j'aurais pu manquer le mariage de mon unique enfant ?

Elle caresse tendrement mes joues et me dit :

— Je t'aime tant, Lara. N'en doute jamais… même quand tu ne seras plus là, je continuerai de t'aimer de toutes mes forces.

Entendre ces mots dans sa bouche est le plus beau cadeau que l'on pouvait me faire aujourd'hui. Je dois produire un effort surhumain pour retenir mes larmes et ne pas ruiner le peu de maquillage que Josie s'est appliquée à réaliser. Au même instant, on cogne à la porte, et j'entends la voix de Chris nous annoncer :

— Ça va débuter !

Ma mère m'embrasse sur la joue et quitte la chambre, alors que mon père me tend son bras. Josie et Sasha devant nous, nous avançons doucement vers les escaliers. Je manque de perdre l'équilibre et me rattrape de justesse à la rambarde et à mon père.

— Impossible de marcher avec ces escarpins de malheur ! Je vais finir aux urgences avant même d'arriver devant l'autel ! grogné-je.

— Tu ne vas quand même pas y aller pieds nus ?!

J'esquisse un sourire à l'intention de mon père qui vient de soulever un point important.

— Tu veux bien me prêter tes chaussettes ?

Josie et Sasha me scrutent, interloquées. Mon père, quant à lui, connaît mes travers de petite fille. Aussi, sans discuter, il retire chaussures et chaussettes avant de me tendre ces dernières, qui seront un peu trop grandes pour moi, mais tant pis ! Je retire les instruments de torture qui martyrisent mes orteils et menacent ma sécurité, avant de les jeter en bas des escaliers, puis j'enfile les chaussettes paternelles et reprends ma place dans le cortège.

— Tu es sérieuse, Lara ? s'offusque Jo.

— Personne ne le remarquera ! La robe cache mes pieds !

Elle secoue la tête de droite à gauche et nous poursuivons notre avancée. Je suis bluffée par tout le travail que Logan, Chris et Bax ont accompli dans la salle de réception. On dirait un petit paradis aménagé rien que pour nous. La musique retentit, et je souris à Chris qui s'occupe de la sono. Grâce à son talent, je n'ai pas droit à une marche nuptiale banale, mais à la chanson *Come and Get Your Love* de *Redbone*.

Je peux voir Baxter, magnifique dans son costume, qui me sourit avec émerveillement au bout de l'allée centrale. Il hausse une épaule impuissante pour seule explication à cette curieuse entrée en matière.

Après tout, nous n'avons rien d'un couple traditionnel, pourquoi la chanson d'ouverture de notre mariage le serait-elle ?!

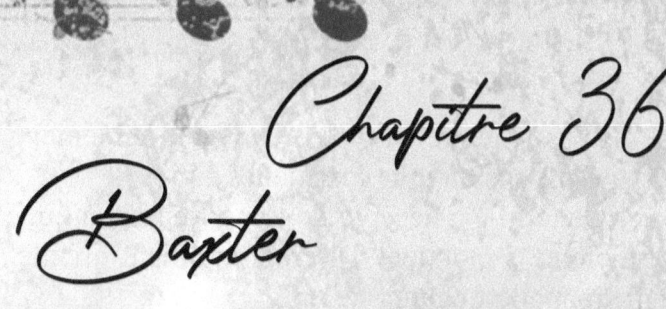

Chapitre 36
Baxter

Les mains moites et tremblantes, je tente à nouveau d'attacher ce fichu nœud papillon ! La dernière fois que j'ai porté un truc pareil, c'était lorsque mes parents se sont remariés, autant dire que cela ne date pas d'hier.

— Laisse, tu vas finir par t'étrangler toi-même, ronchonne Logan en se plaçant devant moi.

Avec dextérité, il manipule le bout de tissu et l'ajuste en un tour de main.

— Voilà ! Ce n'est quand même pas sorcier !

— Tu as l'habitude, toi, avec tous ces dîners d'associés de l'agence, ruminé-je.

C'est mon ami qui a entièrement choisi ma tenue, du costume jusqu'aux chaussures. Je me regarde dans le miroir sur pied et suis surpris de constater que j'ai de la classe. Mes doigts s'apprêtent à toucher le nœud papillon, quand Logan m'en empêche d'une claque sur la main.

— Cesse donc de t'agiter comme un gosse de trois ans ! C'est fatigant à la longue ! Depuis hier, tu ne tiens pas en place ! me tance-t-il.

Chris pénètre dans la chambre en coup de vent, vêtu lui aussi d'un superbe costume trois-pièces, pour vérifier que tout se déroule comme prévu. Je note que sa tenue semble quelque peu défraîchie, ce qui est compréhensible, notre ami ne cesse de courir partout dans la villa !

— Et si elle changeait d'idée et ne venait pas ? l'interrogé-je au passage. Elle pourrait très bien me planter devant l'autel !

Je ne suis pas le genre de type à paniquer facilement, mais aujourd'hui n'est pas un jour comme les autres !

— Bax ! Cette fille a accepté de t'épouser devant une salle de concert pleine à craquer ! Tu crois vraiment qu'elle va se défiler ? me rappelle Logan.

— Et pour info, Sasha, Josie *et* Lara sont arrivées.

Les paroles de Chris suffisent à me rassurer. Le stress qui me gagnait depuis le début de la matinée bat soudain en retraite, alors que Logan, adossé au mur de la chambre, se crispe d'un coup à l'évocation de la cousine de Lara.

— C'est bien beau tout ça, mais je dois descendre m'occuper des invités, s'exclame le chanteur en sortant de la pièce, l'air tendu.

Chris et moi échangeons un regard entendu quand il ferme la porte.

— Il a vraiment un problème avec cette fille, soupire Chris.

— Le goût de l'interdit. Elle est mariée maintenant, elle est donc devenue intouchable.

C'est le plus gros défaut de Logan, il veut toujours ce qu'il ne peut avoir, mais une fois qu'il l'obtient, il passe très vite à autre chose. L'interdit étant devenu accessible, il perd tout intérêt.

D'accord, j'ai eu tort de me croire tiré d'affaire. Mon stress est revenu au galop quand je me suis retrouvé devant le maître de cérémonie. D'un côté, j'ai cet homme qui va nous unir, Lara et moi, et juste derrière moi, Logan se tient debout, car il est mon témoin. Mon cœur bat à cent mille à l'heure, je me demande même s'il ne va pas exploser !

Mon ami pose alors une main sur mon épaule pour que je tourne la tête, et je la vois.

Au bout de l'allée que le chanteur a aménagée entre les chaises – occupées par plus de gens que je ne l'avais imaginé – et des monceaux de fleurs, se tient Lara, rayonnante dans une robe de dentelle ivoire, escortée par ma sœur, Josie et son père. Chris lance la chanson et je peux voir la future mariée sourire avec une certaine surprise. Je hausse une épaule histoire de lui faire comprendre que je ne suis pour rien dans le choix de la marche nuptiale. Comme dans un rêve, Edward vient délicatement poser la main de sa fille dans la mienne et va prendre sa place. Josie se positionne derrière Lara, mais plus rien d'autre n'existe pour moi que la sublime femme qui s'est arrêtée à mes côtés.

Je l'avoue, je n'ai pas écouté un traître mot de ce que l'officiant a dit. Toute mon attention est vouée à Lara, et cette lueur de bonheur qui brille dans ses yeux. C'est sa voix qui me sort de mes rêveries et me ramène devant notre auditoire.

— Moi, Lara Spencer, je promets de t'aimer et de te chérir jusqu'à ce que la mort vienne.

En prononçant ces mots, Lara serre mes doigts un peu plus fort entre les siens.

— Moi, Baxter Grady, je promets de t'aimer et de te chérir bien au-delà de la mort.

Cet idiot de maître de cérémonie nous pose ensuite la stupide question : voulez-vous prendre cet homme pour époux ? Et vice versa. Quelle connerie quand même ! Nous ne serions pas là si la réponse était non.

— Les alliances, je vous prie, demande-t-il à nos témoins.

Lara passe la bague à mon annulaire, mais au moment où je m'apprête à en faire de même, elle stoppe un instant ma main, ce qui me surprend et m'inquiète. Puis j'esquisse un sourire quand je la vois scruter l'intérieur de l'alliance avec intensité.

Heavenly Illusion y est gravé. Émue, elle me laisse enfin lui passer l'anneau au doigt.

— Je vous déclare maintenant mari et femme, annonce l'officiant. Vous pouvez embrasser la mariée.

Voilà bien une chose que je ne me ferai pas dire deux fois !

Devant nos familles, nos proches et nos amis, je passe mes mains derrière la taille de Lara et l'attire à moi. Son sourire est contagieux. Elle caresse ma joue avant de poser sa bouche sur la mienne. Sous les applaudissements de nos invités, je savoure ce tout premier baiser échangé avec ma femme.

Après un somptueux repas et les innombrables toasts des convives – j'ai eu droit à des menaces d'émasculation de la part de Clayton ! –, Lara ouvre le bal avec son père. Elle est magnifique dans sa robe de mariée, et je suis au comble du bonheur en l'observant. Je fais tourner ma mère sur elle-même et son sourire bienveillant me réchauffe le cœur.

— Je suis si heureuse pour toi, mon fils, chuchote-t-elle à mon oreille.

Par-dessus son épaule, je peux voir ma sœur danser avec son *petit ami* – ce seul mot me dégoûte ! Il s'agit de ma petite sœur, et elle n'est certes pas déjà en âge d'avoir un copain. Ce n'est encore qu'une gamine.

— Cesse de dévisager Sasha de la sorte, me reprend ma mère en riant.

— Je ne le sens pas, ce type.

Mon grognement la fait rire de plus belle.

— Ta sœur n'est plus un bébé, tu devras t'y faire, Baxter.

— Ouais… c'est ce qu'on verra, marmonné-je en fixant

l'adolescent, qui avait coulé un regard inquiet vers moi et le détourne rapidement.

Je veille au grain, morveux. Alors, fais gaffe à toi, songé-je. Puis j'aperçois le frère de Chris derrière la sono, qui lui aussi semble surveiller le couple de près. Cela me rassure de savoir que lui aussi ne laissera rien au hasard.

Quand la première chanson est terminée, je m'avance vers Lara et son père, et pose une main sur l'épaule d'Edward. Ce dernier se tourne vers moi, avant de s'incliner cérémonieusement en déposant la paume de sa fille dans la mienne, ce qui fait rire Lara.

— Je vous rends votre femme, jeune homme, concède-t-il dans un sourire.

La musique est lente, quelque peu lascive, quand j'entraîne Lara avec moi au centre de la piste. Comme la première fois où nous avons dansé ensemble, de l'électricité semble parcourir tout mon corps.

— Vous êtes magnifique, Madame Grady, lui glissé-je avant de la faire tourner.

— Vous avez l'air d'un pingouin, Monsieur Grady.

Offusqué, je la ramène vivement à moi.

— Un pingouin ?!

— Un pingouin sexy, argumente-t-elle, ses lèvres s'étirant dans un sourire malicieux.

Lara capture un instant ma bouche pour un bref baiser.

— Peut-être, mais… moi au moins, je porte des chaussures, lui indiqué-je.

Elle s'arrête un instant, et je sais qu'elle est sur le point d'éclater de rire quand elle soulève légèrement sa robe pour me dévoiler ses chaussettes.

— Comment as-tu su ? me questionne-t-elle alors que nous reprenons notre danse.

— On devine les pieds nus de ton père dans ses souliers.

Lara colle son front contre le mien et donne libre cours à son hilarité.

Ce simple son vaut toutes les mélodies du monde.

Les derniers à quitter les lieux sont Chris et Logan, et quand la porte de la villa se referme sur eux, Lara se tourne vers moi avec étonnement.

— On ne rentre pas à la maison ?

Joueur, je tapote mon menton de mon index et lui souris.

— Non, c'est notre nuit de noces ! m'exclamé-je en la soulevant, un bras sous ses genoux et l'autre dans son dos.

Elle pousse un petit cri de surprise et s'agrippe à mon cou.

— Bax, repose-moi ! Je suis trop lourde !

— Mais non, mon petit singe, tu es aussi légère qu'un papillon, lui soufflé-je.

— Où m'amènes-tu comme ça ?

— Des questions, toujours des questions ! Vu qu'on ne peut pas partir en lune de miel, je nous ai concocté un petit quelque chose, avoué-je en traversant la villa.

Un chemin de chandelles dans des bocaux de verre guide notre route dans la pénombre de la demeure. Je m'arrête devant une chambre close, avant de demander à Lara :

— Tu peux ouvrir, j'ai les mains pleines.

— Gros malin, va ! s'esclaffe-t-elle en ouvrant la porte.

Un léger hoquet de surprise lui échappe quand je passe le seuil de la pièce et la dépose doucement sur le sol.

— Tu as fait tout ça… pour nous ?

— Pour toi, rectifié-je en dégageant son épaule pour y déposer un baiser.

La chambre est plongée dans un halo presque magique. Les bougies disposées ici et là habillent les murs et le lit à baldaquin d'ombres mouvantes. Le couvre-lit blanc, tout comme le sol, est parsemé de pétales de roses rouges.

— C'est magnifique, Bax, chuchote Lara.

— *I want to lay you on a bed of roses...*

— *Bed of Roses, Bon Jovi...*

Doucement, avec toute la délicatesse dont je dispose, je détache un à un les boutons de perle qui ferment sa robe. La peau douce de son dos se dévoile à moi et je la caresse lascivement des reins jusqu'à la nuque. Elle penche légèrement la tête vers l'arrière, avant de me faire face. À son tour, elle défait mon nœud papillon qu'elle laisse tomber sur le sol, puis déboutonne lentement ma chemise, mettant mes nerfs à rude épreuve. Nos regards ne se quittent pas une seule seconde, le monde se referme sur nous et plus rien ne peut nous atteindre.

— Tu peux définitivement tout rayer de ta liste, Lara.

— Je ne saisis pas...

— Il ne te restait plus qu'à changer la vie d'une personne. C'est la mienne que tu as changée à jamais, mon amour, murmuré-je.

Les yeux brillants de désir, Lara passe ses boucles brunes derrière son épaule et je l'aide à retirer sa robe. La dentelle délicate court sur son épiderme et le vêtement ivoirin tombe tel un voile autour de ses chevilles – qu'elle a eu le bon goût de se débarrasser des chaussettes de son père –, me laissant tout le loisir d'admirer le corps magnifique de ma femme.

Elle se hausse sur la pointe des pieds et vient cueillir mes lèvres dans un baiser fiévreux. Ses mains glissent le long de mes clavicules et elle fait tomber veston et chemise au sol. Ma paume au creux de ses reins, je la presse contre moi pour mieux sentir sa chaleur, et nos cœurs vibrer à l'unisson.

— Je t'aime, Bax, souffle-t-elle d'une voix rauque. Plus que tout.

— Mon cœur ne bat que pour toi…

Lara m'entraîne doucement vers le lit, et seulement vêtue de sa culotte en dentelle, elle s'allonge au milieu des pétales de roses. *Cette femme est l'autre moitié de mon âme, et ensemble, nous allons réécrire les étoiles*, ne puis-je m'empêcher de penser.

J'avance vers elle, et la seule chose qui traverse mon esprit en cet instant est qu'elle représente bien plus que mon illusion paradisiaque, Lara n'est rien de moins que mon paradis tout entier.

Septembre touche à sa fin, et je ne me suis jamais senti aussi heureux. J'ai épousé la femme de ma vie pour mon trentième anniversaire, les résultats des examens que Lara passe régulièrement à l'hôpital restent dans les normes, tout va bien sous le soleil.

Au soir d'un nouvel après-midi de travail au garage du père de Chris, je gare ma voiture dans l'allée de la maison. J'ai avec moi des sushis et divers plats chinois, j'en connais une qui va être ravie ! Quand je pousse la porte, Maverick me fait la fête et Lara le réprimande aussitôt en lui disant qu'il ne doit pas sauter sur les gens. Le sourire qu'elle m'adresse ensuite vaut tout l'or du monde.

— Tu as passé un bon après-midi ? s'enquiert-elle avant de s'emparer des sacs de nourriture.

— Sans plus, tu m'as manqué.

Je déteste le fait d'avoir dû reprendre le travail, ne serait-ce qu'à mi-temps, mais après avoir surpris une conversation entre mon père et monsieur Perez, Lara ne m'a pas laissé le choix. Le père de Chris commençait à souffrir de mon absence au garage, et selon ma tendre épouse, il était hors de question de laisser ce brave homme «suer sang et eau» plus longtemps pour que je puisse garder ma place là-bas alors que je n'y travaillais plus. J'ai toutefois réussi à négocier cette reprise à temps partiel, qui me permet au moins de passer la moitié de mes journées avec Lara. Chaque instant passé loin d'elle me fait prendre conscience que le temps n'est pas une donnée que l'on peut rattraper comme bon nous semble. En fait, il nous file bien trop vite entre les doigts.

— Des sushis! Toi, tu sais comment faire plaisir à une femme! ronronne Lara en venant se lover contre moi.

— Je sais faire plaisir à *ma* femme, nuance!

Son regard en dit long sur son manque de contact, toutefois je ne referme pas mes bras sur elle.

— J'ai les mains toutes tachées de cambouis, m'excusé-je en haussant les épaules.

— Ce ne sont que des vêtements, ils iront dans la machine à laver!

Je souris et la serre alors contre moi pour l'embrasser. Nous sommes si bien tous les deux, c'est comme si nous avions toujours vécu ensemble. Chaque seconde passée près de l'autre est plus magique et intense que la précédente.

— Et puis, c'est sexy, le cambouis! s'exclame ma femme en riant de mon air déconfit.

Après une bonne douche chaude, je m'affale sur le canapé avec Lara, qui a décidé de mettre un film avant que l'on passe à table. Je n'ai rien contre le fait d'avoir sa jolie petite tête calée sur mes genoux, alors que nous regardons *The MEG*[13], pourtant je ne peux m'empêcher de maugréer.

— Je suis toujours surpris de te voir apprécier autant ce genre de navet...

13- Film de science-fiction sino-américain réalisé par Jon Turteltaub, sorti en 2018. Adaptation du roman Meg: A Novel of Deep Terror de Steve Alten (1997).

— Et moi, je suis consternée que tu n'aies encore jamais vu ce film… il est sorti l'hiver dernier ! s'insurge-t-elle. Et puis, c'est *Jason Statham* quand même !

— Je ne suis pas fan de cet acteur…

Ma réponse me vaut un bon coup dans la jambe.

— Quoi, tu le trouves vraiment sexy, ce mec ? Il a l'âge d'être ton père !

— Il vieillit très… très bien. Tu as vu ses abdos ?! ajoute-t-elle, alors que l'acteur sort de la douche sur l'écran. Tu devrais te mettre au sport au lieu de jouer les maris jaloux !

Elle éclate de rire, et moi, je marmonne de plus belle dans ma barbe, quand la sonnette retentit dans l'entrée. Fronçant les sourcils, je jette un œil interrogateur à Lara.

— Tu attends quelqu'un ? la questionné-je.

Elle hoche la tête en signe de négation et me laisse me lever pour aller ouvrir. La surprise doit se lire sur mon visage quand je découvre l'identité de notre visiteur inattendu, car la personne devant moi esquisse un timide sourire d'excuse.

— Josie ?!

Chapitre 37

Lara

Quand j'entends Bax prononcer le nom de ma cousine, je me rue hors du canapé. Stupéfaite de la découvrir sur le pas de notre porte, alors que quelques jours viennent de s'écouler sans que j'aie la moindre nouvelle, je la rejoins dans l'entrée. Son premier réflexe est de me serrer dans ses bras. Durant cette brève étreinte, je peux sentir qu'elle est plus faible que d'habitude et qu'elle semble sur le point de craquer.

— On est en train de regarder un requin préhistorique qui dévore des hommes, tu veux te joindre à nous ? lui propose Baxter.

Avec un petit sourire, Josie acquiesce et entre dans la maison. Tandis que ma cousine et moi nous plongeons dans le film, Baxter installe ses achats pour le dîner sur un plateau, qu'il vient ensuite déposer sur la table basse du salon. Mon mari s'assoit près de moi et me tend une assiette garnie de sushis. Après lui avoir dérobé un rapide baiser, je savoure mon repas.

— Tu en veux ? demandé-je à Jo.

— Non, ça va.

Je fronce les sourcils en voyant qu'elle ne fait que picorer dans les autres plats, le regard dans le vide. Je peux même voir le reflet de la télévision dans ses iris. Baxter me pousse gentiment du coude et me fait signe silencieusement. Lui aussi se questionne sur sa présence et son attitude des plus étrange.

— Viens avec moi, dis-je finalement à ma cousine.

Après avoir observé un instant ma main tendue vers elle, elle pose sa paume dans la mienne et me suit. Nous entrons dans la salle de musique et prenons place sur le grand canapé. Des souvenirs quelque peu déplacés me reviennent, me faisant monter le rouge aux joues.

— Qu'est-ce qui ne va pas, Josie ? Tu me sembles... soucieuse. Et puis, ce n'est pas ton genre de faire quatre heures de route juste pour venir nous dire bonsoir... même si ta visite surprise me fait incroyablement plaisir, tu le sais !

Ma cousine prend une grande inspiration et, assise sur le sofa, se tourne vers moi.

— J'ai demandé le divorce. Sam et moi ne sommes plus ensemble, souffle-t-elle en baissant la tête, honteuse.

Est-ce que je devrais lui dire que je suis fière d'elle ? Qu'elle a enfin pris la bonne décision ? Ou devrais-je lui dire que je l'avais prévenue ?

Mais je m'abstiens et passe simplement un bras par-dessus ses épaules avant de l'attirer vers moi.

— Pour quelle raison ? murmuré-je seulement.

Une larme tombe sur sa pommette, qu'elle s'empresse d'essuyer.

— Quand je vous ai vus, Bax et toi, vous dire oui avec un tel amour dans les yeux, j'ai enfin accepté ce que j'avais compris depuis longtemps déjà... que j'avais fait l'erreur de ma vie en épousant Sam. Mais j'avais si peur de me retrouver seule, Lara, m'explique-t-elle d'une voix nouée par l'angoisse.

— Parfois, il vaut mieux être seule un court instant, que mal accompagnée durant toute une vie, Jo. Tu trouveras la personne qui est faite pour toi, j'en suis sûre !

Elle acquiesce vivement et se met à pleurer à chaudes larmes. Je sais qu'il y a autre chose, pourtant Josie ne semble pas vouloir me dévoiler ce qui la trouble réellement, même si quelque part au fond de moi, j'ai ma petite idée. Mais Jo me parlera quand elle se sentira prête, je sais être patiente et je sais aussi que son bonheur viendra quand elle aura accepté la situation.

Le temps qu'elle reprenne ses esprits, je me lève du canapé et, face aux bibliothèques, je me mets à fouiller entre les livres de Baxter pour en sortir deux enveloppes blanches.

— J'ai pris le temps de mettre mes affaires en ordre, au cas où... peu importe, juste au cas où la maladie déciderait de venir faire un carnage sans préavis, lui avoué-je en lui tendant les lettres. Tiens, il y en a une pour mes parents et une pour toi.

Je fais les cent pas dans la pièce tandis qu'elle fixe les enveloppes sans un mot, puis je m'arrête pour la dévisager et m'assurer qu'elle a bien compris le fond de ma pensée.

— Tu la donneras à mes parents quand je serai partie, d'accord ?

Mes dernières volontés toujours en main, Josie me détaille à présent, complètement désemparée. Je n'avais pas prévu de lui remettre ces lettres aujourd'hui, pourtant je me sens soulagée d'un grand poids maintenant que c'est fait.

— Évidemment, n'ouvre pas la tienne avant...

— J'ai compris, me coupe-t-elle.

Ses doigts tremblent sur le papier immaculé et je m'en veux de lui confier cette lourde tâche, mais je sais que Baxter en sera incapable après mon départ.

— Il n'y en a pas pour Bax ?

— Bien sûr que si. Elle est ici. Il la trouvera en temps et en heure, lui confié-je.

Sans crier gare, ma cousine se précipite sur moi et m'enlace.

— Qu'est-ce que je vais devenir sans toi, Lara ? sanglote-t-elle.

— La femme formidable qui n'attend plus que toi pour s'épanouir, Josie. Voilà tout.

Nous ne prononçons plus un mot, et je suis bouleversée par la puissance des sentiments qui émanent de ma cousine. Je m'éloigne à peine d'elle, pose mes mains sur ses joues trempées de larmes et lui offre mon plus beau sourire.

— Je suis heureuse, Jo. Tellement heureuse ! Bax a rendu mon monde plus beau... il l'a rendu magique, soufflé-je.

— Tu rayonnes de bonheur, Lara. Personne ne pourrait en douter.

La porte s'ouvre doucement et Baxter passe la tête dans l'embrasure.

— J'ai installé de quoi faire une partie de poker, ça vous dit? nous demande-t-il. Parce que moi, les requins géants, j'ai donné!

J'éclate de rire et rejoins cet homme formidable que la vie – ma vie si chaotique et terne – a mis sur ma route. Tout l'amour que je découvre dans ses iris azur fait rater un battement à mon cœur déjà conquis.

— Je vais vous flanquer la raclée de votre vie! fanfaronné-je.

Bien plus tard dans la soirée, je lève les bras en l'air en signe victoire. Comme je l'avais prédit, j'ai tout raflé!

— Qui c'est, la meilleure? nargué-je Baxter.

— Elle est toujours comme ça quand elle met la pâtée à quelqu'un?

Josie confirme en haussant les épaules.

— Depuis qu'elle est toute petite. C'est une vraie peste! se lamente-t-elle en éclatant de rire.

Que c'est bon de la voir se détendre, songé-je en rangeant les jetons.

Elle regarde l'heure sur sa montre et se lève de table.

— Je devrais y aller, il est déjà…

— Bien trop tard pour que tu penses à conduire seule jusqu'à Seattle, la coupe Baxter. La chambre d'amis est tienne pour la nuit, je ne veux pas te savoir sur la route à une heure pareille.

Il m'a enlevé les mots de la bouche.

Une fois le salon et la cuisine rangés, Jo part s'installer dans sa chambre, tandis que Baxter et moi regagnons la nôtre. Je retire mes vêtements, passe un short et un pull de mon mari, avant de me glisser sous les couvertures. Durant un court instant, je me masse la cage thoracique. Baxter me lance un regard soucieux.

— Ça va?

410

— Oui, juste un peu crevée, révélé-je.

Mais je suis en réalité très fatiguée…

— Tu voudrais me faire plaisir ?

Je lui offre mon plus beau sourire pour qu'il accepte ma requête sans poser de question.

— Tout ce que tu voudras, ma belle, répond-il en enfilant son jogging.

— J'aimerais que tu me fasses la lecture. J'ai un peu mal à la tête… Choisis le livre que tu veux, j'ai seulement envie d'entendre le son de ta voix en m'endormant, murmuré-je.

— Je me fais toujours avoir…

— Je t'aime !

Il marmonne dans sa barbe en sortant de la chambre pour y revenir quelques secondes plus tard, un bouquin entre les mains. Il ne laisse que la petite lampe de notre table de nuit allumée.

— *Roméo et Juliette* ?

— Tu as dit n'importe quel livre, me rappelle-t-il.

— Très bien !

Je l'embrasse, m'installe confortablement sous la couette et cale ma tête sur mon oreiller, prête à entendre le début de l'histoire.

— *Deux familles, égales en noblesse dans la belle Vérone, où nous plaçons notre scène, sont entraînées par d'anciennes rancunes à des rixes nouvelles où le sang des citoyens souille les mains des citoyens. Des entrailles prédestinées de ces deux ennemies a pris naissance, sous des étoiles contraires, un couple d'amoureux dont la ruine néfaste et lamentable doit ensevelir dans leur tombe l'animosité de leurs parents. Les terribles péripéties de leur fatal amour*[14], commence Baxter.

Doucement, alors que le timbre de sa voix me berce, je m'endors, sourire aux lèvres, en songeant que jamais je n'aurais cru un jour pouvoir être autant aimée et heureuse. Que jamais

---

14- Roméo et Juliette est une tragédie de William Shakespeare. Écrite vers le début de sa carrière, elle raconte l'histoire de deux jeunes amants dont la mort réconcilie leurs familles ennemies, les Montaigu et les Capulet. La pièce s'inscrit dans une série d'histoires d'amour tragiques remontant à l'Antiquité.

je n'aurais pensé rencontrer cet homme qui m'a sortie de ma vie routinière pour me faire une place dans la sienne et dans son cœur. Cet homme qui a décidé que chaque point de ma stupide liste devait impérativement être rayé.

Il m'a fait découvrir le vrai goût de la vie.

L'unique saveur de l'amour.

Chapitre 38
Baxter

Au cœur de la nuit, je me réveille en sursaut, la gorge desséchée. Le contact de mes pieds nus sur le carrelage froid me fait réprimer un frisson désagréable. Dans la maison, c'est le calme total. Je me traîne jusqu'à l'évier en étouffant un bâillement. Tandis que je vide un grand verre d'eau, l'heure qui s'affiche sur le micro-onde me révèle qu'il est déjà près de quatre heures du matin. Complètement groggy, je retourne dans la chambre et me fige sur le pas de la porte, étreint d'un irrépressible mauvais pressentiment. Maverick est monté sur le lit et pleurniche, fort, beaucoup plus fort que d'habitude. J'allume le plafonnier et découvre le petit chien qui gratte frénétiquement les couvertures près de la tête de sa maîtresse, mais cette dernière ne réagit pas à ses plaintes.

— Lara ?

L'effroyable sentiment qui s'est emparé de moi comprime mon cœur comme s'il voulait l'empêcher de battre. Lara est dans la même position que lorsqu'elle s'est endormie, face à moi, quand je lui faisais la lecture. Elle ne bouge pas tandis que je hurle à nouveau son nom. J'accours vers le lit et pose une main sur son épaule pour la réveiller. Rien. Plus fermement, je recommence et elle se tourne sur le dos. Ses yeux sont clos, sa peau est pâle… et quand son bras s'échappe mollement des draps et tombe le long du matelas, je recule brusquement, comme heurté par une massue, avant de percuter la commode. Cela ne dure qu'une demi-seconde, puis je me rue vers elle. Sa joue est glacée quand ma main s'y dépose.

— Non… non… NON…

J'ouvre vivement les couvertures, faisant fuir Maverick de la pièce par la même occasion. Le corps de Lara, étendu sur le dos en travers du lit, est toujours vêtu de mon pull, mais je vois bien que sa poitrine ne se soulève pas.

— Josie ! hurlé-je à pleins poumons.

L'instinct, ou je ne sais quel réflexe animal, s'empare de moi, je ne peux rester là sans rien faire. Je grimpe sur le matelas, à califourchon sur Lara, et commence les manœuvres de réanimation apprises il y a des années au lycée. Mais rien ne se passe. Seulement son sternum qui s'enfonce sous mes assauts. J'aperçois à peine la silhouette de Josie quand elle arrive. L'infirmière pose deux doigts sur le cou de Lara et me dévisage ensuite pendant quelques secondes.

— Bax…

— Réveille-toi, ma belle… Je t'en prie… Réveille-toi, imploré-je en haletant sans cesser de m'activer.

La cousine de ma femme attrape mon bras et je me retourne vivement vers elle.

— Arrête, Bax…

— Je ne peux pas… Je dois continuer, elle va se réveiller, la contré-je en tremblant.

— Elle est morte, Bax, tu vas seulement lui briser les côtes, là.

Les sanglots dans sa voix provoquent en moi une forme d'hystérie que je n'ai jamais connue auparavant. Les larmes me brouillent la vue et je passe une jambe de l'autre côté de Lara avant de glisser mes bras sous elle pour serrer son corps contre moi.

— Non ! Tout allait bien ! Elle allait bien ! m'écrié-je au milieu de mes larmes.

Pas maintenant, c'est trop tôt ! J'enfouis mon visage dans son cou qui se raidit déjà, ça ne peut pas être réel. Son odeur est pourtant la même, ses cheveux caressent toujours mon visage.

Dans un état second, je perçois soudain des paroles murmurées par de nouvelles voix. Puis on tente de me défaire de Lara. Jamais…

— Bax, l'ambulance va arriver…

Les mots prononcés par ma mère n'ont aucun effet sur moi cette fois. Je nous ai enfermés dans une bulle inviolable, Lara et moi. Je n'ai aucune conscience du temps qui passe, je ne ressens plus rien, en dehors de la peau de plus en plus froide de la femme de ma vie contre mon torse. Je la berce doucement, comme si je cherchais à endormir un nourrisson.

Quand une main d'homme saisit fermement mon épaule, je manque de hurler toute la rage qui bouillonne dans mes veines. Des gants bleus se posent sur le corps de Lara et je tente de les chasser, mais je suis brusquement tiré vers l'arrière. Je me débats tel un beau diable pour me libérer alors qu'on m'entraîne hors de ma chambre et que Lara disparaît de mon champ de vision.

— Non ! Laissez-moi rester avec elle !

Le visage de mon père apparaît devant moi, et je le fixe droit dans les yeux, même si je ne vois presque rien à travers mes larmes.

— Calme-toi, fiston, me souffle-t-il.

Il redresse le menton et parle à quelqu'un dans mon dos.

— Monsieur l'agent, est-il vraiment nécessaire de le maintenir de la sorte ? C'est sa femme qui se trouve dans cette chambre.

— Je ne fais que mon travail, les ambulanciers doivent pouvoir faire le leur, répond le policier.

Le temps se suspend encore, je continue de me débattre, bien qu'avec de moins en moins de force. Mais imaginer la scène qui se déroule loin de mes yeux me rend fou. L'agent tente de me retenir quand les secouristes sortent enfin de la pièce en poussant sur une civière le corps de Lara recouvert d'un drap blanc, cependant il ne peut empêcher que je m'effondre à genoux sur le sol, les mains maintenues dans le dos.

Et je hurle.

Je hurle son nom avec toute la force de mon désespoir… jusqu'à n'en plus pouvoir respirer.

Un fantôme.

Voilà ce que je suis.

Ma famille, celle de Lara et moi venons de passer plus de trois heures au salon funéraire de Tacoma à recevoir les condoléances des amis et connaissances. Je peine à me souvenir des visages qui se sont succédé. Après une brève cérémonie, les parents de Lara ont reçu les invités chez eux.

Mon regard ne parvient pas à se détacher de l'urne argentée posée près des nombreuses photos de Lara, au centre du salon. J'étouffe dans mon costume trois-pièces à la cravate à moitié défaite. Je ne connais pas les gens qui sont ici, qui viennent offrir aux parents de Lara des plats de nourriture – comme si un gratin allait alléger la peine que nous endurons ! – et leurs condoléances à tout va, et qui murmurent entre eux.

Je triture entre mes doigts l'alliance de Lara que j'ai passée à une chaîne. Cinq jours se sont écoulés depuis sa mort tellement soudaine. Une fois que tout le monde a été réuni à l'hôpital de Portland, la décision de ne pas faire pratiquer d'autopsie a été unanime. Je me rappelle à peine ce moment, toutefois je me souviens d'avoir été soulagé de ne pas avoir à débattre à ce sujet, je ne voulais pas qu'on charcute le corps de ma femme. Son cœur a simplement cessé de battre durant son sommeil, une mort douce. La maladie n'aura pas gagné cette fois.

Incapable de rester plus longtemps au milieu de tous ces inconnus, je m'éclipse et gagne l'étage. Dans le couloir, toutes les portes sont fermées, sauf une.

J'en approche d'un pas hésitant et découvre l'ancienne chambre de Lara. Contrairement à celle de son appartement, ici, tout est bien rangé. J'entre et observe les objets qui m'entourent, ce qui a autrefois appartenu à Lara. Une pile de livres près du lit, une boîte à bijoux sur la commode, une photographie de Josie et elle... À bout de forces, je me laisse tomber sur le matelas et prends ma tête entre mes mains. Comment cela a-t-il pu arriver si vite? Un long moment s'écoule avant que l'on vienne toquer au cadre de la porte.

— Ça va? me questionne doucement Josie.

Je lève les yeux vers elle et secoue la tête. Non, rien ne va... La cousine de Lara s'installe près de moi et pose une main compatissante sur mon genou, j'ai conscience qu'elle souffre autant que moi de cette perte brutale.

— Bax, je sais que tu as mal, que...

— Je te remercie d'avoir tout organisé, Jo. J'ignorais qu'elle vous avait laissé des instructions pour... son enterrement, la coupé-je. Je n'aurais pas pu gérer tout ça.

— En fait, elle m'a remis la lettre contenant ses décisions, le soir où je suis venue vous voir.

Je reste un instant sans voix, puis fouille dans la poche intérieure de ma veste, en sors une enveloppe qui porte son nom et la tends à la cousine de Lara.

— Tiens.

— Qu'est-ce que c'est? me questionne-t-elle.

— Je l'ai trouvée dans la commode de la chambre, elle avait vidé son compte bancaire, quelques jours plus tôt.

La surprise se lit sur son visage quand elle découvre le chèque que Lara lui avait adressé.

— C'est comme si... elle avait su, dis-je en défaisant totalement ma cravate.

— Elle était tellement spéciale.

Une larme coule sur sa joue, et je retiens les miennes avec peine.

— On devrait retourner en bas, Bax. Elle n'aurait pas voulu qu'on s'apitoie sur sa mort, me confie Josie.

Je me redresse en silence et la suis jusque dans les escaliers. Sur la dernière marche, je me fige quand un visage connu passe la porte de la maison. C'est plus fort que moi, je serre les poings en me demandant bien ce que ce type vient faire ici en ce jour de deuil. Dépassant Josie, je me dirige droit sur lui.

— Qu'est-ce que tu fous ici ?

Le libraire tatoué me fixe un instant, dérouté, avant de baisser un peu les yeux.

— Je suis venu présenter mes condoléances à la famille de Lara, me répond Kyle.

— Je ne crois pas que Lara aurait voulu que tu viennes déranger ses proches, et j'ai une sérieuse envie de te foutre directement à la porte avec tes condoléances.

Ses yeux s'agrandissent de stupeur.

— Oui, elle m'a raconté votre agréable petit échange dans l'arrière-boutique de la librairie. Quand tu l'as plaquée contre le mur, ne lui offrant aucune échappatoire ! Tu n'es qu'un connard prétentieux qui s'est servi d'elle et qui est devenu violent quand il n'a pas pu obtenir ce qu'il attendait en retour, sifflé-je. Je devrais te casser les dents pour t'être permis de l'embrasser sans sa permission.

— J'ignorais qu'elle... était malade, sinon...

— Sinon quoi ?! Tu te serais conduit comme un gentleman peut-être ? Je crois plutôt que jamais tes yeux ne se seraient posés sur elle ! Même pas pour lui offrir une once de compassion...

La tristesse qui m'habite se transforme soudain en un ouragan de colère, elle a besoin de se libérer et Kyle est le bouc émissaire parfait en cet instant. Il ne doit son salut qu'à Josie qui s'interpose entre nous juste avant que je lui balance mon poing dans la figure.

— S'il vous plaît, rendez-lui hommage d'une façon un peu plus cordiale, nous somme-t-elle d'une voix glaciale.

C'est moi qu'elle regarde en prononçant ces mots. J'inspire lentement en faisant tourner mon alliance, puis me décale d'un pas pour laisser passer le libraire. Dès qu'il est hors de portée, j'expire et Josie pose une main apaisante sur la mienne.

— Je dois partir d'ici avant de devenir fou, il faut que je rentre chez moi.

— Mais vous êtes tous descendus à l'hôtel !

— Il faut que je rentre chez moi, Jo, insisté-je dans un murmure. J'ai besoin d'être seul. Je reviendrai pour la mise en terre dans deux jours.

Sans lui donner le temps de protester ou de me retenir, je franchis à la hâte le seuil de la maison, laissant derrière moi famille et amis. J'entends très clairement une voix masculine qui m'interpelle, mais je m'engouffre tout de même dans ma voiture et démarre.

Un rayon de soleil vient taper sur l'or de mon alliance… et mon cœur s'éteint à jamais.

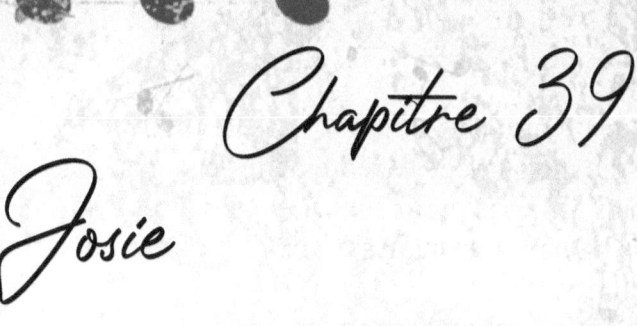

Chapitre 39

Josie

— Bax !

La voix puissante de Clayton retentit dans mon dos, alors que le guitariste quitte la demeure des parents de Lara.

— Où est-ce qu'il va comme ça ? s'inquiète mon patron et ami.

— Il rentre chez lui.

— Mais…

Le géant voit les larmes qui ne tarissent pas dévaler sur mon visage. Je tente en vain de les essuyer, pourtant rien à faire, d'autres ne cessent de les remplacer. Désormais à l'écart des invités, je suis soudain secouée de lourds sanglots. Clayton m'ouvre ses bras, et sans un mot, je m'y blottis. Il crée une barrière protectrice entre le monde et moi.

— Tout va bien, petite, chuchote-t-il en boucle.

Avec tout ce qui s'est passé ces derniers mois, je n'ai pas eu un seul moment pour me poser, et tout me tombe dessus à présent. Je suis paumée, et Lara n'est plus là pour que je me tourne vers elle. *Tu vas devoir gérer ça toute seule, Josie*, pensé-je. Une personne nous bouscule sans égards, ce qui me force à me détacher de Clayton.

— Vous savez où est Bax ?

Je me retourne et me retrouve soudain face au reste du groupe. Sasha, les yeux rougis, se tient un peu en retrait derrière Logan. Chris me dévisage, attendant sans doute une réponse à sa question.

— Il est rentré chez lui.

J'essuie mon visage et redresse les épaules.

— Tu l'as laissé partir seul ?! s'insurge Logan.

Chris lui pose une main sur l'épaule, comme pour lui intimer de se calmer.

— Je n'allais tout de même pas le ficeler à la rampe d'escalier !

Les iris émeraude du chanteur me détaillent de la tête aux pieds, et je déglutis en réprimant le frisson qui me parcourt.

— Laisse-moi ta voiture, Logan. Je peux arriver en même temps que lui, s'il n'y a pas trop d'embouteillages, propose Maisie.

— Et moi, je rentre comment ?!

J'interromps leur discussion d'une voix sèche :

— Il a dit qu'il avait besoin d'être seul…

— Tu crois vraiment qu'après ce qui s'est passé, il est très judicieux de le laisser seul ?! m'agresse volontairement − ou pas − le chanteur.

— Alors, laisse Maisie aller vérifier qu'il va bien. Bax compte revenir pour la mise en terre dans deux jours, tu récupéreras ta voiture à ce moment-là… si ta sœur revient.

— Le monde ne s'arrête pas de tourner avec la mort de Lara, Josie ! Même si on est tous tristes de cette tragédie. Moi, je dois rentrer bosser demain ! Tu restes là, Maisie, j'irai voir comment va Bax dès mon retour. Mais *toi*, assène-t-il avec un dernier coup d'œil meurtrier, tu n'avais pas à le laisser partir.

N'en pouvant plus de son ton empli de reproches, je le pousse du coude pour le dégager de mon chemin, croise le regard désolé de Sasha et gagne la cuisine, non sans saisir la réflexion de Chris dans mon dos.

— Non, mais t'es complètement con ou quoi ?!

La nuit est tombée depuis un moment quand le dernier invité quitte enfin la demeure des Spencer. Je suis épuisée, mais je prends tout de même la peine d'aider le père de Lara à faire un peu de rangement. Moïra est assise à la table de la cuisine et pleure en silence la perte de son enfant.

La vie ne tient qu'à un fil, Lara nous l'a bien fait comprendre en partant si abruptement. Le docteur Cambell pense qu'elle a simplement fait un arrêt cardiaque. Une mort subite, mais douce, compte tenu de ce qu'elle aurait dû endurer au déclenchement de sa leucémie. J'ignore quoi dire à mon oncle et ma tante, alors je m'active sans un mot, et une fois les affaires rangées, je quitte la maison après les avoir serrés dans mes bras.

Sur le pas de la porte, je sors l'enveloppe que m'a remise Baxter, glissée dans mon sac un peu plus tôt. *Cinq mille dollars !* Voilà le montant inscrit sur le chèque. Cependant, c'est la seconde lettre qui retient surtout mon attention, celle que Lara m'a donnée quelques heures seulement avant sa mort. Elle est intacte, je ne l'ai pas encore ouverte, j'attends d'être rentrée chez moi, à Seattle, pour la lire. Je la caresse un instant du bout des doigts, puis saisis mes clés de voiture avant de refermer mon sac.

Ma décision est prise.

Au volant, mon cœur bat la chamade et pulse jusque dans mon crâne. J'ignore ce que je suis en train de faire, toutefois l'idée de rentrer chez mes parents, dans cette maison qui pourtant m'a vue grandir, m'est insupportable.

Une fois arrivée à destination, mettant mon véhicule au point mort, je coupe le moteur et fixe l'enseigne de l'hôtel devant lequel je suis garée.

J'expire lentement et entre dans le hall. Face au réceptionniste, je me racle la gorge avant de me mettre à mentir en brandissant mon téléphone :

— Je suis vraiment navrée de vous importuner à cette heure tardive, mon ami a réservé ici pour deux nuits, mais il a oublié de me donner le numéro de la chambre et je n'arrive pas à le joindre sur son portable.

— Quel est le nom de votre ami ?

— Carson. Logan Carson.

L'homme pianote sur le clavier de son ordinateur, et quelques secondes plus tard, me donne le numéro de la chambre du chanteur, située au deuxième étage.

— Merci beaucoup, désolée du dérangement !

Je lui souris puis m'engouffre dans l'ascenseur. *Bonjour la confidentialité*, songé-je en appuyant sur le chiffre deux. Dans le couloir désert, la moquette étouffe le bruit de mes pas jusqu'à ce que je m'arrête devant la porte portant le numéro deux cent quarante. Malgré toutes les pensées contradictoires qui font rage dans ma tête, je frappe sans hésitation. Logan vient ouvrir presque aussitôt. Même vêtu d'un jogging et d'un tee-shirt blanc, il est stupéfiant. Et une franche surprise se lit sur son visage.

— Josie ! Mais qu'est-ce que tu fiches ici ?

Je passe sous son bras sans un mot pour pénétrer dans la chambre alors qu'il referme et se tourne vers moi.

— Je dois être masochiste, avoué-je en m'approchant de lui, après avoir jeté mon sac sur la petite table de l'entrée.

Son regard ne me quitte plus, cherchant sans doute le piège caché parmi la peine et le désarroi bien visibles sur mes traits.

— Tu ne portes plus ton alliance, remarque-t-il.

Logan prend doucement ma main dans la sienne et entrelace nos doigts.

— J'ai demandé le divorce.

— Pourquoi ? me questionne-t-il.

Je dépose ma paume sur son torse et serre le tissu de son tee-shirt.

— Une personne merveilleuse m'a aidée à comprendre qu'il valait mieux être seule que mal accompagnée, murmuré-je.

424

— D'accord, mais pour quelle raison es-tu ici ce soir ?

Levant mon visage vers lui, je réponds :

— Je voulais te demander de prendre soin de Bax, il en aura besoin. Il aura besoin de vous tous, plus que jamais.

— Et qui prendra soin de toi, Josie ?

— Personne. Je panserai mes plaies toute seule…

Pendant que nous parlons, Logan s'est légèrement penché vers moi tandis que je me suis haussée sur la pointe des pieds. Nos lèvres ne sont plus qu'à un souffle.

— …demain, terminé-je en scellant ma bouche à la sienne.

Le chanteur passe ses mains sous mes fesses et me soulève comme si je ne pesais rien, avant de se diriger vers la chambre.

Au milieu de la nuit, je quitte le lit dans lequel Logan s'est endormi, afin de ramasser et enfiler mes vêtements sans bruit. Dans la pénombre, je l'observe un instant. Puis je sors de la pièce à pas de loup. Une fois dans le couloir, je m'adosse à la porte, mon sac serré contre moi.

Maintenant, c'est bien la fin.

Maintenant, je vais devoir affronter seule la plus grande épreuve de ma vie.

Car Lara ne fait plus partie de ma vie.

Et Logan Carson n'y a pas sa place…

Chapitre 40
Baxter

Comme un automate, je roule en direction de notre maison, perdu dans un autre monde. Les heures de route défilent et je m'en fiche, tout ce que je désire, c'est retrouver notre foyer. Quand je gare enfin mon véhicule dans l'allée devant chez nous, je souffle un bon coup. Je n'aurais pas imaginé que la seconde fois où nos familles se rencontreraient serait pour des funérailles. Thanksgiving m'aurait semblé plus approprié…

Clés en main, je déverrouille la porte, et un épouvantable sentiment d'étouffement s'abat sur moi dès l'instant où je passe l'entrée.

Il n'y a que le silence.

J'envoie valser mon porte-clés sur la table basse du salon et gagne la chambre d'amis. En passant sans m'arrêter devant la porte close de celle que nous partagions, je remarque Maverick, couché en boule sur le seuil. De ses yeux bruns, le chiot me détaille, pourtant je l'ignore et poursuis mon chemin. Je retire mon veston et le balance sur le lit avant de me débarrasser de mes chaussures. La solitude règne en maître dans notre demeure désormais, et je sens le vide de son absence revenir en moi. Je retire enfin ma cravate, détache quelques boutons de ma chemise et en remonte les manches jusqu'à mes coudes.

Longtemps, je reste ainsi immobile, assis sur le bord du matelas. Il m'est insupportable de songer que, dans deux jours, je devrai retourner chez les Spencer pour mettre en terre l'urne contenant les cendres de ma femme. Je finis par sortir de la chambre pour trouver refuge dans ma pièce à musique. Le seul endroit où je suis susceptible de me sentir un peu mieux. Néanmoins, lorsque j'en franchis la porte entrebâillée, mes yeux se posent sur le canapé et l'image de Lara s'y superpose aussitôt.

Le souffle me manque, tant cette hallucination me semble réelle. Je cligne des yeux, et le mirage disparaît.

La douleur me broie les entrailles, et la colère refait brutalement surface. J'empoigne un côté de ma bibliothèque, et de toutes mes forces, l'envoie valser au sol. Les livres s'éparpillent ici et là, tandis que le meuble atterrit sur la moquette avec fracas. Aveuglé par les larmes, j'attrape ma première guitare pour la fracasser sur les étagères. Le bois éclate, les cordes cèdent, et moi, je hurle ma souffrance.

Je m'effondre parmi les débris et les ouvrages, plus rien n'a de sens, plus rien ne me retient en ce monde. J'aimerais disparaître et aller retrouver ma Lara. Revoir son sourire, et ses yeux de jade briller quand elle me regardait. Humer le parfum fruité de ses cheveux et caresser sa peau si douce.

Dépassant d'un morceau de la guitare brisée, le halo blanc d'une enveloppe attire mon attention. Je m'étire pour la saisir et y déchiffre péniblement mon prénom. Je reconnais l'écriture de ma femme. De mes mains tremblantes, je peine à l'ouvrir et à en sortir la feuille. Je dois essuyer mon visage à plusieurs reprises avant d'entamer ma lecture.

Mon amour,

Si tu trouves cette enveloppe, c'est que je ne suis plus avec toi, que la maladie aura finalement mis un terme à la partie.

Si tu trouves cette lettre, c'est que tu t'es réfugié dans la musique... ou que tu as tout saccagé sur ton passage. Je connais maintenant cette impulsivité qui peut te gagner quand tu laisses les émotions te submerger.

428

Tu m'as offert un bonheur innommable depuis le soir où tu m'as draguée si maladroitement près du juke-box au Olie's. Ton petit sourire arrogant m'avait pourtant tellement fait grincer des dents ! Avant de me séduire. Lors de notre première danse, je n'aurais pas imaginé un seul instant que ce frisson qui m'a traversée allait tout bousculer.

J'ai aimé que tu chamboules mon monde, Bax. Tu m'as montré que la vie était belle, pleine de surprises et de gens fantastiques. Tu es la personne la plus intègre qui soit, ne l'oublie jamais.

Tu m'as aimée avec une telle force, une telle ardeur, un tel entêtement, qu'il m'était impossible de ne pas succomber. Tu m'as donné ton cœur sans aucune restriction, sans la moindre crainte. Je veux que tu saches que le mien t'appartient également.

Pour toujours et à jamais.

Pour moi, tu as réécrit les étoiles.

Mais à présent que je ne suis plus là, je te supplie de ne pas te laisser sombrer. Vis, mon amour ! Vis pour moi, mais surtout vis pour toi ! L'avenir te réserve de belles et grandes choses, j'en suis certaine.

S'il te plaît, ne laisse pas ton cœur s'éteindre à cause de mon départ.

Chaque fois que tu me chercheras, regarde les étoiles, et tu m'y trouveras. Je veillerai désormais sur toi, comme tu l'as fait pour moi auparavant.

Je t'aime, Bax, et la mort elle-même ne pourra pas m'empêcher de continuer à t'aimer. Tu as été l'homme de ma vie. Sois l'homme de NOTRE vie à partir de maintenant.

Pour toujours et à jamais.
Lara Grady.

Ses mots me bouleversent et je ne sais plus quoi penser. Comment suis-je censé survive à un amour aussi puissant? Comment puis-je vivre sans elle dorénavant? J'ignore totalement de quelle façon m'y prendre, j'ignore même si je veux tenter l'expérience.

La porte à demi close de la pièce grince sur ses gonds et le bruit me fait relever la tête. Maverick pousse le battant et vient tranquillement me rejoindre au milieu du chaos que j'ai créé. Il vient se coucher tout contre moi et pose sa tête sur ma cuisse. J'observe la lettre de Lara entre mes mains, puis Maverick.

— Elle ne reviendra pas, mon pote, chuchoté-je, il ne reste plus que toi et moi…

Les larmes inondant à nouveau mon visage, je caresse le pelage du chiot et me laisse retomber en arrière.

— On va essayer, d'accord?! soufflé-je en guise de promesse à la pièce vide.

Je vais essayer, mon amour…

Baxter

HUIT MOIS PLUS TARD

La pluie a traversé mes vêtements qui collent désormais à ma peau. Je suis trempé jusqu'aux os, pourtant je ne ressens rien. Ni le froid de la nuit qui voile le ciel ni la brise glacée sur mon visage. Il n'y a que cette douleur infinie qui me vrille les entrailles et me lacère la poitrine. Adossé à la pierre tombale de mon amour perdu, je noie mon insupportable chagrin dans l'alcool.

J'ignore ce que je bois, et je m'en fous tant que la liqueur fait son travail et m'engourdit le cœur et l'esprit. La bouteille en verre dans son sac de papier brun manque de me glisser des mains quand je porte le goulot à mes lèvres pour la énième fois.

— Je n'ai même pas été capable de respecter tes dernières volontés, ma femme adorée, articulé-je difficilement.

J'appuie mes doigts tremblants sur le granit gelé et détrempé.

— Tu aurais honte de moi, Lara… tellement honte…

Une nouvelle journée s'est écoulée sous la pluie et dans le froid, et j'ai accueilli les ténèbres à bras ouverts, assis dans l'herbe. Les heures qui ont filé me semblent dérisoires face à la peine qui broie mon être tout entier. Presque huit mois se sont écoulés depuis notre dernière nuit ensemble, celle où Lara s'est éteinte près de moi.

— J'ai tenté d'honorer tes requêtes. Durant les deux premiers mois, j'y suis presque parvenu… presque… murmuré-je au vent furieux. Puis l'enfer inexorable de ta perte irréversible s'est abattu sur moi telles les griffes de la mort qui t'a emportée…

C'est l'alcool qui m'a fait sombrer dans une dérisoire illusion de bien-être. Quand je suis complètement soûl, je peux voir ton visage… ton sourire. Celui si magique que tu n'adressais qu'à moi. Mais la chute vertigineuse du manque me prive de ces sensations, alors… je recommence… pour t'avoir de nouveau à mes côtés…

Mes paroles se perdent dans le souffle glacé qui balaie le cimetière désert et j'avale une autre gorgée.

— Nous n'avons pas eu assez de temps, Lara, balbutié-je entre mes lèvres. J'aurais aimé pouvoir t'offrir ce tour du monde dont tu rêvais tant.

Les larmes se joignent à la pluie qui ruisselle sur mon visage et mes cheveux trop longs me tombent devant les yeux.

À l'entrée du cimetière, je distingue soudain deux silhouettes familières qui avancent dans ma direction. Je ne tente même pas de déplier mon corps, ankylosé d'être resté immobile si longtemps, pour les accueillir.

On me retire ma bouteille des mains, et des bras me saisissent sous les aisselles afin de me hisser sur mes pieds. Je vacille, complètement imbibé par le poison salvateur qui coule dans mes veines.

— Elle avait raison de dire qu'on le trouverait encore ici…

— Allez, mon vieux, en route, m'intime la voix de Logan.

Je me moque bien du corps sans âme que mes deux amis aimeraient traîner hors du cimetière. Mais moi, je ne veux pas te laisser seule, mon amour, aussi je m'agrippe farouchement à la pierre froide et sans vie sous laquelle tu reposes pour l'éternité, loin de ce monde où tu ne fêteras jamais tes vingt-huit ans.

— Laissez-moi ! hurlé-je. Laissez-moi aller la rejoindre !

— Non, mon pote, ce n'est pas ce qu'elle voulait.

Pourtant la voix apaisante de Chris n'a pas l'effet escompté sur mon esprit brisé. Je me débats et me défais de leur prise pour m'écrouler à nouveau dans l'herbe trempée.

— Je ne veux plus souffrir, supplié-je en tendant la main vers la tombe.

Mon regard se perd une seconde sur mon alliance, celle que tu as passée à mon doigt et qui ne m'a plus quitté depuis.

— Je t'aime… murmuré-je une dernière fois avant que la noirceur ne m'envahisse.

Ton visage m'apparaît enfin aussi nettement que si tu étais devant moi. Tu es et resteras à jamais mon *illusion paradisiaque*…

À SUIVRE

Que devient Baxter ?
Découvrez la suite des aventures des
membres de Wild Rush dans le
second Tome : Heaven Sign.
Logan, le chanteur énigmatique, vous
y attend.

Titres du même auteur

Alberta Road – 1
Le jour où tu es revenu

Alberta Road – 2
Le jour où tu es arrivé

Alberta Road – 3
Le jour où tu es apparu

Suivez l'auteur

www.facebook.com/MycheleS.Auteur

https://www.instagram.com/
mycheles.auteure/

www.ingramcontent.com/pod-product-compliance
Lightning Source LLC
Chambersburg PA
CBHW020501260626
47156CB00006B/1813